U0100896

宋人乐府观述论

罗旻 著

上海古籍出版社

图书在版编目（CIP）数据

宋人乐府观述论／罗旻著．—上海：上海古籍出版社，2023.2
ISBN 978-7-5732-0605-3

Ⅰ.①宋… Ⅱ.①罗… Ⅲ.①乐府诗—诗歌研究—中国—宋代 Ⅳ.①I207.226

中国国家版本馆 CIP 数据核字（2023）第 010009 号

中央高校基本科研业务费专项资金资助

宋人乐府观述论

罗 旻 著

上海古籍出版社出版发行

（上海市闵行区号景路 159 弄 1-5 号 A 座 5F 邮政编码 201101）

（1）网址：www.guji.com.cn

（2）E-mail：guji1@guji.com.cn

（3）易文网网址：www.ewen.co

浙江临安曙光印务有限公司印刷

开本 890×1240 1/32 印张 12.25 插页 3 字数 318,000

2023 年 2 月第 1 版 2023 年 2 月第 1 次印刷

印数：1—1,100

ISBN 978-7-5732-0605-3

Ⅰ·3699 定价：58.00 元

如有质量问题，请与承印公司联系

序

张　鸣（北京大学中文系教授）

北京已经进入高朗斑斓的深秋，距罗旻为新著书稿《宋人乐府观述论》向我求序，转眼已过去将近半年。罗旻当时说不用着急，但如再不落笔，怕要耽误出版日期了。

上面几行字其实写于一个多月前，当时刚开了个头，又不知因为什么事搁下了。现在捡起来接着写，就不重新开头了，留着它做个见证。

为罗旻的书写序，是一件开心的事。罗旻考入北京大学中文系跟我攻读博士学位是 2009 年，不过跟她相识早在此之前。她是北大元培学院 2002 级的本科生，元培学院的学生有自主选择学科方向的自由。据她的一篇小文说，2004 年秋季学期听我讲古代文学史（三），第一堂课，就被我"用九十分钟时间洗成了宋粉，从此风月从容，雨过天青"。年轻人说话总是惊人地新鲜，"洗成宋粉"的说法我还第一次听到。不过到底什么样子才算"宋粉"，我现在也没搞明白。据说从那以后她打定主意要研究宋代文学，但她先是考到哲学系读了一个中哲史的硕士，2009 年获得哲学硕士学位之后，才考入中文系读博士，开始走上研究宋代文学的路。用今天年轻人的话说，是"入坑"。

罗旻的学科背景和一般从本科到博士都在中文系念出来的同学不大一样，她有比较全面的文史哲学科基础，学术视野比较宽阔。平时阅读广泛,善于思考,写作才华出众,因此我对她如期完成博士论文并不担心。她选择将宋代乐府诗和宋人乐府观念作为攻读博士期间的研究课题,好像也没有经过太多周折。我和门下的硕士、博士研究生们会定期不定期地在一起聊天,或者开读书会,或者聊一些大家感兴趣的话题,不一定和学术研究有关,但无论聊什么,最后往往会落到学术上。在这样的聊天中,学生的兴趣所在,才性如何,都可以有所表现。这也是我和学生之间互动的一般情形。好几位学生的研究课题都是在聊天中逐步形成雏形,最后才落实为具体的题目。罗旻好像有一次问过,为什么我会跟她特别聊到乐府诗,并建议她研究宋代乐府和宋人乐府观?回忆起来,大概是十多年前的事情,不过如今已经记不得具体的细节。印象中是她经常把自己新写的旧体诗词发给我看,有几首模拟乐府诗体的作品,颇具形貌神情,乐府风味十足,尤其有几首模仿李贺乐府风格的诗篇,简直可以乱真。于是在一次聊天时,我有意提到关于乐府诗的话题,发现她不仅有兴趣,而且读得很多,对乐府诗旧题本事、新题乐府、乐府诗与音乐的关系等,聊起来都在点上,说明她对古代乐府用过较多的功夫。当时聊得很高兴,便建议她不妨全面调查一下宋代乐府和宋人的乐府观念,看看有没有兴趣,如果有兴趣,不妨作为博士论文的选题。谁知罗旻正有此意,于是一拍即合。当时并不知道,罗旻还在高中时,就买了一套《乐府诗集》自己钻研,不仅读得多,而且也下过一些功夫模仿写作。从高中时期开始的兴趣,兜兜转转,最后终于落实到博士论文的选题上,这么长程的坚持,确实有一些无法言说的缘分在。

以我多年指导学生的经验,有价值的学术课题很多,但有的研究对象和题目,似乎就是专门为某个特定的学人准备的,必得此特定之人才能发现其中的趣味,把握其中的关键。非其人,或者可能对其视而不见,或者不能发明课题本身的精彩。宋代乐府诗和宋人乐府观念这个大题目似乎就是这样的例子。乐府诗一直是古代文学研究的重要对象,甚至形成专门的"乐府学"。但学界的关注点主要在唐前乐府,从乐府诗的发生到发展演变、从乐府制度到文体功能、从音乐文学到逐步脱离音乐的变迁、从诗歌命题本事到乐府体裁风格特点以及乐府诗和其他诗体的关系等等，都有丰富的研究成果。而宋代乐府诗和宋人乐府观却一直没有进入"乐府学"的主流视野，个别论著虽有所涉及，但大多泛泛而论，还留下很多值得深究的问题。这个广阔的研究空间，似乎一直在等待一位能够驰骋其间并能发明其学术价值的学者涉足。因此，与其说是我的建议让罗旻"入坑"，不如说是这个课题终于等来了最合适的人。

宋代随着文化的普及、出版业的兴盛，迎来了文献整理的高潮，唐前的各种写本文献，在宋代大量被转换为印本文献。文献物质载体的转变，其技术基础是雕版印刷术的出现和进步，而文化的原因则在于宋人为创造适应新时代要求的思想、学术和文学所作的努力。创造的前提是继承学习，全面的学习又带来了整理前代文献的高潮。于是利用新兴的雕版印刷术，宋人将经过他们编辑、整理的前代写本文献，大规模地转换成了印本文献。这个过程从书籍出版史和文献学史上看，意义重大，也受到学界越来越多的关注。不过，写本文献向印本文献转变，这个历史事件本身的文化史意义及其对文学发展产生的影响，尚有许多值得继续探讨的空间。就拿乐府诗为例，作为音乐文学的乐府诗，发生于两汉，经过魏晋南北朝，一直到唐代，都是音乐文学的主流文体。中唐发展出新乐府，开始逐渐脱离音乐文学的属性。随着燕乐曲子词的出现，音乐文学的功能逐渐转移到曲子词，于是乐府诗在宋代走向全面徒诗化。宋人在新型音乐文学曲子词的创作上取得了高度的成就，但并没有放弃乐府诗的写作。只不过在宋人手中，乐府只是作为徒诗的一体来使用。比起前人，宋人乐府无论体制还是主题，以及创作观念，都有许多变化和创新，都值得从文学史的角度加以考察研究。如果从乐府诗发展的宏观历史看，除了创作的成就，宋人的贡献还有更重要的一面，那就是对前代乐府诗歌和乐府文献的收集、分类、整理和刻印，这也是宋人全面编集、整理、刻印前代文献风潮的重要个案。也就是说，作为音乐文学的乐府诗写作高潮是在唐以前，但大规模收集、分类、研究、编辑、整理的高潮却是在宋代——郭茂倩编撰的《乐府诗集》就是这个整理高潮中集大成的成果。宋人的乐府诗写作，宋人对前代乐府文献的大规模整理，必定统摄于特定的乐府观念，这更是值得深入探讨的问题。我们今天研究唐代以前的乐府诗，必须依据经过宋人收集、整理、编刻而流传下来的材料；我们对乐府诗的认识，也不可避免受到宋人观念的影响。因此，考察宋人的乐府观和宋人对乐府文献的整理，不仅对研究宋人乐府诗具有重要意义，而且可以帮助我们反思对唐前乐府诗研究的格局和结论。另外，如前所述，宋人对前代乐府文献的总结、整理，也是历史上写本文献大规模转换为印本文献这一文化潮流的组成部分，从这一角度看，研究宋人乐府和乐府观，不仅是文学史研究的好题目，还可以帮助我们认识历史上文化转型的复杂性，其中值得探讨的话题就更多了。这么一座学术富矿，被罗旻抓住，不得不说是人得其题、题亦得其人。

对宋代乐府诗创作的研究，罗旻已经写成博士论文，并以《宋代乐府诗研究》的书名正式出版，其学术意义学界自有公论。这部《宋人乐府观述论》是她新的研究成果。这部新著，全面梳理、总结宋人在乐府诗写作和整理、编撰前代乐府诗的学术活动中体现的乐府观念，材料宏富，论述全面，思考深入，新见迭出。比如指出宋人"将乐府精神上溯至《诗》《骚》，强调其播于歌诗，旨在美刺的功能"，还从乐府诗的编纂和创作两个层面清晰地梳理了宋人较前代更加丰富多元的乐府观。又比如关于《乐府诗集》《通志·乐略》等重视音乐传统、强调古题源流的编纂态度，和《文苑英华》《唐文粹》等从创作实际出发、视近世乐府为徒诗的观念的对比，分析论述也很中肯。最后，书中对乐府旧题从合乐歌辞到不入乐徒诗流变的梳理，"在文人拟乐府的自由发展中，徒诗化倾向是一种必然"的结论、"随着历代古乐更迭，乐府古辞的文本不断地与音乐疏离,最终仅能作为纯文学文本被后世文人所认知"等论述,不仅是对乐府诗流变规律的总结,而且对研究古代其他音乐文学形式也有参考价值。

罗旻给人的感觉,两字可以概括——"靠谱"。为人做事"靠谱",学术研究"靠谱",做教师也很"靠谱"。她在 2013 年获得博士学位之后,去北京一家高校做了教师。如今国内高校对"青椒"(青年教师)普遍不友好,罗旻要完成繁重的教学任务,还要应对各种严苛的考核。2015 年,刚任教三年的青年教师罗旻被学生评为"十佳教师"。在高校,来自学生的这个评价是对教师工作的最高肯定,说明她在教学上一定有过人之处。"靠谱"之人,做什么都"靠谱"。她的这部《宋人乐府观述论》,也是一部"靠谱"之作。

罗旻阅读能力过人,又善于梳理材料,在准备博士论文期间,据知情人透露,她把《全宋诗》从头到尾翻阅了三遍,整理出大量材料,还广泛阅读了其他乐府文献,为博士论文写作打下了深厚的基础。我曾劝她把整理出来的材料编一部《全宋乐府》和乐府研究资料汇编。她博士毕业之后,在繁忙的教学和写作之余,这个工作一直在做,据说目前已经大致整理校阅完毕,就等找到合适的出版机会。做学问要踏踏实实下苦功,罗旻做到了,做到了就有收获。如今,已出版的《宋人乐府观述论》《宋代乐府诗研究》与还在等待出版机会的《全宋乐府》和资料汇编一起,将构成一个完整的研究系列。我相信,如果盘点新时期古代乐府诗研究的成绩,罗旻的这一系列论著,一定会有重要的地位。

2022 年 12 月 7 日写毕于北京西郊博雅西园

大疫三年,北京今天正式放宽防控措施

目　录

绪　论

　　乐府诗作为中国古代诗歌之一体，有其产生、发展、变革的完整过程。作为音乐文学的乐府诗，植根于《诗》《骚》传统，滥觞于两汉，繁盛于魏晋南北朝，再逐渐脱离音乐，一变于中唐新乐府，再变于两宋的全面徒诗化，传承于元明清的文人拟乐府，其文体不断变革，在不同时代中各呈特色。

　　当前学界对于唐五代之前的乐府诗研究，成果十分丰硕。近十余年来，吴相洲、赵敏俐等前辈学者更提出建构"乐府学"的思考，并已形成"《乐府诗集》分类研究""乐府诗构成要素研究"两个文丛的系列成果。前者从音乐文学史的角度，分别研究《乐府诗集》十二门类的特质；后者则从文体学的角度，分题名、本事、曲调、体式、风格五项元素，探索乐府诗创作的传统源流，在文体界定方面深具理论价值。而这些研究，都是植根于《乐府诗集》的框架，依托唐五代之前的乐府文本进行的。此外，学界现有大量关于乐府诗史、乐府文献、乐府诗文学性、艺术性乃至重要作家的专题研究，也多倾向于汉魏六朝至唐五代这一时段。可以说，自郭茂倩《乐府诗集》进行总结性断代编纂，成为宋前乐府诗之集大成者以来，自古及今的乐府诗研究，大多在这一总集框定的规模之内。

　　宋代虽是大规模总结前代乐府文献的朝代，但当前学界对宋代乐府诗的研究尚未形成规模。目前关于宋代乐府诗的研究,大多仍偏重于其音乐特质,主要以郊庙雅乐、鼓吹歌曲、祭祀声诗、竹枝词等仍保持入乐传统的诗歌及其音乐传统为研究对象。如李方元《宋史乐志研究》、康瑞军《宋代宫廷音乐制度研究》等,研究宋代雅乐制度及其音乐传统;李驯之《两宋鼓吹歌曲考述》等则强调鼓吹乐章与内制歌辞的特点。此外,由于唐宋之际音乐文学的变革,乐府与声诗的关系也成为一个重要话题。杨晓霭《宋代声诗研究》、罗红艳《论〈全宋诗〉中的声诗》等,上承任半塘《唐声诗》、王昆吾《隋唐五代燕乐杂言歌辞研究》等专著而来,一定程度上涉及了宋代乐府诗与音乐的关系变迁。而对宋代乐府诗做文学史意义上的研究,也还只是初步进入学界视野。着重关注唐后乐府的徒诗化特质,梳理其文学史演变的理论著作,如王辉斌《唐后乐府诗史》,初步展示了北宋至清代九百余年乐府诗的历史,包括唐后乐府与唐代乐府诗的承继关系,与音乐的离合关系,与社会历史演变的关系等,可谓一部宋元以下乐府诗研究的拓荒之作。然而该书内容时间跨度较大,受篇幅所限,论及历代乐府的章节都较为简单。如宋乐府一章,主要将旧题乐府、宫词、歌行类乐府、即事类乐府分节论述,而未涉及其余类目,颇有可开掘的余地;而对于宫词、歌行类乐府的文体学界定,也可进一步深入探讨。

目前宋代及以下乐府诗的研究尚未形成规模,究其原因主要有二。其一,因宋元时期词曲新兴,乐府诗作为音乐文学的地位不再突出,故后世在这一层面上追索其文体意义者较少;其二,宋代及以下的乐府诗多半被文人当做徒诗来创作,多数时候只是散见于别集之中,并未形成总集类编纂,因此对这一时段文人拟乐府的研讨,大多是就某一名家之作而论,而未能进一步涵盖其源流与全貌。归根结底,二者都指向宋代及以下乐府诗的全面徒诗化。而宋代正是这一徒诗化变革全面发生的时期。

宋代对乐府的定位和宋前有相当的区别。由于词体兴盛,在合乐表演的功能方面,事实上已经由词取代了诗作为乐府的地位。与此同时,唐宋之际乐府诗的全面徒诗化,使乐府诗渐渐被作为一种固定的文体看待,即文人模拟乐府旧题或歌辞性诗题所创作的摹仿前代乐府的诗歌。这些文人拟乐府虽然大多丧失了乐府文体固有的音乐特质,然而在"补乐府"创作观念的激发之下,它们仍然能够成为宋诗的一个重要构成部分。宋代文人关注乐府作为徒诗的文体意义,一方面维持着对前代乐府旧题的总结与书写,另一方面自出机杼,不断自拟新题,在乐府诗创作观念、题材、形式等方面都促成新变,以其创作实践继续拓展乐府诗这一范畴的外延。这是乐府文学发展史上的一次全面变革。

要厘清宋代乐府诗发展与变革的脉络,当从探原宋代文人的乐府观入手。宋代文人的乐府观既包括宋人在对前代观念和诗歌文献的整合中形成的总结性观点,又包括乐府向徒诗的转变过程中,在文人群体的创作层面形成的变化,甚至两宋上下数百年,宋人自身的乐府观也处于一个相互影响、不断流变的过程中。因此,为了全方位地把握宋代文人的乐府观,并进而对宋人乐府诗进行较为切实可靠的界定,就需要从宋人所做的文献编纂、倡导的诗学观念,乃至文人群体的创作实践等不同角度加以分析与整合。

宋人对前代乐府诗进行了广泛的文献整理。宋代诸总集、别集中对乐府诗的编纂态度,既包括宋人对前代乐府文献的总结,也包括宋人对本朝乐府创作的认识,而其乐府观又各自有别,形成内核较为明确、外延却较为模糊多元的乐府观。《文苑英华》与《唐文粹》在分类模式上偏重于按照乐府诗题材区分,在诗篇的选择方面又格外重视唐代乐府的创作典范;《系声乐府》虽已亡佚,但据《通志》的记载可知,其编纂方式独重音乐源流,这种态度也呈现在《通志·乐略》中;而《乐府诗集》则是在辨析音乐传统的基础之上,又对旧题渊源进行文献性的考证,梳理旧题创作的沿革,可谓宋代乐府文献总结之集大成者。这些总集的编纂,分别体现了宋人对于前代乐府的不同态度,然而其观念又与宋人对本朝乐府的界定有所不同。如《宋文鉴》的编纂中突出乐府与歌行的相似性,而在宋人诸别集中,乐府多与其余诸体诗歌杂列,可见宋人在对待本朝乐府诗时,实际已经将之作为徒诗对待,甚至与歌行这一新兴文体等量齐观。对这些总集、别集中透露的乐府观予以辨析,可以观察宋人在文献整理层面上的观念变化。

从宋人总结前代和实际创作的不同态度中可以看出,他们不但对前人的乐府观有所辨析与反思,形成基于不同视角的编纂理念,同时在创作实践中也因人而异地存在不同的乐府观。宋人对乐府诗这一概念外延的理解并无一定之规,令古题传写与自立新题的创作都呈现出更加繁杂、较难界定的趋势。这也直接影响到宋代乐府诗文体的辨析。

宋代乐府徒诗的音乐传统仍旧不曾完全消解。对歌行体乐府和歌辞性诗题的继承成为文人乐府的新风,一定程度上模糊了乐府和歌行间的界限。部分乐府旧题的本义呈现出逐渐漫漶乃至消解的状态,其同题拟作中有些诗歌的乐府特质渐不分明;同时,新题乐府的题材越发趋于广泛,难免混同于其他叙事诗歌。这些都需要结合宋人乐府观的研究予以界定,方能进而从文体学角度阐释宋代乐府诗的书写特色、风格传承。

可以说,正是与音乐的分离成就了宋代文人乐府诗的文体意义。乐府诗作为音乐文学的特质虽然被词取代,在徒诗化趋势中,其作为诗之一体的地位却并未动摇。在上溯《诗》《骚》,规模魏晋,又确立唐代典范的总结与继承之中,文人拟乐府在两宋时拥有数量可观的作者群。而在宋人重视诗歌旨趣、功能,推重其现实意义的观念下,宋代乐府诗的题材得到进一步开拓,诗篇数量相当可观。乐府诗于宋人,也成为一种更加日常化、现实化的表达。

本书以音乐文学特质衰亡之际的宋代文人乐府观为研究对象,梳理宋人对前代乐府文献的总结与对本朝乐府诗的界定,在此基础上进行多角度的对参,并结合宋人自身的新旧题乐府创作,涵盖宋代文人文论家与创作者的双重视角,把握宋代乐府徒诗创作和诗学理论进程的互动,初步还原宋代文人的乐府观构建,以略补当前乐府文学史研究之阙。

第一章 北宋初期的乐府诗编纂：
徒诗化视野下的宋前乐府诗

宋代乐府诗编纂，包括对前代乐府文献的全面总结，以及对本朝乐府诗的界定两方面。随着唐代诗歌兴盛，众体毕备，乐府诗的创作已经呈现出明显的徒诗化趋势。编纂于宋初的《文苑英华》与《唐文粹》，皆是以接受和总结为目的，从题材内容等方面着手，对前代尤其是唐代乐府诗进行整合。这种乐府编纂观念与《文选》之范式一脉相承，且更加倾向于在诗歌史的大视野下观照乐府诗，重视其内容、文体与创作风格，而不再刻意突出其音乐特质。这是乐府诗与音乐分离过程中的重要一环。

第一节 宋前编纂乐府诗的主要范式

在宋代之前，对乐府诗的界定与编纂范式主要呈现在《文选》《乐府古题要解》与《通典》这几部重要的总集和文献中。《文选》注重对乐府古题核心作品的界定；《乐府古题要解》在着重考辨本事之余，又将大量杂体诗视为乐府，形成更加宽广的视野；《通典》则梳理音乐文献，保存大量作为音乐文学的乐府诗题名。这几种态度，都对宋人进一步总结前朝乐府诗有所启发。

此外，《玉台新咏》虽然被视为保存了大量古乐府篇题的南朝总集，然而集中事实上并未将绝大部分篇题明确称为乐府，对于乐府的界定并不突出；且其收录主要涉及相和歌与清商乐题名，与《文选》《通典》等收录内容出入不大。因此为免重复，本章不再赘列《玉台》之内容，将于下章再行辨析《乐府诗集》对《玉台》所涉题名的梳理与收录情况。

一、《文选》：乐府范畴核心的奠定

《文选》诗文并收，乐府类下，所录颇少，其收录乐府诗作者与篇题可罗列如下：古辞《饮马长城窟行》《伤歌行》《长歌行》、班婕妤《怨歌行》、曹操《短歌行》《苦寒行》、曹丕《燕歌行》《善哉行》、曹植《箜篌引》《美女篇》《白马篇》《名都篇》、石崇《王明君词》、陆机《猛虎行》《君子行》《从军行》《豫章行》《苦寒行》《饮马长城窟行》《门有车马客行》《君子有所思行》《齐讴行》《长安有狭邪行》《长歌行》《悲哉行》《吴趋行》《短歌行》《日出东南隅行》《前缓声歌》《塘上行》、谢灵运《会吟行》、鲍照《东武吟》《出自蓟北门行》《结客少年场行》《东门行》《苦热行》《白头吟》《放歌行》《升天行》、谢朓《鼓吹曲》①，都是名家之作。这部分乐府诗题主要产生在汉晋至南朝时，其题名在郭茂倩的编纂视野内绝大多数被归为相和歌辞，仅《伤歌行》《齐讴行》《悲哉行》《吴趋行》《前缓声歌》《会吟行》《升天行》归入杂曲歌辞，《鼓吹曲》归入鼓吹曲辞。整体而言，大多是当时可入乐或者题名具备一定音乐传统的诗篇。但是《文选》之拣择以名家之诗为主，基本未涉及其余同题作品，故篇什极少，即便按照后世《乐府诗集》的分类模式，将其前所列郊庙类，其后所列挽歌、杂歌两类相关于声乐的篇题也计算在内，总数仍然不多。而这种将郊庙、乐府、挽歌、杂歌等诸类分列的形式，可见萧统对

---

① 据清胡克家刻本《文选》目录。

乐府的定位，仅限于其最为核心的部分，即汉晋相和歌之传统。

《文选》关于郊庙、挽歌与杂歌部分的编纂，仍然显示出收录名家名篇，或选取著名人物本事的倾向。如郊庙仅录颜延之《宋郊祀歌》二首；挽歌仅录缪袭《挽歌》一首、陆机《挽歌》三首，陶渊明《挽歌》三篇仅录"荒草何茫茫"一首，《乐府诗集》归入相和歌辞传统；杂歌仅录《荆轲歌》《汉高帝歌》（即"大风起兮云飞扬"）《扶风歌》《中山王孺子妾歌》四题，《乐府诗集》分别归入琴曲歌辞与杂歌谣辞两类。这部分篇题，或在入乐传统，或在仪式功能等层面，都被后人视为乐府之外延，但《文选》的处理更加谨慎。

在《文选》的编纂思路中，虽将挽歌与杂歌置于乐府之后，以彰显这三者在具备音乐传统方面的相似性，但对乐府的界定仍然以汉晋旧题为主，如《吴趋行》《升天行》《前缓声歌》等题，虽非相和歌传统，后世郭茂倩梳理时仅能将之归入杂曲歌辞，但这部分题目在汉晋之间已经立题，又具备歌辞性诗题的特质，故被萧统视为传统乐府诗收录。但此外如《挽歌》，因为是《薤露》《蒿里》的衍题，便不被视为乐府收录；《荆轲歌》《汉高帝歌》等随时即事的乐歌，或也因声乐传统不明而不被收录。概言之，《文选》虽然意识到部分旧题的音乐传统，并试图加以区分，却并不将一切具备声乐传统的诗歌都纳入乐府范畴，在乐府这一概念的界定上十分严格。

此外，《文选》收录乐府诗绝大多以"行"为题，杂以"歌""篇""词"等。因所选多为古歌、古曲之题，并不能排除对音乐传统的重视，但整体收录态度仍然是致力于归纳整理文人诗。如其乐府类收录《出自蓟北门行》《东武吟》等篇，除有古题渊源外，内容风格和一般五言诗并无过多区别。而被宋代总集界定为乐府的部分篇章，《文选》并未视为乐府，如颜延年《秋胡诗》被列入咏史类；南朝宋袁淑《效曹子建乐府白马篇》、鲍照《代君子有所思》、梁江淹《古离别》（《乐府诗集》作《古别离》）、《李都尉》（《乐府诗集》作《从军行》）、《班婕妤》（《乐府诗集》作

《怨歌行》)、《魏文帝》(《乐府诗集》作《善哉行》)被列入杂拟类,等等。这种区分古题乐府和后世文人拟乐府的做法,体现出对音乐文学和纯文本文学侧重不同的态度,也在历代乐府诗编纂的范式演变中,较早地规范了乐府诗范畴的内核。

二、《乐府古题要解》:开辟门类,考辨本事

唐代吴兢尝"采汉魏以来古乐府辞,分为十卷",但这部总集已经亡佚,仅余《乐府古题要解》,收录乐府古题题名,阐发本事。《乐府古题要解》篇幅不长,所收录的古题也大多较为知名。按照吴兢的分类,《江南曲》《度关山》《长歌行》《薤露歌》等二十六题属汉相和歌,《殿前生桂树》《白鸠篇》《碣石篇》等五题属汉晋至南朝舞歌,《上之回》《战城南》《巫山高》等九题属汉铙歌,《刘生》属汉横吹曲,《王昭君》《子夜》《前溪》等六题属清商曲,《日重光》《上留田行》《猛虎行》《吴趋行》《白马篇》《夜夜曲》《蜀道难》等四十六题属乐府杂题,《思归分》《雉朝飞》《走马引》等六题属琴曲。至《长门怨》《婕妤怨》《同声歌行》《定情篇》等,是书无明确分类。吴兢明确提及上述诸乐府古题的音乐传统,这部分题名构成《乐府古题要解》收录的主要部分,以汉晋乐府古题为核心,兼及南朝清商乐,大体仍然贴近《文选》的收录格局。而其对于乐府杂题的分类,也影响到后来郭茂倩对杂曲歌辞一类的收录。

然而,吴兢对部分汉晋至南朝古诗的处理大大超越了《文选》的框架规模,甚至较之后世的《通典》《文苑英华》《乐府诗集》等,界定乐府诗的视野也更为开阔。如《四愁》《七哀》《招隐》等题,其中《招隐》本属淮南小山所作楚辞,郭茂倩仅以此篇章句在后世的传写,定《王孙游》一题为乐府,"《楚辞·招隐士》曰:'王孙游兮不归,春草生兮萋萋。'"[1]而吴

---

① 郭茂倩《乐府诗集》卷七十四《杂曲歌辞十四》,中华书局,1979 年,第 1051 页。以下仅注页码。

兢直接将《招隐》本题视为古乐府，事实上将乐府之源流上溯至《楚辞》；他又以为《四愁》"其流本出于《楚辞》《离骚》"，则是强调《楚辞》对后世乐府的影响。至于《七哀》，因为与《四愁》的命题方式相同，在题名层面或可视为具备传承关系，而吴兢罗列题名将之并置，无形中将《七哀》也纳入《楚辞》流变的传统中，于是本无音乐传统的《七哀》一题就此进入乐府的领域。且吴兢又以为"如曹植'明月照高楼'、王仲宣'南登霸陵岸'，皆《七哀》之一也"①。曹植"明月照高楼"一篇，《古今乐录》载题为《怨诗行》，并无与《七哀》的关联可考，而吴兢此举，实则在并无音乐传统的汉代五言古诗与乐府诗之间建构起源流关系，拓宽了乐府概念的外延。

此外，吴兢还收录大量杂体诗题名，进一步拓宽乐府的门类。如所录《藁砧今何在》，实为汉魏间古诗，风格似民歌，又有谜题性质，此外如《离合诗》"合其字以成文也"，《盘中诗》"盘屈书之"，《回文诗》"回复读之，皆歌而成文也"，《百年诗》"起'总角'至'百年'……十岁为一首"②等，皆循一特定创作技法成篇。这类杂体诗的主题还包括道里名、星名、郡县名、卦名、药名、姓名、相名、宫殿名、草树鸟兽名、歌曲名、针穴名、将军名、车名、船名、无名、寺名，乃至数、八音、六甲、十二属、六府等，各依字形、音韵、词义、词序等作成诗歌。这部分杂体诗，在历代编纂乐府的总集与文献中，少有被全部视作乐府的情况，吴兢此举，无疑较早地宕开格局，令后人无论是否赞同这一编纂视角，都不得不循此思路予以思考辨证，也形成一定传统，如郑樵《通志·乐略》收录乐府题名时列杂体六曲，即对《藁砧》《五杂组》等题予以正视。

齐梁至唐代之间，文人拟乐府很多只根据题名内容进行发挥，并不

---

① 吴兢《乐府古题要解》卷下，见丁福保辑《历代诗话续编》，中华书局，1983 年，上册，第 59 页。

② 吴兢《乐府古题要解》卷下，见丁福保辑《历代诗话续编》，中华书局，1983 年，上册，第 61—62 页。

注重古辞本事的传承。这些失去古意的拟作代代传写,遂使得古辞本意逐渐泯然。在编纂总集、进行题解时,吴兢对这一日渐兴盛的断题取义风气有所不满,认为"历代文士,篇咏实繁。或不睹于本章,便断题取义"①,故而收罗文献,开考辨古题本事风气之先河。在吴兢之后,许多宋人也关注到这一"辞人例用事,语言不复详研考"②"大抵先世乐府,有其名者尚多。其义存者十之三,其始辞存者十不得一"③的现象,并进而广为考辨本事,探原旧题旨趣。部分宋人的旧题乐府创作形成对古乐府传统的复归,无疑受到以吴兢为代表的唐人的启发。

同时,吴兢虽也罗列各题的音乐传统,但更注重本事考辨,这种更多地视乐府为徒诗的编纂态度或许也影响了元稹这样致力于创作新乐府的诗人。元稹认为,乐府古题并不一定都具备入乐传统,"纂撰者由诗而下十七名,尽编为乐录、乐府等题,除铙吹、横吹、郊祀、清商等词在乐志者,其余《木兰》《仲卿》《四愁》《七哀》之辈,亦未必尽播于管弦明矣。后之文人达乐者少,不复如是配别,但遇兴纪题,往往兼以句读短长为歌、诗之异"④。将《四愁》《七哀》视作乐府徒诗的态度,很难说没有受到《乐府古题要解》的影响。而这种态度不独引领了唐人新乐府的创作风气,进而也势必会影响到宋人对乐府古题的甄别与传写。

但是,吴兢在收录乐府古题时也存在一些疏失。如乐府杂题类下,《日重光》《上留田》《相逢狭路间行》《艳歌行》《怨歌行》《饮马长城窟行》《君子行》《豫章行》《门有车马客行》《猛虎行》《从军行》《楚妃叹》等题,考文献皆有相和歌传统,此是其考据不够严谨、在辨别乐府古题的音乐传统时有所遗漏之处。然而,这种音乐传统与本事考辨兼重的

---

① 吴兢《乐府古题要解》卷上,见丁福保辑《历代诗话续编》,中华书局,1983 年,上册,第 24 页。
② 《苕溪渔隐丛话》前集卷一引《蔡宽夫诗话》,人民文学出版社,1981 年,第 5 页。
③ 王灼《碧鸡漫志》卷一,见《全宋笔记》第四编,大象出版社,2008 年,第二册,第 173 页。
④ 元稹《乐府古题序》,见冀勤点校《元稹集》,中华书局,1982 年,第 254—255 页。

编纂思路，仍然足以对后世乐府文献编纂者有所启发，郭茂倩《乐府诗集》关于鼓吹、相和、清商、舞曲、琴曲、杂曲等类的界定，虽然更加饱满繁复，但大体承此而来。

三、《通典》：基于音乐传统的范式雏形

杜佑所编《通典》在整理音乐文献时，将对历代乐歌、曲题的整理罗列都归于乐的部分，虽未明确涉及乐府这一范畴及古题界定，但其中收录的相当一部分题名，包括其所提供的分类模式，对后人编纂乐府文献亦颇有启发。

《通典》梳理雅乐的历代沿革，首先罗列《咸池》《大渊》《五茎》《六英》《大韶》《大夏》之类上古乐歌题名，然后自秦汉以下，依次梳理历朝增革之郊祀燕乐所用乐歌舞曲题名，如秦之《五行》《寿人》、汉之《永安》《房中祠乐》《大风歌》等，所录十分详细，不能尽列。在罗列雅乐题名的同时，也提及鼓吹铙歌、鼓角横吹曲等军旅相关仪式用乐的沿革，亦尽录其题名。其后郭茂倩编纂《乐府诗集》时，详细区分郊庙、燕射、鼓吹、横吹、舞曲等类目；郑樵作《通志·乐略》，将汉短箫铙歌、鼓角横吹曲、胡角曲视为乐府正声，将郊庙乐视为祀飨正声，《大风歌》《房中乐》等视为祀飨别声，又关注仪式用乐中的文武二舞，其编纂理念应当都受到《通典》梳理历代雅乐传统的影响。

《通典》又分类罗列雅乐之外的诸多歌曲、杂乐题名，大致可分为歌、杂歌曲、舞、杂舞曲、清乐、坐立部伎、四方乐、散乐、前代杂乐九类，与雅乐系统并观，其音乐系统已颇成规模。其中，歌类所列，都是"以声吟咏""徒歌谓谣"之类古题，如《赓歌》《南风》《涂山歌》《五子之歌》《但歌》《读曲》《别江南》《上云乐》《江南歌》《行天》等，从上古歌辞到南朝乐歌均见收录。此后郭茂倩特列杂歌谣辞类，郑樵于乐府遗声中杂录古歌，或也受此分类影响。

杂歌曲类所列，包括周曲《白雪》、汉曲《明君》，又列《相和》十七

曲,言"朱生、宋识、列和等复合之为十三曲"①。除此之外尽为吴声杂曲,包括汉代旧曲《凤将雏》、晋曲《碧玉歌》《懊侬歌》《子夜歌》《长史变》《阿子歌》《欢闻歌》《桃叶歌》《前溪歌》《团扇歌》《督护歌》、南朝宋曲《读曲歌》《乌夜啼》《石城乐》《莫愁乐》《襄阳乐》《寿阳乐》《栖乌夜飞》、南朝齐曲《估客乐》《杨叛儿》、南朝梁曲《襄阳蹋铜蹄》《上声歌》、南朝陈曲《玉树后庭花》《堂堂》《黄鹂留》《金钗两臂垂》、隋曲《骁壶》(《投壶乐》)《泛龙舟》《期万岁乐》《藏钩乐》《七夕乐》《相逢乐》《舞席同心髻》《玉女行觞》《神仙留客》《掷砖缚命》《斗鸡子》《斗百草》《还旧宫乐》。又有《三洲歌》当在宋齐之间,《常林欢》在宋梁之间。所谓吴歌杂曲,实则是对东晋至隋代清商乐发展的题名整理,《乐府诗集》与《通志·乐略》整理清商乐题名时,几乎尽皆收录。

再如杂舞曲录汉曲《公莫舞》《巴渝舞》《槃舞》《鞞舞》《明之君》《铎舞》《白鸠》《白纻舞》;清乐录蔡邕五弄、楚调四弄,合称九弄等。对于历代舞曲、琴歌收录虽不及清商乐诸题全面,但在类目开辟层面则对后人亦有启发。

此外,如坐立部伎类,列后周《安乐》、唐《破阵乐》《庆善乐》《大定乐》《上元乐》《圣寿乐》《光圣乐》《长寿乐》《天授乐》《鸟歌万岁乐》《龙池乐》《小破阵乐》诸题;又有《燕乐》,用《景云河清歌》及《承天乐》《破阵乐》等,以上诸曲均配有乐舞,可视为对宴飨舞曲题名之梳理。四方乐类,在北狄乐之下列《慕容可汗》《吐谷浑》《部落稽》《巨鹿公主》《白净王太子》《企俞》曲名,保留北朝音乐的元素,其后郭茂倩列入横吹曲辞。散乐类,保留《婆罗门乐》《兰陵王入阵曲》《踏摇娘》《窟礧子》曲名;前代杂乐,《通典》引《建初录》,考辨部分短箫铙歌曲题,认为《务成》《黄爵》《玄云》《远期》为骑吹曲;西凉乐,保留《杨泽新声》《神白马》等胡曲;礼毕,保留《散华乐》等曲名。这部分记录仅仅基于音乐

---

① 杜佑《通典》卷一百四十五《乐五》,中华书局,1988 年,第 3701 页。

传统梳理历代古乐题名,其中绝大部分并无古辞存世,在后世亦少有人传写,于乐府诗的整理并无过多意义,但其分类较为细致,为宋人进一步从音乐传统着手界定乐府范畴,并以入乐功能对乐府诗进行分类的编纂模式奠定了根基。

虽然《通典》对诸曲题的音乐源流梳理中亦存在一定问题,如《白雪》为古琴曲、《明君》为相和歌吟叹曲、《上云乐》为梁武帝时所作,实为南朝清商乐,《通典》均列入歌类;坐立部伎诸题与《兰陵王入阵曲》等实为舞曲,而《通典》将之与杂舞曲分列等等。但是以其对古乐传统的梳理观之,已经涉及郊庙雅乐、鼓吹、横吹、相和、清商、舞曲、清乐以及杂歌等类目,虽然并未形成脉络分明体系,但仅以名目而言,几乎已经可以视为郭茂倩《乐府诗集》总结前代乐府门类之雏形。

然而,唐宋之际乐府诗的创作是一个逐步徒诗化的进程,在文人的观念中,亦渐渐将乐府视为徒诗,较少地关注其音乐文学的特质,而这种态度在北宋中前期成为主流。因此,《通典》这种仅以音乐传统梳理题名、不涉及文辞的模式,并未对早期宋人的乐府诗编纂观念产生足够的影响。

第二节　《文苑英华》：作为徒诗的 乐府与歌行

宋初对前朝之文学尚处于总结和接受的状态。这一时期出现了重要的两部总集:官修的《文苑英华》与私人编纂的《唐文粹》。二书都涉及乐府诗的总结与编纂。两者的共同点是,继承《文选》系统,依据题材内容对诗歌进行细化分类。

李昉等编《文苑英华》,收录时限和编纂体例皆上承《文选》,所选乐府,大多是南朝梁至唐五代文人诗,偶尔也上溯宋齐。《文选》于乐府类下,按照作者年代先后排列,不再将乐府诗归类,然而《文苑英华》卷一百九十二至卷二百十一为乐府门,共计二十卷,占据诗部总目的九分之一,收录乐府诗达到 1070 首,所录既远多于《文选》,势必要再详作区分。

《文苑英华》的编纂体例,乃是以诗为单独的一大类,在其下又按照诗歌题名,归并为天部、地部、帝德、应制、应令、省试、朝省、乐府、音乐、人事、释门、道门、隐逸、寺院、酬和、寄赠、送行、留别、行迈、军旅、悲悼、居处、郊祀、花木、禽兽共二十五门。这二十五门中,有些规模较大的,同样会根据内容,作出更加详细的门类区分。

在乐府一门之下,虽然没有细化分类,然而根据题目排列可以看出,编次之时,大致仍是以诗歌题材归并,同时也参照了诗题的相似性。如卷一百九十二所收《京洛篇》《帝王所居篇》《帝京篇》《煌煌京洛篇》《新城安乐宫》《凌云台》《长安道》《洛阳》诸题,依内容当可归为帝京;卷一百九十三所收《神仙篇》《升仙篇》《升天行》《步虚词》《飞龙引》《凤箫曲》《凤笙曲》诸题,当可归为仙道;《阳春歌》《金乐歌》《白纻歌》诸题,当可归为燕乐;《美女篇》《日出东南隅》可归为美人;《日出行》《月重轮》《泛舟横大江》《雨雪曲》等,则大致可归为天时。以下各卷,排列大致类似,如《公子行》《少年行》等题,《塞上》《出塞》《度关山》等题,都顺次排列,归为一类。故而,依循《文苑英华》中其余门类的名目,可在乐府之下,粗略分为帝京、仙道、燕乐、美人、天时、少年、酒、侠客、边塞、军旅、行迈、相思、别离、歌、怨、拟古、禽、古题、草木、兽、杂题等类。

下文将以《文苑英华》乐府门所收录的乐府诗与《乐府诗集》相对比,试析《文苑英华》编纂中所体现的较有代表性的宋初文人乐府观,因二书编纂所涉及的年代不同,仅以其重合年代,即南朝梁至唐五代为对比,不涉及《文苑英华》并未收录的汉晋至南朝齐之间的旧题与作家作品。

《文苑英华》乐府门与《乐府诗集》收录旧题情况对比

门类	《文苑英华》与《乐府诗集》皆录之题	《乐府诗集》未录之题
帝京	《帝王所居篇》《煌煌京洛篇》《新城安乐宫》《凌云台》《长安道》《洛阳》	《京洛篇》《帝京篇》
仙道	《神仙篇》《升仙篇》《升天行》《步虚词》《飞龙引》《凤笙曲》	《凤箫曲》
燕乐	《阳春歌》《金乐歌》《白纻歌》	
美人	《美女篇》《日出东南隅》	
天时	《日出行》《月重轮》《泛舟横大江》《雨雪曲》	
少年	《公子行》《少年行》《轻薄篇》《结客少年场》《行行且游猎》《门有车马客》	
酒	《对酒》《前有一樽酒》《将进酒》《饮酒乐》《劝酒》	
侠客	《侠客行》《刘生》	《西游咸阳中》《侠客控绝影》
边塞	《燕客行》《雁门太守歌》《将军行》《战城南》《胡无人》《塞上》《塞下》《出塞》《入塞》《度关山》《关山曲》《关山月》《陇头水》《陇头吟》《陇西行》《出自蓟北门行》	《塞外》
军旅	《从军行》《从军有苦乐行》	《拟塞外征行》《苦战行》《古悔从军行》《军中行》
行迈	《行路难》《蜀道难》《巫山高》《大堤曲》《襄阳歌》《豫章行》《东武吟》《武陵深行》《纪辽东》	《江南行》《蜀国吟》《白铜踶歌》《襄阳行》《广陵行》
相思	《长相思》《有所思》《君子有所思》《自君之出矣》	

门类	《文苑英华》与《乐府诗集》皆录之题	《乐府诗集》未录之题
别离	《古别离》《潜别离》《远别离》《久别离》《长别离》《生别离》《别离曲》	
歌	《幸甘泉宫歌》《棹歌》《劳歌》《鞠歌》《浩歌》《长歌》《短歌》《放歌》	《绍古歌》
怨	《长门怨》《昭君怨》《班婕妤怨》《铜雀台》《铜雀妓》《湘妃怨》	《长信宫》《西宫秋怨》
拟古		《古意》《拟古》
禽	《飞来双白鹤》《乌生八九子》《乌夜啼》《乌栖篇曲》《朱鹭》《斗鸡篇》《鸣鸡篇》《东飞百劳歌》《燕燕于飞》《野田黄雀行》《沧海雀》《雀乳空城中》	《黄鹤》《乌啼曲》《射雉词》《空城雀》
古题	《梁甫吟》《白头吟》《游子吟》《妾薄命》《妾安所居》《宛转歌》《古曲》《古歌》	《古兴》《古词》
草木	《陌上桑》《采桑》《折杨柳》《梅花落》《殿前生桂树》《芳树》《采莲》《采菊》《采菱》《青青河畔草》	
兽	《君马黄》《紫骝马》《骢马驱》《骢马》《白马》《拟饮马长城窟》《走马引》《爱妾换马》	
杂题	《临高台》《上之回》《钓竿篇》《箜篌谣》《箜篌引》《公无渡河》《苦热》《苦寒》《猛虎行》《登名山篇》《秦王卷衣》《上留田》《古挽歌》《怨歌行》《悲哉行》《独不见》《定情篇》《杂曲》《胡笳曲》《长干行》《小长干行》	《登高台》《怀哉行》《忆昔行》《逼仄行》《云中行》《江风行》

一、《文苑英华》收录乐府诗题名的特点

《文苑英华》收录的大部分乐府诗题皆在《乐府诗集》收录之列，部

分题名内容二书有出入。如《行行且游猎》，《乐府诗集》录为《行行游且猎篇》；《门有车马客》，《乐府诗集》录为《门有车马客行》；《幸甘泉宫歌》，《乐府诗集》录为《行幸甘泉宫》；《鞠歌》，《乐府诗集》录为《鞠歌行》；《白马》，《乐府诗集》录为《白马篇》；《苦热》，《乐府诗集》录为《苦热行》；《上留田》，《乐府诗集》录为《上留田行》；《登名山篇》，《乐府诗集》录为《登名山行》等。这部分题名的差异大多涉及篇、行、歌等歌辞性诗题后缀，体现出《文苑英华》虽然关注歌辞性诗题的收录，但较之《乐府诗集》仍显得随意的特点。

这一随意性同样体现在《文苑英华》各卷目录中收录乐府诗题名与卷中实际所列篇题也时有差异。如《煌煌京洛篇》，《文苑英华》卷中录为《煌煌京洛行》，《步虚词》又录为《道士步虚词》，《洛阳》又录为《洛阳道》，《日出东南隅》又录为《日出东南隅行》，《泛舟行大江》又录为《泛舟横大江》，《公子行》又录为《张公子行》与《公子》，《胡无人》又录为《胡无人行》，《劝酒》，又录为《山人劝酒》，《塞上》又录为《塞上曲》，《塞下》又录为《塞下曲》，《鸣鸡篇》又录为《鸡鸣高树巅》《晨鸡高树鸣》《赋鸡鸣篇》《鸡鸣曲》，《燕》又录为《燕燕于飞》《双燕离》等，均属于较为细微的调整。《道士步虚词》《张公子行》与《山人劝酒》之类，其用意当为保存本题；而如《洛阳道》《泛舟横大江》《鸡鸣高树巅》《燕燕于飞》《双燕离》之类，则是为了与古题切合。这种做法，一定程度上也保存了后世诗人创作乐府诗时所使用的实际题名，较为直观地展现出乐府题名在创作中的书写变化。

《文苑英华》收录乐府诗的几个主要特点如下：

其一，较为重视保留唐人的叙事性诗题。《文苑英华》以诗题内容的相似性来罗列乐府诗，在目录中大多使用古乐府题名，而卷中收录又时而保留后世创作中的叙事性诗题部分。如《短歌》题下杜甫《短歌行送祁录事归合州因寄苏使君》《短歌行赠王郎司直》二篇，《苦热行》题下刘长卿《奉和李大夫同吕评事太行苦热行兼寄院中诸公仍呈王员外》、僧皎然《五言酬薛员外谊苦热行见寄》二篇,《乌啼曲》题下杨巨源《乌啼曲赠张评事》等,《拟古》题下胡师耽《同终南山拟古》等。这部分作品,《文苑英华》在目录中均仅保留古题要素,以令题名与古乐府更加相似,但在卷中仍留存其原有的叙事性诗题全貌。

又如《对酒》一题中,戴叔伦诗《文苑英华》录题为《对酒示申屠学士》,张谓诗录题为《湘中对酒行》,武元衡诗录题为《秋日对酒》,陈陶诗题录为《钱塘对酒曲》。此外,王勃诗题实为《对酒春园作》,张说诗题实为《对酒行巴陵作》,李白诗题实为《月下独酌》,贾至诗题实为《对酒曲》。对此题的处理,《文苑英华》与《乐府诗集》出入颇大。《文苑英华》不独广为收录唐人的同题作品,也对其中部分叙事性诗题做了处理,但所涉仍然不够完全;《乐府诗集》则较为保守,主要收录唐前的诗篇,对于唐人的大多数作品不再涉猎,所收录的唐人之作,也仅以同题为收录依据,不再根据内容进行题名调整与收录。对这类旧题的处理,反映出二者面对唐宋之际乐府徒诗化的趋势时的不同态度,而宋人面对这些范例,在创作《对酒》《苦热》之类原本就贴近日常生活、题旨容易漫漶的题目时,对乐府诗与非乐府诗的界定观念也进一步模糊,从而使这部分乐府旧题在其创作中持续徒诗化,终至丧失乐府诗特质。

其二,关注怨体诗及相关题名的产生。《文苑英华》收录乐府诗时,将抒发思妇之怨情的篇题单列为怨一类,其中部分乐府旧题直接以"怨"为名,包括《长门怨》《昭君怨》《班婕妤怨》《西宫秋怨》与《湘妃怨》等,这一分类突出了怨体诗的规模。其后郑樵编《通志·乐略》,特别收录乐府怨题二十五曲,宋人创作中也关注这类旧题,乃至自命怨体新题,或许都受到这种编纂态度的一定影响。

其中,考《班婕妤怨》收录诸篇,不出《乐府诗集》相和歌辞楚调曲所录《班婕妤》《婕妤怨》二题,《文苑英华》所录题名实为此二题之概括。郭茂倩考此题源出《怨诗行》。《乐府古题要解》言《婕妤怨》"为汉成帝班婕妤作也。婕妤,徐令彪之姑,况之女,美而能文。初为帝所宠爱,后幸赵飞燕姊娣,冠于后宫,婕妤自知恩薄,惧得罪,求供养皇太后于长信宫,因为赋及《纨扇诗》以自伤。后人伤之,为《婕妤怨》及拟其诗"①,则《婕妤怨》本为《怨诗行》衍题,然而声名较著,故取代古题《怨诗行》成为《文苑英华》的收录对象,又因晋代陆机已作《班婕妤》一题,《文苑英华》遂将二者合为一谈。又王諲《长信怨》"飞燕倚身轻,争人巧笑名。生君弃妾意,增妾怨君情"写班婕妤本事,且后人亦有同题传写,郭茂倩在《乐府诗集》中将之列为此题之衍题;但《文苑英华》仅以题名区分,未能体现这一关系,且收录顺序源流颠倒,是其局限之处。

至于《昭君怨》,在《乐府诗集》中亦有琴曲歌辞《昭君怨》与相和歌辞吟叹曲《王明君》两个源头,前者有衍题《明妃怨》,后者有衍题《王昭君》《明君词》《昭君叹》,而《文苑英华》将这部分诗歌间杂录之,不再追溯音乐源流。

《长信宫》《昭君怨》《班婕妤怨》等题目,《文苑英华》按题名与内容归并同题诗篇,较能一目了然,但在广泛收录旧题的方面有所欠缺;《乐府诗集》梳理旧题源流,但会令本事相同的诗篇分散于不同类目之下。唐人的乐府诗创作本就呈现出徒诗化的趋势,而宋人在旧题传写中更是主要关注题名、内容、本事之类,虽然南宋以后,部分创作者也因《乐府诗集》对旧题的梳理而扩大题名传写的范围,但仍然无涉于音乐传统,而只是徒诗创作。

其三,对后人所创的拟古类题名予以关注。在历代乐府诗创作中,后世诗人在题名、本事、篇句等方面经常对前代传统有所继承,《文苑英华》在以题名内容为根据收录篇题时,也更多地考虑到题名与主旨的相似,一定程度上拓展乐府诗的外延,较后世的《乐府诗集》更具灵活性。如《京洛篇》,源自古题《煌煌京洛行》;《空城雀》,源自古题《雀

---

① 吴兢《乐府古题要解》卷下,见丁福保辑《历代诗话续编》,中华书局,1983 年,第58 页。

乳空城中);《凤箫曲》,摹拟古题《凤笙曲》;《登高台》,摹拟古题《临高台》;《怀哉行》,摹拟古题《悲哉行》等,这些收录都呈现出宋前乐府诗传写中古题的逐渐流变。

又如《古意》《拟古》二题,收录繁杂,各总集、别集所录题目也多有相异之处。如沈佺期"卢家少妇郁金堂",《乐府诗集》录题为《独不见》;崔国辅"遗却珊瑚鞭",《唐诗纪事》录题为《长乐少年行》;崔国辅"净扫黄金阶",《国秀集》录题为《吴声子夜歌》;梁锽"妾家巫峡阳",《御览诗》录为《美人春怨》,一题《美人春卧》;李暇"秦王龙剑燕后琴",《乐府诗集》录题为《东飞伯劳歌》;刘孝威"汉家迎夏毕",《文苑英华》又录题为《幸甘泉宫歌》等。

《文苑英华》将拟古类题目纳入乐府诗领域,体现了宋人乐府观中崇古的部分。这部分诗歌并无音乐源流,题名也不在传统乐府诗之列,但是在本事、诗风方面接近古乐府文体,沈佺期"卢家少妇郁金堂",实用梁武帝《河中之水歌》莫愁本事;又如清商曲辞中吴声歌曲多为五言,且用江南风物入诗,唐人如孟郊"莲花不开时,苦心终日卷",崔国辅"湖南与君别,湖北忆君归"等五言绝句均承其风,在内容风格层面形成事实上的拟乐府创作,这些都是唐人乐府徒诗化的创作体现,也影响着宋人对这类诗歌的接受与再度传写。李昉等在收录时也时而修改题名,如将崔国辅《吴声子夜歌》、梁锽《美人春怨》等题录为《古意》,胡师耽《同终南山拟古》录为《拟古》等,均显露出试图统合这类作品的意图,与郭茂倩列杂曲歌辞、近代曲辞等类目有异曲同工之处。

此外,《文苑英华》乐府诗部分又有古题一类,包括少量《梁甫吟》《白头吟》《妾薄命》《宛转歌》等具备本事渊源的旧题,但其中亦有《古兴》《古曲》《古歌》《古词》等题目,题名更加随意,没有明显的前代传承,与拟古一类十分近似。如王褒《古曲》"青楼临大道,游侠尽淹留。陈王金被马,秦女桂为钩。驰轮洛阳巷,斗鸡南陌头。薄暮风尘起,聊为清夜游"①,写冶游之乐,旨趣与《名都篇》《少年子》《少年行》等相类;沈佺期《古歌》"落叶流风向玉台,寒钰愁思洞房开。水精帘外金波下,云母窗前银汉回。……燕姬彩帐芙蓉色,秦女金炉兰麝香。北斗七星横夜半,清歌一曲断君肠"②,写宫怨,此类古题诸多,如《燕歌行》《楚妃怨》等。《乐府诗集》收录这部分题名时,特意区分曲、歌之别,是试图以题名样式界定文体细节,但事实上诗作内容主旨并无明显差异;而《文苑英华》收录以"古"为题的篇章,则侧重于六朝以来尤其是唐代对前朝乐府题材风格的摹拟。然而《文苑英华》又将题名具备拟古意义的《绍古歌》列入歌类,《古挽歌》列入杂题类,反映出当后世乐府诗的题名、本事均在不同层面上摹拟古风时,分类存在难以界定之处,这种模糊性是乐府徒诗编纂中面临的主要问题之一。

其四,收录以前人诗句入题的篇章,一定程度上梳理了部分乐府旧题的传承。《文苑英华》在收录乐府诗时,将部分以五言诗句为题的篇章视为乐府。如果上溯这些题名的源流,可以发现,在对汉晋古诗接受与传写的过程中,也产生了一部分乐府衍题。如《饮马长城窟》与《泛舟横大江》,后者即出自曹丕《饮马长城窟》"浮舟横大江,讨彼犯荆虏"句;《结客少年场行》,出自曹植《结客篇》"结客少年场,报怨洛北邙";《从军有苦乐行》,出自王粲《从军行》"从军有苦乐,但问所从谁"句;《西游咸阳中》,当源出阮籍《咏怀》其五"平生少年时,轻薄好弦歌。西游咸阳中,赵李相经过";《自君之出矣》,出自徐干《室思》其三"自君之出矣,明镜暗不治。思君如流水,无有穷已时";《雀乳空城中》,当出自傅玄《杂诗》"鹊巢丘城侧,雀乳空井中",等等。这些衍题与其所源出的诗句,部分并不在乐府诗之列,如曹植《结客篇》、徐干《室思》、阮籍《咏怀》、傅玄《杂诗》等,都非历代公认的乐府诗,只是普通五言;而

---

① 李昉编《文苑英华》卷二百八,中华书局,1982 年,第 1028 页。以下仅注页码。
② 《文苑英华》,第 1028 页。

《西游咸阳中》《侠客控绝影》等题,亦不在后世《乐府诗集》《通志·乐略》的收录范围内。《文苑英华》这种较为宽泛的界定,一定程度上也拓宽了宋人对乐府诗外延的认知,使得部分宋代作者产生了以五言诗句作为乐府题名的创作倾向。

《文苑英华》以题名内容为依据,大批量梳理前代乐府诗的方式,一定程度上也影响到后人的认知与编纂理念。如《长相思》一题,郭茂倩以为有汉代古辞可考,如"客从远方来,遗我一书札。上言长相思,下言久离别""行人难久留,各言长相思""生当复来归,死当长相思"等,皆属"长者久远之辞,言行人久戍,寄书以遗所思也",而"客从远方来,遗我一端绮。文彩双鸳鸯,裁为合欢被。著以长相思,缘以结不解",则"谓被中著绵以致相思绵绵之意"①,但事实上,上述古诗都未被视为乐府,《长相思》一题也并无音乐传统可考。《乐府诗集》将此题列在《自君之出矣》之后,是以诗篇主旨分类,可见郭茂倩的乐府分类虽以梳理音乐源流为首要,但在将部分前代徒诗纳入乐府领域时,也受到《文苑英华》为代表的以题名内容分类方法的一定影响。又如《乐府诗集》将李贺《神仙曲》视为《神仙篇》衍题,孟郊《灞上轻薄行》视为《轻薄篇》衍题等,均属此类。

二、《文苑英华》乐府门之收录局限

首先,《文苑英华》收录乐府诗时,以直观的题名内容而非诗篇本事、寓意作为分类依据,这一做法虽能一定程度归并相似的题目,但在诗篇主旨与题名有所出入时,也会产生诸多不谐之处。如《君子有所思》,《文苑英华》列在相思一类,与《长相思》《有所思》等并置,然而郭茂倩引《乐府解题》认为"其旨言雕室丽色,不足为久欢,宴安酖毒,满

---

① 《乐府诗集》,第991页。

盈所宜敬忌"①,此题早期作品如谢灵运"寂寥曲肱子,瓢饮疗朝饥。所秉自天性,贫富岂相讥"②,鲍照"器恶含满欹,物忌厚生没。智哉众多士,服理辨昭晰"③等,《文苑英华》所录沈约之作亦言"寂寥茂陵宅,眩曜未央蝉。无以五鼎盛,顾嗤三径玄"④,与前人旨趣相合,列为相思明显不妥。而《白马》一题,《文苑英华》将之与《君马黄》《紫骝马》《骢马驱》等题并列,显然是将其归为兽一类,然而此题下费昶"家本楼烦俗"一篇,中有"白马今虽发,黄河未结澌"⑤之句,《乐府诗集》录为杂曲歌辞《发白马》,郭茂倩引《通典》"白马,春秋时卫国曹邑有黎阳津,一曰白马津。郦生云'守白马之津'是也",认为"《发白马》,言征戍而发兵于此也"⑥,白马是地名而非动物,不当列在兽一类,其后彭叔夏、周必大等重修《文苑英华》亦据此调整。又如《殿前生桂树》,《文苑英华》将之与《陌上桑》《折杨柳》《梅花落》等题并列,显然是将其归为草木一类,然而按《古今乐录》载晋鼙舞歌五篇"五曰《明君篇》,当魏曲《为君既不易》,古曲《殿前生桂树》"⑦,则不写草木而写为君之道,《飞来双白鹤》"虽遇新相知,终伤生别离也"(《乐府解题》)⑧,《紫骝马》"盖从军久戍,怀归而作也"(《古今乐录》)⑨等,各有主旨,如仅以题名区别,难免失其本义,使一类之下的诗歌内容显得较为凌乱。

其次,《文苑英华》以徒诗对待乐府,仅将之视作诗部中有一定音乐渊源的独特门类,因此对旧题仅以题名内容分类,未从音乐传统、本

---

①　《乐府诗集》,第894页。

②　《乐府诗集》,第894页。

③　《乐府诗集》,第894页。

④　《文苑英华》,第1002页。

⑤　《文苑英华》,第1037页。

⑥　《乐府诗集》,第1053页。

⑦　《乐府诗集》,第776页。

⑧　《宋府诗集》引,第576页。

⑨　《乐府诗集》引,第352页。

事流变等层面梳理其渊源。如卷一百九十三所录《泛舟横大江》二首，题目本出于魏文帝《饮马长城窟行》首句"浮舟横大江"，属于乐府诗传写过程中依托前代诗句产生衍题的情况，然而《文苑英华》在编纂时，将《泛舟横大江》置于天时一类，《饮马长城窟》置于兽一类，视为不同题材之作，分录在不同卷中，割裂了前后作品之间的联系。又如《箜篌引》与《箜篌谣》，郭茂倩引《古今注》认为："有一白首狂夫，被发提壶，乱流而渡，其妻随而止之，不及，遂堕河而死……丽玉伤之，乃引箜篌而写其声，闻者莫不堕泪饮泣。丽玉以其曲传邻女丽容，名曰《箜篌引》。又有《箜篌谣》，不详所起，大略言结交当有终始，与此异也。"①而《文苑英华》将此二题并置，且又格外收录《李凭箜篌引》，则仅从题名出发，未辨析内容本事。再如《塞上》《塞下》二题，郭茂倩认为唐人作此二曲，盖出于汉横吹曲《出塞》《入塞》二题，此说虽为其推测，但体现出试图从音乐源流着眼梳理题名的观念，而《文苑英华》收录这部分题目时，对其产生的时间顺序并未作太多关注。又如《结客少年场》与《少年行》《少年子》，《从军行》与《古悔从军行》《从军有苦乐行》等题亦各有明确源流，然而《文苑英华》罗列时同样打乱其顺序。上述种种分类细节，均是因其将乐府视作徒诗的态度所致。

在这种分类当中，关于是否归并相近题名为一的分寸，《文苑英华》也未形成统一的标准。如《日出东南隅》与《陌上桑》《采桑》本事相同，至南朝旧题均写秦罗敷事，但《文苑英华》将前者列在美人一类，而将后两者列在草木一类。此外，其后所录萧㧑《日出行》"昏昏隐远雾，团团乘阵云。正值秦楼女，含娇酬使君"②，与《日出东南隅行》实为同一本事，亦当列在美人一类，但至唐代李白"日出东方隈"，李贺"白日下昆仑"二作，则仅写日出。《乐府诗集》将《日出行》置于《日出

---

① 《乐府诗集》，第 377—378 页。
② 《文苑英华》，第 952 页。

东南隅行》之后，是就其早期源流而言，而按照《文苑英华》的编纂理念，仅以题名而论，此题当按天时分类处理。诗人个体在创作中时有各自发挥的情况，令同一题目的旨趣并不能前后统一，是《文苑英华》的题名分类法较难统领之处，究其原因，则是由于题名本事在传写中渐渐模糊，以致后人逐渐断题取义，仅将之作为徒诗创作之故。

又如《江南行》题，南朝诸题多见《江南弄》《江南曲》《江南思》等歌辞性诗题，《文苑英华》一概更变其本题，以《江南行》题收录，体现出对歌辞性诗题的推重。而《乐府诗集》将以"江南"为题的古乐府分为二源，一为相和歌辞相和歌《江南》题，一为清商曲辞江南弄《江南弄》《江南曲》二题。前者因诗歌内容界定，如郭茂倩引《乐府解题》认为，江南古辞"盖美芳晨丽景，嬉游得时。若梁简文'桂楫晚应旋'，唯歌游戏也"①，收录以五言为主，间或见唐人七言歌辞；后者则主要以诗歌入乐之句法区别。如梁武帝《江南弄》和声"阳春路，娉婷出绮罗"，梁简文帝《江南曲》和声"阳春路，时使佳人度"，王勃《江南弄》"江南弄，巫山连楚梦"即拟此句法；梁简文帝《江南曲》末言"光照衣，景将夕。掷黄金，留上客"，沈约《江南弄》四题之《赵瑟曲》末句"白云起，郁披香。离复合，曲未央"拟此句法；然而在徒诗化的创作趋势下，如李贺《江南弄》"江中绿雾起凉波，江上叠巘红嵯峨。水风浦云生老竹，渚暝蒲帆如一幅"②，已不再试图在句法上模拟前人旧作，则仅能按题名收录，这是《乐府诗集》分类法的无奈之处，而《文苑英华》将此题下高度相似的诗歌题材合并归类，不再重视其音乐传统，可以视作是在徒诗化大趋势下的处理。

然而在将江南诸题归并为一的同时，《文苑英华》又将《襄阳行》与《襄阳歌》列为二题。《襄阳行》仅张潮之作"玉盘转明珠，君心无定准。

---

① 《乐府诗集》，第384页。
② 《文苑英华》，第996页。

昨见襄阳客,剩说襄阳好无尽"①,《襄阳歌》仅李白之作"落日欲没岘山西,倒著接䍦花下迷。襄阳小儿齐拍手,拦街争唱《白铜鞮》"②。与《乐府诗集》相较,收录规模较狭。《乐府诗集》清商曲辞有西曲歌《襄阳乐》,以《襄阳曲》为其衍题;又杂歌谣辞在《襄阳童儿歌》题下列《襄阳曲》《襄阳歌》等题,但未录《襄阳行》,或是郭茂倩梳理时的疏失。但是《文苑英华》的收录也关注地名与风物的联系,故将与襄阳有关,但题名无法统一的《白铜踶歌》《大堤曲》也置于此处,形成题材层面的归并,具备一定的内容梳理意识。

与之相似的还有《陇头吟》《陇头水》与《陇西行》。前二题源出汉横吹曲《陇头》。《陇头水》,即郭茂倩所考"《通典》曰:'天水郡有大阪,名曰陇坻,亦曰陇山,即汉陇关也。'《三秦记》曰:'其阪九回,上者七日乃越,上有清水四注下,所谓陇头水也。'"③至唐代又有王维《陇头吟》。《陇西行》则源出相和歌辞瑟调曲,《乐府诗集》引王僧虔《技录》,言"《陇西行》歌武帝'碣石'、文帝'夏门'二篇",古辞开篇"天上何所有,历历种白榆。桂树夹道生,青龙对道隅"又见《步出夏门行》篇。这也是《文苑英华》梳理题名,寻求内容相似性的例证。

又如《长干行》《小长干行》,题名虽然相似,但《文苑英华》收录时列为二题,不似江南诸题般作归并处理。然而所录《长干行》"妾发初覆额",《小长干行》"忆妾深闺里",实为李白《长干行》二首,《文苑英华》将前者录为李白之作,后者则不确定作者,有其疏失之处。而崔颢《长干曲》"君家何处住,妾住在横塘。停舟暂借问,或可是同乡"一篇,《文苑英华》或因其描绘水乡人情风物的特质,改录在《江南行》题下。这种做法在此书大多综括题旨的编纂思路中也显得较为随意。

---

① 《文苑英华》,第 997 页。
② 《文苑英华》,第 997 页。
③ 《乐府诗集》,第 311 页。

上述种种，或者将相似的且均具备歌辞性诗题的题目合并为一，或者在保留几种相近题名的同时，将其余主旨与之有所重合的篇题也归为一组，形成虽然渊源不足，但前后各篇内容较为一目了然的组题。这种做法一定程度上梳理了乐府徒诗的门类，却在溯源层面具有局限性。乐府旧题在被作为徒诗创作时，诗人大多仿效古诗的题目与内容延续其书写，时而在旧题与前人诗句的基础上调整题名内容或自立一题，这与吴兢《乐府古题要解》"历代文士，篇咏实繁。或不睹于本章，便断题取义"①所描叙的南朝至唐代以来的整体创作趋势也颇相合，这一趋势也较深地影响到宋人的乐府诗创作。

而在以题名内容分类乐府诗时，《文苑英华》又未关注到一些题名、内容均与其已录篇题相似的诗歌。如《从军五更转》，源自《从军行》，郭茂倩更以为"按伏知道已有《从军辞》，则《五更转》盖陈以前曲也"②，而《文苑英华》未收录。又如《江南行》题下录沈约"邯郸奇弄出文梓"一篇，为其《江南弄》四首之《赵瑟曲》，而这组乐府诗中尚有《秦筝曲》《阳春曲》《朝云曲》三首，《文苑英华》未予收录。对单独题目的遗漏，可说是后世编纂者在面对大量的前代乐府诗时，难免会发生的疏失，但在对部分组诗的随意取舍中，也可见其处理有较为草率之处。

其三，《文苑英华》以内容归并题名的分类方法，不能完全囊括所有形式的旧题，在部分卷中显得较为散乱。如其所录乐府门杂题类下诸题，除明确的古题之外，大多具备行、篇、引等歌辞性诗题，在题目方面具有一定的整齐性，但也存在同一题材下篇章过少，不能自成一类的情况。如卷二百十所收录《临高台》《登高台》《上之回》《钓竿篇》《箜篌谣》《箜篌引》《公无渡河》《苦热》《苦寒》《猛虎行》等篇中，《上之回》《钓竿篇》二题，无论是从题目还是内容的相似度，均无从归并，只

---

① 吴兢《乐府古题要解》卷上，见丁福保辑《历代诗话续编》，中华书局，1983 年，第 24 页。

② 《乐府诗集》，第 491 页。

能散置其中;而《猛虎行》也未与《君马黄》《紫骝马》等写走兽的题目排列一处。此外,卷二百十一中的题名大多以歌、行为题,间以《登名山》《秦王卷衣》《上留田》三题,也是由于这三者没有相似旧题,不好归并之故。因此,这两卷的题目予读者的观感也难免散乱,不如前面诸卷的编次均有一定之理可循。

同时,《文苑英华》在杂题与古题二类题目的界定中也有模糊不清之处。古题类中,如《梁甫吟》《白头吟》,均属汉代相和歌辞;《妾薄命》现存最早为曹植之作,亦为汉末即存在的古题;《游子吟》,汉五言诗中托名苏武的《苏子卿诗四首》其三有"请为游子吟,泠泠一何悲"之句,则在汉代也有古题;《宛转歌》,《续齐谐记》托名为晋代琴曲。这些主要都是汉晋时期即被书写流传的题目,称为古题并不为过。

然而杂题类中,如《临高台》《上之回》《钓竿篇》,均为汉铙歌;《箜篌引》《公无渡河》《苦寒》《猛虎行》《古挽歌》《怨歌行》《上留田》,均属汉晋相和歌辞;《苦热》,曹植曾作《苦热行》;《定情篇》,东汉繁钦有《定情诗》;《悲哉行》,郭茂倩引《歌录》以为魏明帝所造,现存最早作者为陆机。这些篇题均与上文所列古题年代近似,而《文苑英华》在未能按题名内容分类的前提下,将之统一单列为杂题,则无法形成与古题一类的明确区分。

此外,古题和杂题两类中均存在一部分最晚南朝已有书写的题目,如古题类《妾安所居》为吴均作;杂题类《秦王卷衣》为吴均作,《独不见》为柳恽作,《胡笳曲》为吴迈远作,且源出《胡笳十八拍》。《文苑英华》从南朝后期作品开始收录乐府诗,如将吴均的部分题目录为古题,则其余产生于相同或较早时代的题目便也有被归为古题类的理由,现存的收录情况则有所混杂。且《妾安所居》"贱妾先无宠,蛾眉进不迟。一非西北丽,无复城南期"①,《独不见》"出从张公

---

① 《文苑英华》,第 1026 页。

子,还过赵飞燕。奉帚长信宫,谁知独不见"①等,题旨均与怨体相类,不必列为杂题。综上所述,《文苑英华》对这些题目的处理或者并未经过深思熟虑。

至于其余诸门下诗歌,因为同样是按照题材分类,在涉及乐府诗时,有时也会出现前后重复的情况。如乐府门中陈陶《望关山月》、王褒《关山月》、李白《月下独酌》,又录在天部门;卢思道《神仙篇》,又录在道门门;隋炀帝《四时白纻歌》,又录在四时门;李白《将进酒》,又见于歌行类酒门,题为《惜空尊酒》;李贺《箜篌引》,又录在歌行类音乐门;崔颢《古意》,又录在音乐门,题为《王家小妇》;乔知之《拟古》,又录在寄赠门,题为《拟古赠陈子昂》等等。可见,《文苑英华》以题材编次乐府诗,在所涉广泛的同时,也会出现混淆杂收之处,而这种混淆恰恰表明,在南朝以来的题材选取与题名创制层面,乐府徒诗与一般诗歌有时已经较难分别。

最后,《文苑英华》在梳理诗篇产生的年代顺序时,对部分作者与篇题的收录存在失当之处。此书继《文选》而编纂,收录萧梁以下文学,但是对南朝及之前作者与作品的梳理较为凌乱,存在部分年代混淆、作者有误之处。

如鲍令晖《自君之出矣》、吴迈远《阳春歌》《长别离》《飞来双白鹄》、刘绘《有所思》、释宝月《行路难》等篇,产生年代均在南朝宋、齐之时,而被《文苑英华》视为南朝梁之后作品收录;且《阳春歌》题中,又将吴迈远列入顾野王之后,二者的年代混淆。《文苑英华》时而也将汉晋之间的作品误录其中,如将徐干《室思》其三之末四句"自君之出矣,明镜不曾持。思君如流水,无有穷已时"录在《自君之出矣》题下,于作者年代与题名、诗篇等方面均为不妥。

《文苑英华》在界定诗篇与作者的对应时也偶见疏失,如鲍照《煌

----

① 《文苑英华》,第1046页。

煌京洛行》"南游偃师县",《文苑英华》录为梁简文帝《京洛篇》;沈约《长歌行》"春隰荑绿柳",《文苑英华》又录为鲍照作;戴暠《钓竿》"试持玄者钓",《文苑英华》又录为刘孝威作;沈约《乐未央》"忆舜日,万尧年",《文苑英华》录为张正见《神仙篇》,题名与作者皆有误。这种收录框架,使得同一题下作家作品的排列较为驳杂,是其不及后世的《乐府诗集》之处。

三、《文苑英华》对唐人作品与歌行类题目的处理,及与《乐府诗集》对比

《文苑英华》较为重视收录唐人的作品,其乐府门中较之《乐府诗集》格外收录了大量唐人作品,同时又另立歌行部,收录部分唐人乐府歌行。在这两部分中所收录的部分题目,如《公子行》《将军行》《塞上》《塞下》《老将行》《兵车行》《秦娘歌》《春女歌》《情人玉清歌》《竞渡曲》《汾阴行》等,皆无音乐传统,实则为唐人摹拟前代乐府诗自立新题。这些内容不独对后世梳理宋前乐府诗有补遗之功,且也能据此探原宋初较有代表性的一种对待唐人乐府徒诗,尤其是歌行体乐府的编纂态度。

1.《文苑英华》乐府门中的歌辞性诗题与歌行体乐府

首先是乐府门收录中对唐人衍题的处理。如《帝京篇》之于古题《帝王所居篇》,《京洛篇》之于《煌煌京洛篇》,《凤箫曲》之于《凤笙曲》,《关山曲》之于《度关山》。因为《文苑英华》不考虑音乐渊源,故格外看重题名与内容的相似性,以及歌辞性诗题的制作,这种态度在乐府诗整体趋于徒诗化的背景下,或许也会令宋人乐府诗创作的外延越发广泛与模糊。

与《乐府诗集》相较,《文苑英华》乐府门格外收录唐人创作情况如下表(部分题目如同一作者有作品数首时,专门列出《文苑英华》单独收录之篇章):

《文苑英华》乐府门较《乐府诗集》多收录的题名与作者情况

题　　名	作　　　者
《京洛篇》	李巨仁
《帝王所居篇》	张正见
《帝京篇》	唐太宗、骆宾王
《长安道》	王贞白、皇甫冉
《洛阳道》	沈佺期、冯著、任翻、王贞白
《步虚词》	陈羽、苏郁
《飞龙引》	陈陶
《凤箫曲》	沈佺期
《阳春歌》	吴象之
《白纻歌》	陈标
《美女篇》	王琚
《雨雪曲》	卢照邻
《公子行》	常建、司空曙、李商隐
《少年行》	张昌宗、郑愔、吴象之、李益、雍陶、王贞白
《对酒》	王勃、张说、李白、戴叔伦、贾至、王建、武元衡、白居易、曹邺、陈陶
《劝酒》	李敬方、聂夷中
《侠客行》	崔国辅
《刘生》	杨炯
《燕歌行》	屈同
《战城南》	杨炯、李白

题　　名	作　　　　者
《胡无人》	李白(十万羽林儿)
《塞上曲》	李白、薛奇童、张蟒、王贞白、裴说、常建
《塞下曲》	王昌龄、高适、陈陶
《出塞》	杨炯、乔备、于鹄
《塞外》	郑愔(荒垒三军夕)
《入塞》	王贞白
《度关山》	王贞白
《关山月》	释皎然、司空曙、陈陶
《陇头水》	沈佺期、员半千
《陇西行》	陈陶(四首)
《出自蓟北门行》	曹邺、王贞白
《苦战行》	杜甫
《从军行》	杨炯、崔融、王宠、贺潮清、李昂、崔国辅、王昌龄、姚合、王贞白
《行路难》	王烈、王昌龄、孟云卿、冯著
《巫山高》	陆敬、李元操、阎复本、乔知之、张九龄、李沇、陈陶、罗隐
《江南行》	李康成、储光羲、张朝、李叔卿、芮挺章、陈标
《东武吟》	曹邺
《广陵行》	权德舆
《长相思》	权德舆、刘复、陈羽、武元衡、曹邺
《有所思》	杨炯、陈陶、王贞白

续　表

题　　名	作　　者
《古别离》	权德舆
《浩歌》	权德舆
《长歌》	刘复
《短歌》	杜甫、冯著、释子兰、司空图、王贞白
《放歌》	李颀、孟云卿、权德舆
《长门怨》	乔备、崔颢、贾至、耿纬、杨衡、刘得仁、王贞白
《长信宫》	刘方平
《西宫秋怨》	王昌龄（二首）
《昭君怨》	董思恭、储光羲
《班婕妤怨》	陈标
《铜雀台》	刘庭琦
《铜雀妓》	李邕、刘方年（当为刘方平）
《湘妃怨》	王贞白
《黄鹤》	沈佺期
《乌夜啼》	刘商
《射雉词》	储光羲
《鸣鸡篇》	岑德润、陈陶
《空城雀》	陈陶
《游子吟》	陈陶
《妾薄命》	权德舆、曹邺
《古兴》	沈徽、寇坦母赵氏、常建、薛据、李嘉祐、聂夷中

题　　名	作　　　者
《古词》	卫象、于鹄、曹邺
《采桑》	江遵（当为汪遵）
《折杨柳》	杨炯、郑愔、鱼玄机、王贞白
《梅花落》	杨炯
《芳树》	符子珪、李叔卿
《采莲》	李康成、郑愔、徐玄之、张敬徽、李顾、张朝、杨衡、方干
《紫骝马》	杨炯、沈佺期
《骢马》	杨炯、沈佺期、楚万
《白马》	杜甫、贾至、翁绶
《拟饮马长城窟》	陈标
《临高台》	沈佺期、王易从
《上之回》	沈佺期
《公无渡河》	陈标
《苦热》	杜甫、僧鸾
《苦寒》	乔知之、刘驾
《秦王卷衣》	陈标
《古挽歌》	于鹄
《怨歌行》	曹邺
《悲哉行》	王昌龄、陈陶
《怀哉行》	薛据
《独不见》	武元衡

续　表

题　　名	作　　　　者
《忆昔行》	杜甫
《胡笳曲》	郑愔、王昌龄、王贞白
《云中行》	薛童

　　通常而言，《文苑英华》收录旧题，每题所包括的作家作品数量要少于《乐府诗集》，但是也有可以补充《乐府诗集》未尽之处的，尤以唐人作品为多。如《乐府诗集》未收录杨炯的任何一首作品，对权德舆、陈陶、王贞白等人的作品也收录极少，至于沈佺期、乔知之、王昌龄、崔国辅、李白、杜甫、王建、于鹄等《乐府诗集》收录作品较多的诗人，《文苑英华》也可以补遗。如以这些作家作品所涉的年代与题名范围与《乐府诗集》相参照，更能反映出唐代乐府徒诗化与旧题传写的规模。

　　在收录唐人作品时，《文苑英华》与《乐府诗集》对大多数题目作者的处理颇有出入。如《长相思》，《文苑英华》单独收录权德舆、刘复、陈羽、武元衡、曹邺之作，《乐府诗集》单独收录郎大家宋氏、李白、张继、令狐楚、白居易之作。又如《短歌》，《文苑英华》单独收录杜甫《短歌行送祁录事归合州因寄苏使君》《短歌行赠王郎司直》等题，以及冯著、释子兰、司空图、王贞白之作，《乐府诗集》则单独收录顾况、王建、张籍、陆龟蒙之作。此外尚有《长安道》《洛阳》《步虚词》《白纻歌》《雨雪曲》《公子行》《战城南》《陇头水》《陇西行》《从军行》《行路难》《巫山高》《有所思》《长歌》《长门怨》《昭君怨》《折杨柳》《采莲》《紫骝马》《骢马》《白马》《临高台》《苦热》《苦寒》《怨歌行》《独不见》等题，二书收录比对情况可见附录，此处不一一列举。

　　同时也有部分旧题传写，《文苑英华》与《乐府诗集》均未涉及。如《放歌行》，杜甫《严氏溪放歌行》"天下甲马未尽销"、邵谒"龟为秉灵

亡"等;《短歌行》,李咸用"一樽绿酒绿于染"、栖蟾"蟾光堪自笑"等;
《长歌行》,李泌"天覆吾,地载吾",李咸用"要衣须破束"等;《巫山
高》,戴叔伦"巫山峨峨高插天",李咸用"通蜀连秦山十二"等,二书均
未收录。这部分题目,历代文献大多明确为乐府古题,然而二书在梳理
旧题拟作时均未收录,当是对歌行类乐府的界定仍旧较为模糊之故。

《文苑英华》与《乐府诗集》相对比,在古题拟作方面均未能涵盖唐
人创作全貌,既是由于唐人创作乐府诗数量较多,难以穷尽;也是由于
唐人大量以歌行体创作乐府诗,为乐府诗在后世的分类界定,尤其是与
歌行的区别层面提出了一个难题。

乐府古题中本有一部分以"歌行"为名,在这类题名的收录中,《文
苑英华》大多强调其"歌"的特质,如《棹歌》《鞠歌》《长歌》《浩歌》《短
歌》等,并将这部分以"歌"为题的题目归并为一类;而《乐府诗集》则因
循音乐传统,复旧题"行"之名,录为《棹歌行》《鞠歌行》《长歌行》《浩
歌行》《短歌行》,各依古乐渊源排列。

按歌与行二体,均在元稹《乐府古题序》所述"诗之流为二十四名"
之列,行属于"由诗而下九名,皆属事而作,虽题号不同,而悉谓之为诗
可也",侧重叙事特质;而歌属于"备曲度者,总得谓之歌、曲、词、
调"①,侧重音乐特质。古之歌行同时具备叙事与音乐两种特质,如《棹
歌行》属瑟调曲,其义"晋乐,奏魏明帝辞云'王者布大化',备言平吴之
勋"②,《长歌行》属平调曲,其义"言芳华不久,当努力为乐,无至老大
乃伤悲也"③,《鞠歌行》同属平调曲,其义"按汉宫阁有含章鞠室,灵芝
鞠室,后汉马防第宅卜临道,连阁通池,鞠城弥于街路。鞠歌将谓此
也"④。《文苑英华》在目录中强调"歌"之一名,实际收录时却又时而

---

① 元稹《乐府古题序》,见冀勤点校《元稹集》,中华书局,1982 年,第 254 页。
② 《乐府诗集》,第 592—593 页。
③ 《乐府诗集》,第 442 页。
④ 《乐府诗集》,第 494 页。

将题目录作《长歌行》《鞠歌行》等，以"行"为名，是其调整诗题以求符合收录意图的一个例证。

然而《文苑英华》中收录以"歌"为名的乐府题，尚有《阳春歌》《金乐歌》《白纻歌》《白铜踶歌》《襄阳歌》《东飞百劳歌》《宛转歌》《古歌》《古挽歌》等，都是按内容归类，则其收录乐府序列中"歌"之一类，也并非强调其"歌咏言""诗声曰歌"的文体意义，而是更关注诗篇内容中自我抒发的旨趣。如权德舆《浩歌》"履道身未泰，主家谋不臧。心为世教牵，迹寄翰墨场。出处两未定，羁孤空自伤。沈忧不可裁，伫立河之梁"①、刘复《长歌行》"淮南木落秋云飞，楚宫商歌今正悲。青春白日不与我，当垆举酒劝君持。出门驱驱四方事，徒用辛勤不得意。三山海底无见期，百龄世间莫虚弃"②等，都是虽有古题，但诗篇本身叙事性不强，因此《乐府诗集》未予收录。而《文苑英华》依据旧题传承，将这类徒诗化创作列入乐府门，是对唐人歌行体乐府较为宽泛的接纳态度，这或许可以视为北宋初期较有代表性的一种乐府观。

《文苑英华》收录以"行"为名的乐府题，则有《升天行》《日出行》《公子行》《少年行》《侠客行》《将军行》《陇西行》《拟塞外征行》《苦战行》《从军行》《古悔从军行》《从军有苦乐行》《军中行》《江南行》《襄阳行》《武陵深行》《广陵行》《猛虎行》《悲哉行》《怀哉行》《忆昔行》《逼仄行》《云中行》《长干行》《小长干行》《江风行》。而与"歌"不同，《文苑英华》并未将内容相近且以"行"为题的诗篇列为一类，而是纯粹按照内容区分，可见其编纂观念中，当是将"行"视为较"歌"更加宽泛的一种歌辞性题名看待，因乐府诗大多具备叙事性，故不再强调其文体特质。

但如以《文苑英华》乐府门二十卷对照《乐府诗集》的收录，仍然存

---

① 《文苑英华》，第 1005 页。
② 《文苑英华》，第 1006 页。

在较为广泛明显的出入。如《拟塞外征行》《苦战行》《古悔从军行》《军中行》《云中行》等题并无音乐传统，不在《乐府诗集》关注之列；权德舆《广陵行》"广陵实佳丽，隋季此为京。八方称辐凑，五达如砥平。大旆映空色，笳箫发连营。层台出重霄，金碧摩颢清"①，其旨趣与古琴曲《广陵散》并无明显渊源，不当视为同题传写。而《文苑英华》收录这部分题名与诗篇，体现其对歌辞性诗题的关注，但又未明确与歌行的界定区别。此外，郭茂倩认为又有《苦战行》，题出陆机《从军行》"苦哉远征人，飘飘穷四遐"；《远征人》，出于颜延年"苦哉远征人，毕力干时艰"。二题在书写传承层面与《从军有苦乐行》相似，皆为承前代乐府诗句而来，且题目亦出于诗句，然而《文苑英华》未将之列入乐府诗。

此外，《文苑英华》乐府门中也收录了相当数量以谣、曲、词、引、篇、吟等命名的广义上的歌辞性诗题，以及秉承古题传统的歌行体作品。如王琚《美女篇》、翁绶《白马篇》、陈陶《飞龙引》、沈佺期《凤箫曲》、李峤《东飞伯劳歌》、崔颢《少年行》、李颀《江南行》、权德舆《姜薄命》、陈陶《空城雀》、杜甫《骢马》、陈标《公无渡河》等，皆为七言歌行体，而《乐府诗集》未予收录。这体现出《文苑英华》对歌行体乐府的重视。

2.《文苑英华》收录歌行及其与乐府关系的辨析

唐人仿效前代传统，制作了一批歌辞性诗题，又以歌行体创作大量乐府诗，在面对这部分作品时，《文苑英华》与《乐府诗集》的界定均不能尽如人意。下文即在梳理《文苑英华》歌行门中收录乐府的基础上，将之与《乐府诗集》对参，试析《文苑英华》对乐府与歌行的态度。

《文苑英华》在诗一类下专列乐府门，却又在与诗并列的位置上特列歌行一类，即卷三百三十一至卷三百五十，共二十卷，其卷数与乐府门相同。歌行诸卷仍可以题名内容区别，分为天、四时、仙道、纪功、征

———————————
① 《文苑英华》，第999页。

戎、音乐、酒、草木、书、图画、杂赠、送行、山、石、隐逸、佛寺、楼台宫阁、经行、兽、禽、愁怨、服用、博戏、杂歌等二十四门。所收录的诗歌，大致包括歌行体乐府与普通歌行两类，大多具备歌辞性诗题，但也录入了一些具有叙事性诗题的篇章。歌行体是唐诗中新兴的重要体式，《文苑英华》为了突出其作为诗体的地位才如此处理，而这种分类方法并不能在旧题乐府、新题乐府和歌行三者之间，尤其是后两者之间完全划清界限。

　　首先，《文苑英华》将一部分具备音乐传统的旧题列入歌行一类。此书虽不以音乐传统为界定乐府的首要依据，但这种区分无疑显示出对前代乐府文献记载的忽视。如《长安道》，《乐府解题》列为汉横吹曲；《王子乔行》，《古今乐录》引《元嘉技录》列为吟叹曲；《箜篌引》，据《元嘉技录》列为相和四引之一，又列在《琴操》九引中；《赵瑟》，《古今乐录》载为梁代改作西曲《江南弄》之列；《白雪歌》《霹雳引》，均列在《琴论》；《琴歌》《三峡流泉歌》《风入松》，均列在《琴集》；《拂舞歌辞》，《晋书·乐志》以为"《拂舞》出自江左，旧云吴舞也"；《霓裳羽衣舞歌答微之》，《霓裳羽衣》本为唐教坊曲；《仙人词》，《乐府广题》曰："秦始皇三十六年，使博士为《仙真人诗》，游行天下，令乐人歌之"①，后又有曹植《仙人篇》之类；《筑城篇》，《古今乐录》以为"筑城相杵者，出自汉梁孝王。孝王筑睢阳城，方十二里。造唱声，以小鼓为节，筑者下杵以和之。后世谓此声为《睢阳曲》"②，《筑城曲》一类题名当由此衍生；《郑樱桃歌》，李商隐诗言"何因古乐府，惟有郑樱桃"，郭茂倩亦言"樱桃美丽，擅宠宫掖，乐府由是有《郑樱桃歌》"③，唐宋之际当仍存古题；《竞渡曲》，刘禹锡序云"竞渡始于武陵，至今举楫而相和之音，咸呼'何在'，招屈之义也"④，则唐时仍有此音。

① 《乐府诗集》引，第923页。
② 《乐府诗集》引，第1060页。
③ 《乐府诗集》，第1201页。
④ 《乐府诗集》，第1321页。

　　上述诸题按《乐府诗集》分类,当分属横吹曲辞、相和歌辞、清商曲辞、琴曲歌辞、舞曲歌辞、杂曲歌辞、杂歌谣辞以及新乐府辞诸类。此外,《劝酒》《襄阳歌》《长安道》《惜空樽酒》(一作《将进酒》),以及《乐府诗集》未收录的《忆昔行》《逼仄行》,均在《文苑英华》乐府门有同题收录;《骏马歌》(一题《骢马行》)与《高都护骢马行》,题注言"合入此卷歌行门,而《英华》误编在二百九卷乐府门"[①],但《骢马》固有汉横吹曲旧题,此说亦可斟酌。这种重复既为编纂之疏失,也反映出《文苑英华》对乐府与歌行的界定并不完全明确。

　　在上述题名之外,《文苑英华》歌行类下还有一部分题目被《乐府诗集》收录,但是其音乐传统多不可考,增添了在乐府与歌行之间区别界定的难度。如《劝酒》《飞鸢操》,《乐府诗集》录在琴曲歌辞;《卢姬篇》《丽人行》,录在杂曲歌辞;《独酌谣》《襄阳歌》,录在杂歌谣辞;《桃源行》《老将行》《兵车行》《泰娘歌》《春女歌》《情人玉清歌》《竞渡曲》《汾阴行》等,录在新乐府辞。其中《飞鸢操》虽无音乐源流,但是以操为题,列为琴曲歌辞仍有凭据;《泰娘歌》,刘禹锡序言泰娘能琵琶歌舞,又曾习新声,后"日抱乐器而哭,其音甚悲。禹锡闻之,乃《泰娘歌》云"[②],或仍与音乐有所关联;《襄阳歌》,李白之作"襄阳小儿齐拍手,拦街争唱《白铜鞮》。傍人借问笑何事,笑杀山翁醉似泥"[③],典出《襄阳童儿歌》古辞"山公出何许,往至高阳池。日夕倒载归,酩酊无所知"[④],虽非谣谚,仍属同一本事;至于《独酌谣》,陈后主序曰"齐人淳于髡善为十酒,偶效之作《独酌谣》"[⑤],已是用《史记》事典,与前代歌谣无涉。至于其余篇题,皆为唐人歌行,《乐府诗集》以为"或因意命

①　《文苑英华》,第 1777 页。
②　《乐府诗集》,第 1319 页。
③　《乐府诗集》,第 1202 页。
④　《乐府诗集》,第 1202 页。
⑤　《乐府诗集》,第 1227 页。

题，或学古叙事"，又或"其辞实乐府，而未常被于声"，故拣择收录；而《文苑英华》仅以其文体特质列为歌行，单独而论并不为过，但若与其乐府门中收录的《云中行》《广陵行》《凤箫曲》等歌行体乐府对观，则可知在面对唐人乐府徒诗时，《文苑英华》实际未能有效区分乐府与歌行的界限。

其次，《文苑英华》将元白新乐府诸题直接界定为歌行。其歌行类下收录白居易新乐府的部分题目，包括《七德舞》《新丰折臂翁》《华原磬》《五弦弹》《胡旋女》《牡丹芳》《涧底松》《隋堤柳》《八骏图》《阴山道》《太行路》《骊宫高》《两朱阁》《官牛》《驯犀》《秦吉了》《李夫人》《百炼镜》《鸦九剑》《西凉伎》等。

一方面，《文苑英华》并未对白居易新乐府作完整收录，而其选择篇题的标准也并不明晰，仅以题名而言，《天可度》可列入天门，《二王后》《缚戎人》可列入纪功门，《法曲》《骠国乐》《立部伎》可列入音乐门，《古冢狐》《黑潭龙》可列入兽门，《上阳白发人》《陵园妾》可列入怨门，《时世妆》《杏为梁》《红绵毯》《紫毫笔》可列入服用门等，而《文苑英华》并未如此处理，在篇题选择方面显得较为随意。另一方面，所录《华原磬》《五弦弹》《胡旋女》《阴山道》《八骏图》五题，元稹亦有作品，《乐府诗集》录在新乐府辞新题乐府，与白居易诸作同列，而《文苑英华》未予收录，这或与《元氏长庆集》在唐宋之际的一度散佚有关，然而北宋末年《元氏长庆集》重编后，《文苑英华》修订亦未加入其中新乐府篇题，此举同样存在一定不严谨之处。

《文苑英华》将白居易新乐府归入歌行类，体现对歌行文体的推重，但也一定程度上忽略了这部分歌行体诗篇作为乐府诗创作，具备讽咏时事的功能。白居易、元稹将其诗作称为乐府新题，而《文苑英华》对这部分新乐府的分类并未依循其创作意图，这种态度或许也体现在对其余歌行类诗篇的界定中。

按歌行一类下收录其余歌辞性诗题仍颇多，如《瑞雪篇》《秋雨叹》

《夜雨吟》《秋霖歌》《洞庭秋月行》《庆云章》《明河篇》《春日篇》《春日行》《去秋行》《冬夜吟》《冬霄引》《梦仙谣》《怀仙歌》《鼋头山神女歌》《天上谣》《朝上清歌》《汉武帝杂歌》《王母歌》《玉华仙子歌》《城西行》《大汉行》《疲兵篇》《古游侠歌》《方响歌》《听钟歌》《雅琴篇》《调瑟词》《鼍鼓行》《梁园醉歌》《醉歌行》《杨柳歌》《江楼曲》《春台引》《武源行》《过荆门歌》《瘦马行》《放牛歌》《杜鹃行》《义鹊行》《姬人怨》《闺怨篇》《后庭怨》《弃妇词》《苦妇词》《古镜篇》《宝剑篇》《屏风曲》《江畔老人怨》《金井歌》《险竿歌》《刘获行》《负薪行》《狂歌行》《醉春风》等，都是篇、叹、吟、引、歌、行、曲、怨等一目了然的歌辞性诗题，而以内容观之，则四时风物、仙人侠士、禽兽器用、离情闺怨、民生疾苦等，皆在其列，与乐府门下分类大同小异，很多诗篇主旨内容也颇近似，乐府歌行的界限仍不分明。

此外又有《秋闺月》《拜新月》《学仙难》《独摇手》《秦王饮酒》《姑苏台》《门前柳》《君不见》《老去也》《百忧集》等拟古题名，以及《奉和湘东王春日篇》《白云歌寄陆中丞使君长源》《马明生遇神女歌》《慈恩寺石磬歌》《送尹补阙元凯琴歌》《郑女弹筝歌》《洞庭山维谅上人院阶前孤生橘树歌》《当涂赵炎少粉图山水歌》《丹青引赠曹将军霸》《鸣皋歌送岑徵君》等叙事性与歌辞性兼具的诗题。其中，拟古题名大多与乐府门中收录题名有近似之处，按《文苑英华》的分类模式，未尝不可合并；而歌辞性与叙事性兼具的诗题，如将其中歌辞性的部分摘出，如《春日篇》《白云歌》《琴歌》《丹青引》《鸣皋歌》等，也与乐府古题十分相似，而《文苑英华》在收录乐府古题时亦有删削篇题，以求题名相似之举，按此分类也未尝不可纳入乐府部分。

《文苑英华》歌行类所录篇题中，亦不乏一些搜求本事，创作叙事性诗歌的作品。如《绿珠篇》《飞燕篇》《绝缨歌》《金铜仙人辞汉歌》《冯燕歌》等，皆写唐前史事；《华清词》《平齐行》《平蔡行》《骊山行》《舞马篇》《长恨歌》《马嵬行》等，写唐代史事，与乐府古题中书写历代本事的篇章同属一类。至于《宜城放琴客歌》与《瑶草春》等，则写唐代时人轶事。《宜城放琴客歌》序："琴客，宜城爱妾也。宜城请老，爱妾出嫁，不禁人之欲而私耳目之娱，达者也。况承命作歌。"①《蓍草春》序："陇西李迅者，别宅监奴，为刺史配嫁，监奴投井而死。因作《蓍草春》。"②二者与杜甫《丽人行》、刘禹锡《泰娘歌》题旨近似。杜、刘二篇均以歌行体作，而《乐府诗集》作为唐人乐府收录，如在此视野下反观《文苑英华》所录诸篇，则题名、旨趣相近，诗体也颇相似，无法简单以此来划分乐府与歌行的界限。

第三节　《唐文粹》：唐人古诗与乐府之界定

北宋初期另一部涉及乐府诗编纂收录的总集是姚铉所编的《唐文粹》。姚铉同样以编选能够继承《文选》的总集为目标："岂唐贤之文，迹两汉、肩三代而反无类次以嗣于《文选》乎？"③同时又特意崇古，于唐人文赋惟取古文，诗歌亦惟取古体，不录近体。因此，考察《唐文粹》收录乐府诗的情况，可以部分梳理乐府古题在唐代的创作流变，以及姚铉在界定乐府诗时，对唐人的歌辞性诗题、歌行体诗作等所抱持的态度。

《唐文粹》于诗部之下专列乐府辞一门，在卷十二、十三中收录唐人乐府诗113题，共计152首，按照题材明确分为功成作乐、古乐、感慨、兴亡、幽怨、贞节、愁恨、艰危、边塞、神仙、侠少、行乐、追悼、愁苦、鸟兽花卉、古城道路十六类。其中如《七德舞》为功成作乐；《湘弦怨》《筌

---

① 《文苑英华》，第 1734 页。
② 《文苑英华》，第 1785 页。
③ 姚铉《唐文粹》序，见姚铉编《唐文粹》，吉林人民出版社，1998 年，序第 2 页。以下仅注页码。

筱引》《箜篌谣》等题,直接涉及乐器与歌唱,归为古乐;《放歌行》《浩歌行》《缓歌行》《短歌行》《善哉行》等题,大多直抒胸臆,归为感慨;《祖龙行》《邺都引》《永嘉行》《后魏行》等题,涉及咏史怀古,归为兴亡。同类同题之下,按照作者年代先后排列。

由于《唐文粹》的分类方法与《文苑英华》异曲同工,因此,周必大、彭叔夏等重修《文苑英华》时,甚至认为《唐文粹》是《文苑英华》的精选本,"当真宗朝,姚铉铨择十一,号《唐文粹》,由简故精,所以盛行"①。然而若对照《唐文粹》与《文苑英华》的编纂时间,便可知《唐文粹》的编纂,并未受到《文苑英华》影响。《唐文粹》于真宗咸平五年(1002)开始编选,大中祥符四年(1011)定稿。而《文苑英华》则开编于太宗太平兴国七年(982),成书于雍熙三年(986),于真宗景德四年(1007)做了一次删繁补阙的重编工作,大中祥符二年(1009)又复核一次,然而皆未能付印。直至南宋,才于宁宗嘉泰元年(1201)再度校订完毕,嘉泰四年(1204)付印问世。因此可知,姚铉在编选《唐文粹》时,并未见过《文苑英华》,周必大所谓《唐文粹》乃是筛选《文苑英华》而成,其实有误。

事实上,《唐文粹》和《文苑英华》在编纂理念方面便有相异之处。《唐文粹》乃是宋初复古风气的产物,姚铉更认为唐以来流传的诗赋选本"率多声律,鲜及古道,盖资新进后生干名求试者之急用尔"②,因此《唐文粹》中只收录唐代的诗歌,而且极为重视旧题古体。因为这一特点,《唐文粹》所收乐府诗在文本数量上远小于《文苑英华》,在乐府旧题的区分方面与《文苑英华》也有一定出入。

一、《唐文粹》的乐府诗编纂观念

《文苑英华》和《唐文粹》乐府部分的编纂,整体上反映出李昉、姚

---

① 周必大《重修文苑英华序》,见《文苑英华》,第9页。
② 《唐文粹》,序第2页。

铉等人对乐府诗的区分，仍侧重于题材内容方面，是对《文选》系统的继承和细化。将二者的编纂态度与理念进行对比，有助于在乐府徒诗化的大趋势下，理解宋人对前代尤其是唐代乐府徒诗的态度，进而与宋人的实际创作相观照。

因《唐文粹》收录体例与《文苑英华》相似，下文将按照其收录篇题内容的相似性，分为功成作乐、古乐、感慨、兴亡、幽怨、贞节、劳作、怨、行迈、志节、军旅、边塞、神仙、少年、侠客、行乐、相思、酒、别离、四时、兽、禽、花木、道路二十四类，以方便与《文苑英华》的收录对照。

《唐文粹》乐府辞门与《文苑英华》乐府门收录情况对比

门　类	《唐文粹》与《文苑英华》皆收录	《文苑英华》未收录
功成作乐		《七德舞》（录在歌行门）
古乐	《箜篌引》《箜篌谣》	《湘弦怨》
感慨	《放歌行》《浩歌行》《短歌行》	《缓歌行》《善哉行》
兴亡		《祖龙行》《邺都引》《永嘉行》《后魏行》
幽怨	《湘妃怨》《铜雀台歌》《铜雀妓》《王昭君歌》《王昭君》《婕妤怨》《长信宫》《妾薄命》《白头吟》	《魏宫词》《怨词》《苦乐相倚曲》
贞节		《列女操》《节妇吟寄东平李司空》《静女词》
劳作	《白纻歌》	《织女词》《寄衣曲》
怨	《长干行》《古薄命妾》	《征妇怨》《春思》《春别曲》《古乐府杂怨》《母别子》《夜夜曲》

续　表

门　类	《唐文粹》与《文苑英华》皆收录	《文苑英华》未收录
行迈	《蜀道难》《行路难》	《变行路难》 《太行路》（录在歌行门）
志节	《梁甫吟》《走马引》	《孟门行》《沐浴子》
军旅	《将军行》《老将行》《雁门太守行》《从军行》	《霍将军》
边塞	《塞上曲》《塞下曲》《出塞曲》《燕歌行》《陇头吟》《胡无人》《饮马长城窟》《关山月》	《古塞曲》《燕支行》《古长城吟》《长城作》《听董大弹胡笳声兼语弄寄房给事》《阴山道》《古筑城曲》《筑城词》（录在歌行门）
神仙	《步虚词》	《梦上天》
少年	《结客少年场》《少年行》	《邯郸少年行》《少年词》《少年子》《刺年少》
侠客	《侠客行》	《古游侠呈军中诸将》《青楼曲》《剑客》《壮士吟》《结袜子》
行乐	《上之回》《阳春歌》《白纻词》	《楚宫行》《冬白纻》《鼓吹入朝曲》
相思	《相逢行》	《古乐府》《朝来曲》
酒	《将进酒》	
别离	《古别离》《游子吟》	《李夫人》（录在歌行门）
四时	《苦热行》	《苦寒吟》
兽	《紫骝马》《骢马行》《猛虎行》	《天马歌》《白虎行》《八骏图》（录在歌行门）

续　表

门　类	《唐文粹》与《文苑英华》皆收录	《文苑英华》未收录
禽	《乌栖曲》《乌夜啼》《野田黄雀行》	《艾如张》
花木	《采莲曲》	
道路		《石城》《沙路曲》《沙堤行呈裴相公》《洛阳陌》

　　《文苑英华》力图展示南朝至唐五代乐府诗创作概貌，在题材选取和旧题收录两方面都尽量拓宽范围，对作者也较为一视同仁；而《唐文粹》在收录题名和诗歌数量方面都少于《文苑英华》，筛选乐府诗时更加看重名家名篇，对著名诗人如李白、杜甫、白居易、元稹、张籍、李贺等的乐府诗，有意识地大量收录，呈现出一种求精的态度。

　　在收录唐人乐府时，《唐文粹》的体例大多一题一诗，并不像《文苑英华》一样，由于致力于题名内容的归并，甚至不惜修改部分诗歌的题名，像唐人的《少年行》《少年子》《邯郸少年行》《少年词》《刺年少》等题，《文苑英华》或未收录，或者在收录时归并为《少年行》一题，而《唐文粹》按题名逐一收录，呈现出唐人创作乐府诗时对前代题名的传承与改变。

　　《唐文粹》也收录同一作者的同题组诗，如刘长卿《从军行》六首，孟郊《古乐府杂怨》三首，李白《白纻辞》三首等，但很少如《文苑英华》的体例一般，在一题之下收录多位作者的诗歌。一题之下重复收录唐人诗篇者，仅《行路难》收录张籍之作及李白组诗三首，《将军行》收录刘希夷、张籍二作，《筑城词》收录张籍之作及陆龟蒙组诗二首，《步虚词》收录道士吴筠组诗十首及高骈之作，《邯郸少年行》收录郑锡、高适二作，《少年行》收录王维组诗二首及张籍、崔国辅之作，《侠客行》收录元稹、李白二作,《将进酒》《猛虎行》分别收录李白、李贺二作,《短歌行》《采莲曲》分别收录李白、张籍二作,《古别离》收录李端、孟郊之作,《游子吟》收录孟益、孟郊二作,约占《唐文粹》所录乐府题目总数的十分之一。可见其编纂理念,并非为了尽量保存唐人乐府诗,而是在其中拣择菁华。

《唐文粹》较《文苑英华》多收录的乐府诗,如《七德舞》《母别子》《太行路》《阴山道》《李夫人》《八骏图》等,为白居易所作新题乐府篇章;而如《邺都引》《魏宫词》《静女词》《春思》《春别曲》《长城作》《听董大弹胡笳声兼寄语弄房给事》《刺年少》《剑客》《鼓吹入朝曲》《朝来曲》《苦寒吟》《石城》《沙路曲》《沙堤行呈裴相公》等,题材虽与古乐府有相似之处,却并非有音乐传统,或曾经被前代音乐文献记载的乐府旧题,而是唐代文人拟古乐府的题名、风格创作的徒诗,甚至其后《乐府诗集》梳理唐人乐府时,都未列入这部分题名。至于《听董大弹胡笳声兼寄语弄房给事》,将此篇分类为乐府,为姚铉独有之态度,《文苑英华》《乐府诗集》乃至《通志·乐略》等均不将之视作乐府收录。可见在界定唐人新题乐府时,姚铉的标准较同时的《文苑英华》和后来的《乐府诗集》等书更加宽泛,将部分拥有拟古题名与歌辞性诗题的篇章,甚或连题名特质都不具备的歌行均视为乐府。在唐宋之际乐府徒诗盛行的背景下,这种编纂态度,势必也会影响到部分宋人对唐代乐府与歌行体诗篇的接受,乃至其乐府诗创作。

姚铉推崇贞元、元和之际的诗风,对韩愈的复古之风与元白新乐府皆评价极高,其崇文重学,"止以古雅为命,不以雕篆为工"[1]的文学理念,令他在选录唐人乐府诗时,较《文苑英华》更推重其现实意义与拟古风格,这也是和宋初古文运动崇古求新的精神相呼应的。

同时,《唐文粹》也收录《节妇吟寄东平李司空》《古游侠呈军中诸

---

① 姚铉《唐文粹序》,见《唐文粹》,序第 2 页。

将》《沙堤行呈裴相公》之类歌辞性与叙事性兼具的诗题，但不像《文苑英华》般删削其题名中的叙事性部分，而是保留其题名全貌，这一做法直观地展现了在乐府徒诗化趋势下，唐代文人或依凭乐府古题，或自立歌辞性诗题，以创作唱和赠答诗篇的风气，而这种事实上拓展了乐府诗边界的创作态度也被宋人广泛继承。

　　较之《文苑英华》按照题名内容罗列篇章，《唐文粹》则更进一步，较之题名，更注重以诗篇主旨作为乐府诗的分类依据。如将张籍《白纻歌》与李白《白纻词》、元稹《冬白纻》分列。《白纻》本为晋代舞曲，至《南齐书·乐志》以为"今歌和声犹云'行白纻'焉"①，后梁武帝令沈约改其辞为《四时白纻歌》，《冬白纻》即在此列。《乐府古题要解》以为："古词盛称舞者之美，宜及芳时为乐。其誉白纻曰：'质如轻云色如银，制以为袍余作巾，袍以光躯巾拂尘。'"②而李白之作"且吟《白纻》停《渌水》，长袖拂面为君起""垂罗舞縠扬哀音，郢中《白雪》且莫吟""扬眉转袖若雪飞，倾城独立世所稀"③等，元稹之作"西施自舞王自管，雪纻翻翻鹤翎散，促节牵繁舞腰软"④，均写当筵歌舞，白纻如雪之貌，故《唐文粹》列在行乐一类；张籍《白纻歌》则言"裁缝长短不能定，自持刀尺向姑前。复恐兰膏污纤指，常遣傍人收堕珥"⑤，故《唐文粹》取其剪裁织作之意，将之与《织女词》《寄衣曲》并列，置于贞节一类。又如王昌龄《青楼曲》，观其题名或当置于行乐一类，但其内容"白马金鞍从武皇，旌旗十万宿长杨""金章紫绶千余骑，夫婿朝回初拜侯"⑥，实写军功，故《唐文粹》置于《侠客行》《壮士吟》等题之间。《上之回》，

---

①　萧子显《南齐书》卷十一《乐志》，中华书局，1972 年，第 195 页。
②　吴兢《乐府古题要解》卷上，见丁福保辑《历代诗话续编》，中华书局，1983 年，第 35—36 页。
③　《唐文粹》，第 110 页。
④　《唐文粹》，第 110 页。
⑤　《唐文粹》，第 95 页。
⑥　《唐文粹》，第 108 页。

本为汉鼓吹铙歌中纪功之作,即《汉书·武帝纪》所载元封四年冬十月"行幸雍,祠五畤。通回中道,遂北出萧关"①,其古辞言"游石关,望诸国。月支臣,匈奴服。令从百官疾驱驰,千秋万岁乐无极"②,而李白之作"三十六离宫,楼台与天通。阁道步行月,美人愁烟空。恩疏宠不及,桃李伤春风。淫乐意何极,金舆向回中"③实写离宫燕乐之盛,故与《楚宫行》《阳春歌》等并列。这种以诗篇内容而非题名内容分类的方式,令其乐府诗收录更加清晰直观。

将《唐文粹》所录乐府诗与《文苑英华》等书所录同题诗作对比,也可直观地展示部分题名旨趣在唐人传写中产生的变化,如上文所述《白纻歌》,本写燕乐,至张籍则叙织作之事。此外,《长干行》古辞"逆浪故相邀,菱舟不怕摇。妾家扬子住,便弄广陵潮"④,刘禹锡以为"备言三江之事"⑤,胡震亨以为"乃男女弄潮往来之词"⑥,按崔颢之作亦有"那能不相待,独自逆潮归""三江潮水急,五湖风浪涌"⑦等句,亦写弄潮事,胡震亨之说当为察此传写脉络而成。《文苑英华》收录此题时,或置于杂题一类,或变更题名,列在《江南行》题下,为行迈之类;而《唐文粹》录李白之作"十六君远行,瞿塘滟滪堆。五月不可触,猿鸣天上哀"⑧则别开生面,写商人妇相思幽怨之情,故与《春别曲》《古薄命妾》等并置,以怨诗归并。《梁甫吟》古辞"一朝被谗言,二桃杀三士。谁能为此谋? 国相齐晏子"为咏史哀时之作,郭茂倩据其篇首"步出齐城门,遥望荡阴里。里中有三墓,累累正相似",以为"盖言人死葬此

---

① 班固《汉书》卷六《武帝纪》,中华书局,1962 年,第 195 页。
② 沈约《宋书》卷二十二《乐志四》,中华书局,1974 年,第 640 页。
③ 《唐文粹》,第 109 页。
④ 《乐府诗集》,第 1030 页。
⑤ 刘禹锡《淮阴行五首》序,见《乐府诗集》,第 1319 页。
⑥ 胡震亨《唐音统签》卷一百五十二,清康熙刻本。
⑦ 《乐府诗集》,第 1030 页。
⑧ 《唐文粹》,第 96 页。

山,亦葬歌也。又有《泰山梁甫吟》,与此颇同"①;而《唐文粹》录李白之作"君不见朝歌屠叟辞棘津,八十西来钓渭滨。宁羞白发照渌水,逢时吐气思经纶。广张三千六百钩,风雅暗与文王亲。大贤虎变愚不测,当年颇似寻常人""白日不照吾精诚,杞国无事忧天倾。猰貐磨牙竞人肉,驺虞不折生草茎"②,则变其意为寄托抱负,抒写忧困,与葬歌无干,故与崔颢《孟门行》"满堂尽是忠义士,何意得有谗谀人。谀人翻覆那可道,能令君心不自保"③并置。又《走马引》,《古今注》以为:"樗里牧恭所作也。为父报怨,杀人而亡,匿于山之下。有天马夜降,围其室而鸣,觉闻其声,以为追吏,奔而亡去。明旦视之,乃天马迹也。因惕然大悟曰:'岂吾所处之将危乎?'遂荷粮而逃,入于沂泽中,援琴而鼓之,为天马之声,故曰《走马引》也。"④《文苑英华》将之列在兽一类,但《走马引》实非写马之作,已属题名与内容相失;而李贺之作"朝嫌剑花净,暮嫌剑光冷。能持剑向人,不解持照身"则讽刺市井少年,更与古义背道而驰。又如《沐浴子》《结袜子》《艾如张》《白虎行》等,或变古题本事,或题名与内容不类,不一而足。

　　《唐文粹》的编纂体例,既重视乐府诗的内容旨趣,又着重选取变古义而创作的诗篇,所展现的不止是姚铉的编纂态度,或者也可代表一种在考辨古题传统的基础上力求出新的创作观念,而这种观念被很多宋代文人所传承。

二、乐章、古调歌篇与乐府概念之外延

　　在收录乐府诗之外,姚铉在诗部之下又列出古今乐章、琴操、古调歌篇、颂等类。《唐文粹》的乐府部分,以汉晋以下产生的古乐府题名

---

① 《乐府诗集》,第605—606页。
② 《唐文粹》,第98页。
③ 《唐文粹》,第99页。
④ 《乐府诗集》引,第847页。

的唐代拟作、拟题为收录对象，对乐府的界定仍以诗歌内容为主，未涉及其入乐功能。而上述诸类中的部分作品亦有古题传承，或事实上承担乐府诗的入乐功能，也可予以讨论。

其中，地位最高，排在前列的古今乐章，即唐人所作庙堂祀缛歌诗。姚铉将元结《补乐歌十篇》，皮日休《补九夏歌系文九篇》等追配古代三皇五帝等明君的作品视为古乐章，将实际入乐唱颂的唐代诸郊庙乐章视为今乐章。而在其后郭茂倩以音乐特质为脉络，梳理乐府诗时，后者即为郊庙歌辞之流，而前者虽为文人拟作，但旨趣如同《诗》之雅颂，如"《九夏》皆诗篇名，颂之族类也。此歌之大者，载在乐章，乐崩亦从而亡"①，故亦因其摹拟前代列祀祭缛、歌诗赞颂一类乐歌的用意，被纳入唐人新乐府辞之中。事实上，《唐文粹》在乐府诗之下所列之颂体一类，如元结《大唐中兴颂》、柳宗元《献平淮夷雅》等，是对《诗经》雅颂传统的发扬，虽不及音乐，纯为徒诗，但赞颂之旨或也可与之并观。

其次是韩愈《琴操》十篇，即蔡邕《琴操》所录古琴曲十二操之前十题。宋僧释居月"调弄诸家谱录"②而著《琴曲谱录》，所载皆是宋代有琴谱传世的琴曲题名，蔡邕所录十二操皆在其列。韩愈精于音律，也明言曾经听琴师"鼓有虞氏之《南风》，赓之以文王、宣父之操"，故"昌黎十操乃因声以度辞，非选词以配乐"③，是韩愈所作《琴操》可入乐演唱之证，而入乐传统正是界定古乐府的一个重要因素。《乐府古题要解》已将琴歌界定为乐府，而姚铉特将《琴操》列于旨在歌颂的郊庙乐章之后，不纳入汉晋乐府之列，当是推崇其托名古圣先贤以阐发德行的主旨所致。

此外，如皮日休《九讽系述》《反招魂》、韩愈《河之水》等骚体诗，

① 郑玄注，贾公彦疏《周礼注疏》，北京大学出版社，1999 年，第 624 页。
② 释居月《琴曲谱录》，见陶宗仪等《说郛三种》一百二十卷本卷一百，上海古籍出版社，1990 年，第八册。
③ 沈文凡《韩愈乐府歌诗创作刍论——以〈琴操〉十首为诠解对象》，《中山大学学报（社会科学版）》2011 年第 2 期，第 20 页。

萧颖士《江有枫》《菊荣》、宋华《蝉鸣》、韦应物《虞获子鹿》、顾况《上古之什补亡训传十三章》、王勃《俉彼我系》、韩愈《元和圣德诗》、卢肇《汉堤诗》、欧阳詹《有所恨》等四言古诗，也皆列在乐府类之上。这体现了姚铉对摹拟《诗经》《楚辞》传统的篇章的重视，也可视为宋人在梳理前代诗歌流变时，理解乐府和《诗》《骚》传统之关系的一环。

　　宋前文论在上溯乐府源流时，通常止于武帝创乐府。而如《文心雕龙》所述"朝章国采，亦云周备"①，元稹《乐府古题序》"按仲尼学《文王操》，伯牙作《流波》《水仙》等操，齐犊沐作《雉朝飞》，卫女作《思归引》，则不于汉魏而后始，亦以明矣"②，则都更进一步，前者在郊庙乐歌的功能、观俗采风的教化意义等方面，后者在乐府旧题的渊源方面，隐然将乐府诗的滥觞推至汉魏之前。宋人承此观念，多有明确将乐府源流上溯至《诗》《骚》传统之论，如"古乐府者，诗之旁行也。诗出于《离骚》、楚词而《离骚》者，变风、变雅之意，怨而迫、哀而伤者也。其发乎情则同，而止乎礼义则异"③，又如"若夫《雅》《颂》之篇，则皆成周之世朝廷郊庙乐歌之词"④"《九歌》，盖取诸《国风》；《九章》，盖取诸二《雅》；《离骚经》，盖取诸《颂》"⑤等，强调《诗经》《楚辞》的音乐传统，并试图在此二者之间乃至它们与古乐府间构建关联。这无疑构成了一次乐府功能、主旨的复归，令宋人在乐府诗创作层面，包括内容、功能甚至体裁等方面，都开始较具规模地仿效《诗经》和《楚辞》，拓展了宋代乐府诗的创作领域。

　　《唐文粹》于乐府诗之后又列古调歌篇一类，收录不被认定为乐府

①　刘勰撰，范文澜注《文心雕龙注》卷二《明诗》，人民文学出版社，1958 年，第 66 页。
②　元稹《乐府古题序》，见冀勤点校《元稹集》，中华书局，1982 年，第 255 页。
③　胡寅《向芗林酒边集后序》，见《斐然集》卷十九，中华书局，1993 年，第 402—403 页。
④　朱熹《诗集传序》，见朱杰人等编《朱子全书》，上海古籍出版社、安徽教育出版社，2002 年，第 24 册，第 3651 页。
⑤　黄庭坚《书圣庚家藏楚词》引章惇说，见刘琳等校点《黄庭坚全集》，四川大学出版社，2001 年，第 1561 页。

的古体诗。其中的部分篇题,宋人诸总集中界定不一。如姚合《新昌里》、元稹《连昌宫辞》、杜甫《玉华宫》、杜颛《故绛行》、李贺《高轩过》、马戴《河梁别》、陆龟蒙《紫溪翁歌》、李贺《苦篁调笑引》等,《通志·乐略》列为乐府遗声。李峤《汾阴行》、王维《桃源行》、刘禹锡《飞鸢操》等,《文苑英华》列在歌行部,《乐府诗集》则以为唐人新乐府辞。李季兰《赋得三峡流泉歌》,《文苑英华》题为《听从叔弹三峡流泉歌》,列在歌行部,而《三峡流泉操》至宋释居月《琴曲谱录》仍存曲调,故《乐府诗集》因其音乐传统,录为琴曲歌辞。刘禹锡《秋风引》,《乐府诗集》或同样因琴曲流传,录为琴曲歌辞。刘禹锡《三阁词》,《乐府诗集》以为“刘禹锡所作吴声曲也”,录为清商曲辞,因其用“陈后主至德二年,于光昭殿前起临春、结绮、望仙三阁”①本事,故列在陈后主所作《玉树后庭花》《堂堂》等曲之后。顾况《悲歌》、卢仝《有所思》、白居易《生别离》、张籍《伤歌行》、李颀《渔父歌》、李白《襄阳歌》、宋之问《王子乔》等,固有乐府古题或本事传承。此外,《唐文粹》所录于鹄《野田行》,《乐府诗集》录此题为新乐府辞,收录李益、张碧之作,但未录此篇;宋之问《有所思》,即《乐府诗集》所录刘希夷《白头吟》。这部分篇题,《文苑英华》或未收录,或录为歌行,与《唐文粹》古调歌篇这一分类近似,更加重视其题旨的拟古风格;而《乐府诗集》与《通志·乐略》在涉及上述题名时皆视为乐府诗,则是在推崇音乐传统的思路下,对歌辞性诗题予以格外关注。

　　又如《古意》《古兴》《续古》之类题名,《文苑英华》乐府门单列拟古一类,拣择收录,而《唐文粹》一概视为古调歌篇,以区别于乐府辞。但如陆龟蒙《古意》“君心莫淡薄,妾意正栖托。愿得双车轮,一夜生四角”②,风格极似南朝乐府民歌。此外,陆龟蒙《寄远》、李白《赠远》《怨

---

① 《乐府诗集》,第 681 页。
② 《唐文粹》,第 124 页。

情》、韩琮《春愁》等，亦宛转有古意；陆龟蒙《井上谣》、岑参《石上藤》、张籍《废瑟词》等，题名风格俱拟古；王绩《春桂问答二首》其二"春桂答，春华讵能久。风霜摇落时，独秀君知不"①，也具乐府民歌风格。按乐府本为古之歌诗，在历代音乐传统逐渐亡佚之后，后世文人对古乐府的认识便大多仅能从题名、本事、风格等方面着眼，在传写中形成部分拟古特质，而这些纯文学化的传统浸润于唐人徒诗当中，便令乐府与古风诗歌的界限渐不分明。

唐人不满足于一味沿袭古乐府的本事，在此基础上另行开辟事典，形成一定的题材拓展。如李贺《秦宫诗》自序"予抚旧而作长辞，辞以冯子都之事相为对望，又云昔有之诗"②，冯子都之事即谓古乐府辛延年《羽林郎》，李贺之意，乃是在另立本事的基础上，对《羽林郎》旧旨进行仿效和开拓，而宋人在继承唐代典范时也关注到此类书写传统。宋人以才学为诗，又好出新立异，不落前人窠臼，其新题乐府创作更是颇多以前代事典拟古立题，意在别开生面之作。

另如杜牧《杜秋娘诗》并序，对宋人以时人轶事入诗亦有启发。至于顾况《金珰玉佩歌》"赠君金珰太霄之玉佩，金锁禹步之流珠，五岳真君之秘箓，九天丈人之宝书"③，开篇明显摹仿鲍照《行路难》"奉君金卮之美酒，玳瑁玉匣之雕琴，七彩芙蓉之羽帐，九华蒲萄之锦衾"④句法，则是从句法风格层面对古乐府的效仿，而这种拟古式书写进一步模糊了乐府与古体徒诗之间的界限。

古调歌篇类下也收录一些承载乐府功能的徒诗，大多以拟古或歌辞性诗题呈现。如白居易《秦中吟》序"贞元、元和之际，予在长安，闻

---

① 《唐文粹》，第 219 页。
② 《唐文粹》，第 116 页。
③ 《唐文粹》，第 204 页。
④ 鲍照《鲍明远集》卷八，四部丛刊本。

见之间,有足悲者。因直歌其事"①,创作理念即与其新乐府同出一源。而《唐文粹》收录此类书写见闻、体贴民情的即事之作,尚有杜甫《石壕吏》、于濆《辛苦吟》、元稹《田家词》、聂夷中《伤田家》、韦应物《采玉行》、张籍《野老歌》等,均承担怨刺讽喻的功能,甚而上升到秉承古乐府采诗观风的传统,隐然唐人新乐府气象。又《鹦鹉词》《鸳鸯篇》《子规啼》《鹎鵊吟》等,或写宫怨,或悯民生,也与新题乐府近似;而这部分诗歌以禽鸟入题,形成歌辞性诗题,《唐文粹》与《文苑英华》乐府门中又都存在相似题名类目,为区分徒诗化的新题乐府造成了一定困扰。

又如王维《鱼山神女歌词二首》,一为迎神,一为送神,具备音乐性,故而也可视为承担乐府诗功能;而在两宋大小祠祀中,宋人较唐人更加广泛地创作用于仪式的祠祀乐歌,可谓在固有的郊庙乐章之外,对乐府诗祭祀功能的进一步拓展。又有陆龟蒙《迎潮送潮词二首》,序云"聊寄声于骚人之末"②,则在体式上摹拟祠祀乐歌,旨趣上溯《楚辞》,也易成为宋人创作的效法对象。

在《唐文粹》与《文苑英华》这两部宋初重要总集的编纂体式中,虽然乐府均只占据其中一隅,但也可探原编纂者试图整合前代作品的视野和观念。二书在编纂中都格外推重唐人乐府,《文苑英华》所录一千余首乐府诗中,半数为唐人作品,《唐文粹》更是以精选作家作品的方式较为全面地呈现了唐人的古体诗创作。姚铉对乐府诗的界定仍然以汉晋旧题传统及其摹拟为主,但是若与《文苑英华》《乐府诗集》《通志·乐略》等文献对参,便可一窥不同年代的宋人对唐人乐府徒诗界定的不同理解。而《唐文粹》和《文苑英华》这种以题名、内容界定乐府诗的模式,也会影响宋人对唐代典范的效法,从而更加宽泛地接受乐府徒诗,形成大量拟古题名、风格的创作,从而进一步推动宋代乐府徒诗化的趋势。

---

① 《唐文粹》,第179页。
② 《唐文粹》,第199页。

第二章　两宋之交的宋前乐府诗编纂：
音乐传统与徒诗化趋势并存

　　《乐府诗集》与《通志·乐略》是现存的编纂于两宋之交的重要乐府文献，二者都倾向于在徒诗化趋势下关注乐府旧题的音乐传统。《乐府诗集》在《文选》《玉台新咏》等前代总集的基础上，广泛梳理文献，从音乐传承与本事考证两方面入手界定乐府旧题，收录前人之作，全面建构乐府文学的体系，成为前代乐府文献的集大成者与后世文人乐府之典范；郭茂倩对《玉台新咏》所录乐府诗的梳理与辨析，更呈现了大量汉晋南朝旧题的传写脉络与本事流变的过程，尤其是相和歌、清商乐等古乐府传统的核心部分。《通志·乐略》则在郭茂倩形成的范式之外，又将郭茂倩持谨慎态度未予收录的《玉台新咏》部分诗篇与大量唐人歌诗纳入乐府的范畴，形成对《乐府诗集》所奠定的乐府观的增补。

第一节　《乐府诗集》对《玉台新咏》
收录乐府诗的梳理

　　《玉台新咏》被后世认为保存了大量南朝以前的乐府诗文献，但是在其编纂中并未刻意突出乐府这一概念，也不涉及题名传统的梳理，而是主要按照诗人收录作品，对题目的区分较为随意，在分组处理方面，呈现将乐府、鼓吹、杂曲等名目并列的倾向。其编纂中对音乐传统的淡漠甚至混淆，或正是由于《玉台》所收绝大部分作品在当时仍可入乐声歌，无需特别提及之故。而郭茂倩编《乐府诗集》时，主要是依据音乐传统对《玉台》的收录进行梳理，二者对照，可见郭茂倩对魏晋齐梁间乐府古辞与题目脉络的处理，在较为全面、清晰地呈现其传统之余，也存在一些微小的疏失。

与《乐府诗集》对照，《玉台》明确提出为乐府诗，且题名无明显变更者如下：

《日出东南隅行》(《陌上桑》《艳歌罗敷行》)《相逢狭路间》(《相逢行》)《陇西行》《艳歌行》《皑如山上雪》(《白头吟》)《双白鹄》(《艳歌何尝行》)，以上六首《玉台》录为古乐府。鲍照《白头吟》，《玉台》亦录为拟乐府。

《燕歌行》，《玉台》录为魏文帝乐府。陆机之作亦称乐府。

《塘上行》，《玉台》录为甄皇后乐府。

《妾薄命行》，《玉台》录为曹植乐府。

《前缓声歌》，与陆机《艳歌行》《塘上行》，《玉台》并录为陆机拟乐府。

《历九秋篇　董逃行》《车遥遥篇》《燕人美篇》(《吴楚歌》)，以上三题《玉台》录为傅玄拟北乐府。

《飞来双白鹄》《阳春曲》《长别离》《长相思》，以上四首《玉台》录为吴迈远拟乐府。

《蜀国弦歌》《妾薄命》，以上二题与《艳歌篇》，《玉台》录为梁简文帝圣制乐府。

《新成安乐宫》《双桐生空井》《楚妃叹》，以上三题《玉台》录为梁简文帝代乐府。

《大垂手》,《玉台》录为梁简文帝所赋乐府。

《代美女篇》,《玉台》录为萧子显乐府。

《乌栖曲》,《玉台》录为萧子显乐府。

但是《玉台》对这部分题目的处理并不完备,无法从所谓"拟乐府""圣制乐府""代乐府"等小规模分类中提炼对"乐府"这一观念的明确定位。在对其他作家作品的编纂中,也存在与上述作品同题的诗篇不被明言为乐府的情况,如沈约《塘上行》、刘孝威《塘上行 苦辛篇》、昭明太子《长相思》、曹植《美女篇》、庾肩吾《陇西行》、梁简文帝《乌栖曲》、萧子显《燕歌行》等,观感较为芜杂,无法呈现题目传写流变的脉络,而这些都在郭茂倩的编纂中呈现出来。虽然《玉台》也将部分作者的组诗列入横吹曲、杂曲之类,体现了一定的对音乐传统的关注,如《携手曲》《有所思》《夜夜曲》三题,《玉台》录为沈约杂曲;《秦王卷衣》《采莲》二题,《玉台》将之与《陌上桑》等并录为吴均拟古;《洛阳道》《折杨柳》《紫骝马》三题,《玉台》录为梁简文帝和湘东王横吹曲,《南湖》《北渚》《大堤》三题,《玉台》录为梁简文帝《雍州十曲抄》等,均可显示其入乐的功能,但此外大量的诗篇都未被有效梳理。此外,《玉台》收录魏明帝乐府诗二首,均无具体题目,其中"昭昭素明月"篇,《乐府诗集》题为《伤歌行》,但仅言是古辞,未列入魏明帝名下;"种瓜东井上"篇,《乐府诗集》题为《乐府》,郭茂倩根据题名与音乐传统对收录序列予以调整,并对前代收录时所明确的作者归属予以质疑,然而未见考辨。

《玉台》中收录的大量其余乐府诗,虽未被徐陵明确称为乐府,但大多都有古代文献或者音乐渊源。现将其题名依集中首次收录的次序罗列如下:《冉冉孤生竹》《李延年歌》《羽林郎》《怨诗》《董娇娆》《汉时童谣歌》(《城中谣》)《同声歌》《饮马长城窟行》《杂诗》(明月照高楼)《种葛篇》《浮萍篇》《青青河边草》《苦相篇　豫章行》《有女篇　艳歌行》《朝时篇　怨歌行》《明月篇》《秋兰篇》《西长安行》《王昭君辞》

《拟相逢狭路间》《拟青青河畔草》①《代京洛篇》(《煌煌京洛行》)《巫山高》《中山王孺子妾歌》《芳树》《铜雀台妓》《邯郸行》《自君之出矣》《班婕好》《拟三妇》(《三妇艳》)《鼓吹曲》《独不见》《度关山》《长门怨》《江南曲》《起夜来》《轻薄篇》《采桑》《咏少年》(《少年子》)《鼓瑟曲有所思》《对酒》《远期》《采菱》《长门后怨》《梅花落》《妾安所居》《拟长安有狭斜》《独处怨》(《独处愁》)《乌夜啼》《鸡鸣高树颠》《咏中妇织流黄》《棹歌行》《和人以妾换马》(《爱妾换马》)《小垂手》《半路溪》《伤别离》(《关山月》)《金乐歌》《婕好怨》《昭君怨》《金石乐》《结客少年场行》《越人歌》《琴歌》《乌孙公主歌》《汉成帝时童谣》《汉桓帝时童谣》《晋惠帝时童谣》《淮南王》《白纻歌辞》《行路难》《李夫人及贵人歌》《从军行》《碧玉歌》《桃叶歌》《团扇歌》《丁督护》《石城乐》《估客乐》《乌夜啼》《襄阳乐》《杨叛儿》《子夜四时歌》《上声》《前溪》《欢闻》《长乐佳》《读曲》《浔阳乐》《青阳度》《钱塘苏小歌》《玉阶怨》《襄阳白铜鞮》《渌水曲》《映水曲》《春江行》等。按照郭茂倩的分类法，其中有相和歌辞 26 题，清商曲辞 20 题，杂曲歌辞 25 题，杂歌谣辞 10 题，是较为主要的部分，其余尚有鼓吹曲辞 4 题，横吹曲辞 2 题，舞曲歌辞 3 题，琴曲歌辞 3 题。尤其是相和、清商与杂曲歌辞，本就是汉代至六朝之间较为流行的乐歌，《玉台》对这些题目与篇章的保存与编纂，对郭茂倩进一步细化其题名传统有所启发。

如《饮马长城窟行》和《青青河边草》《拟青青河畔草》数篇，《玉台》分列题名，不视为同一传统，而《乐府诗集》根据其诗意、诗句传承，录为同一题名之前后源流。《长安有狭斜》《拟三妇》与《咏中妇织流黄》，则因最早的《长安有狭斜行》(《相逢行》)篇卒章"大妇织绮罗，中

---

① 《拟青青河畔草》，《玉台新咏》收录陆机、荀昶同题二作。但陆机之作拟枚乘《杂诗》、荀昶之作才拟《饮马长城窟行》古辞，郭茂倩收录时有所辨析，并不将陆诗列入《饮马长城窟行》题目之下。刘铄《代青河畔草》、鲍令晖《拟青青河畔草》，也作了相同处理。

妇织流黄。小妇无所为，挟瑟上高堂”中分写三妇的句法被后世广为摹拟，衍生出的诸题皆被郭茂倩视为此题传统的延续。《自君之出矣》，郭茂倩考云“汉徐干有《室思诗》五章，其第三章曰：‘自君之出矣，明镜暗不治。思君如流水，无有穷已时。’《自君之出矣》，盖起于此”①，将徐干《室思诗》诗句视作此题之源，却并不将《室思诗》原作归入乐府，或许是因建安文人诗除三曹之作外，大多未秉承音乐传统。而南朝众作大多文辞绮丽，又不乏用于宴乐者，郭茂倩有“艳曲兴于南朝”之论，《自君之出矣》被郭茂倩列入杂曲歌辞，“或情思之所感，或宴游欢乐之所发”②，体现他对南朝乐府整体风格的理解与态度。

《王昭君辞》，即《乐府诗集》相和歌辞《王明君》题；《金石乐》，《乐府诗集》录为《金乐歌》；《长门怨》与《长门后怨》，《乐府诗集》并录为《长门怨》；《伤别离》，《乐府诗集》录为《关山月》；《怨》，郭茂倩录为《怨诗》；曹植“明月照高楼”篇，《玉台》录为杂诗，郭茂倩引《古今乐录》“《怨诗行》歌东阿王‘明月照高楼’一篇”③，则将之归入《怨诗》题下；又如《东飞伯劳歌》与《河中之水歌》，《玉台》本录为《歌辞二首》，俱无题名，题目为郭茂倩所加。以上种种，都体现出郭茂倩对梳理题名源流的重视，或者列出同一题目的不同别称，或者不惜修改诗题也要将之纳入某一题名传统之中。

孔翁归《奉和湘东王教班婕妤一首》、何思澄《奉和湘东王教班婕妤》，郭茂倩录为《班婕妤》；姚翻《同郭侍郎采桑一首》，郭茂倩录为《采桑》；梁简文帝《拟沈隐侯夜夜曲》，郭茂倩录为《夜夜曲》；《赋乐府得大垂手》，郭茂倩录为《大垂手》；刘孝绰《夜听妓赋得乌夜啼》，郭茂倩录为《乌夜啼》；庾肩吾《赋得有所思》，郭茂倩录为《有所思》；《赋得横吹曲长安道》，郭茂倩录为《长安道》等，均有意识地舍弃题目中的叙

---

① 《乐府诗集》，第987页。
② 《乐府诗集》，第885页。
③ 《乐府诗集》，第610页。

事部分,突出其古题传统,这也是郭茂倩在收录中修改诗题的一个重要原因。

郭茂倩对《玉台》收录诗篇的处理中也存在一些问题。如《冉冉孤生竹》,在《玉台》的编纂中本与《上山采蘼芜》《凛凛岁云暮》等诗篇并列,而《凛凛岁云暮》在古诗十九首传统中,通常不被视作乐府一类。郭茂倩将《冉冉孤生竹》视作乐府诗,与另一相似的题目《枣下何纂纂》并列,或是因乐府古歌存在类似五言诗句的题名传统,如《关东有贤女》《章和二年中》《殿前生桂树》《双桐生空井》等。然而即便北宋初年编纂的《太平御览》已将《上山采蘼芜》视作古乐府,郭茂倩却并未将这首诗纳入乐府传统,考虑到诗篇的叙事性相当清晰,颇具乐府传统风格,这或许是其失误。又,在《玉台》收录的这组诗中,"客从远方来,遗我一端绮"之句被郭茂倩视为《长相思》题旨趣的一个来源,但他并未将此诗视作乐府,而称之为古诗,且同样不将题名与之有所传承的《拟客从远方来》等题列入乐府,体现出他在处理汉晋五言古诗时的模糊性。

郭茂倩对怨体诗的处理同样较为模糊。他将《长门怨》《婕好怨》甚至包括没有明确音乐与本事传统的《娥眉怨》《玉阶怨》《宫怨》《杂怨》等题都置于《怨歌行》之下,视作源流同类。然而《玉台》中所收《闺怨》《春怨》《春闺怨》《秋闺怨》《倡妇怨情》《秋闺》《秋闺夜思》《春闺情》《咏晚闺》等题,同样没有音乐与本事的传承,而且题材风格大多与《宫怨》《杂怨》等颇为相似,但均不被郭茂倩视为乐府。郭茂倩的梳理虽然并不完全,他本人也未提出明确的理论支撑,但一定程度上影响到后人对怨体乐府的态度,如吴兆宜注《玉台》认为《闺怨》是"杂曲歌辞。《乐府》作《离闺怨》"①,即是以郭茂倩的观念为判别乐府诗的依据,但实则此篇《乐府诗集》并未收录,为吴兆宜本人的理解与发挥,而

---

① 徐陵编,吴兆宜笺注《玉台新咏笺注》,中华书局,1985 年,第 214 页。

在涉及《玉台》怨体时，这绝非孤证。但总而言之，郭茂倩对怨体在乐府诗传统中的位置并未作出明确界定一事，也使得对宋人同类作品的判定成为又一个难题。

界定部分主题与本事时，郭茂倩也有所取舍。如《捣衣》，齐梁众作郭茂倩不列入乐府，但将王建《捣衣曲》收录于新乐府辞类下，在对同一题名的不同处理中，显示出对王建乐府的推重，以及对歌辞性诗题的关注。又如《代秋胡妇闺怨》，郭茂倩在相和歌辞清调曲《秋胡行》约引《西京杂记》述其本事，"鲁人秋胡，娶妻三月，而游宦三年，休还家。其妇采桑于郊，乃遗黄金一镒"，被其妻拒绝后，"既归还，乃向所挑之妇也，夫妻并惭。妻赴沂水而死"。此篇写"荡子从游宦，思妾守房栊"[1]，用其本事之前半，但郭茂倩未收录，一方面或是因为这部分本事未涉及秋胡故事的核心，其义泛泛，另一方面也符合他对《闺怨》等怨体诗的处理态度。

此外尚有一些题目和内容的处理值得注意。如刘孝绰《赋得遗所思》，有"别前秋已落，别后春更芳"[2]句，化用昭明太子《芳树》"别前秋叶落，别后春花芳"，题目亦与《有所思》等相似，但郭茂倩未列入乐府，或是因题名不类之故。梁简文帝《有所伤》一作《有所思》，郭茂倩亦未收录。又如《蚕丝歌》《丹阳孟珠歌》等，题名或与古乐府叙事性诗题相似，或为歌辞性诗题，符合杂曲歌辞"或因意命题，或学古叙事"的特质，但是郭茂倩也未予以关注，这其实意味着他在对杂曲歌辞的选择与梳理层面已经面临较多的问题，难以形成足够整全的脉络与理论。

郭茂倩在对待《玉台》诸作时的部分观念与其余宋代文人也偶有出入。如沈约《十咏》，包括《领边绣》《脚下履》等题，以及梁简文帝《拟落日窗中坐》，均被欧阳修、梅尧臣等人视为乐府，并予以传写。如

---

① 徐陵编，吴兆宜笺注《玉台新咏笺注》，中华书局，1985年，第302页。
② 徐陵编，吴兆宜笺注《玉台新咏笺注》，中华书局，1985年，第333页。

欧阳修《拟玉台体七首》涉及上述题目,《居士外集》归入乐府。但郭茂倩并未将《玉台》中的原作承认为乐府。这一对比显示出宋人对待前代乐府的观念差异性,也为对宋人乐府观的整体认知增添了外延方面的模糊性。

然而在对《玉台新咏》诸作的梳理中,郭茂倩仍然奠定了足够稳固的传统,为后人所效法。如吴兆宜注《玉台》,于第四、五、九、十诸卷补录 182 首宋刻本未收之诗,其中如《朗月行》《东门行》(卷四)、《西洲曲》(卷五)、《楚明妃曲》《朝云曲》《龙笛曲》《赵瑟曲》《秦筝曲》《阳春曲》《舞媚娘》(卷九)、《杨花曲》《阳翟新声》《登楼曲》《越城曲》《桃花曲》《树中草》(卷十)等,都是宋刻《玉台》未见的题目,但郭茂倩编《乐府诗集》时均见收录,分在清商、琴曲、舞曲、杂曲之列。吴兆宜将这些题目纳入《玉台》补录,可见《乐府诗集》的范式在后世的影响。

第二节 《乐府诗集》之全面总结与不足

经历南朝梁直至唐五代的漫长时期,文人拟作旧题乐府既多,新题乐府也随之兴起,题材和内容涉及更加广泛,诸总集所选各有侧重,未见全豹。而郭茂倩所编的《乐府诗集》,是一部以乐府诗为专门收录对象的总集,录唐虞至五代乐府诗五千余首。在历代乐府诗文献之中,《乐府诗集》是收录最全的一部,宋后诸朝代界定乐府诗时,多以《乐府诗集》之框架为基准。

《乐府诗集》的编纂,着力于还原乐府诗的源流轨迹。在分类方面,从音乐性传承与本事考证两方面入手,兼重其功能,共分为郊庙歌辞、燕射歌辞、鼓吹曲辞、横吹曲辞、相和歌辞、清商曲辞、舞曲歌辞、琴曲歌辞、杂曲歌辞、近代曲辞、杂歌谣辞、新乐府辞十二大类。其中,除杂歌谣辞单收民间谣谶,几乎与文人诗无涉之外,郊庙歌辞至杂曲歌辞诸题，皆可归类为旧题乐府；而近代曲辞与新乐府辞诸题，则可归为新题乐府。而这两者的关键区别便在于有无古乐传统。

旧题乐府，即自郊庙歌辞至琴曲歌辞所收录诗篇，对音乐传统的继承十分清晰，还兼顾了功能的区分。如郊庙歌辞收录西汉至五代祭祀乐歌；燕射歌辞收录西晋至隋的飨射乐歌；鼓吹曲辞在汉代为军乐，汉代以降又转为雅乐；横吹曲辞则是军旅马上之乐与北朝民歌；相和歌辞源自汉代歌谣，初为徒歌，后渐被于管弦；清商曲辞多是吴歌与荆楚西声之乐；舞曲歌辞为汉至唐代配合乐舞之用；琴曲歌辞则是合于琴曲的诗歌。这八类的收录对象，除乐府古辞之外，也包括历代文人的大量拟作，甚至有些古曲仅存其题，后世文人因题成诗之作，也列在内。《四库全书总目》总结为："每题以古词居前，拟作居后，使同一曲调，而诸格毕备，不相沿袭，可以药剿窃形似之失。其古词多前列本词，后列入乐所改，得以考知孰为侧，孰为趋，孰为艳，孰为增字减字。其声辞合写、不可训诂者，亦皆题下注明，尤可以药摹拟聱牙之弊。"[1]同时，每一旧题甫出，必然尽量对其源起、流变过程细加考证，也起到了文献汇总与整理的作用。

这种分类方式，着重于突出乐府旧题之间的渊源流变。"乐府类典籍在北宋和南宋前中期主要被当作经部乐类文献来对待，而郭茂倩的《乐府诗集》正产生于这样一个文化背景当中"[2]，可谓一部整理编纂宋前历代乐府文献的总集。因此，"以古词居前，拟作居后"的编排方式，能够有效地将题目之间有渊源传承的诗歌作一汇总，使人一目了然。

此外，郭茂倩另列杂曲歌辞一类，收录汉代至唐代未配乐或乐调难明的歌辞，大多为《文选》《玉台新咏》中古乐府杂题及后世拟作。这一

---

① 永瑢等《四库全书总目》卷一百八十七《集部四十》，中华书局，1965年，第1696页。

② 孙尚勇《郭茂倩〈乐府诗集〉的编辑背景与刊刻及校理》，《傅增湘藏宋本乐府诗集》代影印前言，人民文学出版社，2010年。

部分,题材既广,又难考证旧题本事的渊源,难以分类,名为"杂曲",当是郭茂倩不得已而为之的总结,作为对前面八类的补充。整体观之,其编次大致采取了《文苑英华》和《唐文粹》的分类方法,即以题材或内容的相似度依次排列,因所涉过多,在此不详细说明。

至于新题乐府,则基本不具备古乐传统。近代曲辞皆是隋唐两朝合新乐演唱的文人诗,大部分诗题如《水调》《伊州》《破阵乐》《胡渭州》《长命女》《回波乐》等,都见于唐代的音乐文献《教坊记》《乐府杂录》等,属于当时的歌舞曲题。新乐府辞则收录唐人因事立题之作,重在寓意古题,刺美人事;又或是拟古意而创新题,用古题而发新义之作,两者皆是徒诗,不以入乐为事。即便是并不能称作新题乐府的杂歌谣辞一类,也只以徒歌谣谚为收录对象,完全无涉于音乐传统。

新题乐府的另立门户,一方面体现郭茂倩对源流传承的重视,同时也是对作为徒诗的乐府的肯定。如元白等人的新乐府,即便拟题或者功能与乐府旧题相似,也列为两类,明示与具备音乐性的旧题无关。如白居易新乐府《李夫人》,并不归入旧题《李夫人歌》之下;而元结《补乐歌》十首,皮日休《补九夏歌》九首,虽是拟亡佚古曲之作,也并不归入郊庙歌辞之类,这与《文苑英华》按题名区分,以及《唐文粹》按内容功能区分乐府诗类目的做法均不相同。

一、《乐府诗集》的编纂特点

较之宋代的其余重要总集,《乐府诗集》的编纂有几个主要特点。其一,重视乐府的入乐功能,并以此为首要编纂理念;其二,基于音乐传统详细考辨乐府古题的源流;其三,对歌辞性诗题的重视;其四,整合部分唐人拟古徒诗篇题,将之纳入乐府诗传写脉络。

首先,郭茂倩以音乐传统与入乐功能作为界定乐府诗的主要依据,在《文苑英华》《唐文粹》等总集的编纂思路外自成一家,收录大量在此前总集中未被界定为乐府诗的诗歌文本,全面拓展乐府诗的外延,形成最具规模的乐府诗总集。如《唐文粹》中与乐府并列者，尚有古今乐章、琴操、古调歌篇等类目，如与《乐府诗集》大致对应，则古今乐章为郊庙、燕射歌辞，琴操为琴曲歌辞，古调歌篇则兼及清商曲辞、杂歌谣辞等，至于鼓吹、横吹、相和、舞曲等类下篇题的收录，也相对更加完备。

郭茂倩的这一编纂思路，与宋人重视乐府诗的实际功能，并逐渐将其源流上溯《诗经》《楚辞》的观念相合。其论郊庙歌辞，“自黄帝已后，至于三代，千有余年，而其礼乐之备，可以考而知者，唯周而已……然则祭乐之有歌，其来尚矣。两汉已后，世有制作”①；论燕射歌辞，引《仪礼·燕礼》《周礼·大司乐》等，以明宴飨、大射、食举之有乐，且“汉有殿中御饭食举七曲，太乐食举十三曲，魏有雅乐四曲，皆取周诗《鹿鸣》”②；论鼓吹曲辞，引《周礼·大司乐》《左传》等，又引《古今注》“汉乐有黄门鼓吹，天子所以宴乐群臣也。短箫铙歌，鼓吹之一章尔，亦以赐有功诸侯”③等，都明确以周人礼乐为汉晋乐歌之渊源。至杂歌谣辞之属，则引《宋书·乐志》“黄帝、帝尧之世，王化下洽，民乐无事，故因击壤之欢，庆云之瑞，民因以作歌”④，其所录《击壤歌》《卿云歌》等皆托于尧舜之时，已将上古歌谣部分地视为乐府源流。

至两宋之际，这一观念进一步成型，如周紫芝所作《古今诸家乐府序》，在乐府的音乐性与功能性两方面，对其源流进行整体定位，其中明确提出乐府由上古乐歌所起的观念，“世之言乐府者，知其起于汉魏，盛于晋宋，成于唐，而不知其源实肇于虞舜之时”⑤；周必大则认为“予考之‘乃赓载歌’‘熏兮解愠’，在虞舜时，此体固已萌芽，岂止三代

---

① 《乐府诗集》，第1页。
② 《乐府诗集》，第182页。
③ 《乐府诗集》，第224页。
④ 《乐府诗集》，第1164页。
⑤ 周紫芝《古今诸家乐府序》，见《太仓稊米集》卷五十一，清文渊阁四库全书补配清文津阁四库全书本。

遗韵而已"①,二人持论一定程度上应受到《乐府诗集》编纂理念的影响。

其次,较之《文苑英华》和《唐文粹》的以诗歌题名、主旨相似性分类,专注于考辨古题源流乃是《乐府诗集》的明显特色。郭茂倩于每一旧题之下,博引相关典籍,以明其本事与源流,这个方法继承吴兢《乐府古题要解》而来,其规模却远为宏大,系统性也更加严明。无论在音乐还是文本自身的传承方面,旧题源流都可一目了然。

如《乌生八九子》和《乌夜啼》《乌栖曲》,三题内容均涉及乌,故《文苑英华》与《唐文粹》均将它们作为相似的题目,置于禽一类下,《文苑英华》更格外录《乌啼曲》一题,然而其下诸作,《乐府诗集》均录为《乌栖曲》,而《文苑英华》别有《乌栖曲》题,或体现乐府徒诗传写漫漶,合二为一的倾向;《文苑英华》又录梁元帝《晚栖乌》,当承自《玉台新咏》。上述诸题,二书皆顺次罗列题目,未涉其传。而郭茂倩就此诸题考证古乐源流及本事,认为《乌生八九子》属于相和歌辞相和曲,《乐府古题要解》述其本义"言乌母生子,本在南山岩石间,而来为秦氏弹丸所杀;白鹿在苑中,人得以脯;黄鹄摩天,鲤鱼在深渊,人可得而烹煮之。则寿命各有定分,死生何叹前后也"②,为感叹命数之作;《乌夜啼》则属于清商曲辞西曲歌,郭茂倩引《唐书·乐志》曰:"宋临川王义庆所作也。元嘉十七年,徙彭城王义康于豫章。义庆时为江州,至镇,相见而哭。……伎妾夜闻乌夜啼声,扣斋阁云:'明日应有赦。'其年更为南兖州刺史,因此作歌。"③按《乐府诗集》所列,《乌生八九子》一作《乌生》,又有衍题《城上乌》;《乌栖曲》与《乌夜啼》虽并属西曲歌,但题名并无可考,郭茂倩据《乐府解题》所述"亦有《乌栖曲》,不知与此同

① 周必大《书谭该乐府后》,见《宋诗话全编》,江苏古籍出版社,1988 年,第 5923 页。
② 吴兢《乐府古题要解》卷上,见丁福保辑《历代诗话续编》,中华书局,1983 年,第 26 页。
③ 《乐府诗集》,第 690 页。

否"，方将之列在《乌夜啼》之下，然而观梁陈诸作，如梁简文帝"倡家高树乌欲栖，罗帷翠被任君低。织成屏风金屈膝，朱唇玉面灯前出"，萧子显"芳树归飞聚俦匹，犹有残光半山日。莫惮褰裳不相求，汉皋游女习风流"等，仅以乌栖为引，铺陈宴乐之丽，至徐陵"绣帐罗帷隐灯烛，一夜千年犹不足。唯憎无赖汝南鸡，天河未落犹争啼"，陈后主"合欢襦薰百和香，床中被织两鸳鸯。乌啼汉没天应曙，只持怀抱送郎去"，则重在写宴乐而未必及于乌，故二题旨趣实非一事，当可分明。

而对比咏乌诸题内容，如刘孝威《乌生八九子》"莫啼城上寒，犹贤野间宿。羽成翩备各西东，丁年赋命有穷通"，梁简文帝《乌夜啼》"不疑三足朝含影，直言九子夜相呼。羞言独眠枕下泪，托道单栖城上乌"，杨巨源《乌啼曲》"可怜杨叶复杨花，雪净烟深碧玉家。乌栖不定枝条弱，城头夜半声哑哑"等，则生九子、居城上等，已成为历代咏乌之特定事象，诸题无论本事源流，皆可涉及。至于梁元帝《晚栖乌》一题（仅《文苑英华》收录）"日暮连翩翼，俱向上林栖。风多前乌驶，云暗后群迷"，只是咏乌；李白《乌栖曲》"姑苏台上乌栖时，吴王宫里醉西施。吴歌楚舞欢未毕，青山犹衔半边日"，则以宴乐为主，二者呈现出在摹拟古题时的流变。

又如《文苑英华》所列《燕》题，实际分为《双燕离》与《燕燕于飞》二题，《乐府诗集》依循蔡邕《琴操》所录河间新歌二十一题，将《双燕离》列为琴曲歌辞；《燕燕于飞》则列为杂曲歌辞，郭茂倩认为此题当出《诗经·邶风·燕燕》句，为卫庄姜送归妾之诗。然而江总《燕燕于飞》"或在堂间戏，多从幕上飞。若作仙人履，应向日南归"已经但咏双燕而已，与沈君攸及李白《双燕离》"双入幕，双出帷。秋风去，春风归""双燕复双燕，双飞令人羡。玉楼珠阁不独栖，金窗绣户长相见"等句并无明显差异，同样可作为旧题传写中本事消解、风格趋同等现象之例证。

《文苑英华》与《唐文粹》的分类方法，是应南朝隋唐以来乐府古题传写逐渐漫漶的现象而生,诗人不再依循音乐传统,详细考察其本事源流,因此多见因题为辞,甚至传写讹误之篇,如蔡居厚所论:"齐梁以来,文士喜为乐府辞,然沿袭之久,往往失其命题本意。《乌将八九子》但咏乌,《雉朝飞》但咏雉,《鸡鸣高树巅》但咏鸡,大抵类此。而甚有并其题失之者,如《相府莲》讹为《想夫怜》,《杨婆儿》讹为《杨叛儿》之类是也。"①面对芜杂的乐府徒诗篇题,纯以题名或旨趣分类,是非常直观明晰的做法,而《乐府诗集》这些做法,意在区分题名的传承脉络,清楚地展现了古题本事的传写流变,并将部分并无音乐传统,但在题名创制、本事书写层面秉承古乐府文学传统的衍生题名也纳入其间。

《乐府诗集》对诗题的考证也更加细致。如《文苑英华》所录僧皎然《陇头吟》,《乐府诗集》题为《陇头水》;所录《侠客行》诸篇,《乐府诗集》更细考其题,分为《侠客篇》《游侠篇》等;《江南行》诸篇,《乐府诗集》又细分为《江南思》《江南曲》《江南弄》等。至于《文苑英华》卷二百三《绍古歌》、卷二百六《东飞伯劳歌》,其下所录诗篇本就有重合,事实上亦当属同题,《乐府诗集》对此也做了归并,整体而言更加细致。这种编纂方式也反过来影响到《文苑英华》的修订。

南宋彭叔夏修订《文苑英华》时,对一些诗歌编次做了调整:"崔国辅《长信宫》一首,王昌龄二首,原在《长门怨》中。长门乃陈后,长信乃班婕妤,今移入长信宫门。费昶《发白马》诗原在乐府白马类,按白马乃津名,故加'发'字,与前白马不同,今移附于末。"②乃是对相近旧题的详细内容予以考证,再作区分。而据傅增湘先生考证,《乐府诗集》于靖康至绍兴之际已有刊刻③,故至晚当成书于北宋末年,足以成为彭

---

① 《苕溪渔隐丛话》前集卷一引《蔡宽夫诗话》,人民文学出版社,1981 年,第 5 页。
② 彭叔夏《文苑英华辨证》卷六,文渊阁四库全书本。
③ 《藏园群书经眼录》卷十七,《乐府诗集》一百卷、目录二卷:"宋刊存者七十九卷又目二卷,为昆山徐氏旧藏,余配元刊本及旧写本。以卷中刊工核之,王珍、徐杲、徐升、徐颜、陈恂、姚臻、余永、余竑八人见余藏北宋末杭本《广韵》,朱祥、朱礼、沈绍见临清徐氏藏绍兴九年临安府刊《唐文粹》,王珍、徐杲、徐升、余竑又见南海潘（转下页）

叔夏的参考对象。彭叔夏亦有言，"萧子显《日出东南隅》、王褒《燕歌行》，《类聚》与《文苑》并略，而郭氏《乐府》有全篇"①。其考察旧题本事之举，应当也受到《乐府诗集》编次方式的影响。

第三，郭茂倩尽量避免《乐府诗集》中出现叙事性诗题，体现出他对歌辞性诗题的重视。《文苑英华》在乐府门所列题名目录之下仍然时而保留一些叙事性诗题，如《短歌》题下杜甫之作实录题为《短歌行赠王郎司直》等；《唐文粹》收录乐府诗时直录本题，不予修饰，如《节妇吟寄东平李司空》《沙堤行呈裴相公》等；《乐府诗集》之体例则与上述两者均不同，每录一旧题之后，其下诗歌皆不述其题，皆视为与前文同题之作。而对照《文苑英华》《唐文粹》等书所录诗题，可知郭茂倩在编录过程中同样仿效《文苑英华》的做法，主动修改了一些诗题，使之尽量合乎乐府古题的命名传统。如《唐文粹》所录崔颢《古游侠呈军中诸将》，《乐府诗集》改录为《游侠篇》；《文苑英华》所录杨巨源《乌啼曲赠张评事》，郭茂倩删去题中叙事部分，且更改题名为《乌夜啼》。

又如李季兰《赋得三峡流泉歌》，一名《听从叔弹三峡流泉歌》，而郭茂倩删削题名为《三峡流泉歌》，按此曲固有本题《三峡流泉操》，《琴集》以为阮咸所作，但李季兰之作"三峡流泉几千里，一时流入深闺里。巨石奔崖指下生，飞波走浪弦中起。初疑喷涌含雷风，又似呜咽流不通。回湍曲濑势将尽，时复滴沥平沙中"显是听琴之作而非题咏本事，故郭茂倩未如对后世诸《琴操》拟作一般，以操为名，而是保留其歌行体题名中"歌"之部分，实则是对与古题相关的唐人歌行予以收录。又

（接上页）氏藏绍兴十六年浙东茶盐司刊《事类赋》，王珍、徐杲、朱明又见绍兴十六年刊高诱注《战国策》，李恂、李懋见瞿氏藏绍兴刊《管子》，葛珍见敝藏明州本文选绍兴二十八年补版。诸书均南北宋间浙之杭、越、明诸州刊本，则此本为同时同地所刊无疑。复以讳字核之，此书避讳极谨，虽嫌字皆避。卷中避桓字，而构作枡，显系印行时始铲去。然则其为始刊于靖康而成于绍兴欤？"（中华书局，2009 年，第1242—1243 页）

① 彭叔夏《文苑英华辩证》卷六，见《宋诗话全编》，江苏古籍出版社，1988 年，第 6767 页。

如释皎然《风入松》，"声断续，清我魂，流波坏陵安足论。美人夜坐月明里，含少商兮照清徵"，同样是听琴曲《风入松》成篇，与本事无涉，而郭茂倩特地更名为《风入松歌》这一歌辞性诗题，或也是为了保留其歌行体特质。

郭茂倩删削变更不符规范的诗歌题目之举，一则作为一部音乐文献总集，在乐府传写整体徒诗化的趋势下，重视保留其歌辞性诗题，会令古题的音乐传统更加突出；二则也为郭茂倩在面对唐人乐府徒诗时，将部分本无音乐传承的题名纳入近代曲辞、杂歌谣辞与新乐府辞等类目提供了方便。另外，这类被修改的诗题，通常是古题或者说歌辞性诗题，与叙事性诗题的混合，是唐人歌行体乐府常见的题目构成方式，这或许也涉及郭茂倩对乐府和歌行关系的理解，当另讨论。

最后，郭茂倩在将部分唐人拟古徒诗篇题收录为乐府时，甚至进行了一些更加刻意的改变题名之举，在原本与古题无涉的题名中加入古题或歌辞性诗题的元素。如沈佺期《古意呈乔补阙知之》，其题名为古题与叙事性诗题的糅合，而《古意》一题是否当视为乐府，《文苑英华》与《唐文粹》观念不一，北宋时人的创作亦繁杂难辨。此篇末句为"谁谓含愁独不见，使妾明月照流黄"，《乐府诗集》因《乐府解题》释《独不见》有"伤思而不得见也"①之言，且因梁柳恽之作终篇言"奉帚长信宫，谁知独不见"，改录其题为古题《独不见》，将此篇纳入乐府诗的领域。又如刘希夷《代悲白头翁》，《乐府诗集》改其题为《白头吟》，列在相和歌辞古题之下；崔国辅《香风词》"洛阳梨花落如霰，河阳桃叶生复齐。坐恐玉楼春欲尽，红锦粉絮裹妆啼"②，《乐府诗集》录为清商曲辞《白纻辞二首》其一；崔国辅《古意》（归来日尚早），乐府诗集题为《中

---

① 《乐府诗集》，第 1066 页。
② 计有功《唐诗纪事》卷九，上海古籍出版社，1987 年，第 233 页。

流曲》，列在新乐府辞；王翰《古长城吟》，《乐府诗集》录为相和歌辞《饮马长城窟行》；孟云卿《别离曲》，《乐府诗集》录为杂曲歌辞《生别离》；张潮《江风行》，郭茂倩改录为杂曲歌辞《长干行》等，均体现郭茂倩试图将拟古风格的唐人徒诗整合进乐府诗传写脉络的态度。

　　对比《文苑英华》《唐文粹》所列乐府旧题，《乐府诗集》中也直接删去了一些诗篇，不将它们认定为乐府。如《文苑英华》中的《秋日对酒》《钱塘对酒》《对酒示申屠学士》《望关山月》《古悔从军行》《斗鸡东郊道》《看斗鸡》《寒食斗鸡》《短歌行赠王郎司直》等篇，《乐府诗集》中虽然分别罗列了《对酒》《关山月》《从军行》《斗鸡》《短歌行》等相似的旧题，却没有更改上述诗歌的题名并予以收录。鉴于《关山月》《从军行》《斗鸡》等主题诗歌的内容大体近似，并没有必须落选的理由，则或是郭茂倩之疏漏，或有可能是其题目更加倾向于叙事性之故；而《短歌行赠王郎司直》之所以落选，大约是由于其文体、内容均近似于纯粹的歌行。此外，《唐文粹》所收《听董大弹胡笳声兼寄语弄房给事》，虽然闻乐成篇，与前述李季兰、释皎然之作内容相似，然而是纯粹的叙事性诗题，又无古曲题名可依托，或是《乐府诗集》未予收录的原因。

　　综上所述，《乐府诗集》重视音乐曲调传承与旧题本事的源流，甚至还同时顾及乐府诗的功能，较为成功地展现出历代乐府诗的整体风貌。同时，它以前代乐府诗为基准，作文献上的考察，又是对宋前乐府文献的全面整理汇总，奠定了一种更倾向于学者而非文人的乐府观，无疑有开拓之功。

二、《乐府诗集》收录唐人乐府徒诗之不足

　　《乐府诗集》在收录宋前乐府诗时，与《文苑英华》和《唐文粹》一样，也颇为关注唐人的新兴乐府徒诗，并专辟新乐府辞一类予以收录。郭茂倩推重元白新乐府所代表的古乐府美刺讽兴传统，"由是观之，自风雅之作，以至于今，莫非讽兴当时之事，以贻后世之审音者。傥采歌

谣以被声乐,则新乐府其庶几焉"①,既肯定了其内容题材的现实意义,也表达了这类乐府诗若得以合乐,便成为名副其实的"新乐府"的观点。同时,郭茂倩也在新乐府辞一类下广为收录唐人的旧题拟作与拟古类新题。

然而,随着乐府的徒诗化趋势,唐人的旧题乐府创作中,题旨漫漶或沿袭重复之病已十分明显,有识文人遂不复更拟古题;而歌行体在唐代的兴盛,也反过来影响乐府诗的创作,出现了大批歌行体的新题乐府。郭茂倩以古曲旧题、本事源流为脉络的分类方法,在对唐人乐府诗作区分取舍时,必然会有些失当或是力不从心,存在较为明显的不足之处。

其一,在乐府的徒诗化趋势下,旧题题名与旨趣在历代传写中渐渐漫漶,难以依据音乐传统区分。如顾朝阳《昭君怨》,《乐府诗集》录为《王昭君》之衍题。《王昭君》属相和歌辞吟叹曲,《古今乐录》曰:"《明君》歌舞者,晋太康中季伦所作也。王明君本名昭君,以触文帝讳,故晋人谓之明君。匈奴盛,请婚于汉,元帝以后宫良家子明君配焉。初,武帝以江都王建女细君为公主,嫁乌孙王昆莫,令琵琶马上作乐,以慰其道路之思,送明君亦然也。其造新之曲,多哀怨之声。晋、宋以来,《明君》止以弦隶少许为上舞而已。梁天监中,斯宣达为乐府令,与诸乐工以清商两相间弦为《明君》上舞,传之至今。"②可知此题本为宫廷所造乐歌。而《昭君怨》属琴曲歌辞,古辞托为昭君出塞时自抒之作。二题渊源虽有异,然而考南朝至唐五代,后世传写,题材主旨并无区别,体现出旧题在徒诗化传写中趋于融合的倾向。而郭茂倩在唐人诗歌主题逐渐趋同,衍题诸多之时,仍以题名中所体现的音乐源流加以区分,实有拘泥之感。

至于温庭筠《黄昙子歌》,郭茂倩以为"《晋书·五行志》曰:'桓石

---

① 《乐府诗集》,第 1262—1263 页。
② 《乐府诗集》引,第 425 页。

民为荆州,百姓忽歌《黄昙子曲》。后石民死,王忱为荆州之应,黄昙子,王忱字也.'按横吹曲李延年二十八解有《黄覃子》,不知与此同否?"①按此题或有二渊源可考,一为李延年造汉横吹曲二十八解,自魏晋以下十曲尚存,其八名为《黄覃子》,或有传写之异;二则据《晋书·五行志》,荆州之民作《黄昙子曲》,为王忱继桓石民任荆州刺史之谶,则当列在杂歌谣辞一类。然而温诗"参差绿蒲短,摇艳云塘满。红潋荡融融,莺翁鹡鹕暖",但写春日冶游丽景,与二事皆无涉,故郭茂倩未将之列在横吹曲辞与杂歌谣辞,而列为新乐府辞。唐人乐府在传写中不符古题旨趣者诸多,如《将进酒》题,汉代至齐梁间诸作均写饮酒,至元稹之作"酒中有毒鸩主父,言之主父伤主母。母为姜地父妾天,仰天俯地不忍言",但写道德伦理;《日出行》,本从《日出东南隅》秦罗敷本事衍出,而李贺之作"羿弯弓属矢,那不中,足令久不得奔,讵教晨光夕昏"仅写日出,诸如此类,郭茂倩又未能一一界定。

其二,唐人的部分新制题名从古题传统衍生而来,题材旨趣相近,可视为新题乐府,而郭茂倩有时对此态度十分谨慎。如《京洛篇》《帝京篇》等,既具备歌辞性诗题,在题名、主旨层面又可视为《煌煌京洛行》之衍题,然而《乐府诗集》未予收录。又如《塞外》,汉横吹曲固有《出塞》《入塞》二题,至唐又作《塞上》《塞下》二曲。《塞外》题名与此相似,郑愔作《塞外》三篇,《文苑英华》录为乐府,而《乐府诗集》不录。但观其内容,如"荒垒三军夕,穷郊万里平。海阴凝独树,日气下连营。戎旆霜凝重,边裘夜更轻。将军犹转战,都尉不成名"②,实与《出塞》诸题无异,在乐府徒诗化的趋势下,未必不可视为一衍题。仅以音乐性界定唐人乐府,是《乐府诗集》较《文苑英华》等总集有所局限之处。

再如《凤箫曲》,此题为沈佺期之作,一题《古意》,《乐府诗集》未

---

① 《乐府诗集》,第 1219 页。
② 《文苑英华》,第 976 页。

收录。诗篇用箫史弄玉故事,"昔时嬴女厌世氛,学凤吹箫乘彩云。含
情转盼向萧史,千载红颜持赠君"①。按此题名颇与古题相似,如梁武
帝制《江南弄》七曲有《凤笙曲》,"绿耀克碧彫琯笙,朱唇玉指学凤鸣。
流速参差飞且停。飞且停,在凤楼。弄娇响,间清讴"②;《上云乐》七
曲又有《凤台曲》,"凤台上,两悠悠。云之际,神光朝天极,华盖遏延
州。羽衣昱耀,春吹去复留"③。然而二题歌辞均与弄玉事典关联殊
少,鲍照有《箫史曲》,当为咏此本事现存最早乐府古题。在传写中,
《凤笙曲》至唐人已写王子晋本事,如沈佺期之"忆昔王子晋,凤笙游云
空"④,李白之"莫学吹笙王子晋,一遇浮丘断不还"⑤,而《凤台曲》被唐
人用于写弄玉事,有王无竞"凤台何逶迤,嬴女管参差。一旦彩云至,
身去无还期"⑥,李白"人吹彩箫去,天借绿云迎。曲在身不返,空余弄
玉名"⑦等,又有《凤皇曲》衍题。《文苑英华》将《凤箫曲》与《凤笙
曲》并列为乐府门仙道一类,但《乐府诗集》并未将之视为《凤台曲》
衍题,或是因其体式类歌行,而内容亦有所发散,如"世上荣华如转
蓬,朝随阡陌暮云中。飞燕侍寝昭阳殿,班姬饮恨长信宫。长信宫,
昭阳殿。春来歌舞妾自知,秋至容华君不见"⑧之句,已不止写弄玉本
事。但在古曲亡佚的背景下,上述诸题的旨趣其实有相似处,如将之强
行区分乐府与非乐府,则难免为唐人乐府歌行的实际创作带来切裂
之感。

　　其三,唐人的部分诗歌在当时仍可入乐,具备乐府功能,但郭茂倩

---

① 《文苑英华》,第 949 页。
② 《乐府诗集》,第 727 页。
③ 《乐府诗集》,第 745 页。
④ 《乐府诗集》,第 738 页。
⑤ 《乐府诗集》,第 738 页。
⑥ 《乐府诗集》,第 748 页。
⑦ 《乐府诗集》,第 748 页。
⑧ 《乐府诗集》,第 949 页。

对这些诗篇的处理并无一定之规。如《唐诗纪事》卷十："天宝末，明皇乘月登勤政楼，命梨园弟子歌数阕，有唱歌至'富贵荣华能几时'以下四句，帝春秋衰迈，问谁诗？或对李峤，因凄然涕下，遽起曰：'峤真才子也。'及其年幸蜀，登白卫岭，览眺良久，又歌是词，复曰：'峤诚才子也。'"①梨园弟子所唱即李峤《汾阴行》。此题无所渊源，为李峤自拟题名，通篇用七言歌行体，是典型的唐人歌行，《文苑英华》列在歌行部，而《乐府诗集》录为新乐府辞，或是以其历述古事，且在唐时有入乐传统之故。然而《唐诗纪事》同卷又载："张说自朔方入朝，中宗于西苑迎之，从臣宴于桃花园。峤歌曰：'岁去无言忽憔悴，时来含笑吐氛氲。不能拥路迷仙客，故欲开蹊侍圣君。'赵彦伯曰：'红萼竞然春苑晓，芊茸新吐御筵开。长年愿奉西王宴，近侍惭无东朔才。'又一从臣歌曰：'源水丛花无数开，丹跗红萼间青梅。从今结子三千岁，预喜仙游复摘来。'明日宴承庆殿，上令宫女善讴者唱之，词既婉丽，歌仍妙绝，乐府号《桃花行》。"②所录篇章同样可歌，且明言为乐府，而郭茂倩未予收录，若非未见此文献记载，便当是因为题目泛泛，无旧题渊源，乐曲传统亦不详之故。

《唐诗纪事》卷九："徐彦伯《题适碑阴序》曰：'噫嘻李公，生自号东山子，死葬东山，岂其谶哉！神交者歌《薤露》以送子归东山焉。歌曰：'陇障萦紫气，金光赫氛氲。美人含遥霭，桃李芳自熏。图高黄鹤羽，宝夺骊龙群。忽惊薤上曲，掩噎东山云。'（其一）'回也实夭枉，贾生亦晚促。今复哀若人，危迅风前烛。夜台沦清镜，穷尘埋结绿。何以赠下泉，生刍唯一束。'（其二）"③二诗以《薤露》为题，又具备挽歌特质，然而《乐府诗集》未录。又同书卷十："唐永徽以来唱《桑条歌》云：

---

①　计有功《唐诗纪事》卷十，上海古籍出版社，1987年，第145—146页。

②　计有功《唐诗纪事》卷十，上海古籍出版社，1987年，第146页。

③　计有功《唐诗纪事》卷九，上海古籍出版社，1987年，第116页。

'桑条韦也女韦也。'神龙时逆韦应之。惜作《桑条乐词》十首以进,擢吏侍。"①郑惜《桑条乐词》已佚,但《桑条歌》一事亦见《太平广记》,歌辞少有出入,以郭茂倩之分类,当在杂歌谣辞类,然而《乐府诗集》并无收录。这或许反映了郭茂倩在广搜旧题时,主要看重历代诗篇与音乐文献,但对序文、碑铭、笔记之类文本的涉猎仍有不足。

其四,《乐府诗集》看重音乐传统,于是忽略了大量唐人仿效古乐府题材、风格的徒诗。唐诗中颇有上承《玉台》传统,风格绮丽,书写女性生活的篇章,如《文苑英华》乐府门收录之《古意》《拟古》,《唐文粹》乐府类收录之《春别曲》《古乐府杂怨》等,但对于这部分篇题,《乐府诗集》也持十分谨慎的态度,大多不予收录,其中尤以拟古与怨体诗这两类已颇自成一体的题名为甚。

拟古方面,《古意》一题,唐人多有作品,通常是拟古以写闺阁之事,风格上近似玉台体,如梁锽之作言"姜家巫峡阳,罗幌寝银床。晓日临窗久,春风引梦长。落钗仍在鬓,微汗欲消黄。纵使朦胧觉,魂犹逐楚王"②,崔国辅之作言"净扫黄金阶,飞霜厚如雪。下帘弹箜篌,不忍见秋月"③等,但《乐府诗集》以其没有音乐传统,不予收录。又《文苑英华》乐府门所录沈佺期《古意》,其题名在《乐府诗集》中被修改为古题《独不见》,方有被作为乐府收录的余地。

《乐府诗集》所述古乐府传统中固有怨体一类。怨体诗滥觞于班婕妤《怨歌行》,属相和歌楚调曲,至晋陆机以此事作《班婕妤》题,一题《婕妤怨》,是古乐府以怨为名之始。南朝至唐代,更衍出《长门怨》《阿娇怨》《长信怨》《玉阶怨》《宫怨》诸题,皆在《乐府诗集》收录之列。至于《楚妃叹》至唐衍为《楚妃怨》,《铜雀台》衍为《雀台怨》等,则可见以

---

① 计有功《唐诗纪事》卷十,上海古籍出版社,1987 年,第 159 页。
② 《文苑英华》,第 1017 页。原缺"幌"字,据《唐诗纪事》卷二十九补。
③ 《文苑英华》,第 1017 页。

怨为题在唐时已成一时之风,这类题名,郭茂倩亦各自列入其旧题源流当中。郭茂倩更于新乐府辞类下收录崔颢《邯郸宫人怨》、卫万《吴宫怨》、孟郊《湘弦怨》、温庭筠《孤独怨》等题,作为唐人之新题乐府。但唐人以怨为名,书写女性主题的新题尚多,颇见于《唐诗纪事》。如许景先《阳春怨》"红树晓莺啼,春风暖翠闺。雕笼熏绣被,珠履踏金堤。芍药花如吐,菖蒲叶正齐。藁砧当此日,行役向辽西"(卷十五),《乐府诗集》虽有阳春曲、阳春歌等旧题,但并未将此题视作其衍题。又如郑遂初《别离怨》"荡子戍辽东,连年信不通。尘生锦步障,花送玉屏风。只怨红颜改,宁辞玉簟空。系书春雁足,早晚到云中"(卷十三),崔珪《孤寝怨》"征戍动经年,含情拂玳筵。花飞织锦处,月落捣衣边。灯暗愁孤坐,床空怨独眠。自君辽海去,玉匣闭春弦"(卷十三),李元纮《绿墀怨》"征马噪金珂,嫖姚向北河。绿苔行迹少,红粉泪痕多。宝屋粘花絮,银筝覆网罗。别君如昨日,青海雁频过"(卷十),颜舒《凤楼怨》,"佳人名莫愁,珠箔上花钩。清镜鸳鸯匣,新妆翡翠楼。捣衣明月夜,吹管白云秋。唯恨金吾子,年年向陇头"(卷二十)等。这部分诗篇均以怨为题,内容亦为六朝乐府中常见的女性生活主题,此外尚有王昌龄《西宫春怨》《西宫秋怨》、孟郊《楚怨》、齐浣《长门怨》、薛维翰《春怨》《春女怨》、崔亘《开针怨》等题。对于这部分唐人怨体新题,《乐府诗集》不能一一收录,又无从与新乐府辞所录诸题区别,也是其力所不逮之处。

综上所述,郭茂倩在面对唐人新题乐府时,除元白新乐府,元结、皮日休拟古乐歌之类刺美见事之作,对于其余不以入乐为创作目的,或是不具备明确旧题本事的诗歌,纵然具备拟乐府的风格,大多不予收录。在唐宋之际乐府诗整体徒诗化的创作趋势下,此举虽然极大程度地强调了其音乐传统,却在对待大量或多或少具备乐府特质的唐人徒诗时失之于刻板谨慎,体现出其编纂理念对徒诗化乐府的力不从心。

第三节　《通志·乐略》与《乐府诗集》的
　　　　收录比较

　　《通志·乐略》作为音乐文献,收录郑樵所界定的前代乐府题名,但是未附诗歌文本内容。其中收录的部分常见乐府旧题可与《乐府诗集》等总集所录对参,但也存在大量并未被郭茂倩视作乐府的题名,基本出自《文选》《玉台新咏》等前代总集与唐人歌诗,郑樵突破郭茂倩形成的范式,将之界定为乐府。这些界定体现了郑樵本人同样主要基于音乐传承而形成的乐府观,一定程度上或许也与时人的创作观念相互影响,呈现出宋人群体中乐府观的某些模糊共性,并可与郭茂倩的编纂观念形成参照,展现宋人在梳理前朝乐府文献时的又一种态度。

　　郑樵在乐府总序之下,又分乐府为正声、遗声、祀飨正声、祀飨别声、文武舞五部分,各有所序。这一分类是在他以乐府为诗经之承继的观念下形成的。郑樵将《诗经》诸题分为“得诗而声者”和“得诗而不得声者”[1],前者即风雅颂之类,后者则称为逸诗,他将这一分类沿袭到后世乐府的界定,则有音乐传统可考者称为正声,无音乐传统可考者称为遗声。然而正声与遗声的分类,基本只涵盖了《诗经》的风雅传统,而未涉及雅颂传统,故郑樵又列出祀飨正声、别声与文武舞,以上承雅颂。他的分类序列即是基本按照后世乐府诗在功能层面与风雅颂的对应来排布的,这与郭茂倩推重郊庙、燕射等歌辞,将之置于前列的态度也有异曲同工之处。

　　然而后世乐府诗的传承发展远较《诗经》的传统复杂,更兼音乐逐

―――――――――

　　[1]　郑樵《通志·乐略》,见王树民点校《通志二十略》,中华书局,1992 年,第 884 页。以下仅注页码。

代亡佚，郑樵也意识到汉晋以来，《诗经》传统已经无法有效归纳新兴的乐府诸题，"汉魏嗣兴，礼乐之来，陵夷有渐，始则风雅不分，次则雅颂无别"。如汉代鼓吹铙歌诸题，"《上之回》《圣人出》，君子之作也，雅也；《艾如张》《雉子斑》，野人之作也，风也，合而为鼓吹曲"；相和歌诸题，"《燕歌行》，其音本幽蓟，则列国之风也；《煌煌京洛行》，其音本京华，则都人之雅也，合而为相和歌"①。然而郑樵对《上之回》《艾如张》诸题的理解，都是从诗歌文本旨趣出发来判别，故他的这一论断，又与他重视声乐传统，反对后世乐府诗以义说名、以事解目，凭借题义、主旨进行创作传承的态度不合，此是声乐传统亡佚的背景下，郑樵不得不面对的局限之处。

一、乐府正声：音乐传统与旧题整合

郑樵所列正声部分乐府旧题，对应于《乐府诗集》，主要在鼓吹、横吹、相和、清商、舞曲、琴曲六大类之列，基本属于他对汉晋至南朝乐府旧题的整合。现将之与郭茂倩所收录诸题对比如下。

汉短箫铙歌二十二曲　郑樵与郭茂倩所录题名无异，郭茂倩列入鼓吹曲辞。其中《务成》《玄云》《黄爵行》《钓竿篇》古辞亡佚，《乐府诗集》未录。

汉鞞舞歌五曲　即《关中有贤女》《章和二年中》《乐久长》《四方皇》《殿前生桂树》，郭茂倩列入舞曲歌辞，并以为是汉曲，然而五曲古辞均亡佚，仅保存了以五言诗句为题这一传统。后世传写中，李白作《东海有勇妇》，篇中有"东海有勇妇，何惭苏子卿。学剑越处子，超腾若流星"句，郭茂倩认为"李白作此篇以代《关中有贤女》"②，体现在书写传统中对以诗句为题的关注。宋人文同作《殿前生桂树》言"童童彼

---

①　《通志二十略》，第886页。
②　《乐府诗集》，第780页。

芳桂,蔼蔼生广内",虽未袭用"殿前生桂树"句,但直接将此题视为乐府古题拟作,亦属此传统的延续。

拂舞歌五曲 郑樵与郭茂倩所录题名无异,古辞皆存,郭茂倩列入舞曲歌辞,不再赘述。

鼓角横吹十五曲 郑樵所录与郭茂倩收录汉横吹曲十八题相近,又有一定出入。如以郭茂倩所录汉横吹曲为对照基准,郑樵删去《出关》《入关》《出塞》《入塞》《黄覃子》《赤之扬》六题,加入《豪侠行》《古剑行》《洛阳公子行》三题。以郭茂倩所引《乐府解题》"后又有《关山月》《洛阳道》《长安道》《梅花落》《紫骝马》《骢马》《雨雪》《刘生》八曲"①对照郑樵"《关山月》《洛阳道》《长安道》《豪侠行》《梅花落》《紫骝马》《骢马》八曲②,后代所加也"③,则《豪侠行》疑即《刘生》④,郑樵行文中遗漏的一题或即《雨雪》。郑樵格外收录的二题中,《古剑行》应即韦应物《古剑行》,"千年土中两刃铁,土蚀不入金星灭。沉沉青剑鳞甲满,蛟龙无足蛇尾断",《文苑英华》列在歌行类,但因《文苑英华》对乐府、歌行的区别并不明显,郑樵或据此将之视为乐府旧题,而宋人宇文虚中、严羽等皆有同题之作,一定程度上也形成传写规模。《洛阳公子行》,应即《乐府诗集》所录刘希夷《公子行》,其中"天津桥下阳春水,天津桥上繁华子""百年同谢西山日,千秋万古北邙尘"等句,明为洛阳,《公子行》一题唐宋皆有作品。郑樵此举一定程度上体现对唐人乐府诗的关注,但又自出己意,对前代音乐文献有所增删,与下文胡角十曲也有重复之处。

胡角十曲 即郭茂倩引《乐府解题》所谓"汉横吹曲,二十八解,李

① 《乐府诗集》,第311页。
② 《乐略》所录实际仅有七曲。
③ 《通志二十略》,第894页。
④ 《通志·乐略》曰:"(刘生)不知何代人,观齐、梁以来所为《刘生》之辞,皆称其任侠,周游三秦间。或云,抱剑专征为符节郎。"(此文亦见《乐府古题要解》,文字略有不同)

延年造。魏、晋已来，唯传十曲"①，与郭茂倩所录汉横吹曲前十题全
同。郑樵认为"鼓角之本，出自胡角"②，特地将这十题单列在鼓角横吹
之外，或许是因《关山月》以下诸题为后世所作，特此区别。然而这十
题的名目，其实均在前述郑樵所录鼓角横吹曲的序列中，郑樵在收录胡
角十曲时特地删去其中六题，且并未作出足够的增删理由，难免有强行
区别鼓角、胡角之嫌。

　　鼓角、胡角诸题中，目前存世的最早作品大多都产生于南北朝时，
《豪侠行》如是《刘生》之变，也在此列。此外，《出塞》尚存古辞，《紫骝
马》有《古今乐录》所载古辞"十五从军征，八十始得归。道逢乡里人，
家中有阿谁？"存世，则是以《十五从军征》诗句入曲，内容与题名其实
不谐。《古剑行》《洛阳公子行》二题则属唐人作品，在前代文献中
无考。

　　相和歌三十曲　基本都在郭茂倩考述的汉晋相和歌辞之列。其中
《江南曲》《度关山》《薤露》《蒿里》《鸡鸣》《对酒行》《乌生八九子》《平
陵东》《陌上桑》《气出唱》《精列》《东光》，郭茂倩归为相和歌；《长歌
行》《短歌行》《燕歌行》，郭茂倩归为平调曲；《秋胡行》《苦寒行》《董逃
行》《塘上行》，郭茂倩归为清调曲；《善哉行》《东门行》《西门行》《煌煌
京洛行》《艳歌何尝行》《步出夏东门行》（《乐府诗集》名"步出夏门
行"）《野田黄雀行》《棹歌行》《雁门太守行》，郭茂倩归为瑟调曲；《白
头吟》，郭茂倩归为楚调曲；《满歌行》，郭茂倩归为大曲。然而郑樵在
这三十曲之后又录平调七曲、清调六曲、瑟调三十八曲、楚调十曲，大多
与《乐府诗集》收录相同，其所异者，如楚调曲据王僧虔《技录》仅有六
题，但郑樵格外收录《长门怨》《班婕妤》《娥眉怨》《玉阶怨》《杂怨》五

---

① 《乐府诗集》，第311页。
② 《通志二十略》，第895页。

题,并称"自《长门怨》以下五曲续附"①。

郑樵对楚调曲诸题的处理与其看重乐曲的理念不合。楚调六曲最末篇为《怨诗行》,又衍生出《怨诗》《怨歌行》《明月照高楼》等题,其古辞主旨本为良臣见谤,抒发胸臆,但后世作者因其题名中有怨字,在创作中便逐渐将之演变为思妇诗,郭茂倩将《长门怨》等五题列在《怨诗行》之下,便是因其题材、本事十分相似,而与其音乐传统无关。郑樵罗列此五题,显然受到郭茂倩的影响,然而他并没有试图追溯其音乐源流,便将之强称为曲。这或许是因为历代以怨为题的乐府徒诗较多,郑樵在梳理时难以忽视这些题名的存在,因此才勉强为它们寻找一个音乐传统。

相和歌吟叹四曲、四弦一曲　皆与《乐府诗集》收录相同。《古今乐录》言吟叹曲"古有八曲,其《小雅吟》《蜀琴头》《楚王吟》《东武吟》四曲阙"②,郑樵亦未收录。

白纻歌一曲　《乐府诗集》列为舞曲歌辞。郑樵以为《白纻》"与《子夜》一曲也。在吴为白纻,在晋为子夜,故梁武帝本《白纻》而为《子夜四时歌》。后之为此歌者曰《白纻》则一曲,曰《子夜》则四曲"③。此说非常值得商榷。《白纻》本为晋拂舞歌辞,《宋书·乐志》以为"按舞词有巾袍之言,纻本吴地所出,宜是吴舞也"④,房玄龄等造《晋书》全从沈约此言,则《白纻》出处当是南朝至唐代的某种共识。郭茂倩引《唐书·乐志》曰"梁武帝令沈约改其辞为《四时白纻歌》。今中原有《白纻曲》,辞旨与此全殊"⑤,这一叙述明显是指修订歌辞,而非复用乐曲。按《白纻》古辞皆为七言歌篇,当是配合乐舞时倚声歌唱的体

---

①　《通志二十略》,第 901 页。
②　《乐府诗集》引,第 424 页。
③　《通志二十略》,第 887 页。
④　沈约《宋书》卷十九《乐志一》,中华书局,1974 年,第 552 页。
⑤　《乐府诗集》,第 798 页。

式，《古今乐录》言此曲至唐代武后时仍存。故南朝至隋唐众作，包括沈约奉命所造《四时白纻歌》在内，全为七言，也是因其曲调流传，文人可以直接倚声作辞。

相较而言，《子夜》古辞全为五言四句，包括衍生出的《子夜四时歌》《大子夜歌》《子夜警歌》《子夜变歌》等。《古今乐录》将《子夜歌》列在吴声歌曲，而这种体式正是绝大多数吴声歌曲的特质，如《上声》《前溪》《团扇》《长史变》《丁督护》《碧玉》《桃叶》等都以此体重章复唱，仅《华山畿》《读曲》二题中可见三五杂言的句法。以入乐歌唱而论，《白纻》与《子夜》的歌辞明显无法相互替代。又，《旧唐书》于《白纻》下文亦言"《子夜》，晋曲也。晋有女子夜造此声，声过哀苦"[1]，此说在《宋书》已有渊源[2]，可见《白纻》《子夜》明显为二曲。郑樵所依据者，无非《子夜四时歌》与《四时白纻歌》题目中重复的"四时"。《乐府古题要解》言"后人依四时行乐之词，谓之《子夜四时歌》，吴声也"[3]，这部分古辞产生年代无考，但当在东晋至南朝之间，这种一题之下复分四时的体式影响到其余乐辞，方有沈约《白纻四时歌》。郑樵此说，又体现出他对乐府诗声乐功能的推重，然而力图将不同曲题归入同一音乐传统之下，难免有疏于考辨之病。

清商曲七曲　连同附录一共八十四曲。七曲中，《子夜》《前溪》，郭茂倩列入吴声歌曲；《乌夜啼》《石城乐》《莫愁乐》《襄阳乐》，郭茂倩列入西曲歌；《王昭君》，《乐府诗集》中相和歌吟叹曲与琴曲歌辞并有此题，然而郑樵仅考辨其故事，未及音乐传统，不知为何将之归入清商乐，或也为其疏失。

---

① 《旧唐书》卷二十九《音乐志二》，中华书局，1975年，第1064页。
② "《子夜歌》者，有女子名子夜，造此声。晋孝武太元中，琅邪王轲之家有鬼歌《子夜》。殷允为豫章时，豫章侨人庾僧度家亦有鬼歌《子夜》。"《宋书》志第九《乐一》，中华书局，1974年，第549页。
③ 吴兢《乐府古题要解》卷上，见丁福保辑《历代诗话续编》，中华书局，1983年，第41页。

　　其附录诸曲,属于清商乐的部分,大体与郭茂倩所述"其后歌辞在者有《白雪》《公莫》《巴渝》《明君》《凤将雏》《明之君》《铎舞》《白鸠》《白纻》《子夜吴声四时歌》《前溪》《阿子及欢闻》《团扇》《懊侬》《长史变》《丁督护》《读曲》《乌夜啼》《石城》《莫愁》《襄阳》《栖乌夜飞》《估客》《杨伴》《雅歌骁壶》《常林欢》《三洲》《采桑》《春江花月夜》《玉树后庭花》《堂堂》《泛龙舟》等三十二曲,《明之君》《雅歌》各二首,《四时歌》四首,合三十七首。又七曲有声无辞,《上柱》《凤雏》《平调》《清调》《瑟调》《平折》《命啸》,通前为四十四曲存焉"①相似,而郑樵不录《凤将雏》,又将《子夜》与《吴声四时歌》,以及《雅歌》与《骁壶》分开,共计三十三曲。然而郭茂倩先言三十二曲,是从题目而非每一题创作数量而言,后又将《明之君》《雅歌》《四时歌》等以题目重复数量计,合为三十七首,已经一定程度上混淆了题目与诗歌数量的关系;郑樵则将《明之君》等三题组诗概称为曲,计数为"合三十八曲"②,然而以曲题而论,完全没有重复计数的必要,这或许是他受到郭茂倩编纂思路影响的又一例证。

　　附录又有夷乐四十一曲,《神白马》《永世乐》,郭茂倩在杂曲歌辞部分有所提;《万岁乐》《藏钩乐》《七夕相逢乐》《玉女行觞》《神仙留客》《掷砖续命》《投壶乐》《舞席同心髻》《泛龙舟》《斗鸡子》《斗百草》《还旧宫》《长乐花》《十二时曲》等,皆为隋炀帝时宴乐曲,郭茂倩归入吴声歌曲,仅《圣明乐》被列入近代曲辞,又《杨泽新声》疑即杂曲歌辞中《阳翟新声》。此外诸曲题如《摩尼解》《婆迦儿舞》《末奚舞》等大多异域风情显著,且无乐辞存世,郑樵单录曲题,但已不在郭茂倩的收录视野中。

　　郑樵和郭茂倩对这部分曲题的处理存在一些差异。郑樵将本属舞

---

①　《乐府诗集》,第639页。
②　《通志二十略》,第906页。

曲的《白纻》单列一类，又将《巴渝》《公莫舞》《白鸠》等杂舞曲并入清商，未清晰梳理其脉络；又如《圣明乐》，《乐府诗集》引《隋书·乐志》："文帝开皇六年，高昌献《圣明乐》曲。"①郭茂倩直接将此题纳入近代曲辞，郑樵亦本其音乐传统，将之列入龟兹乐，却置于清商类下，与"隋文帝笃好清乐，以为华夏正声，故特盛于隋焉"②这一叙述不合；上文《万岁乐》以下诸题亦同，皆被郑樵归入龟兹部，或是因郭茂倩考舞曲歌辞《鸟歌万岁乐》用龟兹乐之故，但郭茂倩对这些题目的处理则都因其地属江南，列为吴声歌曲。诸如此类，其实各自都关注到相和、清商、舞曲诸题在六朝至隋唐传承中的相互融合，但郭茂倩在诸类下分别提及相同题名的源流，容易形成对比，这种处理更为清晰；而郑樵虽更重视历代音乐传统，在分类方面却有所疏失。

琴操五十七曲　九引与十二操皆承《琴操》传统，三十六杂曲中，郑樵将《河间杂弄》与《蔡氏五弄》各自视为一个曲题，不再详细区别其下诸题，这一处理在面对共计二十一章的《河间杂弄》时尤其有过于草率之嫌。郭茂倩将《河间杂弄》中的大部分题目按照其托名作者与本事的年代逐一梳理，与九引十二操于同样的序列中，一定程度上模糊了古琴曲的分类模式，但令其时间脉络更加清晰。此外，郑樵所录其余杂曲大多仅录题名，如《长清》《短清》《长侧》《短侧》《清调》《大游》《小游》《悦人弄》《连珠弄》《畅志清》《蟹行清》《便僻清》之类，均无本事与歌辞，却又没有说明在宋代保留下来的诸多琴曲题目中，惟独将这些题目纳入杂曲的理由。而郭茂倩主要收录前代琴曲中有歌辞或拟作存留者，郑樵所列《蔡氏五弄》《风入松》《乌夜啼》《双燕离》等均在其列，此外又对部分曲题有所辨析，如《幽兰》，郭茂倩考为《猗兰操》之别名；《楚妃叹》，郭茂倩列入相和歌辞吟叹曲；《乌夜啼》，郭茂倩录为《乌

---

① 《乐府诗集》，第1134页。按，据《隋书》卷十五《乐志十》原文，"六年"实为炀帝大业六年(610)，郭茂倩盖误读原文。
② 《通志二十略》，第906页。

夜啼引》,以区别于清商曲辞《乌夜啼》等,对乐府文献的梳理与保存意识更为清晰。又如《双凤》《离鸾》《归风》《送远》等,郑樵仅作为古曲题名收录,然而郭茂倩在琴曲歌辞序中引《琴论》:"其后西汉时有庆安世者,为成帝侍郎,善为《双凤离鸾之曲》,齐人刘道强能作《单凫寡鹤之弄》,赵飞燕亦善为《归风送远之操》,皆妙绝当时,见称后世。"①这些旧题已经没有古辞传世,无法纳入《乐府诗集》的编纂体系,郭茂倩用这种方式存其题名,是较为巧妙的处理方法。

郑樵在正声部分的题名收录中,看重其音乐功能与传统,保留了部分郭茂倩未收录的古乐题名,但事实上,这部分题名几乎都未作为乐府诗的题目被宋人加以传写,反映出古乐亡佚之际乐府诗的创作不可避免地徒诗化的倾向。

二、乐府遗声: 徒诗化的分类特质

所谓遗声,是原本有音乐传统,然而其曲已亡佚不可考的诗篇与曲题,郑樵称之为逸诗,"不得其声,则以义类相属,分为二十五门,曰遗声。遗声者,逸诗之流也"②。逸诗题目共计四百八十曲,郑樵加以分类梳理,是为了"今采其诗,以入系声乐府"③。郑樵对逸诗的分类方法与《文苑英华》与《唐文粹》相似,共分为古调、征戍、游侠、行乐、佳丽、别离、怨思、歌舞、丝竹、觞酌、宫苑、都邑、道路、时景、人生、人物、神仙、梵竺、蕃胡、山水、草木、车马、龙鱼、鸟兽、杂体二十五门,类目有所出入,也更加细化,而且在分类时更加侧重诗篇内容而非题名寓意。但是这种分类方式,一方面会淡漠部分题名固有的音乐传统,另一方面又无法明确其中部分杂题的收录理由。现将之梳理如下。

古调二十四曲　颜峻《淫思古意》与权德舆《古乐府》,郭茂倩录在

---

①　《乐府诗集》,第 822 页。
②　《通志二十略》,第 885 页。
③　《通志二十略》,第 912 页。

《乐府诗集》杂曲歌辞类。《古辞十九曲》，疑即古诗十九首，与陆机《拟行行重行行》均不在郭茂倩收录乐府之列。郑樵将这部分五言古诗纳入乐府逸诗，或许是由于他关注到前人尤其是郭茂倩在区分古诗与古乐府时的不确定与犹豫，而他的分类方式也代表了部分宋人对乐府定义外延层面的拓展，即将以五言诗句为题或者专门模拟汉晋风格的五言诗视为乐府，如张耒《君家诚易知曲》、曹勋《天阴望钟山》《长信宫中草》等，即体现出将五古与乐府混融的特质。而郑樵另外收录的李白《古意》（君为女萝草），或是由于题名与内容都摹拟古诗，又为名家同类之作，故此收录。李白以及权德舆作品的入选，也反映出郑樵对唐人作品的一定关注。

征戍十五曲　下设将帅、城塞、校猎三附门。其中只有《戎行曲》与《边思》不见于《乐府诗集》。《边思》为唐人李益之作："腰悬锦带佩吴钩，走马曾防玉塞秋。莫笑关西将家子，只将诗思入凉州。"[1]为较典型的唐代边塞诗，但此题无音乐传统，题名亦非乐府诗的通常命题形式，郑樵将之列入，或也是由于推崇唐人作品之故。《戎行曲》题名无考，亦未见于唐诗，惟《乐府诗集》近代曲辞部分收录《戎浑》一题，内容为王维《渭城曲》前二联"风劲角弓鸣，将军猎渭城。草枯鹰眼疾，雪尽马蹄轻"[2]，当是郭茂倩在收录唐代曲目时一并罗列所配歌辞，《戎行曲》或与之相类，为郑樵所收录的唐人边塞曲题，故有题无篇。《校猎曲》为谢朓作《齐随王鼓吹曲》之第六曲，题辞俱存，已被郭茂倩根据其音乐传统与功能，整组列入鼓吹曲辞，但郑樵在汉短箫铙歌之外，并未关注鼓吹的音乐传统，将之从整组诗中取出，单列入逸诗，这固然能够强调其作品内容，却打乱了这组诗歌的固有章法，且在其余类目中也未能将《齐随王鼓吹曲》的剩余诸题同等视为乐府妥善归类，这或许也是

---

① 　彭定求等编《全唐诗》，中华书局，1960 年，第 3226 页。以下仅注页码。

② 　《乐府诗集》，第 1126 页。

郑樵的分类不及郭茂倩之处。

游侠二十一曲 《刺少年》《剑客》《结缘子》《敦煌子》不见于《乐府诗集》,其中《结缘子》无考。《刺少年》或为《少年行》《少年子》之类乐府旧题的变题,前人之作或不可考,但宋人苏籀有《刺少年行》,当属此传统。《剑客》,唐人贾岛、李中、齐己等皆有作品,但命题形式无关乐府,郑樵或纯粹因其内容收录。《敦煌子》疑与《乐府诗集》所录《敦煌乐》主题相似,正如温子升之作"客从远方来,相随歌且笑。自有敦煌乐,不减安陵调"①,专门描绘敦煌一带的游侠迁客。此外,《沐浴子》古辞"澡身经兰氾,濯发傃芳洲。折荣聊踯躅,攀桂且淹留"②,风格绝不类游侠诗,《乐府诗集》将之置于杂曲歌辞类下《结袜子》后,是以题目的相似分类,并未形成明显的内在编纂逻辑;然而在郑樵按照内容归类逸诗的思路下,这一分类明显与同组的其余诗意不协,显得突兀,这或许是郑樵一定程度上受到郭茂倩编排方式影响的一个细微证据。

行乐十八曲 仅《吾生作宴乐》无考,不见于《乐府诗集》,但题名或许承袭了部分古乐府以五言诗句为题的传统。此外《今乐歌》疑即《金乐歌》。

佳丽四十七曲 下设女功、才慧、贞节三附门。其中《美人》《织女辞》《丹阳孟珠歌》《刘勋妻》《王家少妇》《委旧命》不见于《乐府诗集》。《委旧命》无考。《丹阳孟珠歌》出《玉台新咏》,但郭茂倩未作为乐府收录。《美人》或与《美女篇》在题名层面有所渊源,且唐人陆龟蒙确有《美人》诗:"美人抱瑶瑟,哀怨弹别鹤。雌雄南北飞,一旦异栖托。"③宋人亦有《美人》《美人曲》《美人貌如花》之类衍生题目。《织女辞》,应即唐戴叔伦《织女词》:"凤梭停织鹊无音,梦忆仙郎夜夜心。难得相

---

① 《乐府诗集》,第 1094 页。
② 《乐府诗集》,第 1055 页。
③ 《全唐诗》,第 7128 页。

逢容易别,银河争似妾愁深。"①宋人亦有《织女》《七夕织女歌》等作。《王家少妇》即崔颢"十五嫁王昌,盈盈入画堂",一名《古意》。上述都体现出郑樵对唐人乐府的关注。此外,《刘勋妻》应即曹丕《代刘勋妻王氏杂诗》;《女秋兰》疑即傅玄《秋兰篇》,其中有"双鱼自涌濯,两鸟时回翔。君其历九秋,与妾同衣裳"②之句,写女性的坚贞。郭茂倩解题亦言:"傅玄《秋兰篇》云'秋兰荫玉池,池水且芳香',其旨言妇人之托君子,犹秋兰之荫玉池,与《楚辞》同意。"③郑樵或对其题名有所调整,使之更类似逸诗曲题。另,《楚妃叹》已见于琴操五十七曲中杂曲部分,此为重复收录;《蚕丝歌》出《玉台新咏》,即《乐府诗集》所录《作蚕丝》题,属一题异名。

别离十九曲　设迎客附门。《河梁别》《春别曲》《怨别》《离怨》不见于《乐府诗集》。《河梁别》即马戴"河梁送别者,行哭半非亲。此路足征客,胡天多杀人"。《春别曲》即张籍"长江春水绿堪染,莲叶出水大如钱。江头橘树君自种,那不长系木兰船"。《怨别》,孟郊有诗"一别一回老,志士白发早。在富易为容,居贫难自好"④,并《古怨别》题"飒飒秋风生,愁人怨离别。含情两相向,欲语气先咽"⑤。《离怨》,应即郑遂初《别离怨》"荡子戍辽东"。郑樵格外收录的诸题亦皆为唐人诗篇,且对郭茂倩在梳理时相对谨慎对待,大多不录的怨体诗有所关注,这一思路也体现在下文怨思一类当中。

怨思二十五曲　《怨辞》《青楼怨》《春女怨》《秋闺怨》《闺怨》《绛书怨》《凤楼怨》《绿埠怨》《四愁》《七哀》《忧且吟》《洛阳夫七思诗》《娼楼怨》《西宫秋怨》《西宫春怨》《遗所思》等题不见于《乐府诗集》。

---

①　《全唐诗》,第3104页。
②　《乐府诗集》,第930页。
③　《乐府诗集》,第930页。
④　《全唐诗》,第4190页。
⑤　《全唐诗》,第4188页。

此外,《思君去时行》,郭茂倩考即《自君之出矣》,"齐虞羲亦谓之《思君去时行》"①。郭茂倩在对待以"怨"为题的前代古诗时,除古题《怨诗行》《怨歌行》之外,仅收录《长门怨》《婕妤怨》《蛾眉怨》《玉阶怨》等少量宫怨题目,而将大量相似篇题排除在外,郑樵则大量收录题名中带有怨字的诗篇,此举或受到《玉台新咏》传统影响,在怨体一类上拓宽了乐府诗分类的视野;同时他又区分别离与怨思,将书写女性爱情的诗篇皆归于怨思,在怨体诗的类目上有所细化。

歌舞二十一曲　设技能附门。《清歌发》《独舞调啸辞》《正古乐》不见于《乐府诗集》,或为唐宋之际曲题,但已多不可考。李贺有《苦篁调啸引》,或与《独舞调啸辞》题有一定音乐渊源。《钧天曲》《入朝曲》为谢朓《齐随王鼓吹曲辞》组诗之二题,郑樵将之拆散收录于此。又,郑樵列《童谣》一题,但古来童谣甚多,所指不明。

丝竹十一曲　《乐府诗集》均见收录,郑樵选择这些题目,当是因它们都与乐器相关,琴、瑟、筝、笛、箫、笙、磬七种。但其中又未收录《挟瑟歌》《箜篌谣》之类题目,随意性较强,无法完全明确其编纂理念,或属于郑樵的一定疏失。

觞酌七曲　《乐府诗集》均见收录。其中《城南偶燕》为隋卢思道所作,郭茂倩录为《城南隅宴》:"城南气初新,才王邀故人。轻盈云映日,流乱鸟啼春。花飞北寺道,弦散南漳滨。舞动淮南袖,歌扬齐后尘。"②虽写饮宴事,但其风格已近普通五古,且音乐传统亦已无考,郑樵将之列入觞酌一类,大约是受到郭茂倩列此题为杂曲歌辞的影响。

宫苑十九曲　下设楼台、门厥二附门。《玉华宫》《连昌宫》《坐玉堂》《春宫曲》不见于《乐府诗集》。《玉华宫》应即杜甫"美人为黄土,况乃粉黛假。当时侍金舆,故物独石马。忧来藉草坐,浩歌泪盈把。冉

---

① 《乐府诗集》,第 987 页。
② 《乐府诗集》,第 1087 页。

冉征途间,谁是长年者"①;《连昌宫》,唐诗有元稹《连昌宫词》、张祜《连昌宫》、陆龟蒙《连昌宫词》二首,郑樵录此题当不出唐人诸作;《坐玉堂》,曹丕《大墙上蒿行》有"排金铺,坐玉堂"句,不知此题是否出于此篇;《春宫曲》,应即王昌龄"昨夜风开露井桃,未央前殿月轮高。平阳歌舞新承宠,帘外春寒赐锦袍"②。此外《长信宫》,应即崔国辅《婕妤怨》"长信宫中草,年年愁处生。故侵珠履迹,不使玉阶行"③。郑樵在郭茂倩之外所录诸题,同样体现出对唐人乐府的关注。

都邑三十四曲　《长平行》《故绛行》《陈歌》《吴歌》《邺都引》《蔡歌行》《新昌里》不见于《乐府诗集》。其中《故绛行》应即唐杜颜"君不见铜鞮观,数里城池已芜漫。君不见虒祁宫,几重台榭亦微濛。介马兵车全盛时,歌童舞女妖艳姿。一代繁华皆共绝,九原唯望冢累累"④;《邺都引》应即张说"君不见魏武草创争天禄,群雄睚眦相驰逐。昼携壮士破坚阵,夜接词人赋华屋"⑤;《新昌里》应即姚合"旧客常乐坊,井泉浊而咸。新屋新昌里,井泉清而甘"⑥;《长平行》旧题源流已不可考;《陈歌》,《初学记》卷十五乐部录为《陈歌行》,而《蔡歌行》并出此,但诗篇作者并无考;《吴歌》当非《乐府诗集》所录江南民歌一类,而也是涉及古史地理的篇章。又有《江南行》,张潮、李康成、张籍、陈标、罗隐、许浑等均有同题之作,如张潮"茨菰叶烂别西湾,莲子花开犹未还。妾梦不离江水上,人传郎在凤凰山"⑦、张籍"江南人家多橘树,吴姬舟上织白苎。土地卑湿饶虫蛇,连木为牌入江住"⑧、罗隐"江烟湿雨蛟绡

①　《全唐诗》,第 2276 页。
②　《全唐诗》,第 1445 页。
③　《全唐诗》,第 258 页。
④　《全唐诗》,第 1465 页。
⑤　《全唐诗》,第 940 页。
⑥　《全唐诗》,第 5714 页。
⑦　《全唐诗》,第 1160 页。
⑧　《全唐诗》,第 205 页。

软,漠漠小山眉黛浅。水国多愁又有情,夜槽压酒银船满"①等,皆写江南风物,而前代乐府旧题中涉及江南的题名亦较多,均可视为同类,不再赘列。

道路六曲 《沙路曲》《沙堤行》不见于《乐府诗集》。《沙堤行》应即张籍《沙堤行呈裴相公》"长安大道沙为堤,早风无尘雨无泥。宫中玉漏下三刻,朱衣导骑丞相来。路傍高楼息歌吹,千车不行行者避。街官闾吏相传呼,当前十里惟空衢"②;《沙路曲》应即李贺"柳脸半眠丞相树,珮马钉铃踏沙路。断烬遗香袅翠烟,烛骑蹄鸣上天去"③,皆属唐人乐府范畴。

时景二十五曲 《朝歌》《晨风歌》《朝来曲》《春旦有所思》《雷歌》《惊雷歌》《雪歌》《胥台露》《日与月》不见于《乐府诗集》。其中《朝来曲》即王昌龄"月昃鸣珂动,花连绣户春。盘龙玉台镜,唯待画眉人";《春旦有所思》应即费昶《和萧记室春旦有所思诗》"芳树发春辉,蔡子望青衣。水逐桃花去,春随杨柳归。杨柳何时归,袅袅复依依。已荫章台陌,复扫长门扉",录在《玉台新咏》卷六;《雷歌》应即傅玄《杂言》"雷隐隐,感妾心,倾耳清听非车音",录在《艺文类聚·天部》;《惊雷歌》应即傅玄"惊雷奋兮震万里。威陵宇宙兮动四海。六合不维兮谁能理";《雪歌》,唐人有《白雪歌》《大雪歌》等题,或与此相类;《胥台露》,应即庾抱《赋得胥台露》"胥台既落构,荆棘稍侵扉。栋拆连云影,梁摧照日晖。翔鹍逐不及,巢燕反无归。唯有团阶露,承晓共沾衣"④;《日与月》,《乐府古题要解》载为曹植乐府题,但诗已不存。此外,《朝歌》无考,《晨风歌》或由《诗·秦风·晨风》篇化出,但未见其源流。郑樵保留了部分郭茂倩未收录的魏晋杂歌辞,在面对《玉台》所录作品

---

① 《全唐诗》,第 205 页。
② 《全唐诗》,第 4281 页。
③ 《全唐诗》,第 4430 页。
④ 《全唐诗》,第 499 页。

时，也和他对怨思类旧题的处理一样，更加关注女性情思的题材，在《乐府诗集》的基础上扩大了乐府诗定义的外延。

人生四曲　《百年歌》《人生》《老年行》《老诗》，皆不见于《乐府诗集》。《百年歌》应即陆机所作十首，从"一十时"至"百岁时"，为《艺文类聚·乐部》收录。吴兆宜笺注《玉台新咏》，认为《老诗》即晋张载"气力渐衰损，鬓发终以皓。昔为春月华，今为秋日草"①，然此说无凭。《人生》《老年行》无考。这类题材不在郭茂倩关注之列，全为郑樵所加，或是由对《玉台新咏》的拓展继承而来，将《百年歌》列入他所定义的乐府范畴，其后诸题当为这一主题的延伸。

人物九曲　《大禹》《湘东王》不见于《乐府诗集》。《湘东王》渊源无考，大禹故事有《襄陵操》《涂山歌》等旧题，或与此相类。此外《安定侯歌》"封疆在上地，钟鼓自相和。美人当窗舞，妖姬掩扇歌"②不及安定侯故事，《李延年歌》"北方有佳人，绝世而独立"实写李夫人，与李延年无关，其实均落入以题名而非内容分类的旧例，与其余篇章主要叙写题目中人物本事不类，疑为郑樵疏忽之处。

神仙二十二曲　下设隐逸、渔父附门。《外仙篇》《游仙篇》《招隐》《反招隐》《王乔歌》《元丹丘歌》《紫溪翁歌》不见于《乐府诗集》。《游仙篇》应即武则天"绛宫珠阙敞仙家，蜺裳羽旆自凌霞"（见《升仙太子碑阴》）；《元丹丘歌》即李白"元丹丘，爱神仙。朝饮颍川之清流，暮还嵩岑之紫烟，三十六峰长周旋"③；《紫溪翁歌》即陆龟蒙"一窦之泉，其音清也弦，吾方在悬。得乎人，得乎天，吾不知所以然而然"④，此二篇《文苑英华》亦录在歌行类，郑樵或据此列为乐府旧题。《外仙篇》《王乔歌》题名无考，但王乔故事历代传写颇多，古乐府《善哉行》即有

---

① 《艺文类聚》卷十八《人部二》，清文渊阁四库全书本。
② 《乐府诗集》，第 1056 页。
③ 《全唐诗》，第 1717 页。
④ 《全唐诗》，第 7150 页。

"经历名山,芝草翻翻。仙人王乔,奉药一丸"①,故此题或有所本。《招隐》《反招隐》二题,《文选》皆录在诗部,各设一类,不入乐府,然而《招隐》有古琴曲传世,其后宋人多承此作《招隐操》《反招隐》,一定程度上将古诗与琴曲的音乐源流合一,郑樵或也因此将此二题列入乐府范畴,体现出宋人乐府观在创作与编纂层面的相互影响。

梵竺四曲　《乐府诗集》均收录。佛教、西域诸杂乐题名,郭茂倩皆录于杂曲歌辞类下,郑樵所录皆从郭茂倩。

蕃胡四曲　《乐府诗集》均收录。但其中《出蕃曲》为谢朓《齐随王鼓吹曲》组诗第五题,而郑樵未归入鼓吹类,与上文征戍十五曲中的《校猎曲》情况相同,属于重内容而不重音乐源流的区分方法,在郑樵强调曲题和音乐性的整体思路中显得较为突兀。

山水二十四曲　下设登临、泛渡附门。《华阴山》《东海》《方塘含白水歌》《日暮望泾水》《曲江登山曲》不见于《乐府诗集》。《华阴山》未见古题,但曹操《气出唱》篇首言"华阴山,自以为大。高百丈,浮云为之盖。仙人欲来,出随风,列之雨"②,不知是否此题之渊源;《东海》,应即唐汪遵"漾舟雪浪映花颜,徐福携将竟不还。同作危时避秦客,此行何似武陵滩"③;《方塘含白水歌》,刘桢《杂诗》有"方塘含白水,中有凫与雁。安得肃肃羽,从尔浮波澜"④句,隋李巨仁以此作《赋得方塘含白水诗》"白水溢方塘,森森素波扬。叠浪轻凫影,连漪写雁行"⑤,诗句与题名的渊源清晰,但郑樵将"方塘含白水"作为曲题的原因不明,或许是推重汉晋古诗在乐府诗史中的地位,又看重对五言诗句入题的传统;《日暮望泾水》应即唐徐珩"导源经陇阪,属汭贯嬴都。下

---

① 《乐府诗集》,第535—536页。
② 《乐府诗集》,第383页。
③ 《全唐诗》,第6960页。
④ 萧统编,李善注《文选》,上海古籍出版社,1996年,第1360页。
⑤ 《文苑英华》,第779页。

濑波常急,回圻溜亦纡"①。《曲江登山曲》一题无考,疑可拆分为《曲
江》与《登山曲》二题,《曲江》虽《乐府诗集》未录,但曲江一地为唐诗
中常见事典,杜甫亦颇见题咏,同题即有"一片花飞减却春,风飘万点
正愁人。且看欲尽花经眼,莫厌伤多酒入唇"②"曲江萧条秋气高,菱荷
枯折随风涛,游子空嗟垂二毛。白石素沙亦相荡,哀鸿独叫求其曹"③
等;而《登山曲》与前《出蕃曲》《校猎曲》相同,均为郑樵对鼓吹组曲作
拆散处理的例子。此外,《曲池之水歌》题名疑即谢朓《曲池水》,《巫
山》可与《巫山高》视为同题,皆属于古题的变化。

　　草木二十一曲　下设采种、花果附门。《夹树有绿竹》《桑条》不见
于《乐府诗集》。《夹树有绿竹》无考。《桑条》,"唐永徽以来唱《桑条
歌》云:'桑条韦也女韦也。'神龙时逆韦应之。憎作《桑条乐词》十首以
进,擢吏侍"④,但郑憎之作已不存,郭茂倩亦未收录原辞,郑樵当仅以
题名收录。此外,《赤白桃李花》,郭茂倩于新乐府辞序部分提及,"按
法曲起于唐,谓之法部。其曲之妙者,有……《赤白桃李花》"⑤,但是
作为曲题收录,并无相关诗作,郑樵则以为"唐高祖时歌"⑥。又《秋兰
篇》,傅玄旧题言"秋兰荫玉池,池水且芳香。芙蓉随风发,中有双鸳
鸯"⑦,以池上秋兰喻淑女托于君子,与前述佳丽类下《女秋兰》或为一
作;《茱萸篇》,梁简文帝有《茱萸女》"茱萸生狭斜,结子复衔花。遇逢
纤手摘,滥得映铅华"⑧,或亦有渊源。这部分题名虽以草木花果分类,
但其中绝大多数并非纯写草木,而多涉及女性形象,郑樵将之与佳丽分

————

①　《文苑英华》,第779页。
②　《全唐诗》,第2409页。
③　《全唐诗》,第2260页。
④　计有功《唐诗纪事》卷十,上海古籍出版社,1987年,第159页。
⑤　《乐府诗集》,第1352页。
⑥　《通志二十略》,第923页。
⑦　《乐府诗集》,第930页。
⑧　《乐府诗集》,第1040页。

列,又难免重视题名而不及内容,与其余多数分类的情况不谐。

车马六曲　下设虫豸附门,但无相关篇题,疑此门应设在下列龙鱼一类。其中《高轩过》不见于《乐府诗集》,此为李贺之作"华裾织翠青如葱,金环压辔摇玲珑。马蹄隐耳声隆隆,入门下马气如虹"[1],有乐府风格而无旧题传承,体现郑樵在对唐人乐府的接纳上较郭茂倩广泛之处。

龙鱼六曲　其中《尺蠖》《捕蝗虫》不见于《乐府诗集》。《尺蠖》无考,《捕蝗虫》应即白居易新乐府《捕蝗》。

鸟兽二十一曲　《黄鹂飞上苑》《双翼》《只翼》不见于《乐府诗集》。《双翼》《只翼》并无考。《黄鹂飞上苑》应即吴均《与柳恽相赠答诗六首》其一"黄鹂飞上苑,绿芷出汀洲",郑樵亦采用五言诗句为题。此外,《双燕》可视为与《双燕离》同题;《鸳鸯》,郭茂倩引《歌录》"曹植《名都篇》曰:'名都多妖女。'《美女篇》曰:'美女妖且闲。'《白马篇》曰:'白马饰金羁。'皆以首句名篇,犹《艳歌罗敷行》有《日出东南隅篇》,《豫章行》有《鸳鸯篇》是也"[2],故应即曹植《豫章行》其二"鸳鸯自用亲,不若比翼连。他人虽同盟,骨肉天性然"[3]。这部分诗歌内容同样存在以鸟兽设喻指事的情况,并非纯粹咏物,郑樵的处理亦大多以题名为分类依据。

杂体六曲　下设隐语附门。其中《五杂组(原作"鉏")曲》《寓言》《杂体》《藁砧》《两头纤纤》不见于《乐府诗集》。除《寓言》《杂体》题目泛泛,内容不可详考之外,其余皆近于谣曲。《藁砧》为《玉台新咏》收录,"藁砧今何在,山上复有山。何当大刀头,破镜飞上天"[4],乃是诗谜,《乐府古题要解》明确将之视为乐府;《五杂组》《两头纤纤》皆为古

---

①　《全唐诗》,第4430页。

②　《乐府诗集》,第911页。

③　《乐府诗集》,第502页。

④　徐陵编,吴兆宜笺注《玉台新咏笺注》,中华书局,1985年,第469页。

无名氏诗，诗句中如"五杂俎""往复还""两头纤纤""半黑半白"等为固定语，其余由作者发挥，跳脱有趣味，齐梁至唐代有王融、王建、雍裕之等拟作，宋人亦关注这一杂体诗的形式，有孔平仲、陆游、范成大、宋无等作者。郭茂倩未收录这部分题目，当是因其音乐或题名源流无可考，而郑樵这一分类，则承认它们在内容方面具备一定的乐府诗特质，与宋人对这些题目的传写相呼应，一定程度上拓宽了乐府诗的文体含义。

郑樵所列逸诗当中，也存在部分被《乐府诗集》归入郊庙，鼓吹、横吹、相和、清商、琴曲等类的题目，在郑樵自己的分类中当属正声，如《天马歌》，本为汉郊祀歌旧题;《玄云》，本为汉鼓吹铙歌旧题;《晨鸡高树鸣》，题出相和歌《鸡鸣》;《美女篇》《楚妃叹》，郭茂倩列为相和歌辞;《方诸曲》《乌栖曲》，郭茂倩列为清商曲辞;《飞龙引》《渡易水曲》，郭茂倩列为琴曲歌辞;《临碣石》，郭茂倩列为舞曲歌辞等。这或是因为郭茂倩崇尚旧题的音乐传统与题名书写之间的传承，郑樵则仅以其内容处理之故。还有一部分唐人作品，确实存在有义无声的情况，难以分类，郭茂倩大多归入杂曲歌辞，而郑樵归入逸诗，体现了他对唐人乐府的推重。

在对乐府组诗的处理层面，郑樵的方式存在一定问题。如谢朓《齐随王鼓吹曲》本为组诗，但郑樵将其中《校猎曲》列在征戍类，《钧天曲》《入朝曲》列在歌舞类，《出蕃曲》列在蕃胡类，《登山曲》列在山水类，都是因其题名内容归类，而并未关注这组文人拟作鼓吹曲辞的整体性。又，这组乐府诗中的其余诸题如《泛水曲》《从戎曲》，亦可以根据题名分类，但郑樵在收录时也并未将之纳入视野，这与他保存旧题以及重视声乐传统的编纂理念均有所出入。

郑樵同样将元白新乐府诸题按照其内容归类。元稹所作题目较少，且多与白居易之题重合，故下文仅以白居易所作诸题讨论。如《李夫人》《缭绫》《时世妆》归在佳丽类，《母别子》《井底引银瓶》归在别离类,《华原磬》《五弦弹》归在丝竹类,《阴山道》《太行路》归在道路类,《海漫漫》归在神仙类,《昆明春水满》归在山水类,《隋堤柳》归在草木类,《八骏图》归在车马类,《捕蝗虫》归在龙鱼类,《秦吉了》归在鸟兽类等,都是以题名内容区分。但郑樵的这一做法,又未关注这些乐府诗的实际内容旨趣,如"《太行路》以讽君臣之不终……《捕蝗》以刺长吏,《昆明春水满》以思王泽之广被……《五弦弹》以恶郑声之夺雅,……《八骏图》以惩游侠……《母别子》以刺新间旧,《阴山道》以疾贪虏,《时世妆》以儆风俗……《井底引银瓶》以止淫奔……《秦吉了》以哀冤民"①等,都已超出题目的寓意,这与他在遗声部分整体看重诗篇内容来分类的观念又有所不合。同时,如按照以题名内容分类的原则,郑樵同样未将白居易新乐府组诗中的一些题目纳入视野,如《陵园妾》《盐商妇》《上阳白发人》可入佳丽类,《骊宫高》《两朱阁》可入宫苑类,《城盐州》可入都邑类,《涧底松》《牡丹芳》《草茫茫》可入草木类,《驯犀》《官牛》可入鸟兽类,《立部伎》《胡旋女》《西凉伎》《骠国乐》可入歌舞类,《黑潭龙》可入龙鱼类等。而郑樵同样并未对这一取舍作出说明,便即拆散组诗,是他在处理唐人旧题时又一处观念较为模糊的例证。

三、祀飨正声:郊庙燕飨乐歌与雅乐体系传承

在雅颂一类乐章的传承中,郑樵也关注到汉晋以降"辟雍、享、射、雅颂无分"的情况,认为"古者雅用于人,颂用于神",汉武帝时"虽不辨风雅。至于郊祀、房中之章,未尝用于人事,以明神人不可以同事也"②。他不满于汉晋以来郊庙、燕飨乐歌杂糅使用,序列失当的情况,又提出"或曰,郊祀,大事也,神事也;燕飨,常事也,人事也。旧乐章莫

不先郊祀而后燕飨，今所采乐府，反以郊祀为后，何也？曰积风而雅，积雅而颂，犹积小而大积卑而高也。所积之序如此。史家编次，失古义矣"①，故特置祀飨正声一类，推重郊庙乐歌的地位。

汉武帝郊祀之歌十九章，郭茂倩收录为《汉郊祀歌》。梁武帝雅歌十二曲，郭茂倩收录为《梁雅乐歌》，但仅《皇雅》《涤雅》《牷雅》《诫雅》《献雅》《禋雅》尚存歌辞。唐雅乐十二和曲，郭茂倩收录为《唐祀圆丘乐章》，且仅《豫和》《太和》《肃和》《雍和》《寿和》《舒和》存歌辞，且郭茂倩与郑樵的收录顺序存在一定出入。

仅郑樵收录班固东都五诗，包括《明堂》《辟雍》《灵台》《宝鼎》《白雉》，郭茂倩未收录。郑樵则认为"汉人之迹近乎三代，故诗章相袭，自然相应如此"②，因其歌诗赞颂的传统功能，将之列入郊庙乐府，可为《乐府诗集》之补遗。

郑樵在郊庙乐歌部分收录诗篇非常少，是因为其目的主要在于明确雅乐体系之传承。他认为汉郊祀歌虽名目各异，但都为纪一时盛事所作，故可收录，班固东都诗与此功能相同。但至魏晋诸郊庙歌诗，不再具备这种讴歌盛事的功能，只大体随祭祀诸事而作，"但即事而歌，如夕牲之时，则有《夕牲歌》，降神之时，则有《降神歌》。既无伟绩之可陈，又无题命之可纪，故其诗不可得而采"③，且篇幅零散，无法形成赞颂功业的乐歌系统；而历代舞曲、登歌"随庙立舞，酌献登歌，各逐时代，而匪流通，亦不可得而援也"④，则只纪一朝之事，既不能传承前代传统，又不能为后世立范，故也为郑樵所不取。只有南朝梁与唐代的雅乐，都从周代九《夏》体系派生而出，传承明确，"梁武帝本周九《夏》之

---

① 《通志二十略》，第925页。
② 《通志二十略》，第926页。
③ 《通志二十略》，第926—927页。
④ 《通志二十略》，第927页。

名,以作十二《雅》,庶可备编采之后"①,"祖孝孙本梁十二《雅》以作十二《和》,故可采也"②。然而这两套雅乐歌辞体系功能不同,梁之十二《雅》为"禘宗庙及三朝之乐",唐之十二《和》则为圜丘乐歌,一庙一郊,其仪式环节层面的区别又未在郑樵考虑之列。此外如郭茂倩在郊庙歌辞类所录唐开元十一年玄宗祀圆丘乐章,以及唐雩祀、朝日、夕月、蜡百神乐章等,使用乐歌虽均在十二《和》体系内,却未及十二之数,体式不完整,故郑樵不作收录。以此类推,九《夏》传统中,南朝宋用《肆夏》,齐用《昭夏》,北齐用《肆夏》《昭夏》《皇夏》,北周用《昭夏》《皇夏》,至隋复五夏,今存《昭夏》《皇夏》《诚夏》《需夏》,对于九《夏》乐的形式使用也均不完全,故不在郑樵编采的视野中。

四、祀飨别声: 燕飨杂乐之梳理

祀飨别声并非固定的祭祀飨宴用乐,而是不同朝代"出于一时之事为可歌"③的特定篇章,这部分诗篇数量较少,又无传统因袭,故郑樵称之为别声,以与典章制度齐备的正声区别。

汉三侯之章 仅《大风歌》一题,即《乐府诗集》琴曲歌辞所录《大风起》。

汉房中祠乐十七章 即《乐府诗集》所录《汉安世房中歌十七首》。

隋房内曲二首 《地厚》《天高》,即郭茂倩引《隋书·乐志》"高祖龙潜时,颇好音乐,尝倚琵琶作歌二章,名曰《地厚》《天高》,托言夫妇之义。牛弘修皇后房内之乐,因取之为房内曲。命妇入,并登歌上寿并用之"④,《乐府诗集》所录《隋皇后房内歌》一章"至顺垂典,正内弘风。母仪万国,训范六宫。求贤启化,进善宣功。家邦载序,道业斯融",不

---

① 《通志二十略》,第927页。
② 《通志二十略》,第929页。
③ 《通志二十略》,第930页。
④ 《乐府诗集》,第218—219页。

知是否即此。

梁武帝述佛法十曲　《善哉》《大乐》《大欢》《天道》《仙道》《神王》《龙王》《灭过恶》《除爱水》《断苦转》。均未见于《乐府诗集》。

陈后主四曲　题名均见于《乐府诗集》。郭茂倩据《隋书·乐志》言"陈后主于清乐中造《黄骊留》及《玉树后庭花》《金钗两鬓垂》等曲"①，又据《唐书·乐志》言"《玉树后庭花》《堂堂》并陈后主所作"②。其中《黄骊留》与《金钗两鬓垂》无旧辞传世，《玉树后庭花》郭茂倩收录陈后主辞，《堂堂》有温庭筠拟作。

北齐后主二曲　《无愁》《伴侣》，题名俱见于《乐府诗集》。但郭茂倩认为，"故萧齐之将亡也，有《伴侣》；高齐之将亡也，有《无愁》"③，《伴侣》为南朝齐之乐，而《无愁》为北齐之乐。《无愁》，郭茂倩引《隋书·乐志》"北齐后主自能度曲，尝倚弦而歌，别采新声，为《无愁曲》"④，其渊源显著，郑樵与郭茂倩之出入在于《伴侣》为哪一朝之曲调，而郑樵于此无所考述。

唐七朝五十五曲　《乐社乐曲》《英雄乐曲》《黄骢叠曲》《景云河清歌》《承天乐》《八纮同轨乐》《夷美宾曲》《夜半乐》《文成曲》《大罗天曲》《紫清上圣道曲》《九真》《小长寿》《顺天乐》《君臣相遇乐曲》《荔枝香》《梨园法曲》《千秋节》《宝应长宁乐》《广平太一乐》《定难曲》《继天诞圣乐》《孙武顺圣乐》《云韶法曲》《万斯年曲》《播皇猷》，不见于《乐府诗集》；《一戎大定乐》，《乐府诗集》在《法曲》题下存其题名。这部分曲题基本仅供当时燕乐所用，没有进入文人的创作视野，故不在郭茂倩关注之列。

《破阵乐》，高宗朝七曲与立部伎八曲并见此题。《承天乐》，高宗

---

① 《乐府诗集》，第 680 页。
② 《乐府诗集》，第 678 页。
③ 《乐府诗集》，第 884 页。
④ 《乐府诗集》，第 1064 页。

朝七曲与明皇朝三十四曲并见。二者均属郑樵重复收录之失。

《还京乐》,郭茂倩引《乐府杂录》:"明皇自蜀反正,乐工制《还京乐》《雨霖铃》二曲。"[1]

《安舞》,即《安乐》。并立部伎、坐部伎诸曲,郭茂倩皆归为杂舞。

《景云》,即唐享太庙乐章《景云舞》,为玄宗朝续造《享太庙乐章》中享睿宗所用,又称《景云之舞》;《紫极》,即唐太清宫乐章《紫极舞》,郭茂倩引《唐书》以为"上香毕奏《紫极舞》",又引《唐会要》以为"太清宫荐献圣祖玄元皇帝奏《混成紫极之舞》",上述二题,郭茂倩均列为郊庙歌辞。

《中和乐》,即《德中和乐舞辞》,郭茂倩引《唐会要》载"贞元十四年,德宗以中和节自制《中和舞》,舞中成八卦",郭茂倩列为舞曲歌辞。

祀飨别声所录诸题,大多为一时之制作,且少见相应的歌辞流传。郑樵较为关注历代帝王如汉高祖、梁武帝、陈后主、北齐后主、唐德宗等所作,以题名观之,其内容或述志向,或崇佛法,或用于宴乐,无论从音乐还是诗歌创作层面,均较难进入后人拟作的视野,因此大多名义不彰,不在郭茂倩关注之列。较之《乐府诗集》的一概而论,郑樵将这部分曲题在有典章制度可考的郊庙燕飨乐歌之外单列一类,得以更加明确地梳理源流、辨明传统。

五、文武舞: 舞乐祀飨传统之明确

古之祀飨传统,多有歌、乐、舞同用的情况,郑樵在祀飨别声一类所列诸题中,事实上存在郊庙乐歌与舞曲乐歌的界限模糊这一问题,这同样是郭茂倩在区分郊庙、燕射、舞曲几类歌辞时面临的问题,郑樵特设文武舞一类,便是为了说明舞曲之传统。

由晋至唐文武舞歌,自有其继承传统,郭茂倩收录颇多。而郑樵所

---

① 《乐府诗集》,第 1138 页。

录文武舞二十曲，实则只有十题，分别为晋、宋、梁、隋、唐之文武舞歌，而未录齐之《前舞阶步歌》《前舞凯容歌》《后舞阶步歌》《后舞凯容歌》，北齐之《文舞阶步辞》《文武辞》《武舞阶步辞》《武舞辞》，后晋之《昭德》《成功》等题。这部分题名中，晋至后晋诸题，郭茂倩都归入舞曲歌辞，但唐之《治康》《凯安》则被郭茂倩列入郊庙歌辞，二者相较，可见郭茂倩于此同样有区分不严谨之处。

除上述之外，郑樵仅收录唐之三大舞。其中《上元舞》为唐高宗所作，令大祠享皆用此曲，但题名不见于《乐府诗集》。郭茂倩存《七德舞》《九功舞》之题，并引《唐书·乐志》曰："《庆善乐》，太宗所造也，名《九功之舞》。舞蹈安徐，以象文德洽而天下安乐也。冬正享宴及国有大庆，与《七德舞》偕奏于庭。"①

郑樵以为古来"歌诗则有辞，笙舞则无辞"，自晋以下"舞而有辞，失古道矣"②，他的收录理念，仅是试图梳理上古以来的文武二舞传统，及历代乐曲之流变。他认为，上古六舞中，仅韶、武二舞为后世所用，故形成郊庙飨宴多用文武二舞的格局，"后世之舞，亦随代皆有制作，每室各有形容，然究其所常用，及其制作之宜，不离是文、武二舞也"③。他虽然收录《上元舞》，却同样提出"三大舞，唐之盛乐也，然后世所行者，亦惟二舞而已，《神功破阵乐》有武事之象，《功成庆善乐》有文事之象。五代因之"④。这一收录理念，较之郭茂倩之梳理，或许更能够强调舞乐在祀飨中的作用与功能。

①　《乐府诗集》，第815页。
②　《通志二十略》，第935页。
③　《通志二十略》，第934页。
④　《通志二十略》，第936页。

第三章　宋人总集、别集之编纂：
乐府传统的传承与流变

　　自宋前所编纂的《文选》《玉台新咏》《乐府古题要解》，至宋代的《文苑英华》《唐文粹》《乐府诗集》《通志·乐略》等书，这些收录宋前乐府诗的总集或专题文献类著作提供了众多关于乐府诗的编纂理念。它们所展现出的对乐府这一范畴的认知，在题名、本事、音乐传统等层面大体称得上相近，形成了汉晋至唐宋"乐府"概念的内核，但是在诗歌收录的细节部分又各有差异，形成远较其余诗体模糊的外延。这种内核清晰而外延模糊的界定方式，体现了在乐府逐渐徒诗化的趋势下，不同朝代的编纂者之间乐府观的传承，以及在乐府诗创作的整体流变中，编纂观念与创作观念的相互影响。宋人在梳理前代乐府诗，传写古题时，都身在不断流变的乐府文学史传统之中，而他们自立新题的创作，也不可避免地受到这一传统的影响。

　　作为宋代文学总集的《宋文鉴》，乃至各种宋人别集的编纂，代表了宋代文人对本朝乐府诗的大体态度。在这些总集与别集的编纂中，无论收录内容是否涵盖自己的作品，编纂者一般都兼具创作者的身份，而不同创作者个体在面对乐府传统的流变时，对乐府概念的理解也势必形成细节层面的差异，就令其编纂理念也互有出入。在界定新题乐府与拟古、歌行类徒诗时，这种差异尤其明显，这也令宋人整体乐府观的外延越发模糊。

第一节　《宋文鉴》的乐府观考察

与《文苑英华》《唐文粹》《乐府诗集》等收录前朝作品的总集不同，吕祖谦所编《宋文鉴》乃是宋代自开国以来至建炎以前的朝野诗文选辑。其中透露的乐府观，一是对歌行体乐府的关注，二是体现出儒学传统对宋人的浸淫。

《宋文鉴》以体裁分类诗歌。诗之下，分列四言诗、乐府歌行、五言古诗、七言古诗、五言律诗、七言律诗、五言绝句、六言、七言绝句、杂体共计十类，又将杂言诗附属于乐府歌行类。按乐府与歌行本非一事，前人论乐府时，多重视其音乐、本事、题旨等方面的传统，而诗篇本身则以诸体杂出之，既有古体，亦有近体，既有齐言，亦有杂言；歌行则是晚出的诗体之一，因汉晋乐府多以歌、行为题而得名，至唐代而成为独立诗歌体式，在创作层面更加灵活自由。《文苑英华》在诗部之外单列歌行部二十卷，收录诗篇绝大部分都是唐人歌行；《唐文粹》列古调歌篇一类，均体现出对这种新兴文体的格外关注；郭茂倩编唐人新乐府辞，所录大多也是歌行。至南宋，郑樵以为"古之诗曰歌行，后之诗曰古近二体。歌行主声，二体主文"[1]，将歌行等同于古诗，无疑抬升了歌行的文体地位，而吕祖谦所列"乐府歌行"这一分类，或许便受此影响，表达出对宋人创作歌行体乐府的重视。

一、《宋文鉴》乐府歌行之界定与编纂观念

《宋文鉴》收录乐府歌行，不按题名内容或音乐传统分类，而是以

---

[1]　《通志二十略》，第887页。

作者年代进行排序。此类下 58 首诗中,21 首是七言古体,18 首是七言为主的杂言古体,14 首是杂言古体,仅有 5 首是五言古体,1 首是骚体,整体观之,七言、杂言古体占九成以上,其编纂意图推重歌行体当无疑问。歌行体本以七言为主,吕祖谦又有七言古诗这一分类,故他特意强调"乐府歌行",当是着重收录以歌行体书写的乐府诗,而非意欲将宋人的部分歌行体诗篇作为与乐府并置的一类,录于一卷之中。因此,对此卷中收录的诗篇,主要仍当视为歌行体乐府来看待。

　　吕祖谦将乐府列于四言诗之下,五言古诗之上,其下依次排列古、律、绝等,本是就诗体发展的传统而论。自元稹作《乐府古题序》,反对《文心雕龙》乐府肇于汉魏之观点,"按仲尼学《文王操》,伯牙作《流波》《水仙》等操,齐犊沐作《雉朝飞》,卫女作《思归引》,则不于汉魏而后始,亦以明矣"[①];至宋人上溯《诗》《骚》,更将乐府源流推至先秦。故吕祖谦将乐府置于汉代方兴的五言古诗之上,以明乐府源流早于汉魏。

　　然而,汉魏乐府多以五言、杂言为主,偶见骚体,但吕祖谦在乐府歌行二卷中拣择宋人乐府诗,却并未重视这种较为高古的体式,而是抬升歌行这一晚出文体的地位,专门收录宋人歌行体乐府,体裁以唐时兴盛的七言古体为主,兼顾杂言。这一编纂观念,或许一定程度受到《文苑英华》单列歌行一体的影响,同时也与唐代以来歌行体的兴盛,乃至宋人在乐府创作中大量使用歌行体的创作趋势相切合。

　　吕祖谦所收录的乐府歌行篇题,并非全有明确旧题源流,更多的是宋人自立新题的乐府诗,同时也有少量无法界定为乐府,仅属歌行体的篇章。下文将对此三者分别探讨,以探原吕祖谦对歌行体乐府的态度及其收录理念。

---

　　①　元稹《乐府古题序》,见冀勤点校《元稹集》,中华书局,1982 年,第 255 页。

1. 旧题传写之收录：旨在出新

《宋文鉴》乐府歌行类下，有旧题源流的篇章共有 10 首。欧阳修《明妃曲》，旧有相和歌辞吟叹曲《王明君》与琴曲《昭君怨》题二源，至唐人又衍生《明妃怨》题，《明妃曲》或即从此源出。张载《鞠歌行》《君子行》，俱属相和歌辞平调曲。寇准《江南春》，梁代柳恽在相和歌《江南》一题传统下作《江南曲》，有"汀洲采白𬞟，日落江南春"之句，《江南春》题名即出于此。沈括、张耒各有《江南曲》，与此同源。文同《自君之出矣》，出徐干《室思》诗句，南朝至唐人皆有传写，虽无明确音乐传统，但《文苑英华》《乐府诗集》皆视为乐府。此外，陈师道《妾薄命》题承自曹植，《玉台新咏》视为乐府收录；张耒《劳歌》题出南朝，《文苑英华》以为古歌一类，郭茂倩则以为"故歌曲有《阳陵》《白露》……又有长歌、短歌、雅歌、缓歌、浩歌、放歌、怨歌、劳歌等行"[1]，为古之杂歌，亦在前人收录视野当中。至于王安石《桃源行》，此题首创自王维，郭茂倩以为用陶渊明《桃花源记》本事，列为唐人乐府，而《文苑英华》列在歌行部，宋人对此题的界定已经产生差异，但因《乐府诗集》所确立的范式较为重要，本书仍视为旧题处理。

吕祖谦收录宋人乐府时，并未重视对前代篇题的梳理与总结，而是以作者年代为序依次罗列其诗，这固然是由于保存古题的编纂已有《文苑英华》《乐府诗集》等珠玉在前，但也可以看出，在徒诗化趋势下，吕祖谦对待本朝诗歌时，固然仍在诗体发展的脉络中保存乐府一体，但更看重诗篇本身的意蕴旨趣是否足以成为后世之鉴范，其所录诸作多有宋人自出机杼之处，其旨不与前人混同，足以以小见大，体现宋诗之特色。

如欧阳修《明妃曲》言"耳目所及尚如此，万里安能制夷狄"[2]，足

---

① 《乐府诗集》，第 1165 页。

② 吕祖谦编《宋文鉴》，上海古籍出版社，1994 年，第一册，第 132 页。以下仅注册数、页码。

以借古喻今,讽咏时政;张载"近观汉魏而下有名正而意调卒卑者,尝革旧辞而追正题意,作乐府九篇"①,其《鞠歌行》言"井行恻兮王收,曰曷贾不售兮,阻德音其幽幽。述空文以见志兮,庶感通乎来古"②,则抒发纯臣对古之政教德化的向往与与现实中的不遇,超越了古辞寄情知己的个人感慨,更为典重宏大。而如《自君之出矣》《妾薄命》等,本为描写闺怨之作,文同"中门一步地,未省有行迹。闺闱足仪检,常恐犯绳尺"③则转而写女子在家的谨慎之德,陈师道"古来妾薄命,事主不尽年……忍着主衣裳,为人作春妍"④则借此写他与曾巩的师生情分,别具新意,情辞并茂。又如《江南曲》,《乐府古题要解》以为"江南古辞,盖美芳晨丽景,嬉游得时"⑤,南朝至唐众作,多写江南风土与冶游,风格以婉丽为主,而沈括言"高楼索莫临长陌,黄竹一声无北客。时平田苦少人耕,唯有芦花满江白"⑥,张耒言"不学长安贵公卿,每遣离心寄朱毂。朝游岩廊暮海岛,遣人未归身自逐"⑦,令江南的风物人情呈现出此前少有人关注的闲远旷达的一面,于此题在宋代的诸拟作中也属别具一格,故成为吕祖谦的关注对象。

2. 宋人新题之收录:传统继承与题材拓展

宋人仿效前代典范自立新题之作,更是《宋文鉴》乐府歌行类主要的收录对象。这部分诗歌多具备歌辞性诗题或是拟古题名,其内容或仿效古乐府叙事铺陈,或具备较强的现实意义,下文亦将分类梳理。

效仿古乐府题名者,如欧阳修《庐山高赠同年刘中允归南康》,此

---

① 张载《古乐府》序,见《全宋诗》,北京大学出版社,1998 年,第 9 册,第 6284 页。以下仅注册数、页码。
② 《宋文鉴》,第一册,第 135 页。
③ 文同《自君之出矣》,见《宋文鉴》,第一册,第 136 页。
④ 《宋文鉴》,第一册,第 140 页。
⑤ 吴兢《乐府古题要解》卷上,见丁福保辑《历代诗话续编》,中华书局,1983 年,第 24 页。
⑥ 沈括《江南曲》,见《宋文鉴》,第一册,第 136 页。
⑦ 张耒《江南曲》,见《宋文鉴》,第一册,第 141 页。

题为歌辞性诗题和叙事性诗题的杂糅，题名中的"庐山高"即拟汉铙歌《巫山高》之名。而欧阳修之作除拟题名称相似之外，全用骚体成篇，气势宏阔，其旨趣已与汉铙歌全然无关。按《庐山高》一题在当时文人群体中当构成一定传写规模，如孔平仲有《宣甫寄示庐山高药名诗亦作一首奉酬不犯唱首兼用本字更不假借》，即为与他人赠答之作；又南宋楼钥作《钱文季少卿以蜀中织成山谷书庐山高为寿次韵》，中有"庐山高哉山谷字，蜀女织就新冰绡"[1]，则黄庭坚当曾以欧诗创作书法。此题当首创自欧阳修，因后人提及此题，多将之与欧阳修联系起来，如喻良能"醉翁句法到胜处，纡余条畅今古无。铺张扬厉词藻挟，雅称金泥兼玉检。一篇妙绝庐山高，几首清新写郁陶"[2]，赵蕃"欧吟庐山高，坡咏西湖全"[3]，周文璞"谱成只度欧家曲，秋声赋共庐山高"[4]，赵汝腾"崛奇退之石鼓句，清逸永叔庐山高"[5]等。至于王柏《和庐山高》韵，则为欧阳修之作的和作，通篇亦全为骚体。乐府文学固有注重题名本事的传统，具备重复书写同一题材的特质，在宋代文人之间盛行唱和的创作环境下，《庐山高》一题以欧阳修之作为核心的立题与传写，可视为宋人徒诗化新题乐府创作的一个缩影。吕祖谦选择此篇加入编纂，固然是因为欧诗的典范地位，也未必没有关注到这一题名在北宋文人群体之间的传写规模。

又如张耒《于湖曲》，为考正乐府旧题《湖阴曲》之作。此题古辞已不存，仅传题名，温庭筠拟此题序云"晋王敦举兵至湖阴。明帝微行，视其营伍。由是乐府有《湖阴曲》。后其辞亡，因作而附之"[6]，郭茂倩

---

① 《全宋诗》，第47册，第29400页。
② 喻良能《次韵王待制读东坡诗兼述韩欧之美一首》，续金华丛书本《香山集》卷三。《全宋诗》本"挟"作"挟"，与"检"不协韵，当有误。
③ 赵蕃《余干游昌国寺》，见《全宋诗》，第49册，第30480页。
④ 周文璞《欧阳琴歌》，见《全宋诗》，第54册，第33728页。
⑤ 赵汝腾《再用韵答》，见《全宋诗》，第38890页。
⑥ 《乐府诗集》，第1062页。

《乐府诗集》仍从此说。张耒则以为"《本纪》云'敦屯于湖',又曰'帝至于湖,阴察营垒而去'。顷予游芜湖,问父老湖阴所在,皆莫之知也。然则'帝至于湖'当断为句,乃作《于湖曲》以遗之,使正其是非云"①,认为《湖阴曲》为"帝至于湖,阴察营垒而去"一句断句之误,此题实当名为《于湖曲》。南宋吕本中作《晋大宁四年王敦自武昌下屯于湖明年六月敦将举兵内向明帝微行至于湖阴察其营垒而去唐温庭筠作湖阴曲盖为此也后汉王霸之孙改封芜湖吴时此地称于湖或称芜湖察其营垒则姑熟之西初无湖阴又且于湖乃芜湖也张文潜有于湖曲广其意追和焉》,则是以张耒的考证为依托进行和作,事实上也构成同题传写。吕祖谦选择张耒之作,则是看重其以才学为诗,考辨本事,另立题名的特质。

宋代文人也致力于效法唐代乐府名家的题材与风格。如钱易《西游曲》"花销秋老白日短,败红荒绿迷空馆。拟将清血洒昭陵,幽谷蛇啼半山晚。……我有黄金三尺剑,奸骨无痕古波艳。佩入函关无故人,玉握凋零七星暗"②,气象凄迷,色调哀艳,有李贺风。又如欧阳修《鹎鶋词》,自注"效王建作",考王建今无此题传世,惟有《乌夜啼》《鸡鸣曲》《戴胜词》《春燕词》等,故欧阳修此篇实为拟意之作。按《鹎鶋词》当与王建《鸡鸣曲》格局相似,王建之作言"鸡初鸣,明星照东屋。鸡再鸣,红霞生海腹。百官待漏双阙前,圣人亦挂山龙服。宝钗命妇灯下起,环珮玲珑晓光里。直内初烧玉案香,司更尚滴铜壶水。金吾卫里直郎妻,到明不睡听晨鸡。天头日月相送迎,夜栖旦鸣人不迷"③,由天下鸡鸣写至宫中上朝庄严景象,然后笔锋一转,写这幅盛景之外夜夜无寐的金吾卫家眷,惆怅之情油然而生,细腻萦回。而欧阳修效法此意,其开篇先写宫中"龙楼凤阙郁峥嵘,深宫不闻更漏声。红纱蜡烛愁夜短,

---

① 张耒《于湖曲》,见《宋文鉴》,第一册,第142页。
② 《宋文鉴》,第一册,第131页。
③ 王建撰,尹占华校注《王建诗集》,巴蜀书社,2006年,第83页。

绿窗鹅鹕催天明”，至末方言"颍河东岸村陂阔，山禽野鸟常嘲哳。田家惟听夏鸡声，夜夜垅头耕晓月。可怜此乐独吾知，眷恋君恩今白发"①，长叹卒章，乃知宫中鹅鹕催明实是虚写，而山间野禽嘲哳方是实景，一位谪居山林而又心系庙堂的士大夫形象，就此跃然眼前。其诗反复致意，句句紧切，风格平实，深得王建之旨。

宋人在全面继承前代乐府的风格之余，对唐人乐府予以较多关注，在编纂理念与文学批评之外，这种关注更多地体现在宋代乐府诗的创作实践之中，其典范选择与风格摹仿，都着力推崇已经徒诗化的唐人乐府，尤其是李白、杜甫、元稹、白居易、李贺、张籍、王建等乐府名家之作。《宋文鉴》收录这类摹拟唐人气象格局的篇章，即是基于宋人推崇唐人乐府的整体氛围。

而乐府歌行类下，还以书写民生疾苦，发扬现实关怀之作为主流。宋代士大夫上承杜甫、元白的现实主义精神，颇多直言时政，旨在刺美见事的乐府诗创作。吕祖谦为南宋理学大家，《宋文鉴》的编纂也受到儒家文以载道的观念影响，"取其辞理之醇，有补治道者"②，他选取乐府诗时，也注重即事命题，具备现实意义的篇章。

如苏轼《河复》，其序详细记录了徐州大水前后的情况："熙宁十年秋，河决澶渊，注巨野，入淮泗，自澶、魏以北皆绝流，而齐楚大被其害，彭门城下水二丈八尺，七十余日不退，吏民疲于守御。十月十三日，澶州大风终日，既止，而河流一枝已复故道，闻之喜甚，庶几可塞乎？乃作《河复》诗，歌之道路，以致民愿而迎神休，盖守土者之志也。"结末说明作此诗的用意，苏轼身为地方官员的责任感可见一斑。此篇为苏轼令民众"歌之道路"之作，虽具书写时事的现实意义，但更重视誉美之一面，如"吾君仁圣如帝尧，百神受职河神骄。帝遣风师下约束，北流夜

---

① 欧阳修《鹅鹕词》，见《宋文鉴》，第一册，第132页。
② 商辂《宋文鉴序》，见《宋文鉴》，第一册，第2页。

起澶州桥。东风吹冻收微渌，神功不用淇园竹。楚人种麦满河淤，仰看浮槎栖古木"①之句，正合"为神明、察风俗、导和畅"之旨趣。刘攽《熙州行》"岂知洮河宜种稻，此去凉州皆白麦。女桑被野水泉甘，吴儿力耕秦妇织。行子虽为万里程，屋人坐盈九年食。熙州欢娱军事息，天王圣明丞相直"②，描写宋夏弭兵之后边境丰茂安宁之况，也属以赞颂为旨之类。这些都体现了宋人将乐府诗上承雅颂精神后，对其"歌诗赞颂"之功能的重视。

又如路振《伐棘篇》忧心北方边境战事，"索头丑奴搔河壖，朔方屯师连七年。木波马领沙填填，气脉不绝如喉咽"③；刘敞《荒田行》抨击新法之弊，"大农弃田避征役，小农挈家就兵籍。良田茫茫少耕者，秋来雨止生荆棘"④；文同《织妇怨》写织妇缴纳租赋之艰辛，"里胥踞门限，叫骂嗔纳晚。安得织妇心，变作监官眼"⑤；张舜民《打麦》，写农人耕种之劳苦，"麦秋正急又秧禾，丰岁自少凶岁多，田家辛苦可奈何。将此打麦词，兼作插禾歌"⑥。此外如文同《五原行》、苏轼《荔枝叹》、黄庭坚《和谢定征南谣》、杨蟠《平南谣》、许彦国《秋雨叹》、晁补之《豆叶黄》、田昼《筑长堤》等，皆有现实意义。都以或直白或隐喻的笔法，关注宋代的社会民生，体现出士大夫的淑世情怀。再如张耒《牧牛儿》，虽写牧童之悠闲自得，因是描写太平民生，事实上也属宋人的社会关怀类创作，是宋代乐府诗誉美一面的体现。

吕祖谦还关注宋人的禽言诗书写。禽言诗是宋代乐府诗中的新兴题材，多以禽鸟鸣叫的谐音入诗，以近乎民谣的体裁写乡间风物，由禽鸟的故事传说生发题旨，或哀怜民生疾苦，或描绘乡野趣味，不一而足。

---

① 《宋文鉴》，第一册，第137页。
② 《宋文鉴》，第一册，第136页。
③ 《宋文鉴》，第一册，第131页。
④ 《宋文鉴》，第一册，第134页。
⑤ 《宋文鉴》，第一册，第136页。
⑥ 《宋文鉴》，第一册，第140页。

所录梅尧臣《山鸟》，为其《禽言四首》之三。苏轼《禽言二首》，为其《五禽言》其二、其五。苏轼诗序言："梅圣俞尝作《四禽言》。余谪黄州，寓居定惠院。绕舍皆茂林修竹，荒池蒲苇。春夏之交，鸣鸟百族，土人多以其声之似者名之，遂用圣俞体作《五禽言》。"①苏轼提及"圣俞体"，其诗作句法格局均与梅尧臣之作大体近似，梅诗"婆饼焦，儿不食。尔父向何之，尔母山头化为石"②，以禽言"婆饼焦"起笔，写此鸟来历传说；苏诗"姑恶姑恶，姑不恶，妾命薄。君不见东海孝妇死作三年干，不如广汉庞姑去却还"③，以禽言"姑恶"起笔，反用其意，写史上孝妇故事，二人之作虽题旨不一，但因禽言诗取象于禽鸟，可拟之题本就繁多，又能够轻易统合在禽言的主题之下，体裁又具歌谣风味，二人之作已可形成同题传写。其后宋人亦多有以禽言为题的组诗，如周紫芝、陆游、朱熹、薛季宣、刘克庄、方岳等均有作品，禽言诗遂成为宋代乐府新题之重要一脉。

也有少量题目与词体相关，在所录已经都是徒诗的乐府歌行类下，保留了一点乐府诗与音乐的最后关联。如晁补之《渔家傲》，虽用词牌为题，通篇实为五古，写远水之间渔父笑歌自若的闲散生涯，"渔家人言傲，城市未曾到。生理自江湖，那知城市道。晴日七八船，熙然在清川。但见笑相属，不省歌何曲"，至结句"至老不曲躬，羊裘行泽中"④，则用《后汉书·逸民传》所录严光"披羊裘钓泽中"之事，卒章显志。此篇晁补之自辑《鸡肋集》时，录为《补乐府三首》其二，吕祖谦将之录为乐府歌行，乃是遵从晁补之的乐府创作观，同时也越发展现了宋人乐府创作边界的模糊。又，乐府古题固有《渔父歌》一名，郭茂倩以《楚辞·

---

① 苏轼《五禽言》序，见王文诰注，孔凡礼点校《苏轼诗集》，中华书局，1982年，第1045—1046页。
② 梅尧臣《山鸟》，见《宋文鉴》，第一册，第133页。
③ 苏轼《禽言二首》其二，见《宋文鉴》，第一册，第137页。
④ 《宋文鉴》，第一册，第143页。

渔父》篇末渔父所作之歌为此题源流，其后张志和作《渔父歌》，仅写渔者之日常，宋人于此题多有传写，有《古渔父》《渔父曲》《渔父词》等衍题，而吕祖谦独录此题，当是因其在众作中风骨特异之故。

　　此外，《宋文鉴》乐府歌行类下尚有部分篇题，其题材较为零散，然而吕祖谦将之纳入编纂视野，表明他对宋人乐府的题材拓展有所关注。如王安石《食黍行》、苏轼《鹤叹》、苏辙《东方书生行》、杨杰《勿去草》、刘攽《上书行》《茂陵徐生歌》、郭祥正《莲根有长丝》等，或叙写事理，或抒写情志；王琪《吴中晓寒曲》、郭祥正《金山行》，描绘风物；陈师道《古墨行》，状物铺陈；贺铸《丛台歌》，咏史怀古。这些题材在前代乐府诗中也有所涉及，但并非前人创作的主流，而宋人的这部分作品，也已与题材、风格相近的五七言古诗之类较难区别。如苏轼《鹤叹》，虽仍具备歌辞性诗题特质，但一般歌辞性乐府题名多为三字及以上，此题已显不谐；而王安石《食黍行》"周公兄弟相杀戮，李斯父子夷三族。富贵常多患祸婴，贫贱亦复难为情"[1]，说理特质已颇明显，与注重叙事的乐府诗亦有所不同。吕祖谦将这部分诗歌界定为乐府歌行，固然肯定了宋乐府的题材拓展，但也透露出，在徒诗化趋势之下，当题名与风格的特质逐渐漫漶，宋代乐府诗与普通徒诗的界限也就并不分明。

　　3. 乐府歌行类下乐府与歌行之辨

　　《宋文鉴》乐府歌行类下亦非只收录一目了然的歌行体乐府。如李至《桃花犬歌呈修史钱侍郎》、王琪《清辉殿观唐明皇山水石字歌》、欧阳修《紫石屏歌寄苏子美》、苏舜钦《永叔月石砚屏歌》、秦观《观易元吉猿獐图歌》、张耒《孙彦古画风雨山水歌》等，大多是以七言为主的古体诗，且歌辞性诗题与叙事性诗题并存，然而歌辞性诗题的部分又都是自立新题，是否足以界定为乐府，皆当斟酌。

　　其中李至《桃花犬歌呈修史钱侍郎》，写宋太宗桃花犬故事，"宫中

---

[1]　《宋文鉴》，第一册，第134页。

有犬桃花名,绛缯围颈悬金铃。先皇为爱驯且异,指顾之间知上意……无何轩后铸鼎成,忽遗弓剑弃寰瀛。迢迢松阙伊川上,远逐龙輴十数程。两眦涟涟似垂泪,骨见毛寒顿憔悴",篇末"万人见者倍伤心,微物感恩犹若是。韩卢备猎何足嘉,西旅充庭岂为瑞。闻君奉诏修实录,一字为褒应不曲。白鱼赤雁且勿书,愿君书此惩浮俗"①,卒章显志,有现实指归,当可视为新题乐府。其后南宋释居简又因此作《桃花犬行》,形成同题传写。

而张耒《孙彦古画风雨山水歌》,为观画之作,其辞"山深岩高石壁青,白日忽变天晦冥。黑风驱云走不停,惊电疾雨来如倾……鞭驴疾驱者谁子,石路崄涩驴凌兢。目迷心慑愈不及,来憩树下如寒蝇"②写画中风景,卒章为张耒的自我抒发,并不具备乐府的一般特质,然而《柯山集》列在古乐府歌词类,实际已将之视为歌行体乐府。如按《柯山集》之编纂态度,吕祖谦收录此篇入乐府歌行类并无不妥。但如将此篇视为乐府,则上述王琪、欧阳修、苏舜钦等作或观画、或咏物,与此大致相近,当也可界定为乐府歌行之外延,以此标准类推,则宋人歌行中有大量均可视为乐府,而这一界定已与前代乐府观大有不同,仍值得斟酌。

如苏舜钦《永叔月石砚屏歌》,此题沈文倬点校本所据底本作《永叔石月屏图》,黄丕烈、陈乃乾录何焯校本均作《永叔月石砚屏歌》,题名传录已有不同,而《永叔石月屏图》一题之留存,可证此题不必一定使用歌辞性诗题。其诗尽以想象状物,铺写石屏月纹,卒章"此虽隐石中,时有灵光发。土怪山鬼不敢近,照之僵仆肝脑裂。有如君上明,下烛万类无遁形,光艳百世无亏盈"③赞颂君上之义,通篇格局更似歌行而非乐府。

---

① 《宋文鉴》,第一册,第130页。

② 《宋文鉴》,第一册,第142页。

③ 《宋文鉴》,第一册,第134页。"隐"字原脱,据沈文倬点校本《苏舜钦集》补。

又如秦观《观易元吉猿獐图歌》："参天老木相樛枝,嵌空怪石衔青漪。两猿上下一旁挂,两猿熟视苍蛙疑。萧萧丛竹山风吹,海棠杜宇相因依。下有两獐从两儿,花餐草啮含春嬉。"①同为铺写画卷之辞,其后转而赞美易元吉之画技,延至观画之情境,虽有叙事,亦非前代乐府以叙事为要可比。同时,刘挚亦有《易元吉画猿》,开篇写画意"槲林秋叶青玉繁,枝间倒挂秋山猿。古面睢盱露瘦月,氄毛匀腻舒玄云。老猿顾子稍留滞,小猿引臂劳攀援。坐疑跳踯避人去,仿佛悲啸生壁间",结末则发表见解"吾知画者古有说,神鬼为易犬马难。物之有象众所识,难以伪笔淆其真。传闻易生近已死,此笔遂绝无几存。安得千金买遗纸,真伪常与识者论"②,格局大体与秦观诗相类,又同为七言歌行体,如仅以歌辞性诗题区别二者,亦有不妥之处。

至于梅尧臣《送抚州通判袁世弼寺丞》、王安石《杜甫画像》、陈烈《题灯》、苏轼《法惠寺横翠阁》《于潜僧绿筠轩》《书王定国所藏烟江叠嶂图》《书晁说之考牧图后》、黄庭坚《以团茶洮州绿石研赠无咎文潜》《赠送张叔和》等,大都是杂言古体,题名纯为叙事性诗题,内容亦多为观画、游赏、赠别之类,即事抒怀,亦均可视为歌行看待。

综上所述,吕祖谦虽重视收录宋人的歌行体乐府,但《宋文鉴》所谓乐府歌行,实则是以歌行体乐府为主,兼及部分歌行,这种将二者并列以突出歌行体的编纂方式,上承唐代新题乐府的传统,也与宋人对唐人歌行体乐府的重视相关。宋人所编的几部宋前乐府诗总集都具备这一特点,如《文苑英华》单设歌行门,其中部分篇题具备乐府传统;《唐文粹》亦重视歌辞性诗题,甚至将不具备歌辞性诗题的歌行也视为乐府;而以《乐府诗集》中新乐府辞一类观照,郭茂倩区分唐人自立新题的乐府诗为乐府杂题和新乐府两类,所录诗篇大多都是七言歌行体,兼

---

① 《宋文鉴》,第一册,第143页。
② 刘挚《易元吉画猿》,见《全宋诗》,第12册,第7938页。

及杂言,题名亦多见歌辞性诗题。因此,吕祖谦选录乐府诗时更加关注以歌行体写作的新题乐府,甚而在编纂中将之与歌行少许混同,是与唐宋之际歌行体乐府的兴起,以及宋人对此的关注相一致的。

二、《宋文鉴》乐府观的特色与收录局限

《宋文鉴》以收录歌行体乐府为主,故重视歌辞性诗题,所录诗篇大多以歌、曲、篇、词、行、怨、叹、谣等为题。同时,由于对唐人乐府歌行传统的接受,在题名处理层面兼重歌辞性诗题与叙事性诗题。如《和谢定征南谣》《庐山高赠同年刘中允归南康》等题,"征南谣"和"庐山高",都是拟乐府旧题而自创的歌辞性诗题;而"和谢定"与"赠同年刘中允归南康"则带有叙事特征。与李昉、郭茂倩等为了塑造旧题传统,在收录宋前诗歌尤其是唐人乐府时刻意删削其叙事性诗题不同,吕祖谦更多地注重宋代乐府诗的徒诗特质,收录具备叙事性诗题的歌行体乐府,符合宋代乐府诗创作的实际。

乐府诗固有感于哀乐,缘事而发的传统,至宋人之创作,更是广为传承古乐府的功能与现实主义精神,吕祖谦在收录时也格外重视这一特质。《宋文鉴》的收录理念是"讽咏之间,有规戒焉,议论之下,有褒贬焉,上足以格君心而扶人纪,下足以明善恶而别邪正,文以鉴名,岂徒辞章云乎哉"①,因此,他在众多宋人乐府篇题中择精收录,于名家之作中犹有拣择,以求辞正旨深,规模出新,这一编纂理念令《宋文鉴》在较为狭小的收录篇幅内,精当地呈现了宋代乐府诗的新变。

如梅尧臣自立新题的《禽言四首》,吕祖谦仅选其三收录。其一《子规》"不如归去,春山云暮。万木兮参云,蜀天兮何处。人言有翼可归飞,安用空啼向高树",其二《提壶》"提壶芦,沽美酒。风为宾,树为友。山花缭乱目前开,劝尔今朝千万寿",其四《竹鸡》"泥滑滑,苦竹

---

① 吕祖谦《宋文鉴序》,见《宋文鉴》,第一册,第2页。

冈。雨萧萧,马上郎。马蹄凌兢雨又急,此鸟为君应断肠"①,虽然饶有趣味,但具体题材写风物、饮酒、行旅等,并不出众,而其三《山鸟》"婆饼焦,儿不食。尔父向何之,尔母山头化为石。山头化石可奈何,遂作微禽啼不息",则借禽鸟传说写骨肉离别,便有士大夫悲悯民生疾苦的情怀,笔淡思深,故吕祖谦独选此篇。

苏轼效梅尧臣作《五禽言》,吕祖谦亦仅录其二、其五,"溪边布谷儿,劝我脱破袴。不辞脱袴溪水寒,水中照见催租瘢……君不见东海孝妇死作三年干,不如广汉庞姑去却还"②,苏轼其余三首禽言诗,或感慨生涯如"人生作鬼会不免,使君已老知何晚"(其一),或写丰年劳作如"今年麦上场,处处有残粟。丰年无象何处寻,听取林间快活吟"(其三),较之梅尧臣诸作,已更具现实意义。而吕祖谦所选二首,一揭露租赋沉重,一阐发伦理亲情,亦是吕祖谦这样的理学家乐于关注的题材。

然而,《宋文鉴》的编纂旨在推重歌行体乐府,但乐府诗的界定,当从题名、旨趣、功能等方面全篇考虑,如仅按照歌行体筛选乐府诗,便有不足之处,无法兼及以其余体裁创作的诗篇。

如四言诗类下所录尹洙《皇雅》十首,杜佑《通典》曰:"国乐以'雅'为称,取《诗序》云:'言天下之事,形四方之风,谓之雅。雅者,正也。'止乎十二,则天数也。乃去阶步之乐,增彻食之雅焉。皇帝出入,宋孝武孝建二年《起居注》奏《永至》,齐及梁初亦同。至是改为《皇雅》,取《诗》'皇矣上帝,临下有赫'也。"③此题本以南朝郊庙乐歌为源流,梁雅乐歌辞"帝德实广运,车书靡不宾。执珪朝群后,垂旒御百神。

---

① 梅尧臣《禽言四首》,见朱东润校注《梅尧臣集编年校注》,上海古籍出版社,2006年,第103页。
② 苏轼《禽言》二首其一,见《宋文鉴》,第一册,第137页。
③ 杜佑《通典》卷一百四十二《乐二》,中华书局,1988年,第3608页。

八荒重译至,万国婉来亲"①,描绘帝王气象,是用于皇帝出入仪式环节的乐歌。这一功能至宋代已被本朝郊庙朝会乐章取代,尹洙之作便不再仿效前代乐歌内容,而是转为歌颂宋太祖之功业,如其各小序所言"《天监》,受命也。自梁至于周,兵难不息。宋受命,统一万方焉""《西师》,征蜀也"②之类。宋人将乐府传统上溯《诗经》《楚辞》之后,尤为重视雅、颂二体的政治意义。如余靖所论,"姜嫄、后稷配天之基,公刘、亶父艰难之业,任、姒思齐之化,文、武太平之功,莫不发为声诗,荐于郊庙,被于弦歌,协于钟石者矣"③,《皇雅》之作,即是意在传承《诗经》中雅、颂部分所张扬的教化功业等内容,及其"荐于郊庙,被于弦歌"的功能。而《宋文鉴》以文体归类,列在四言诗之下,便无法再兼顾其乐府题名与功能。

　　四言诗下又录王安石《明堂乐章》二首,一为《歆安》,一为《憩安》,即《宋史·乐志》所录《元符亲享明堂十一首》之彻豆《歆安》、皇帝还大次《憩安》。皇祐二年五月,"内出明堂乐曲及二舞名:……彻豆曰《歆安》……归大次曰《憩安》……又出御撰乐章《镇安》《庆安》《信安》《孝安》四曲,余诏辅臣分撰"④,可知这两首乐歌首次制作于仁宗皇祐年间,在诸臣奉命撰作乐章之列,按英、神二朝,或稍微增加乐歌规模,如以"仁宗配飨明堂,奠币歌《诚安》,酌献歌《德安》"⑤,或则考订乐律,言大乐有八音不谐、金石夺伦、舞不象成、乐失节奏等七失,为正礼乐之道,"如景祐故事,择人修制大乐"⑥,即便至哲宗元符元年,"诏登歌、钟、磬并依元丰诏旨,复先帝乐制"⑦,也是沿用神宗朝之例,

① 《乐府诗集》,第31页。
② 《宋文鉴》,第一册,第120页。
③ 余靖《孙工部诗集序》,见《武溪集》卷三,文渊阁四库全书本。
④ 脱脱等《宋史》卷一百二十七《乐志二》,中华书局,1985年,第2962页。
⑤ 脱脱等《宋史》卷一百二十七《乐志二》,中华书局,1985年,第2972页。
⑥ 脱脱等《宋史》卷一百二十八《乐志三》,中华书局,1985年,第2981页。
⑦ 脱脱等《宋史》卷一百二十八《乐志三》,中华书局,1985年,第2996页。

不见有制作乐章之规模。皇祐年间王安石仍任外官，其撰作乐章，当在神宗朝修订大乐之时，而据《宋史·乐志》所载，这部分乐章至哲宗元符年间仍被沿用，承载乐府诗的功能。在郭茂倩罗列郊庙、燕射等歌辞之后，《宋文鉴》仍将这部分题名列入四言诗，固然是推重其体，但也透露出吕祖谦更倾向于徒诗化而非音乐性的乐府观。

《宋文鉴》所列五、七言诸类中，亦可见部分乐府旧题传写。如七言古诗类下之《紫骝马》，七言绝句类下之《竹枝歌》，五言古诗类下之《愁诗楚调》等。如许彦国《紫骝马》，此题本为汉横吹曲旧题，历代文献传承分明，《文苑英华》《乐府诗集》《通志·乐略》等皆录为乐府，许彦国之作"黄金络头玉为镳，蜀锦障泥乱云叶。花间顾影骄不行，万里龙驹空汗血。露床秋粟饱不食，青刍苜蓿无颜色。君不见东郊瘦马百战场，天寒日暮乌啄疮"[1]亦为七言歌行体，而吕祖谦未列在乐府歌行类而列在七言古诗类，与他重视歌行体乐府的态度有所矛盾。

又黄庭坚《竹枝歌》二首，按《乐府诗集》考云："《竹枝》本出于巴渝。唐贞元中，刘禹锡在沅湘，以俚歌鄙陋，乃依骚人《九歌》作《竹枝》新辞九章，教里中儿歌之，由是盛于贞元、元和之间。禹锡曰：'竹枝，巴歈也。巴儿联歌，吹短笛、击鼓以赴节。歌者扬袂睢舞，其音协黄钟羽。末如吴声，含思宛转，有淇濮之艳焉。'"[2]黄庭坚诗实题为《梦李白诵竹枝词三叠》，自序言"予既作《竹枝词》，夜宿歌罗驿，梦李白相见于山间，曰：'予往谪夜郎，于此闻杜鹃，作《竹枝词》三叠，世传之不？'予细忆集中无有，请三诵，乃得之。"[3]《宋文鉴》收录二首，为其二"竹竿坡面蛇倒退，摩围山腰胡孙愁。杜鹃无血可续泪，何日金鸡赦九州"及其三"命轻人鲊瓮头船，日瘦鬼门关外天。北人堕泪南人笑，青壁无

---

① 《宋文鉴》，第一册，第 224 页。
② 《乐府诗集》，第 1140 页。
③ 黄庭坚《梦李白诵竹枝词三叠》，见刘琳等校点《黄庭坚全集》，四川大学出版社，2001 年，第 219 页。

梯闻杜鹃"，至于其一未被收录，当是因"一声望帝花片飞，万里明妃雪打围。马上胡儿那解听，琵琶应道不如归"着重写昭君事典，题旨较为泛泛，与吕祖谦重视新变的态度不合之故。

再如苏轼《和陶渊明愁诗楚调示庞主簿及邓治中》，所和陶渊明之作"天道幽且远，鬼神茫昧然。结发念善事，甽勉五十年"①，源自相和歌辞楚调曲《怨诗行》题，《乐府诗集》收录此篇，仅保留《怨诗》题名，删去陶诗原本的叙事性诗题部分，《通志·乐略》亦存《怨诗行》题。陶诗题中明言楚调这一音乐传统，苏轼和作虽为徒诗，但也在旧题传写脉络之中，而吕祖谦未将之视为乐府编纂，当是并不看重旧题的音乐传统之故。

吕祖谦将上述诗篇各以体式分类，忽略了它们作为乐府旧题的本质。在强调歌行体乐府之余，未能将非歌行体的乐府旧题传写纳入收录视野当中，此是《宋文鉴》以体裁界定乐府诗的不严谨之处。

宋人的乐府诗创作中，更多有仿效前代尤其是唐人旧题，自立新题的篇章，这部分也难以进入吕祖谦以乐府歌行为重的编纂视野。如李觏《哀老妇》"子岂不欲养，母岂不怀居。繇役及下户，财尽无所输。异籍幸可免，嫁母乃良图。牵车送出门，急若盗贼驱"②，郑獬《采凫茨》"朝携一筐出，暮携一筐归。十指欲流血，且急眼前饥"③，郭祥正《墨染丝》"墨丝归织家人衣，别买输官吏嗔迟。寄言夷狄与三军，汝得丰衣民苦辛"④等，都是宋代士大夫体贴民生疾苦之作，即事性既强，题名亦刻意仿古，意在继承杜甫、元白等唐代创作典范，是宋代新题乐府的重要部分。而在吕祖谦重视歌行体的编纂态度下，这类篇章均无法被

---

①　陶渊明《怨诗楚调示庞主簿及邓治中》，见孟二冬注译《陶渊明集译注》，吉林文史出版社，1996年，第73页。

②　《全宋诗》，第7册，第4294页。

③　《全宋诗》，第10册，第6835页。

④　《全宋诗》，第13册，第8787页。

收录至乐府歌行类下,对整体梳理宋人新题乐府难免形成局限。

　　《宋文鉴》卷一百二十九更将琴操类作品单列一类,收录刘敞《怀归操》、苏轼《醉翁操》、王令《於忽操》、林希《昼操》等题。其中除《醉翁操》在宋代实有琴曲,苏轼所作为倚声填词,"有庐山玉涧道人崔闲,特妙于琴,恨此曲之无词,乃谱其声,而请于东坡居士以补之云"①,具备入乐功能,其余则皆为宋人自立新题的拟琴操作品。

　　如刘敞《怀归操》"蟋蟀在堂岁云除,今我不乐郁以纡。岂不怀归畏简书"②,袭《唐风·蟋蟀》"好乐无荒,良士瞿瞿"之旨,又终以《小雅·出车》"岂不怀归,畏此简书",是对《诗经》忧思传统之追溯。王令《於忽操》则托于古事,自命新题,其序云:"刘表见庞公,将起之而公不愿也。表曰:'然则何谓。'公曰:'我可歌乎?'既歌,命弟子弦之,凡三操。"③庞德操拒绝出仕刘表,此事颇见于史书,据《后汉书》所载:"荆州刺史刘表数延请,不能屈,乃就候之,谓曰:'夫保全一身,孰若保全天下乎?'庞公笑曰:'鸿鹄巢于高林之上,暮而得所栖;鼋鼍穴于深渊之下,夕而得所宿。夫趣舍行止,亦人之巢穴也,且各得其栖宿而已,天下非所保也。'"④但作歌之事,不见于任何典籍,则又是王令有感于史书,特托其事,发而为《琴操》之拟。三章皆以"於忽乎,不可以为,其又奚为"起句,充满了对似安实危的时局的深沉叹息。首章慨叹浊世滔滔,有识之士即便投身其间,却只能"束王良之手兮,后车载之。前行险以既覆兮,后逐逐其犹来",委命于人,目盼心骇。次章"方风雨之晦阴,行者艰而莫休,居者坐以笑歌。不知压之忽然兮,其维安何",则以居者喻入仕,行者喻隐遁,认为入仕看似安乐,实则其环境却不堪重负,随时有倾覆之险。末章则以鸡豕为喻,"谓鸡斯飞,谁得之? 吾方饥而

---

　　①　《宋文鉴》,第二册,第468页。
　　②　《宋文鉴》,第二册,第468页。
　　③　《宋文鉴》,第二册,第468页。
　　④　范晔《后汉书》卷七十三《逸民列传》,中华书局,1995年,第2776页。

羁。谓豕斯突，何取于缚，是皆以食而得之。吾方饥而后噎。噫鸡豕兮，死以是兮"①，进一步表达羁缚于人者，虽有一时之所得，却终不得其死，仍回到对退隐的推崇上来。

在宋前乐府诗中，依托于琴歌的诗篇创作一直不受重视，题目既少，体裁也罕见特色。直至韩愈拟作《琴操》十首，方才自成一体，对两宋琴曲歌辞拟作书写影响深远。姚铉《唐文粹》列琴操一类，所录均是韩愈之诗。宋人在此基础上继续拓展题材，形成大量《琴操》拟作，其所采用的本事多为古代圣贤及有德者的事迹，或直接引自古代典籍，或由典籍记载精炼化用而来。这种有选择性的书写，无疑体现了儒家思想引导下，对古代经典中政治理想与道德意义的理解。而吕祖谦设琴操一类，收录宋人自立新题之作，同时具备崇古与求新的两重理念。

此外，《宋文鉴》中尚有部分篇题，各家编纂总集、梳理文献时，对其态度难免不一，成为宋代乐府范畴外延中模糊性的来源。如骚一类下，鲜于侁《九诵》，通篇摹拟《楚辞》祭祀乐歌；李常《解雨送神曲》，亦为迎送神灵的仪式乐歌，具备实际音乐功能。宋人推重骚体，编纂总集、别集时通常将之单列一类，却又在同时将乐府之源流上溯至《楚辞》，创作大量骚体乐府。宋代祠祀乐歌的创作较前代发达，实则是属于庙堂礼乐的郊庙歌辞在地方祭祀场域下的延伸，它们出自文人士大夫之手，承载仪式性功能，同时也保留了音乐文学特质，成为宋代乐府诗中新兴的一支。

又如《乐府古题要解》与《通志·乐略》都将《七哀》视为乐府，而《宋文鉴》五言古诗类下，王禹偁、司马光各有《五哀诗》，存在题名层面的摹拟，内容却已全然翻新。《宋文鉴》卷二十九收录杂体诗一类，其下诗篇大多以星名、人名、郡名、药名、离合、回文等巧思成篇，《两头纤纤》《五杂组》之类民谣体亦在其列，各成一体，而这些题名、内容均在

---

① 《宋文鉴》，第二册，第468—469页。

《乐府古题要解》收录之列。可见，即便在《宋文鉴》成书时，宋人乐府观的核心已然成型，又有各种乐府文献，包括《文苑英华》《乐府诗集》等总集可资参考，对宋人乐府诗予以界定仍然是一个较为艰难，容易顾此失彼的任务。

然而，乐府之为诗，本就众体兼备，在六朝至唐宋旧题题旨漫漶，文人各立新题，不断迭代的徒诗化传写当中，这一特质越发突出。面对这种近乎芜杂，难以界定的创作实际，《文苑英华》《唐文粹》等宋代总集的编纂模式，并非只以题名、内容主旨等区分乐府诗，而是将这一模式几乎推广到所涉全部诗歌的领域，以题旨进行分类，部分地呈现出题名相近的古题在传写中逐渐漫漶融合的趋势。而唐宋时人在创作中也不再局限于古题传统，颇多自立新题之作，甚至不以模仿乐府诗典范为意，创作大量主旨、风格近似的徒诗。在《宋文鉴》的收录对象中，除前文所述较为明显的宋人新题乐府之外，尚有唐异《塞上作》、鲁交《经战地》等边塞主题，钱易《南兵》等民生主题，反映出在徒诗化大趋势下，题材逐渐融合，很多诗篇已很难以乐府这一范畴来界定的现实情况。

因此，《宋文鉴》的编纂态度其来有自。作为一部诗文总集，在门类方面当力图全备，但限于篇幅，其对乐府诗的收录，又不能像《乐府诗集》那样详细地分门别类。因此其乐府歌行类中，以宋人较为关注的新兴歌行体乐府为主，兼及一小部分歌行。所收录的乐府诗亦力求出新，明确有乐府旧题渊源的仅有十首。其余没有旧题渊源，然而具备拟乐府特质的，如欧阳修《鹎鵊词》自注效王建作等，都是宋代文人自拟新题的乐府。两者相较，新题乐府的数量数倍于旧题乐府，可见吕祖谦的重视倾向。而其余诸类下对祠祀乐歌、琴操，乃至其余宋人新旧题乐府的收录，不重其乐府特质而重其体裁，则透露出对乐府徒诗化这一必然趋势的接受。

同时，吕祖谦是以本朝人之身份编纂本朝之文学总集，势必对宋代文人别集多有涉猎参照。宋人别集之中，以作者手订，以及作者的亲属知交、门人故吏所编占绝大多数，乃是本朝人编本朝诗文，其编纂方法也可透露时人的文学观念。吕祖谦以古近二体为基准，乐府与歌行并重的诗歌分类法，当也受到宋代一些别集编纂体例的影响。

第二节　宋人别集中的乐府诗
编纂与创作观念

《文苑英华》《唐文粹》《乐府诗集》等总集在面对前人尤其是唐人创作之时，各有其乐府诗界定与收录的理念。但宋人的创作很多时候仅从题名、风格承继唐人传统，或许也一定程度受到这些总集编纂理念的影响，因此尤其难以分类。

考诸宋人别集中，凡涉及分体编排者，对于诗歌，大多按照古近二体分类。而多数文集的编纂中都没有专门列出乐府一类。这也与宋代文人的实际创作情况密切相关。自唐代以来，乐府诗虽作为诗之一体被诗人传写，但是由于其徒诗性质渐渐显著，置于一家之作品中，其地位通常与古体诗混同，并不显著。宋代文人作为单独的创作个体，对乐府诗的创作也是如此，许多文人虽涉及乐府创作，然而少则寥寥数首，多则十数首，数十首，罕有创作上百首者，也并未区分新题与旧题，只有部分致力于创作乐府诗的诗人，才会在文集中单列乐府一类，以示推重。

一、乐府与古近二体的杂糅

考察《宋文鉴》问世前宋人中有乐府诗存世者的文集，如张舜民《画墁集》、刘子翚《屏山集》等均只列诗一类；徐积《节孝集》、张咏《乖崖集》、陈襄《古灵集》、司马光《传家集》、刘才邵《檆溪居士集》等仅区分古近二体，至多再将近体诗分为律绝二体；杨亿《武夷新集》则将诸乐章尽归于诗类。此外，田锡《咸平集》列古风歌行一类、王禹偁《小畜集》列歌行一类、尹洙《河南集》单列皇雅一类、宋祁《景文集》列风雅体、张方平《乐全集》列古风诗、韩琦《安阳集》列古风、王珪《华阳集》列宫词、郭祥正《青山集》列歌行、黄庭坚《山谷集》列楚辞，其中都散见部分乐府诗。而以刘敞《公是集》极具代表性，分为骚、四古、五古、七古、五律、七律、五言长律、七言长律、五言绝句、七言绝句等体，而诸乐府篇章同样散见于其中。这些都表明了乐府徒诗化过程中与其余文体的交错与融合，下文将择部分较具特点者予以辨析。

欧阳修《居士外集》中专列乐府一类，其下仅有一组《拟玉台体七首》，包括《欲眠》《携手曲》《雨中归》《别后》《夜夜曲》《落日窗中坐》《领边绣》诸题[1]，体式皆为五言四句。此为明道元年欧阳修在钱惟演幕府时之作，同年，梅尧臣亦作同题诗七首，当为二人一时之唱和。七题中，《携手曲》《夜夜曲》现存可考的最早作者为沈约，二题均被《乐府诗集》收入杂曲歌辞，《领边绣》《落日窗中坐》则见于《玉台新咏》，分别有沈约与梁简文帝旧题传世，但《乐府诗集》未予以收录，其余诸题或亦有前代出处，惜已失考。

玉台体之名，始见于唐人，如皇甫冉《见诸姬学玉台体》"艳唱召燕姬，清弦待卢女。由来道姓秦，谁不知家楚。传杯见目成，结带明心许。宁辞玉辇迎，自堪金屋贮。朝朝作行云，襄王迷处所"[2]；戎昱《玉台体题湖上亭》"湖入县西边，湖头胜事偏。绿竿初长笋，红颗未开莲。蔽日高高树，迎人小小船。清风长入坐，夏月似秋天"[3]；权德舆《玉台体十二首》，"莺啼兰已红，见出凤城东。粉汗宜斜日，衣香逐上风。情来不自觉，暗驻五花骢"（其一），"婵娟二八正娇羞，日暮相逢南陌头。试

① 欧阳修撰，洪本健校笺《欧阳修诗文集校笺》，上海古籍出版社，2009 年，第 1257—1258 页。
② 《全唐诗》，第 2811 页。
③ 《全唐诗》，第 3009 页。

问佳期不肯道，落花深处指青楼"（其二），"昨夜裙带解，今朝蟢子飞。铅华不可弃，莫是藁砧归"（其十一）[1]；罗隐《仿玉台体》，"青楼枕路隅，壁甃复椒涂。晚梦通帘柙，春寒逼酒垆。解吟怜芍药，难见恨菖蒲。试问年多少，邻姬亦姓胡"[2]等。唐人李康成编《玉台后集》，效法《玉台新咏》题材风格，收录南朝梁末年至唐代题咏女性生活的诗篇，今人据宋明典籍辑佚此书，共得作者71人，其中51位为唐人，可知对《玉台》一系题材的摹仿，在唐人中已蔚然成风。而如虞世南《中妇织流黄》、谢偃《踏歌词》、辛弘智《自君之出矣》、王勃《铜雀妓》、沈佺期《古离别》、张修之《长门怨》、郎大家宋氏《长相思》《朝云行》《拟晋女刘妙容宛转歌二首》《采桑》、刘元叔《妾薄命》、吴少微《古怨歌》、张潮《江风行》、丁仙芝《江南曲》、崔国辅《采莲》、崔颢《王家小妇》《卢女曲》《相逢行》、李暇《拟古东飞伯劳歌》《怨诗三首》《碧玉歌》、王沈《婕妤怨》、王偃《夜夜曲》《明君词》、毕曜《情人玉清歌》、李康成《江南行》《采莲曲》等，乃至无名氏《古神女宛转歌》《钜鹿公主歌辞》《白符鸠》《黄竹子歌》《江陵女歌》等，或为乐府古题拟作，或从古乐府本事衍生而来；其余如李峤《倡妇行》、冯待征《虞姬怨》、崔颢《汉宫春》、冷朝光《越溪怨》、卫万《吴宫怨》、王翰《飞燕篇》等，则多为歌辞性诗题，可视为唐人新题乐府之流，可见唐人所谓玉台体与乐府的实际重合度颇高。而《文献通考》引刘克庄说以为李康成"中间自载其诗八首……如《河阳居家女》长篇一首，押五十二韵，若欲与《木兰》及《孔雀东南飞》之作方驾者，末云（诗略），亦佳"[3]，则将其《河阳居家女》与《木兰诗》《孔雀东南飞》等古乐府相提并论，同样可为《玉台后集》部分诗篇具备乐府特质之旁证。

因此，《居士外集》专门将《拟玉台体七首》列为乐府，其中透露出

---

① 《全唐诗》，第3673—3674页。
② 《全唐诗》，第7583页。
③ 马端临《文献通考》卷二百四十八《经籍考七十五》，中华书局，1986年，第1954页。

的乐府观当为对《玉台》至唐人女性题材书写传统的继承。其他宋人也有效玉台体之作，于题名中直书者，即有徐铉《观灯玉台体十首》、梅尧臣《拟玉台体七首》、贺铸《和王文举玉台体》、范成大《玉台体》、周密《次韵玉台体》等，虽然除欧、梅之作涉及古题传写外，其余诗篇都仅以玉台体为名，但其风格旨趣都为《玉台》一脉，当可视作南朝以下乐府传统之延续。

而欧阳修集中其余具备乐府特质的诗篇，如《明妃曲和王介甫作》《再和明妃曲》《明妃小引》《猛虎》《公子》《赠沈博士歌》（即《醉翁吟》）等有明确乐府旧题题名渊源者；《食糟民》《代鸠妇言》等书写民生，旨趣非常类似新乐府者；《马啮雪》《风吹沙》等具备即事性诗题者；以及《答梅圣俞莫登楼》《答圣俞莫饮酒》等摹仿前代乐府拟题，并在时人之间构成同题传写者，均被列在《居士集》古诗类。这或许是因为，《居士外集》的乐府分类强调的是其倚声娱人的功能，所录诸题与诗歌内容，都更近似情思所感，离别悲愁之类，没有深远的旨趣。这与五代至北宋前期对词体功能的认知类似，而与乐府诗的传统相去较远。此外值得提及的是，《紫石屏歌》《鹌鹑词》二题，《居士集》列在古诗类，吕祖谦《宋文鉴》则收入乐府歌行类，更将前者题名录为《紫石屏歌寄苏子美》，二者界定不同，折射出宋人在乐府诗创作与编纂时对其界定已相当松散模糊，各不相似的态度。

梅尧臣《宛陵先生集》不列文体，主要按年代编次。据欧阳修《梅圣俞诗集序》，有谢景初所收"洛阳及吴兴以来所作"①十卷，梅尧臣殁后，欧阳修复拣择其遗稿，编为十五卷。按夏敬观论，通行的六十卷本《宛陵先生文集》，前二十三卷即为谢、欧所编，此外则为书商搜集遗篇，与谢、欧所选汇刻而成，而朱东润以为此说无从证实。② 按四部丛

---

① 欧阳修撰，洪本健校笺《欧阳修诗文集校笺》，上海古籍出版社，2009 年，第 1093 页。

② 朱东润《叙论三梅尧臣集的版本》，见朱东润校注《梅尧臣集编年校注》，上海古籍出版社，1980 年，第 48—49 页。

刊所收万历刻本,其《拟玉台体七首》收在卷二西京诗,与《居士外集》中专门列为乐府的分类方式大相径庭。此外如旧题《妾薄命》收在卷一西京诗,旧题《猛虎行》与新题《携弹篇》《彼鸳吟》等收在卷四池州后诗,通篇按照年代脉络排列诗歌,甚至并不侧重文体,将乐府与其余徒诗越发一概对待,也是较具代表性的编纂体例之一。如魏野《东观集》、寇准《忠愍集》、释重显《祖英集》等,皆属此类。

晁补之自编《鸡肋集》,将诗分为辞、古诗、律诗、绝句等类。其乐府诗散见于辞、古诗二类中。晁补之将辞单列为一类,认为辞本是歌一流,"辞长而歌短,歌有和,辞无和也"①。其类下所录《白纻辞上苏翰林二首》,固有《白纻》古题;《琴中宫调辞》"神仙神仙何处,青山里,白云际,不似人间世。源上正碧桃春,清溪乍逢人。住无因,忆红尘,出洞花纷纷"②,当为倚声之琴歌,具备入乐功能;《江头秋风辞》"雒阳陌,吹尘埃。江头树,安在哉。秋风起,菱花开。鲈鱼肥,归去来"③,句法格调拟古,此类均可视作乐府。此外,辞类下多为骚体拟楚辞之作,在宋人将乐府源流上溯《诗》《骚》的背景下,如按照晁补之歌、辞并列的观念,将"辞"亦视作一种具备入乐传统的歌辞性诗题,那么其《山坡陀辞》《返迷辞》《追和陶渊明归去来辞》等,或也在乐府诗界定的边缘之上。晁补之认为"言语文章,随世随异,非拟其辞也,继其志也"④,在创作中不重文辞相似,而重视古题旨趣的传承,别出机杼,也与宋代乐府诗创作的徒诗化趋势相合。

《鸡肋集》古诗类下则呈现出乐府与古诗杂录的现象。其中有明确古题传续者,如《行路难和鲜于大夫子骏》《长安行赠郭法曹思聪》等,又如《悲来行哭石起职方》,亦可视为旧题《悲哉行》《悲歌行》之衍

①　晁补之《追和陶渊明归去来辞》序,见《全宋诗》,第 19 册,第 12754 页。
②　晁补之《琴中宫调辞》,见《全宋诗》,第 19 册,第 12760 页。
③　晁补之《江头秋风辞》,见《全宋诗》,第 19 册,第 12759 页。
④　晁补之《追和陶渊明归去来辞》序,见《全宋诗》,第 19 册,第 12754 页。

题。无古题传承,但明确被晁补之本人视为乐府者,如《补乐府三首》,包括《豆叶黄》《渔家傲》《御街行》,以及《拟乐府十二辰歌》,均明言为乐府而录在古诗类下。又有《二十八舍歌》《跋遮曲》《鸾车引》《芳仪怨》等,皆用歌辞性诗题与杂言歌行体,而其收录也较为集中,都在《鸡肋集》卷十之中,与前述《行路难》《长安行》等题间杂,或可视为较为明确有意识地收录乐府歌行之举。

此外,《拟古六首上鲜于大夫子骏》组诗中,《生年不满百》题出汉相和歌《西门行》"人生不满百,常怀千岁忧",当可视为其衍题;《冉冉孤生竹》,《玉台新咏》收录其古题,此后郭茂倩视为乐府收录;其余如《西北有高楼》《庭前有奇树》《涉江采芙蓉》等,均为古诗十九首旧题。这仍然牵涉到部分乐府以五言古诗为题,在后世传写收录中越来越难以界定的现象,而宋人在创作、编纂层面各行其是。晁补之将之一概名为拟古,录为古诗,并未界定其与乐府之分别,也是乐府徒诗化趋势之下宋人常见的做法。又如《听阎子常平戎操》,如以姚铉收录《听董大弹胡笳声兼语弄寄房给事》、郭茂倩收录《三峡流泉歌》《风入松歌》等编纂态度界定,则闻乐之作亦有录为乐府之先例,这同样反映出宋人整体乐府观在边缘处的模糊性。

二、创作与编纂中的宋人乐府观流变

对于较为致力于乐府诗创作的文人,其文集中则会在古近体分类之外单列乐府一类。如文彦博《潞公文集》、周紫芝《太仓稊米集》、王铚《雪溪集》均列乐府类,文同《丹渊集》列乐府杂咏类,张耒《柯山集》列古乐府歌辞类,曹勋《松隐集》列古乐府类等。然而这些集中关于乐府诗的名目称谓不一,对其定位也有一定差异。

如《丹渊集》分为乐府杂咏与诗二类。其乐府杂咏类下,收录《秦王卷衣》《殿前生桂树》《临高台》《自君之出矣》《东门行》《塘上行》《水仙操》《大垂手》《白头吟》《起夜来》等三十余首乐府诗,都是明确的拟乐府旧题之作，且大多出自汉晋至南朝旧题，如相和歌、汉铙歌、古琴操、舞曲，题名的音乐传统或本事皆有可考，仅有少量为《乐府诗集》所列"或因意命题，或学古叙事"的杂曲歌辞。此外尚有《贵侯行》《朱樱歌》《拾羽曲》《沙堤行》《贞女吟》《莫折花》《织妇怨》《谁氏子》《薄命女》等篇，就命题、旨趣、风格而言，大多与唐宋之际的新题乐府相似，然而《丹渊集》均归于一般诗歌，而不列入乐府杂咏。《丹渊集》以承袭旧题与否为乐府诗的界定依据，并不将徒诗性的新题视为乐府，其态度较之《文苑英华》《唐文粹》等宋初总集相对保守。但其《折杨柳》"垂杨百尺临池水，风定烟浓盘不起。欲折长条寄远行，想到君边已憔悴"①，本是横吹曲旧题，南朝至唐人颇多传写，古近诸题毕备，而文同集中仅归为诗，或是其疏漏之处。

　　文彦博《潞公文集》将诗分类为古诗、乐府、律诗、挽词等类，这种分类模式，其实是将诗体和其承载功能相混淆的做法。集中列乐府十首，如《塞下曲》《折杨柳》《关山月》《长相思》《巫山高》《陌上桑》等，大多为一目了然的汉晋乐府旧题，仅《采莲曲》《阳春歌》属清商乐旧题，这种界定符合宋人对旧题乐府的核心认知。而《潞公文集》仅以旧题为乐府类收录对象，与《丹渊集》中对乐府的界定也有相似之处。

　　王铚《雪溪集》乐府类下录诗较少，如《巫山高》《关山月》《白头吟》《折杨柳》《妾薄命》等篇，同属汉晋旧题拟作。而如《古渔父词》实为《渔父歌》衍题，《国香诗》《倚楼曲》具备新题乐府特质等，则都在古诗、律绝之列。与《潞公文集》收录观念相近的同时，《雪溪集》将乐府与古诗并列在一卷之内，罗列篇题之时，并没有明确界限区分何为乐府，何为古诗，这种随意性，或许也是将乐府单纯当做拟古的徒诗看待之故。

　　上述别集中或许透露出北宋时较为主流的乐府诗编纂与创作观

---

① 《全宋诗》，第 8 册，第 5453 页。

念,仍是以汉晋至南朝的相和、清商等古题为乐府范畴之核心,其格局虽有宽狭,但旧题拟作基本不出此规模,对新题乐府的界定也较为谨慎。而在北宋后期,随着文人拟作乐府的视野不断拓展,也出现了更加宽泛、与创作相应相成的别集编纂观念。如张耒、周紫芝、曹勋等人,乐府创作既多,集中视为乐府收录的诗篇也更具规模,且将拟旧题与自创新题皆列入乐府类下,既重视旧题之传承,又发扬新题乐府关注现实的特色。旧题乐府不必赘举,新题乐府如张耒《饥乌词》《旱谣》等实写民生凋敝之貌,周紫芝《黥奴行》《悯雨叹》等也显然是士大夫基于社会责任的感慨,这也是宋代新题乐府创作的整体趋势。

张耒《柯山集》单列古乐府歌词一类,其中内容非常芜杂,既有《襄阳曲》《寄衣曲》《江南曲》《白纻辞》《梁父吟》《度关山》《天马歌》之类一目了然为拟乐府旧题的作品,也有《君家诚易知曲》《笼鹰词》《一百五歌》等自立新题的乐府诗,且涉及乐府诗普遍徒诗化之后的几个相当重要的界定问题。《柯山集》的编纂思路将《宫词效王建五首》视为乐府,即与郭茂倩将绝大多数宫词类作品排除在乐府之外的理念不同。郭茂倩对宫怨、宫词一类作品的态度十分谨慎,而宋人仿效王建,大量创作宫词,如宋白、王珪、张公庠、王仲修、周彦质等人的作品更均有一组百首之多,在南宋时创作尤盛,在这一层面上,事实上形成了宫词类乐府一体,张耒对宫词的创作态度或许也代表了部分宋人的态度。

又如对歌行体乐府的界定,《柯山集》古乐府歌词类下既包括《春雨谣》《七夕歌》《岁暮歌》《片雪歌》《周氏行》等歌辞性新题,也存在《琉璃瓶歌赠晁二》《九江千岁龟歌赠无咎》之类歌辞性诗题与叙事性诗题混合的题目,甚至还有《孙彦古画风雨山水歌》《瓦器易石鼓文歌》《贻潘邠老》《醉中杂言》之类题目毫无乐府风格,纯以歌行体写作的篇章,而除《周氏行》等即事名篇之作外,上述作品大多都更近似叙事歌行而非传统乐府诗。由于《柯山集》的编纂思路中强调的是"乐府歌词"而非"歌行",这事实上体现了一种将歌行视作乐府的创作观念,其后吕祖谦《宋文鉴》设乐府歌行一类，收录张耒《孙彦古画风雨山水歌》，其重视歌行体乐府的态度或许也受到《柯山集》的影响。

在宋人推重《楚辞》，以之为乐府一源的背景下，张耒对骚体乐府也有所关注。其《龟山祭淮词》二首，全用骚体，承担祭祀功能，属于宋代新题乐府中新兴的祠祀乐歌一类；《诉魃》《种菊》《叙雨》《逐蛇》《登高》等题，则是纯粹摹拟《楚辞》风格的篇章。姚铉编《唐文粹》时，即将骚体列为"古调"，推崇其地位，其后胡寅又言"古乐府者，诗之旁行也。诗出于《离骚》《楚辞》，而《离骚》者，变风、变雅之意，怨而迫、哀而伤者也"[1]，将古乐府与徒诗并列，视为《骚》之苗裔。至北宋中后期，这种观念全面影响到宋代文人乐府的创作，张耒将拟《楚辞》诸篇列为乐府，尤为彰显。

又《诉魃》《种菊》等题名仿效《楚辞》篇目，使用纯粹的叙事性诗题。在古乐府的音乐传统消亡之际，对歌辞性诗题的摹拟乃是乐府诗的书写传统之一，而这类纯粹叙事的诗题被列入乐府的范畴，或许也反映了宋代文人已经逐渐将乐府与徒诗等同的态度。

《柯山集》也将部分纯粹的叙事性诗题纳入乐府范畴，如《倚声制曲三首》，张耒自序言"至于倚声制曲，力欲为之，不能出一语……夫诗、曲类也，善为诗不能制曲，岂谋野蔽耶。为赋三首"[2]，其诗"春丝惹恨鬓云垂，媚态愁容半在眉。早是思深难语别，可堪肌瘦不胜衣。眼前有恨景尤速，门外无情车载脂。自笑不如天上月，尊前犹有见郎时"虽为律诗，但或因倚声而成，故被视为乐府。又如《赠人三首》，题名与乐府亦全然无涉，其诗"未必蜻蜓如素领，故应新月学蛾眉。引成密约因言笑，试得真情是别离。樽酒且倾寒琥珀，泪妆更看薄燕脂。北城月落

---

① 胡寅《向芗林酒边集后序》，见《斐然集》卷十九，中华书局，1993 年，第 402—403 页。
② 张耒《倚声制曲三首》序，见李逸安等点校《张耒集》，中华书局，1990 年，第 34—35 页。

乌啼后,便是孤舟肠断时"①纯用律体,惟内容似拟齐梁古风,又与《倚声制曲三首》风格、体式相近,或许也有入乐可能,将之列为乐府似仍有依据。但如《代赠》《代嘲》《醉中杂言》等题,既无可入乐之暗示,又不具备歌辞性诗题或拟古叙事性诗题,将之列为乐府,唯一着眼处便仅在于歌行体。这也是宋人创作和编纂观念中,乐府与歌行逐渐混杂的一种呈现。

曹勋为宋初至南渡后这段时间内最为致力于创作乐府诗的诗人。其《松隐集》单列古乐府一类,即循乐府旧题或歌辞性诗题而作,有诗无乐的一类诗歌。曹勋立"古乐府"之类目,将之置于集中诗歌之首,与五古、七古等诗体分类并列,这种做法无疑是在突出实际创作中众体毕备的乐府诗作为诗之一体的地位;与此同时,他在古乐府的分类之下又淡化乐府诗题目固有的音乐性起源与传承,仅以歌辞性诗题作为区分,显示了某种基于文体特质的分类意识。

宋代对文体的区分,继承前代的传统,区分严明。李之仪认为:"方其意有所可,浩然发于句之长短,声之高下,则为歌。欲有所达,而意未能见,必遵而引之,以致其所欲达,则为行。事有所感,形于嗟叹之不足,则为叹。千岐万辙,非诘屈折旋则不可尽,则为曲。未知其实,而遽欲骤见,始仿佛传闻之得,而会于必至,则为谣。篇者,举其全也。章者,次第陈之,互见而相明也。"②此类论述,体现了对歌辞性诗题的重视。《松隐集》中古乐府诗的排列,大致按照乐歌、操、吟、歌、引、行、谣、篇、曲、词、怨、思等名称依次罗列,不符歌辞性诗题的杂题篇章则置于其后。这种体例,并不重视古题的音乐传统,仅以歌辞性诗题为分类依据,同时也并不刻意区别乐府诗与歌行的界限,是将乐府诗完全作为徒诗来对待的态度。

---

① 张耒《赠人三首》其一,见李逸安等点校《张耒集》,中华书局,1990年,第33页。
② 李之仪《谢人寄诗并问诗中格目小纸》,见《姑溪居士集》卷一六,丛书集成初编本。

如《阳春歌》和《阳春谣》，《日出引》和《日出行》，《杨花曲》和《杨花》，《三妇艳歌》和《长安有狭斜行》等，以乐府旧题拟作而言，属同题拟作，然而在《松隐集中》却依照歌辞性诗题的区分，各归其类。再如《秋风引》，鼓吹曲辞有《秋风》题，杂歌谣辞有《秋风辞》题，而曹勋亦不考源流，直接列于引类。又如《上云乐》《方诸曲》《萧史曲》《凤凰曲》诸题，于《乐府诗集》中皆属《上云乐》诸曲之类①，《松隐集》中也各按题目散列。

事实上，曹勋对《上云乐》一题的处理，还涉及旧题地位的升降问题。《上云乐》本是组曲的总题，郭茂倩引《古今乐录》曰："《上云乐》七曲，梁武帝制，以代西曲。"然而梁朝周舍已用此题作为单篇诗题，唐李白、李贺等也有作，题材均如《上云乐》七曲原本的曲辞，写神仙之事。曹勋拟作的《上云乐》，也属于游仙题材，在《松隐集》中，地位与原本属于《上云乐》七曲的《方诸曲》《凤凰曲》等相当，可见曹勋重视的也只是旧题的文本传承，并未对此题的音乐渊源多加关注。

最后，《松隐集》中的乐府诗题，一部分虽是前代题目，却未收入《乐府诗集》，如《梦仙谣》，唐李沇所作，写游仙之乐；《小游仙》，唐曹唐有作，亦写游仙事；《迷楼歌》，为隋炀帝所作，写宫中游乐，曹勋的拟作内容与旧题几乎完全相似。他将这部分诗歌归于乐府，也体现了对歌辞性诗题的重视。

综上所述，乐府诗的定位，当兼顾音乐传统、旧题传承、功能等诸方面，并非单纯的一类诗体所能概括。《宋文鉴》作为总集，为突出乐府的地位方单置一类；宋代诸别集以体裁分类，将乐府诗散置于古、近体中的方式，在诗歌分类方面无疑更加严谨。在宋代文人的观念中，乐府

---

① 《乐府诗集》引《古今乐录》曰："《上云乐》七曲，梁武帝制，以代西曲。一曰《凤台曲》，二曰《桐柏曲》，三曰《方丈曲》，四曰《方诸曲》，五曰《玉龟曲》，六曰《金丹曲》，七曰《金陵曲》。"《萧史曲》《凤凰曲》二题，皆由《凤台曲》衍生。

乃是作为徒诗而存在,因此在别集编纂时,统一按照诗体分类,也与宋代乐府诗的创作现实相吻合。而无论是乐府旧题的拟作还是自创新题,都散见于古、律、绝甚至歌行等分类之中,也体现出宋人创作中乐府与歌行等文体越发明显的交错性。

第三节　编纂与接纳:唐宋之际乐府与歌行的杂糅

　　李昉的诗学观念有重声乐歌咏的一面,他编订《文苑英华》时,特地在诗部之外单列歌行部,即是对歌行这种文体的推重。姚铉在乐府类之外单列古调歌篇一类,也属此类思路。然而,这种编纂思路在对乐府和歌行的定位,以及这两者相对于诗这一总类的定位比较等方面,则都颇有不妥。首先,歌行只是晚出的一种诗体,乐府作为诗之一类,自然也可以歌行体出之;其次,乐府本无一定体式可言,题材内容又颇繁杂,《文苑英华》区分乐府与歌行,《唐文粹》另立古调歌篇,实际都是将内容与文体并置的分类方式,无法做到足够严谨。

　　郭茂倩以音乐传统为重,在对待唐人歌行体乐府时,有明确旧题源流者,便收录于旧题之下。然而随着乐府旧题的流传演变和乐府诗功能、题材、思想性的拓展,按照古曲旧题起源的分类方法,在界定唐人乐府诗时已经有些失当或是力不从心,以至于郭茂倩需要将部分唐人歌行直接置入新乐府辞一类。在这种编纂体例下,唐人的新题乐府如无旧题渊源,又难和歌行有明显区分度者,便难以取舍。如杜甫这样深具现实主义精神的诗人,《乐府诗集》新乐府辞类下仅录《悲陈陶》《悲青坂》《哀江头》《哀王孙》《兵车行》等五篇,是其局限所在。

　　郑樵则以为"古之诗曰歌行,后之诗曰古近二体。歌行属声,二体属文。诗为声也，不为文也。……今人失其歌诗之旨，所以无乐事也"①，将歌行等同于古诗，强调歌、行这两种常见歌辞性诗题的古代源流，且将歌行一体在诗歌史中的地位向前抬升。至吕祖谦在《宋文鉴》中于四言类之后列乐府歌行类，重视歌辞性诗题的收录，更是极大地肯定了宋人的歌行体新题乐府创作。但这种界定方式，又无暇关注以歌行体书写的旧题乐府，且将一些明显的乐府旧题归入其余体裁之下，在推重歌行体新题的同时，又将旧题乐府混同于其余徒诗。至此，宋人对乐府与歌行的界定，仍然有需要辨析之处。

在前代乐府当中，已不乏以"歌行"为名的古题，如王僧虔《技录》载平调曲《长歌行》《短歌行》《燕歌行》《鞠歌行》，瑟调曲《放歌行》《棹歌行》《艳歌行》，又有相和大曲《满歌行》，班婕妤《怨歌行》，侧调曲《伤歌行》，乃至《悲歌行》《齐歌行》《堂上歌行》《缓歌行》等。至唐人创作，除沿袭古题之外，也颇有以歌行为题者，如李白作《笑歌行》《幽歌行》，杜甫作《醉歌行》，白居易作《浩歌行》，孟郊作《弦歌行》等。

至于单独以"歌"或"行"为名的古题数量更多。汉晋相和歌诸题多以"行"为名，如平调曲《君子行》《从军行》，清调曲《豫章行》《相逢行》《塘上行》《秋胡行》，瑟调曲三十七题自《善哉行》《陇西行》《折杨柳行》《西门行》《东门行》等以下皆以行为题，楚调曲《白头吟行》《泰山吟行》《梁甫吟行》《东武琵琶吟行》等。南朝清商乐吴声歌曲诸题则多以"歌"为名，如《子夜歌》《子夜四时歌》《上声歌》《欢闻歌》《前溪歌》《碧玉歌》《桃叶歌》《懊侬歌》等，此外如舞曲有《白纻歌》《独漉歌》，琴曲有《白雪歌》《宛转歌》等，又清调曲《董逃行》一名《董逃歌》。这部分题目，唐人拟作多承其古题，较少题名层面的变动。又，唐人之作中也存在一部分由古题或前代诗句化出的衍题，如《从军行》先由王粲"从军有苦乐，但问所从谁"衍出李益《从军有苦乐行》，又由陆机"苦

---

① 《通志二十略》，第 887 页。

哉远征人,飘飘穷四遐"衍出戎昱《苦哉行》;《苦寒行》由曹操"北上太行山,艰哉何巍巍"衍出李白《北上行》等。

此外,汉魏六朝尚有大量以歌、行为名,却不具备明确音乐传统的古题,或"亡失既多,声辞不具","或因意命题,或学古叙事"①。其中歌有《前缓声歌》《东飞伯劳歌》《金乐歌》《邯郸歌》《同声歌》等,行有《蛱蝶行》《桂之树行》《秦女休行》《当墙欲高行》《君子有所思行》《苦思行》《云中白子高行》《会吟行》《春日行》《朗月行》《北风行》《堂上歌行》《望城行》《缓歌行》《邯郸行》等,后者数量远多于前者。唐人对这部分旧题的拟作,或承袭其歌、行本题而来,或者将原本的叙事性诗题,乃至以篇、曲为名的题目修改为歌行一类。如李白《荆州歌》为《荆州乐》衍题,刘禹锡《纪南歌》《宜城歌》虽无前例,但所写风物相同,也可视为衍题。又如孟郊《出门行》,为《驾言出北阙行》《驾出北郭门行》衍题,《伤哉行》,为《伤歌行》衍题,《游侠行》,为《游侠篇》衍题;高适《蓟门行》,为《出自蓟北门行》衍题;王建《羽林行》,为《羽林郎》衍题;刘长卿《太行苦热行》,为《苦热行》衍题;僧齐己《轻薄行》,孟郊《灞上轻薄行》,为《轻薄篇》衍题;李白《侠客行》,为《侠客篇》衍题,《长干行》,为《长干曲》衍题;刘禹锡《壮士行》,为《壮士篇》衍题;《少年行》《汉宫少年行》《渭城少年行》等作者颇多,为《结客少年场》《少年子》等衍题,等等。再如杜甫《丽人行》,白居易《浩歌行》,不见唐前古题传统,已可视为自立新题之作。

至于隋唐之世的诸杂曲,则以歌、行为名者甚少,如王建《辽东行》,为隋炀帝《纪辽东》衍题,刘禹锡作《踏歌行》,只是描写荆襄之地歌舞行乐。可见随着历代音乐的更迭,隋唐乐曲大多已不再以歌、行为题,这种命名传统主要留存在文人的创作中。隋炀帝《纪辽东》"辽东海北翦长鲸,风云万里清。方当销锋散马牛,旋师宴镐京。前歌后舞振

---

① 《乐府诗集》,第885页。

军威，饮至解戎衣。判不徒行万里去，空道五原归"①，句法五七杂糅，当为入乐之用，王胄同时之作"辽东浿水事龚行，俯拾信神兵。欲知振旅旋归乐，为听凯歌声。十乘元戎才渡辽，扶滌已冰消。讵似百万临江水，桉辔空回镳"②体例亦同。至王建拟《辽东行》"辽东万里辽水曲，古戍无城复无屋。黄云盖地雪作山，不惜黄金买衣服。战回各自收弓箭，正西回面家乡远。年年郡县送征人，将与辽东作丘坂。宁为草木乡中生，有身不向辽东行"③，已完全是叙事性的七言歌篇，不再依从隋代歌辞之体例。刘禹锡《踏歌行》，则是以民歌体写唐代荆襄一带的踏曲活动，"春江月出大堤平，堤上女郎连袂行。唱尽新词看不见，红霞影树鹧鸪鸣""桃蹊柳陌好经过，灯下妆成月下歌""新词宛转递相传，振袖倾鬟风露前"④等，均提及歌舞之态，这组七言绝句也当可入曲而歌，以"行"为名，或许意在继承古乐府的题名传统。

此外，唐人拟梁鼓角横吹曲《雍台》为《雍台歌》，拟《捉搦》为《捉搦歌》，拟《幽州胡马客》为《幽州胡马客歌》，也体现出对歌辞性诗题的重视。

历代矢口而发，伤时寓意的歌辞，也以"歌"为名。如张志和《渔父歌》、张籍《吴楚歌》、李商隐《李夫人歌》、李白《中山王孺子妾歌》《临江王节士歌》、李颀《郑樱桃歌》、李贺《苏小小歌》、陆龟蒙《挟瑟歌》、温庭筠《敕勒歌》《黄昙子歌》，又王建变《鸡鸣歌》为《鸡鸣曲》等。《司马将军歌》则衍自《陇上歌》，"李白所作，以代陇上健儿陈安"⑤。这部分古辞大多是前代历史人物感于一时一地之哀乐，自我抒发之作，或为民间具备一定谶纬意义之歌曲；至唐人传写，则变为代言或是直叙其事

---

① 《乐府诗集》，第1108页。
② 《乐府诗集》，第1108页。
③ 《乐府诗集》，第1109页。
④ 《乐府诗集》，第1159页。
⑤ 《乐府诗集》，第1200页。

之作,不再具备自歌其事的特质,本质上已可视为用前代事典成篇。如《李夫人歌》"是邪非邪?立而望之,偏何姗姗其来迟"①,本为汉武帝抒发怀念悲思之作,李商隐之作但言"不知瘦骨类冰井,更许夜帘通晓霜。土花漠漠云茫茫,黄河欲尽天苍黄"②,并未以主观叙事视角成篇;《黄昙子歌》,郭茂倩引《晋书·五行志》言"桓石民为荆州,百姓忽歌《黄昙子曲》。后石民死,王忱为荆州之应,黄昙子,王忱字也"③,古辞已不存,温庭筠之作但言"参差绿蒲短,摇艳云塘满。红溆荡融融,莺翁鹨鹒暖。姜芊小城路,马上修蛾懒。罗衫袅向风,点粉金鹏卵"④,其风绮丽,并未与历史事实有所关联。

唐人所立歌、行新题,即《乐府诗集》收录新乐府辞一类。其中以"行"为题者,有《公子行》《将军行》《老将行》《燕支行》《桃源行》《春女行》《洛阳女儿行》《笑歌行》《江夏行》《采葛行》《祖龙行》《孟门行》《兵车行》《塞上行》《汾阴行》《大梁行》《洛阳行》《永嘉行》《田家行》《淮阴行》《堤上行》《北邙行》《野田行》《斜路行》《长安羁旅行》《羁旅行》《求仙行》《楚宫行》《田头狐兔行》《采珠行》《汉苑行》《白虎行》《倚瑟行》;以"歌"为题者较少,但也有《情人玉清歌》《泰娘歌》《视刀环歌》《沓潮歌》《捉捕歌》等。这部分题目,多数书写前代本事或有现实指向性,但无旧题、音乐传统,均为唐人自立新题之作,郭茂倩归为乐府杂题。《文苑英华》《宋文鉴》等书的收录也部分涉及这些题名。这部分唐人乐府诗的内容可概括如下。

其一,在主旨层面与旧题有一定关联,可视为广义上的衍题。如《公子行》之于《少年行》,《将军行》《老将行》之于《从军行》,题旨都有相似之处。又如《淮阴行》,刘禹锡序曰,"古有《长干行》,备言三江之

① 《乐府诗集》,第1181页。
② 《乐府诗集》,第1182页。
③ 《乐府诗集》,第1219页。与《晋书》原文有别。
④ 《乐府诗集》,第1219页。

事。禹锡阻风淮阴,乃作《淮阴行》"①;《堤上行》,《古今乐录》曰:"清商西曲《襄阳乐》云:'朝发襄阳城,暮至大堤宿。大堤诸女儿,花艳惊郎目。'梁简文帝由是有《大堤曲》,《堤上行》又因《大堤曲》而作也"②;《北邙行》"言人死葬北邙,与《梁甫吟》《泰山吟》《蒿里行》同意"③;《斜路行》,"《长安有狭斜行》曰:'长安有狭斜,道隘不容车'《斜路行》其义亦同"④。

其二,以新题书写史事故典。如《桃源行》全用《桃花源记》故事;《倚瑟歌》,"《汉书》曰:'文帝至霸陵,慎夫人从。帝指视新丰道曰:"此走邯郸道也。"使慎夫人鼓瑟,帝自倚瑟而歌,意凄怆悲怀。'李奇曰:'声气依倚瑟也。'颜师古曰:'慎夫人,邯郸人。倚瑟即今之以歌合曲也'"⑤;《祖龙行》,"《汉书·五行志》曰:'秦始皇三十六年,郑客从关东来,至华阴,望见素车白马从华山上下,知其非人,道住,止而待之。遂至,持璧与客曰:"为我遗镐池君。"因言"今年祖龙死",忽不见。郑客奉璧,即始皇二十八年过江所湛璧也。是岁始皇死,后三年而秦灭。'颜师古曰:'此直江神告镐池之神,以始皇将死尔。'"⑥

其三,即事创作,包括对民生疾苦的书写,以及对时事见闻的描叙。前者如杜甫《兵车行》"长者虽有问,役夫敢申恨。且如今年冬,未休关西卒。县官急索租,租税从何出"⑦,元稹《田家行》"一日官军收海服,驱牛驾车食牛肉。归来收得牛两角,重铸锄犁作斤劚。姑舂妇担去轮官,输官不足归卖屋"⑧,《采珠行》"海波无底珠沉海,采珠之人判死

---

① 《乐府诗集》,第 1319 页。
② 《乐府诗集》引,第 1321 页。
③ 《乐府诗集》,第 1323 页。
④ 《乐府诗集》,第 1324 页。
⑤ 《乐府诗集》,第 1338 页。
⑥ 《乐府诗集》,第 1276 页。
⑦ 《乐府诗集》,第 1283 页。
⑧ 《乐府诗集》,第 1312 页。

采。万人判死一得珠，斛量买婢天何在"①，均写诗人眼见之世态。后者如《沓潮歌》，刘禹锡序曰："元和十年夏五月，大风驾潮，南海泛溢，南人云沓潮也，率三岁一有之。客或言其状，禹锡因歌之。"②《泰娘歌》，刘禹锡序曰："泰娘，本韦尚书家主讴者。初，尚书为吴郡得之，命乐工教以琵琶歌舞，尽得其技。后携之归京师，京师多善工，又损去故技，授以新声，而泰娘颇见称于贵游间。元和初，尚书薨于东都，泰娘出居民间。久之，为蕲州刺史张逊所得。其后逊坐事谪武陵郡，逊卒，泰娘无所归，地远，无有知其容与艺者，故日抱乐器而哭，其音甚悲。禹锡闻之，乃作《泰娘歌》云。"③皆书写民间风俗或时人轶事。

其四，内容、风格层面对古乐府乃至古诗的摹拟，或阐发义理，或怀古抒情，或描绘绮丽等，正如郭茂倩所言"有辞无声者，若后人之所述作，未必尽被于金石是也"④。如崔颢《孟门行》"满堂尽是忠义士，何意得有谗谀人。谗人翻覆那可道，能令君心不自保。北园新栽桃李枝，根株未固何转移。成阴结子君自取，若问傍人那得知"⑤，李峤《汾阴行》"山川满目泪沾衣，富贵荣华能几时。不见只今汾水上，唯有年年秋雁飞"⑥，张碧《野田行》"秦皇砀砀筑长城，汉祖区区白蛇死。野田之骨兮又成尘，楼阁风烟兮还复新。愿得华山之下长归马，野田无复堆冤者"⑦等，都是更加宽泛的摹拟。郭茂倩列为乐府，已属广义外延。

通观唐人乐府新题，尚有大量题名以曲、词、辞、篇、谣、引为名者，其内容多在上述唐人对前代乐府在题旨、本事乃至即事性等层面的摹仿，均被宋人所接受，成为宋代新题乐府的传承。如郭茂倩收录温庭筠

---

① 《乐府诗集》，第 1332 页。
② 《乐府诗集》，第 1322 页。
③ 《乐府诗集》，第 1319 页。
④ 《乐府诗集》，第 1262 页。
⑤ 《乐府诗集》，第 1277 页。
⑥ 《乐府诗集》，第 1309 页。
⑦ 《乐府诗集》，第 1324 页。

乐府倚曲,多歌、行、曲、辞之类题名;《文苑英华》收录五百余首唐人乐府,李白一人名下便达 61 首,尤以歌行体乐府为多,宋人对李白等唐人诗风的效仿,也推动了宋代歌行体乐府的发展。

　　而宋代文人在广义上将叙事歌行纳入乐府的范畴,书写通俗的故事题材,这一倾向,既是乐府徒诗化趋势的体现,也受到唐人叙事歌行的影响。就创作而言,唐人叙事歌行已经开始体现市民文化关注故事艺术性的特质,"从白居易开始,文人才和市民文学逐步打成一片"[1]。虽然郭茂倩编《乐府诗集》,并未收录《长恨歌》《琵琶行》《李娃行》之类叙事歌行,认为这类作品不在乐府之列,但是在部分宋代文人的观念中,将叙事歌行视为乐府之一体。如张戒《岁寒堂诗话》云"如《长恨歌》虽播于乐府,人人称诵"[2],是将之视作乐府之流;而绍兴十三年(1143)所编的《张右史文集》,亦将张耒《周氏行》归类为"古乐府歌词",也是从创作方面着眼。这是宋代雅俗文学融合中所带来的新观念。

---

①　林庚《中国文学简史》,北京大学出版社,1995 年,第 434 页。

②　张戒《岁寒堂诗话》卷上,丛书集成初编本,第 7 页。

第四章 《乐府诗集》视野下宋人对乐府旧题的接受与传写

　　宋人的乐府观在不断接纳、反思并整合前代乐府观当中形成,文人个体对乐府诗的界定时有出入,因此整个宋代的乐府观其实处在一个较长的流变过程中,其外延也有一定模糊性。尤其是《乐府诗集》这一重要总集成书前后,宋人对乐府旧题的界定与接收也有所差异。

　　在北宋时,界定"乐府"这一概念的根据,大多出自《文心雕龙》等文学理论著作,以及《文选》《玉台新咏》等前代总集;时人编纂《文苑英华》《唐文粹》等总集,也受到前代观念的影响,这一切都潜移默化地影响着文人乐府诗创作,使得徒诗化趋势下,北宋文人的乐府观与创作更具复杂性。至南宋时,由于《乐府诗集》已经成书,时人更易以此作为参照,在旧题拟作中合于《乐府诗集》体系与观念的篇章数量更多,旧题与传统界定更加趋于清晰。

　　宋人所编纂的宋前乐府总集与文献各具特点,然而以《乐府诗集》收录格局最广,且几乎建构了宋代以下对乐府诗的主要认知体系,为宋前乐府诗总集中最重要者,因此,本章将宋人的乐府旧题创作置于《乐府诗集》视野下观照,根据古乐府题名及其衍题传统,梳理宋人乐府旧题创作的态度。

第一节 郊庙、燕射、舞曲歌辞旧题

历代郊庙歌辞创制，其题名部分或强调仪式环节，或强调祭祀对象，或以仪式乐歌为题，而宋代的大规模郊庙乐歌制作，在仪式环节上多见细化，祭祀对象更宽泛，乐歌题名也自有其规则，故基本不存在沿袭旧题的情况。燕射、舞曲歌辞大致亦同，大多一代有一代之乐章，只有汉郊祀歌中的少数题目在后世有拟作流传。

汉郊祀歌 《日出入》与《天马》二题，宋人皆有拟作。其中《天马》一题在唐代已演为《天马歌》《天马辞》二题，具备歌辞性诗题特质，被宋人依样传写，宋人其余拟作中尚有《天马行》《天马引》等变题。《日出入》在宋人拟作中亦演为《日出入行》，同样强调其歌辞性诗题特质。内容方面，《日出入》言光阴如隙，《天马》叙西极龙媒，诗人或有所感发，如刘攽"势高累愚计虑远，大志落落嗟徒为"[1]，张耒"展才自觉逢时乐，致远不知行路难"[2]等，但典故不出原题窠臼。综言之，《日出入》与相和歌辞《日出行》题名、内容皆近似，《天马》则为历史题材书写，题名虽源自郊祀歌，但在传写中内容已与郊祀无关。

其余如《练时日》《帝临》《青阳》《朱明》《西颢》《玄冥》《惟泰元》《天地》《天门》《景星》(《宝鼎歌》)《齐房》(《芝房歌》)《后皇》《华烨烨》《五神》《朝陇首》(《白麟歌》)《象载瑜》(《赤雁歌》)《赤蛟》《灵芝歌》等诸篇，题名与内容皆涉及天地四时诸神、祥瑞等，属于宋代郊庙歌辞的书写范围，也因此决定了它们难以进入纯粹文人拟作的视野。

又《皇雅》，此题同属郊庙歌辞，郭茂倩引《隋书·乐志》："皇帝出

---

① 刘攽《天马行》，见《全宋诗》，第 11 册，第 7154 页。
② 张耒《天马歌》，见《全宋诗》，第 20 册，第 13040 页。

入奏《皇雅》,取《诗·大雅》云'皇矣上帝,临下有赫'也。二郊、太庙同用。"①北宋尹洙作《皇雅》十题,《天监》《西师》《耆武》《宪古》《大卤》《帝籍》《庶工》《帝制》《皇治》《太平》,共三十一篇。十题各有小序,由"《天监》,受命也。自梁至于周,兵难不息。宋受命,统一万方焉",至"《太平》,封祀告成功也"②,歌颂宋初三朝重要政事,包括平蜀、平江南、释兵权、伐晋、澶渊之盟、封禅等。全篇虽统以《皇雅》这一郊庙歌辞旧题,但其创作出自宋代士大夫"歌诗赞颂,乃其职业"的自我定位,并未被纳入宋代郊庙歌辞制作当中;诗体虽然使用宋代郊庙歌辞中常见的四言体,其文本量却远远超出郊庙仪式中某一环节的实际所需,故此也不应视为郊庙歌辞制作的沿袭,反而与元结《补乐歌》《系乐府》,皮日休《补九夏歌》等篇书写历代功业及可称叹之事的创作理念有相近之处。

又《钧天舞》,亦属郊庙歌辞。郭茂倩据《唐书·乐志》言:"高宗永徽已后,续造享太庙乐章:献太宗用《崇德之舞》,高宗用《钧天之舞》。"③虽以舞为题,却与舞曲歌辞无关。然而谢朓《齐随王鼓吹曲》十曲中,其三题为《钧天曲》,题名与此有重合之处,取《史记》赵简子重病醒来"语大夫曰:'我之帝所甚乐,与百神游于钧天,广乐九奏万舞'"④之义为名。宋人所作如薛季宣《钧天曲》言"呼吸成千尘,神仙诇长年"⑤、毛吾竹《钧天》言"天子万寿永无疆,汝乘白云来帝乡,二十八宿参翱翔"⑥、董嗣杲《钧天曲》言"已际天人和,八表清尘卷"⑦等,皆与谢朓所作题旨相合,不当视为燕射歌辞旧题拟作。

---

① 《乐府诗集》,第 31 页。
② 《宋文鉴》,第一册,第 120—123 页。
③ 《乐府诗集》,第 143 页。
④ 司马迁《史记》卷四十三《赵世家》,中华书局,1982 年,第 1787 页。
⑤ 《全宋诗》,第 46 册,第 28702 页。
⑥ 《全宋诗》,第 67 册,第 42023 页。
⑦ 《全宋诗》,第 68 册,第 42673 页。

　　历代雅舞为郊庙朝飨仪式所用，在宋代自有专门的郊庙、朝会歌辞承担其功能，故这部分旧题均不在宋人拟作视野之内。杂舞用于通常宴乐，历代类目、曲题皆众多，但因音乐特质较强，本事较难考辨，大多难以据题名本身发挥进行拟作。宋人有拟作者，仅巾舞《公莫舞》、拂舞《碣石篇》《淮南王篇》本事较彰，如邓林《效晋乐志拂舞歌淮南王二篇》，明确其所溯渊源，二篇分写东昏侯与唐明皇，已寓乐府传统美刺褒贬之旨；《柘枝》多见于唐人之作，已成一专门事典；白纻舞《白纻舞辞》《白纻曲》《白纻歌》等题及《齐明王歌辞》中《渌水曲》《采菱曲》二题，历代多传写江南宴乐之美与女性情思之宛转，与《江南》《采莲》等题相似，《采菱曲》更于江南上云乐中有同题，是古乐府中重要的一类内容，故宋人多有所作。

第二节　鼓吹曲辞旧题

　　《乐府诗集》中所录历代鼓吹乐辞，原本均作为朝廷礼乐出现，既有古题在后世获得传写，也存在大量晋唐之间的文人创制、拟作鼓吹铙歌篇章。至宋代，朝廷礼乐中固有鼓吹歌曲一部，以《导引》《六州》《十二时》等乐曲为依托，制作乐章，用于郊、庙等仪仗，承担了固有的鼓吹曲辞功能，而宋代文人拟作则主要秉承以汉铙歌为主的传统，兼及历代文人自创的鼓吹铙歌组诗。

　　汉铙歌十八曲　《乐府诗集》录汉铙歌十八曲兼外四题，《朱鹭》《思悲翁》《拥离》（《翁离》）《雉子斑》《上邪》《务成》《玄云》在宋代无拟作。其中，《思悲翁》《翁离》由于古辞诘屈难解历代皆无拟作，《务成》《玄云》有题无辞，《上邪》不在宋前诸朝拟作视野内，宋人亦未加关注。仅《朱鹭》《雉子斑》，南朝至唐有一定数量拟作，却均未进入宋人视野，或许是因为传写禽鸟，内容易流于泛泛，旨趣不足之故。严羽有

"酒压鹅儿色,辞歌雉子斑"①句,但古曲是时应已不存,或许只是巧妙的修辞,一定程度上反映出诗人对乐府旧题的熟悉。

汉铙歌中,《艾如张》《上之回》《战城南》《巫山高》《上陵》《将进酒》《君马黄》《芳树》《有所思》《圣人出》《临高台》《远如期》(《远期》)《石留》《黄雀》《钓竿》诸题,宋人均有拟作。部分古题如《巫山高》《将进酒》《有所思》等,前代拟作较多,且有名篇传世,容易进入宋人的传写视野;《远如期》《石留》《钓竿》等题,则因宋代部分诗人如文同、曹勋、赵文等皆关注乐府诗拟作,曾一定规模地模拟古题,对汉代诸题多有传承,如曹勋作《圣人出》,即是因"古乐府有题无词"②。至于《上之回》《战城南》等古题则是在南渡之后方进入宋人拟作的视野,其历史因素不可忽视。

魏、吴鼓吹曲 各一组十二题,乐章格局分别承袭汉铙歌《朱鹭》《思悲翁》《艾如张》《上之回》《翁离》《战城南》《巫山高》《上陵》《将进酒》《有所思》《芳树》《上邪》诸题,题名与乐辞按二国功业各自重制。如《战荥阳》《获吕布》《克宛城》《关背德》等,题旨指向性极强,不易成为后世文人拟作的选择对象。例外者仅吴鼓吹曲《伐乌林》,宋代有马子严《乌林行》,题咏赤壁之战,已是怀古规模;此外《通荆门》,《乐府诗集》引《古今乐录》曰:"《通荆门》者,言孙权与蜀交好齐盟,中有关羽自失之愆,戎蛮乐乱,生变作患,蜀疑其眩,吴恶其诈,乃大治兵,终复初好也。当汉《上陵》。"③宋代有曹勋《荆门道》、赵汝鐩《荆门行》,诗中皆写荆门一带路途难行、民生艰苦等事,不及三国史事,与旧题无明显承继之处,已不可视为同题拟作;《秋风》,本体歌辞颂孙权使民之德,其义甚狭,但因"秋风"这一意象颇可发散题旨,故也存在一定同题篇章,但题目多已演为歌辞性诗题,其内容亦基本与古题无关。

---

① 严羽《樟树镇醉后题》,见《全宋诗》,第59册,第37191页。
② 曹勋《圣人出》序,见《全宋诗》,第33册,第21048页。
③ 《乐府诗集》,第272页。

晋鼓吹曲二十二题 基本承袭汉铙歌规模,题名、乐辞重制与魏、吴鼓吹曲相似,后世除与汉铙歌同题的《钓竿》亦无其余拟作,不再赘论。

宋鼓吹铙歌 题辞多不存,《乐府诗集》仅录《上邪曲》《晚芝曲》《艾如张》三题。《上邪曲》与《艾如张》为汉铙歌同题,《晚芝曲》疑为汉铙歌《远如期》所演,《古今乐录》引沈约云:"乐人以音声相传,训诂不可复解。凡古乐录,皆大字是辞,细字是声,声辞合写,故致然尔。"①所录三首乐辞,都是"几令吾几令诸韩乱发正令吾"之类,其辞不可辨,故很难进入后世包括宋人拟作的视野。

此外,《乐府诗集》收录何承天私造《宋鼓吹铙歌》十五篇,虽为私作,但颇见规模。这组乐府诗题名亦多为汉铙歌旧题,仅变《朱鹭》为《朱路》,写天子车驾之盛;《拥离》为《雍离》,写雍士离心,归于宋之麾下;《雉子斑》为《雉子游原泽》,取嵇康"泽雉虽饥,不愿园林"之义;《石留》为《石流》,以石上流水起兴,赋百年之志节。此四题之义已与古题参差,而宋人拟作古题的意识,或以深追古意为美,或以别立机杼为佳,故大多不会将之作为拟作的首选。其余诸题的拟作情况则可同参上文汉铙歌部分。

谢朓作《齐随王鼓吹曲》十首,其中《元会曲》《郊祀曲》《入朝曲》《出藩曲》《校猎曲》《从戎曲》诸题,宋人或有同题之作,但拟题时淡化了歌辞性诗题的特质,内容也多为朝会赞颂即事,体式已与古乐府相异。至于《送远曲》《登山曲》《泛水曲》,因题旨不专指一事,有发散价值,宋代也有极少拟作,可归入较宽泛地模拟古题的现象。《钧天曲》拟作情况上文已述,不赘列。

梁鼓吹曲十二曲 制作方式与晋鼓吹曲相似,故宋人多无拟作。《桐柏山》虽宋代有同题之作,已属寄情山水,非乐府一类。

---

① 《乐府诗集》引,第285页。

隋凯乐歌辞三曲　皆无拟作。

唐凯乐歌辞四曲　仅《破阵乐》题，刘克庄演为《破阵曲》。按宋代有《破阵子》词牌，龙榆生先生认为当是截取《破阵乐》舞曲中一段所成①，此题的音乐功能由词体传承，故宋人在诗歌层面不再予以关注。

唐凯歌六首　宋人有大量以《凯歌》为题的组诗拟作，如沈括《鄜延凯歌》、杨景《政和二年三月廿四日鄜延帅府大阅即席呈献帅座贾公凯歌》、李正民《破贼凯歌八章》、周麟之《破虏凯歌六首》《破虏凯歌二十四首》、刘克庄《凯歌十首呈贾枢使》、梅应春《复泸凯歌》等。这些组诗皆为绝句，与《唐凯歌》体式一致，有意识地承袭其文体特征；且多作于南渡之后，歌颂宋金战争中的大捷，少量产生在北宋年间的作品也与西北战事相关，具备相当的即事特质。又如项安世《凯歌》、胡槻《濠梁凯歌》、赵万年《却敌凯歌》等，体裁已近歌行，但仍具备《凯歌》题目一脉书写战事，故可视为歌行类乐府。

唐鼓吹铙歌十二曲　郭茂倩推测柳宗元作这组乐府诗的态度用意，与何承天作《宋鼓吹铙歌》相似，皆为私作，未有声歌。诸题皆为柳宗元自创，以纪唐初高祖、太宗征伐功业，故命题的指向性亦十分明确，与魏、吴鼓吹曲相类，少有后人因题拟作的可能。仅《兽之穷》，宋吴泳有同题拟作，通篇已仅写穷兽；《吐谷浑》，宋林同作《吐谷浑叶延》篇，意近咏史，也已与西北征战无关。

自何承天至柳宗元，在命题与立意层面越发趋于成熟的"私作"，更启发了宋代文人的鼓吹铙歌组诗拟作。何承天虽用古题，内容却是单纯的文人拟作，既未入乐，主旨又与古辞不合，柳宗元更是在鼓吹铙歌这一类别下自出机杼，纯写唐代史事。宋代自有作为朝廷礼乐的鼓吹乐，如徽宗政和七年曾诏命制鼓吹铙歌，"臣工以请，上诏制用；中更

---

① 龙榆生《唐宋词格律》，上海古籍出版社，1978 年，第 33 页。

否扰,声文阂传"①,其辞皆亡佚于南渡之时。而此后"中兴文儒,荐有拟述,不丽于乐,厥谊不昭"②,则属文人私作,未曾入乐的范畴。

这类作品,以目前宋代诗歌存留情况,最早可考者为绍兴年间崔敦礼作《圣皇武》《猛虎攫》《震雷薄矣》三章,分述"太祖皇帝师次陈桥,受天命,协人情""刘铱僭号岭南,虐其民,潘美伐之,俘以献""李煜不朝,伐之,煜降,江南平"③三个历史事件,皆颂太祖功业,又侧重征战图景的描绘,符合鼓吹铙歌书写军事活动的特点,其政治立意也一目了然。崔敦礼《宫教集》已佚,存诗不全,但观此三章立题命意,或可想象其整体规模。而根据姜夔的记载,在崔敦礼之外,应当尚有其他作者涉猎鼓吹铙歌的创作,可惜高宗时期的这部分作品均已不传,再无可考。目前仅南宋中晚期文人拟作的两组鼓吹铙歌歌辞得以完整保留下来,即姜夔《皇朝铙歌鼓吹曲十四首》与谢翱《宋铙歌鼓吹曲》十二章。这两组乐府诗各章题名虽为创题,但其总题仍属鼓吹铙歌旧目,故在此一并讨论。

姜夔《皇朝铙歌鼓吹曲》诸题及序如下:

《上帝命》,太祖受命也。五季乱极,人心戴宋,太祖无心而得天下也。

《河之表》,破泽州也。李筠不知天命,自凭其勇,不能降心,以至于叛而死也。

《淮海浊》,定维扬也。李重进自谓周大臣,不屈于太祖。作铁券以安之,犹据镇叛。

---

① 姜夔《皇朝铙歌鼓吹曲十四首》序,见夏承焘笺校《姜白石词编年笺校》,上海古籍出版社,1981年,第107页。
② 姜夔《皇朝铙歌鼓吹曲十四首》序,见夏承焘笺校《姜白石词编年笺校》,上海古籍出版社,1981年,第107页。
③ 《全宋诗》,第38册,第23773页。

《沅之上》，取湖南也。湖南有难，乞援于我，至则拒焉，我师取之。

《皇威畅》，得荆州也。我师救湖南，道荆州，高继冲惧，归其土。

《蜀山邃》，取蜀也。孟昶恃其国险，且结河东以拒命，兵加国除。

《时雨霈》，取广南也。刘铱淫虐，我师吊其民，俘铱以归。

《望钟山》，下江南也。李煜乍臣乍叛，势穷乃降，而我师未尝戮一人也。

《大哉仁》，吴越钱俶献其国也。

《讴歌归》，陈洪进以漳泉来献也。

《伐功继》，克河东也。始太祖之伐河东，誓不杀一人，又哀刘氏之不祀，故缓取之，至太宗始得其地。

《帝临墉》，亲征契丹于澶渊也。

《维四叶》，美致治也。

《炎精复》，歌中兴也。①

这组鼓吹铙歌歌辞于宋宁宗庆元五年制作上呈，主要叙写太祖至仁宗朝功业，即姜夔自谓"惟我太祖、太宗、真、仁、高宗，或取或守，罔匪仁术，讨者弗戮，执者弗刘，仁融义安，历数弥永"②。内容虽以太祖朝军事为主，太宗、真宗、仁宗仅各占一题，但即便涉及军事的篇章中也多强调仁德，与崔敦礼之作比较，立意已有所不同。其末篇《炎精复》，誉美高宗中兴，越发凸显这组歌辞的政治功能。

谢翱《宋铙歌鼓吹曲》诸题及序如下：

① 姜夔撰，夏承焘笺校《姜白石词编年笺校》，上海古籍出版社，1981年，第110—119页。

② 姜夔撰，夏承焘笺校《姜白石词编年笺校》，上海古籍出版社，1981年，第107页。

太祖尝微时，歌日出，其后卒平僭乱证于日。为《日离海》第一。

宋既受天命，为下所推戴，惩五季乱，誓将整师，秋毫无所犯。为《天马黄》第二。

宋既有天下，李筠怀不轨，据壶关以叛，王师讨平之。为《征黎》第三。

上亲征李重进，至广陵，临其城，拔之。为《上临墉》第四。

湖湘乱，命将拯之，至江陵，周保权已平。贼出军澧南以拒，卒取灭亡。为《军澧南》第五。

王师拯湖湘，道渚宫，高继冲惧，出迎，悉以其版籍来上。为《邻之震》第六。

蜀主昶惧，阴结太原，获其谍，六师征之。昶至，以母托，上许归母。数日，昶卒，母以酒酹地，因不食亦卒。为《母思悲》第七。

刘鋹乱岭南，为象陈以拒王师，象奔蹂反践，俘鋹以献。为《象之奔》第八。

上命将平南唐，誓城陷毋得辄戮一人，众咸听命。为《征誓》第九。

钱氏奄有吴越，朝会贡献，不绝于道，至是以版图归职方。为《版图归》第十。

陈洪进初隶南唐，崎岖得达于天子，至是籍其国封略来献。为《附庸毕》第十一。

太祖征河东，班师，以伐功遗太宗，卒成其志。为《上之回》第十二。①

十二章歌辞全述太祖征伐四方的功业。《天马黄》《母思悲》《上之

---

① 《全宋诗》，第70册，第44283—44286页。

回》等题名中仍可见汉铙歌旧题的影子,但内容已全为宋代史事。诸篇皆将北宋军队描绘为堂堂正正之师,渲染太祖本人的德性、气象,在这方面,谢翱无疑受到姜夔的一定影响。

鼓吹铙歌组诗的创作也经由宋人之手传承下去,至清人全祖望作《圣清戎乐词》十六篇,言"条其节目之大者一十有六,括为铙歌,以视唐柳宗元、宋谢翱,不足为役,故未敢以上之太常焉"①,仍将柳宗元与谢翱之作视为文人拟作鼓吹铙歌的典范。

谢翱亦有《宋骑吹曲》十题,共十四章。郭茂倩判断鼓吹、骑吹本为一类,姜夔认为"臣闻铙歌者,汉乐也。殿前谓之鼓吹,军中谓之骑吹",认为骑吹也是铙歌之属。王运熙《乐府诗述论》提出,鼓吹乐人乘车,骑吹乐人乘马,是其主要区别②。韩宁《鼓吹横吹曲辞研究》进而考证,"骑吹鼓员"在《汉书·礼乐志》中被作为"鼓员"的一类,因而汉代骑吹乐应当属于鼓吹乐的一种③,故郭茂倩之说合理,《宋骑吹曲》也当作为宋人的鼓吹铙歌拟作。

《宋骑吹曲》诸题,如《亲征曲》《回銮曲》《遣将曲》《归朝曲》《谕归朝曲》《南唐奉使曲》等,明显模拟《齐随王鼓吹曲》的命题方式,其内容亦不出亲征、遣将、诸藩来归之类;而《李侍中妾歌》《孟蜀李夫人词》《伎女洗蓝曲》等,则别具一格,描绘战争中的女性,这在历代鼓吹曲辞中是仅见的,但置诸宋代文人乐府诗中却并不令人意外。宋代诗歌普遍接纳小说等俗文学的影响,更加广泛地关注女性的情感、命运,这亦与前代的部分叙事性乐府诗一脉相承。如北宋晁补之《芳仪怨》,通篇写李璟之女入宋前后的身世流离,可谓为谢翱之作开一先河。

此外,宋代的鼓吹铙歌组诗虽然命题、内容皆继承前代鼓吹曲辞的颂武特质,但在题材选取与书写意识层面,则已有意识地进入宋代士大

---

① 全祖望《鲒埼亭集》卷一,四部丛刊景印清刻姚江借树山房本。
② 王运熙《乐府诗述论》,上海古籍出版社,2006 年,第 238 页。
③ 韩宁《鼓吹横吹曲辞研究》,北京大学出版社,2009 年,第 16—17 页。

夫"歌诗赞颂"的自觉传统中。北宋石介《宋颂》序罗列前代以颂圣为主旨的诗篇,其中便提及柳宗元《唐鼓吹铙歌》中的数题,"唐有《晋阳武》《兽之穷》《泾水黄》《奔鲸沛》《淮夷》《方城》《元和圣德》诸篇"[1],自《晋阳武》至《奔鲸沛》,皆在其列。其《宋颂》九题,依次为《皇祖》《圣神》《汤汤》《莫丑》《金陵》《圣文》《六合雷声》《圣武》《明道》,事涉太祖、太宗、真宗、仁宗四朝,而以太祖朝为主,内容文成武德兼具,虽然体裁不同,但也能为后人的鼓吹铙歌创作提供一定的立题范式与即事框架。由此纵观,亦可见两宋乐府诗创作脉络中,既包含宋人对前代乐府观的传承与发扬,又能在一定规模内形成对后来作者的影响。

第三节　横吹曲辞旧题

汉横吹曲十八题　大半皆进入宋人的拟作视野,包括《黄鹄》《陇头》(《陇头水》)《出塞》《入塞》《折杨柳》《望行人》《关山月》《洛阳道》《长安道》《梅花落》《紫骝马》《骢马》《雨雪》《刘生》。这部分旧题多涉边塞行役、帝京气象、任侠豪迈等主旨,宜于后来者摹拟与发挥,至南朝至唐代均不乏拟作。而自六朝以下,即便是一些题目、文体皆与乐府诗无关的诗歌,意象风力也颇有与此相似者。故宋人对这类题目的关注,便属于对前代乐府乃至诗歌传统顺理成章的承袭。如《陇头》《关山月》《出塞》《紫骝马》《骢马》等题,更多被宋代文人用于对王朝军事活动的描绘、寄托与期望,在南渡之后,其拟作数量皆多于北宋,令这一传承具有鲜明的时代感。

《出关》《入关》《黄覃子》《赤之扬》四题中,《出关》《入关》二题,因题名与《出塞》《入塞》相似,且《出塞》的历代拟作尤其是唐人

---

① 石介撰,陈植锷点校《徂徕石先生文集》,中华书局,1984年,第2页。

作品颇具规模,在流传过程中容易吸引更多的关注,此二题便渐渐淡出后人传写的视野。《出关》一题,宋人虽有部分同题篇章,但体皆律绝,风力不古,已不可视为乐府拟题。《黄覃子》与《赤之扬》旨趣不明,歌辞亡佚,亦未见宋前文人拟作篇章,即便宋代有部分关注乐府旧题的诗人乐于广搜前代诗题、曲题予以传写,于此也难有合理的发挥。

梁鼓角横吹曲　郭茂倩引《古今乐录》考共六十六曲,《乐府诗集》收录其中有曲辞存世的部分题目,有题无辞者仅在解题中予以罗列。其中《企喻》《琅琊王》《巨鹿公主》《黄淡思》《地驱乐》《雀劳利》《慕容垂》《隔谷歌》《淳于王歌》《地驱乐歌》《慕容家自鲁企由谷歌》《高阳乐人歌》《雍台》《白鼻䯄》等题,题名与本事多涉北朝人物故事,与中原、南朝风味不同,宋前几乎不存在同题拟作,宋人亦无关注。《横吹曲》题名与类目相犯,又未形成与鼓吹铙歌组诗相似的文人私作传统,也不在传写之列。至于《紫骝马》《陇头流水》《东平刘生歌》《紫骝马歌》《折杨柳歌辞》《折杨柳枝歌》《陇头歌辞》等,皆由汉横吹曲题目衍生,参见上文。

宋人有拟作者,仅《捉搦》《幽州马客吟》《木兰诗》三题。《捉搦》写女子恨嫁,题材较为常见。《幽州马客吟》题目被李白演为《幽州胡马客》,南宋张玉娘之作效法李白,赞颂英雄许国之志,与前述《战城南》《关山月》等有异曲同工处。《木兰诗》则涉及宋人对轶事故实与女性身世的关注。但这三题在宋代拟作篇目极少,均可视为一人一时偶然之作,拟作主旨与原题亦有偏离,反而可以视为乐府旧题传写漫漶的例子。

梁鼓角横吹曲诸题描叙北方战乱背景下的民生人情,具备相当的即事特质,也关怀民生疾苦,但因其遣词极具地域与年代色彩,口吻多近民歌,在后世,尤其是宋代,便无法进入日益文人化的乐府徒诗创作当中。至于其中对女性生活、情感的颇多生动书写,也无法与宋代文人自上而下地关注民众趣味与生态的视角合拍。这或许是其拟作漫漶的根本原因。

第四节 相和歌辞旧题

相和歌辞多为汉晋古歌,音乐传统与本事传承都较明确,古辞及前代名家之作所存也较多,在唐前乐府诗传统中,本就是较为重要的一系。宋人搜罗文献,梳理前代乐府传承时,有崇古之一面,故对于此类下的题名拟作较为广泛,大凡本事尚存,宜于征引发散者,都有所拟作。

相和六引 其中《宫引》《商引》《角引》《徵引》《羽引》五题在南朝时便或有曲无辞,或声辞并佚,题目仅具音乐特质,难以推想其主旨,沈约、萧子云等拟作,主要以乐音乐理入诗,将五声之特质合于四时而成篇。这种惟具音乐性的乐府旧题,对于重视本事与义理的宋人而言,很难依题作为徒诗,故宋代无相关拟作。

只有《箜篌引》(《公无渡河》)的本事流传较广,是六引中唯一可以考原发挥的题目,唐代乐府名家如李白、李贺、王建皆有拟作,也使之进入宋人效法的视野。宋人多以此题别名《公无渡河》叙写其本事,原题《箜篌引》反而使用不多,且同题诗篇旨趣更近于另一相似的题目《箜篌谣》。郭茂倩引《古今注》云"又有《箜篌谣》,不详所起,大略言结交当有终始,与此异也"[1],如曹勋《箜篌引》"结交当结心,势利徒夸咤。兔丝倚乔松,缠绵不相舍"[2],陆游《箜篌谣二首寄季长少卿》(其一)"庭树非不荣,霜霰万叶枯。朋友岂我弃,渐远势自疏"[3]等,皆同此意。

---

[1] 《乐府诗集》,第 377—378 页。
[2] 《全宋诗》,第 33 册,第 21049—21050 页。
[3] 陆游撰,钱仲联校注《剑南诗稿校注》,上海古籍出版社,2005 年,第 2060 页。

相和曲十五题 《古今乐录》载相和原有十七曲，《武陵》《鹍鸡》二曲早已亡佚，故不在郭茂倩所录十五题之列。《觐歌》《东门》本有曲无辞，且瑟调曲有《东门行》篇，本事古辞俱在，更令《东门》容易淡出后人视野。《东光》，郭茂倩引《古今乐录》亦言：“张永《元嘉技录》云：‘东光旧但有弦无音，宋识造其声歌。’”①古辞写戍卒远行之怨，东光二字仅为首句呼告，不及题旨，故此数题宋前诸朝文人与宋人皆无拟作。《气出唱》《精列》题名之义较难解读，古辞仅曹操之作，或写游仙想象，或抒生命忧思，个性气魄皆强，难以形成后世传写的范式。《平陵东》，汉代翟义“以王莽方篡汉，举兵诛之，不克，见害。门人作歌以怨之也”②，古辞从此本事，而曹植同题之作已直写游仙，晋唐之间别无拟作；又，平陵这一地名，在宋人诗中多用于指代班超、苏建等更为知名的汉代历史人物，如“平陵埋骨死无忧”③“平陵投老倦奔驰”④“行经平陵道，感慨一何深。将军昔封此，汉史传至今”⑤等，分薄了翟义故事的关注，或也是此题未进宋人视野的一个原因。

其余诸题在宋代皆有传写，且数量不少。如《江南》，六朝时已演为《江南曲》《江南思》，宋人更依此造《江南春》《江南谣》《哀江南》《江南新体》等题，此外亦有很多非乐府拟题的诗篇也以“江南”入题。此题古义“盖美芳晨丽景，嬉游得时”，但经过南朝至唐人传写，题材已颇见开拓，兼及绘景、冶游、爱情、风土等内容，而宋人对这一题目的青睐，除了顺理成章地接纳其题材传统之外，或者也受到自《花间集》以来文

① 《乐府诗集》，第394页。
② 《乐府诗集》，第409页。
③ 陆游《醉中自赠》，见钱仲联校注《剑南诗稿校注》，上海古籍出版社，2005年，第2107页。
④ 欧阳澈《宣和四祀季冬梦与人环坐杰阁烹茶饮于左右堆阿堵物茶罢共读诗集意谓先贤所述首题篇云永叔诵彻三阕遽然而觉特记一句云东野龙钟衣绿归议者谓非吉兆因即东野遗事反其旨而足之为四绝句云》其三，见《全宋诗》，第32册，第20687页。
⑤ 张嵲《过平陵汉苏建所封》，见《全宋诗》，第32册，第20466页。

人的江南情结影响。但是宋人对《江南》的乐府拟题，大多在题材层面没有显著变化，却逐渐丧失了乐府独有的以叙事为主的表达方式，开始与没有乐府传统的徒诗混同，其中诗题与词牌、乐府拟题与抒写的界限也渐不分明。如寇准《江南春》"波渺渺，柳依依。孤村荒草远，斜日杏花飞"①，已近词体；王安石《江南》"江南春起柁，秋至尚波涛。问舍才能定，呼舟已复操"②，则为律体。此题作为乐府拟题虽数量较多，却也反过来成为旧题本事逐渐消解的一个例证。

《度关山》，唐演为《关山曲》。郭茂倩引《乐府解题》曰："魏乐奏武帝辞，言人君当自勤苦，省方黜陟，省刑薄赋也。若梁戴暠云'昔听陇头吟，平居已流涕'，但叙征人行役之思焉。"③六朝至唐人皆用后者之义，已经形成行役主题的传统，宋人拟题亦从之。

《十五》，题旨已不可考，古辞为曹丕所作，有艰困之忧思。其首句"登山而远望"，郭茂倩以为李白《登高丘而望远海》一题由此句衍生而来，将之列入《乐府诗集》此题之下。因旧题与辞本义、关联不明，故宋人拟作皆承袭李白之题，以大气象写登临远望，属于对前代乐府名家的效法。

《薤露》《蒿里》，本为汉代葬歌。宋前诸作，除曹操曹植父子有事功高举之志，别具一格外，其余拟作皆咏叹死别之悲，与古意相合。宋人的部分作品虽用其题，但已变为同题的挽歌，如《鲁国夫人薤露歌》《哭伯兄鹊山处士蒿里曲》等，以誉美逝者为旨，不再涉及更加普世的对生命和死亡关系的凝视与思索。又有《挽歌》，不在相和曲十五题之列，但古题本事与此二题相近，故郭茂倩列为同类。宋人以此为题的诗篇共 335 首，绝大多数与《薤露》《蒿里》拟作相近，为凭吊一时一人之作，古旨已失。仅郭祥正《拟挽歌》五首、朱槔《自作挽歌辞》、吴芾《和

---

① 《全宋诗》，第 2 册，第 997 页。
② 李壁笺注，高克勤点校《王荆文公诗笺注》，上海古籍出版社，2010 年，第 592 页。
③ 《乐府诗集》，第 391 页。

陶挽歌辞》、叶茵《己酉生日敬次靖节先生拟挽歌辞三首》与赵崇嶓《反
挽歌》二首等，尚有意识地承袭古义，尤其是陶渊明《挽歌》的传统。综
上观之，这几题也可视作拟作中旧题漫漶之例。又《薤露》由曹操之作
首句"惟汉二十二世，所任诚不良"衍出《惟汉行》一题，是历史性更强
的题目，后世无相关拟作。

《对酒》，郭茂倩引《乐府解题》曰："魏乐奏武帝所赋《对酒歌太
平》，其旨言王者德泽广被，政理人和，万物咸遂。若梁范云'对酒心自
足'，则言但当为乐，勿徇名自欺也。"①历代拟题多仅写饮酒作乐，不及
主旨。宋人开拓《对酒吟》《对酒歌》《对酒叹》等歌辞性诗题，拟古之
时亦有所抒发，如王禹偁"劝君莫把青铜照，一瞬浮生何足道。麻姑又
采东海桑，阆苑宫中养蚕老"②、陆游"镜虽明，不能使丑者妍；酒虽美，
不能使悲者乐。男子之生桑弧蓬矢射四方，古人所怀何磊落"③等，皆
具高古之风。但很多同题之作也流于前人一脉，但写饮酒之乐，旨近
漫漶。

《鸡鸣》(《鸡鸣篇》《鸡鸣高树巅》《晨鸡高树鸣》)，郭茂倩引《乐府
解题》，以为此篇旨趣写家门荣耀，兄弟和睦，与《相逢狭路间行》同，而
南朝诸作"若梁刘孝威《鸡鸣篇》，但咏鸡而已"④。《乌生》(《乌生八九
子》《城上乌》)的传承与此相似，北宋蔡居厚观南朝诸作，亦提出"《乌
将八九子》但咏乌，《雉朝飞》但咏雉，《鸡鸣高树巅》但咏鸡"⑤之类。
《鸡鸣》一题本事不彰，宋人拟作亦多局限于旧题的字面含义，虽可泛
列为乐府拟题，但以旧题主旨传承的视角观之，并无太多意义。至于
《乌生》诸题，宋人拟作如文同"高枝踏未稳，身已随潜弦。因知万物

① 《乐府诗集》，第403页。
② 王禹偁《对酒吟》，见《全宋诗》，第2册，第786页。
③ 陆游《对酒叹》，见钱仲联校注《剑南诗稿校注》，上海古籍出版社，2005年，第
415页。
④ 《乐府诗集》，第406页。
⑤ 《苕溪渔隐丛话》前集卷一引《蔡宽夫诗话》，人民文学出版社，1981年，第5页。

理,主者持默权。凡云爱此命,生死期已然"①,仍有古辞"我人民生各
各有寿命,死生何须复道前后"之义,古风仍存。至于张舜民《城上乌》
"堂上双亲垂白发,闺中少妇年二八""东邻西邻哭声一,道上行客肠断
绝"②,题咏离别,则近于清商曲辞《乌夜啼》的内容,如庾信"讵不自惊
长泪落,到头啼乌恒夜啼"、李白"停梭怅然忆远人,独宿孤房泪如
雨"③,皆借乌啼写人间悲思。故《城上乌》与《乌夜啼》的主旨融合,或
可视作在《乐府诗集》成书之前,宋人在拟作旧题时对其音乐特质关注
度已经不高的例子。

　　《陌上桑》(《艳歌行》《罗敷行》《日出东南隅行》《采桑》),古辞最
著名者即"日出东南隅"一篇,写秦罗敷故事。但魏晋时亦有以《楚
辞·山鬼》剪裁而成的同题杂言乐辞,曹操与曹丕均有与此句式全同
的乐府诗,且内容与秦罗敷本事均无涉,是纯粹的倚声歌辞。因古乐不
断亡佚,后人不可能再倚曲或是完全按照杂言句法进行拟作,于是对秦
罗敷故事的关注便成为后世文人创作的主流之一。另如郭茂倩所言
"若陆机'扶桑升朝晖',但歌美人好合,与古词始同而末异"④,仅写美
人采桑者也为数不少,且又由此演为《采桑》一题,几乎只写蚕桑之事。
至宋人传写,无论用何题目,大多都以秦罗敷本事成篇,"殷勤谢郎意,
其如义命何"⑤"使君劳借问,夫婿自专城"⑥"江水可竭山可移,妾心皎
皎君当知"⑦,都强调罗敷"作《陌上桑》之歌以自明"⑧的气节,符合古
题旨趣,可见宋人对义理与雅正的追求。又如刘次庄论此题,"罗敷弹

①　文同《乌生八九子》,见《全宋诗》,第 8 册,第 5301 页。
②　《全宋诗》,第 14 册,第 9696 页。
③　《乐府诗集》,第 692—693 页。
④　《乐府诗集》,第 410 页。
⑤　唐庚《陌上桑曲》,见《全宋诗》,第 23 册,第 15019 页。
⑥　曹勋《采桑曲》,见《全宋诗》,第 33 册,第 21059 页。
⑦　周紫芝《日出东南隅行》,见《全宋诗》,第 26 册,第 17085 页。
⑧　《乐府诗集》,第 410 页。

筝作《陌上桑》，以自明不从"[1]，也符合宋人对此题本事的一贯态度。此外也偶见以《采桑》写蚕桑之事，以《日出东南隅》写光阴流逝，虽为衍义，但或者体现宋代士大夫对民生的关怀，或承古诗惜时坚守之义，置诸同题拟作中，亦可见自出机杼的翻新意识。又有《日出行》一题，初写罗敷使君事，在唐代便已演变为日出与时间的主题，宋人同题之作多承此，观其脉络，亦可见古题在历代诗人书写中意义不断变化，终至漫漶的过程。

吟叹八曲 《小雅吟》《蜀琴头》《楚王吟》《东武吟》四曲并辞已阙，在南朝之际，仅《楚王吟》有一篇拟作，用楚王好细腰事典，主张雅正的宋人于此别无关注。《大雅吟》《王明君》《楚妃叹》《王子乔》四曲古辞皆存，且除《大雅吟》外皆有本事可依，故后三题在六朝隋唐之际均有拟作，而尤以《王明君》为多，有《王昭君》《明君词》《昭君词》《昭君叹》等题。宋人拟题，则弃《王子乔》这一游仙主题不取，更加偏好既具历史故实，又涉及女性身世的《王明君》与《楚妃叹》，与他们重视事典与女性主题的整体创作态度相合。涉及王昭君本事的旧题，尚有《昭君怨》《明妃怨》等，皆属琴曲歌辞一类，宋人亦多《明妃曲》创作。这些乐府诗题材本事相近，但音乐类别归属不同，下文当更详述。

又，张商英有《进仰山瑞禾诗宋大雅十三章》，以"大雅"入题，但整组诗风和旨趣更近似对《诗经》的传承。宋人将乐府诗的源流上溯至《诗经》，此篇或可视为较宽泛的乐府拟作，但已和《大雅吟》这一旧题无关。

四弦曲 有《张女四弦》《李延年四弦》《严卯四弦》《蜀国四弦》四曲，均无古辞传世，前代惟《蜀国弦》有拟作，多写蜀事。因题名仅具音乐性，本事无考，或不入宋人拟作视野。

平调七曲 《长歌行》《短歌行》《猛虎行》《君子行》《燕歌行》《从

---

① 阮阅《诗话总龟》前集卷七引刘次庄《乐府集》，人民文学出版社，1987 年，第 79 页。

军行》《鞠歌行》七题,在魏晋以下作者颇多,除《燕歌行》在唐代亦用于写战争主题之外,大多不出本义,传写中的题目流变轨迹也十分清晰,如《长歌行》演为《长歌续短歌》,《从军行》有《从军五更转》《从军有苦乐》《苦哉远征人》《苦哉行》《远征人》等变化。宋人拟作亦多承前人。独张载作《短歌行》《燕歌行》《鞠歌行》等题,皆较古题本义更为庄重,如“小雅废兮,《东山》不作。哀我人斯,皇心不乐”①,一反古《燕歌行》离别之思;“述空文以见志兮,庶感通乎来古。骞昔为之纯英兮,又申申其以告”②,远超古《鞠歌行》“愿逢知己,以托意焉”③的旨趣,均体现出推重古雅诗风,拔高题旨的创作追求,属于宋人乐府拟题的新变之一。

又有《铜雀台》,不在七曲之列,但郭茂倩将此题列在《短歌行》与《猛虎行》间,或因《短歌行》最早存篇为曹操所作,而《铜雀台》本事与曹操相关之故。此题本事明确,前代拟作颇多,宋人所作,亦大多不出分香卖履故事,如“谁知千载台倾后,何处西陵有墓田”④“兰麝分恩销余馥,铜雀飞去无时回”⑤。《置酒高堂上》,郭茂倩当以为此题出自陆机《短歌行》首句“置酒高堂,悲歌临觞”,因此也将之列在《短歌行》题后,这与他梳理《猛虎行》与《双桐生空井》二题脉络的思路相似⑥,区别在于后者有明确文献可考,前者当为依例推想所致。而陆机之作与曹操《短歌行》旨趣相似,“皆言当及时为乐也”⑦,但南朝至唐人诸作中,此义时而漫漶,有仅写饮酒作乐者,至宋人拟作方复归本义,如“人

---

①　张载《燕歌行》,见《全宋诗》,第9册,第6284页。

②　张载《鞠歌行》,见章锡琛点校《张载集》,中华书局,1978年,第367页。

③　《乐府诗集》,第494页。

④　蔡襄《铜雀妓》,见《全宋诗》,第7册,第4805页。

⑤　赵汝鐩《铜雀台辞》,见《全宋诗》,第55册,第34202页。

⑥　《乐府诗集》卷三十一载魏明帝辞曰:“双桐生空枝,枝叶自相加。通泉溉其根,玄雨润其柯。”引《古今乐录》曰:“《猛虎行》,王僧虔《技录》曰:‘荀录所载,明帝《双桐》一篇,今不传。”引《乐府解题》曰:“晋陆机云‘渴不饮盗泉水’,言从远役,犹耿介,不以艰险改节也。又有《双桐生空井》,亦出于此。”(第462—463页)

⑦　《乐府诗集》,第447页。

生不满百,行乐当及时。当歌期酩酊,谁能较是非"①,可见宋人重视本事的乐府观与乐府文献整理之功。

清调六曲　《苦寒行》(《北上行》)《豫章行》《董逃行》《相逢狭路间行》(《长安有狭斜行》《相逢行》)《塘上行》《秋胡行》,历朝至宋代均有拟作,亦可见题旨变迁。如《豫章行》古辞写白杨,陆机演为离别,至宋人则兼及地理风土,如"又不见丰城剑埋尘土间,几年秋水澄波澜。夜深直气射牛斗,变化风雷头角寒"②;《相逢狭路间行》与《长安有狭斜行》其实各有古辞,而叙事相近,义同《鸡鸣》,"喻兄弟当相为表里"③,齐梁间诗人因诗篇后数句内容演为《三妇艳》《中妇织流黄》等题,诗风绮丽,宋人摹仿古乐府风格创作时,以此为重要的一脉,故拟题或彰其本义,或求华靡之风,前者如"三子俱下来,游人住行足。三子俱入门,金紫照华屋。三子俱升堂,戏彩弄丝竹"④,后者如"大妇双绮襦,中妇红罗裙。小妇服翡翠,理曲调笙竽。良人幸安坐,美酒倾玉壶"⑤。至于《相逢行》,则多漫漶为相逢知交之意。至于《董逃》《秋胡》各有明确事典,《苦寒》仅用题名之义,宋人于此皆有同类拟作,不再赘述。

瑟调曲　王僧虔《技录》共录三十八题,内容庞杂,且许多题目已经曲辞亡佚、本义漫漶,其中多数在宋代无拟作。如《长安城西行》《武舍之中行》《帝王所居行》《墙上难用趋行》《艳歌福钟行》《艳歌双鸿行》《采梨橘行》《青龙行》等,有题无辞。《丹霞蔽日行》《鸿雁生塞北行》《白杨行》,题辞之义不协,且无本事。《新成安乐宫》(《新城安乐宫》),但言宫殿雕饰之美。《蜀道难行》《蒲坂行》,题名的地理性与时

---

①　曹勋《当置酒》,见《全宋诗》,第 33 册,第 21067 页。
②　杨杰《豫章行送周裕》,见《全宋诗》,第 12 册,第 7851 页。
③　《乐府诗集》,第 406 页。
④　曹勋《长安有狭斜行》其一,见《全宋诗》,第 33 册,第 21051 页。
⑤　曹勋《三妇艳歌》其一,见《全宋诗》,第 33 册,第 21046 页。

代感较强,与宋人观念不合。

《大墙上蒿行》,一则仅存古辞,篇幅较长,内容凌乱,仅铺陈及时行乐之旨,与题名不协;另一方面,前述《短歌行》《董逃行》《西门行》均具此旨趣,且指向更为明确,也会分薄此题的关注度。故此题在后世至宋代皆无拟作。

《雁门太守行》,此题主旨较早地演为边城征战之思,但又与《关山月》《出塞》等题不同,题名中存在明确的地理位置,前代拟作亦多提及幽州、雁门山、易水等北方地标。由于北宋与辽长期处于较为稳定的和约下,雁门一词在宋诗中或作为典故泛用于边塞题材,或实指对辽的关系,此题较难用于寄托抒发,故宋人无拟作。

《妇病行》叙写民生疾苦,宋人在这方面多有书写,但大多是承袭新乐府即事立题的传统,很少袭用古题,故不见同题拟作。

《折杨柳行》,古辞皆咏史事兴亡,题辞不符,似是以诗入曲,难以构成创作传统,陆机、谢灵运之作已不及其义。或此曲即大曲十五曲之《默默》,题义越发无关,亦可见其本以音乐特质得以流传。此外,横吹曲辞有《折杨柳》题,题名近似,宋人传写多从此题之旨,《折杨柳行》遂随之漫漶。又如《钓竿行》《临高台行》,汉铙歌有同题;《公无渡河行》,相和六引有同题;《艳歌行》,相和歌辞《陌上桑》一作此名,都属相似情况。

宋人有所拟作的诸题中,存在不少单纯的仿古之作,也有一定的开拓尝试。仿古者如《艳歌何尝行》(《飞鹄行》《飞来双白鹄》《飞来双白鹤》),历代拟作但写鸿鹄,宋人亦同此。《煌煌京洛行》,仅刘敞写洛阳,李龏《京洛篇》已是集句为戏。《善哉行》,后演为《来日大难》《日苦短》,宋人据此二题略微有所发挥,《门有车马客》同此。又如《陇西行》(《步出夏门行》),前代名篇各出其意,题旨复杂,难以概括主旨,宋代曹勋虽以曹操"东临碣石"句作《临碣石》,但未具古题规模。

至于《东西门行》《却东西门行》《顺东西门行》诸题,题辞旨趣无明显关联。而《技录》亦载古题《西门行》《东门行》，题旨关联更加密切，容易拟作，故北宋时人在传写时已使用此二题。后来郭茂倩又因题名相似，将二题列入瑟调曲一类，置于前数者之上，之后的宋人便更易接受这种书写传统。

《孤子生行》(《孤儿行》)，《歌录》认为亦作《放歌行》，然而《技录》书为二题。《孤子生行》亦写民生疾苦，同类题材较易进入新乐府传统，与《妇病行》相似，不在宋人传写之列。《放歌行》一题虽无本事，但题名简明，有发散可能，故宋人能够以之作歌行体乐府。

宋人根据自身乐府观有所反思与开拓的拟题，如《日重光行》。《古今注》载汉有《日重光》《月重轮》《星重辉》《海重润》四章歌诗，赞汉明帝为太子时之德，魏晋以下只有《日重光》《月重轮》二题得到传写。至宋代，张载作《日重光》"日重光，天际翔，愿言贞明永瞻望。月重轮，淡溟渊。愿犹月之恒，协帝仪中天"①，则合日月二题之义，体现出部分宋人"追正题意"的创作观念。

《上留田行》。古辞每句六字，各继之以"上留田"，似为衬字送声之类，晋唐间拟作惟谢灵运用此句法。至宋代，严羽之作亦全同此体，虽不能入乐，但可视作体式层面的复古尝试。

《饮马行》(《饮马长城窟》《青青河畔草》)《胡无人行》，主要在南渡后进入宋人书写视野，作者多借此抒发光复渴望，如"群阴伏，太阳升。胡无人，宋中兴"②"安得霍嫖姚，饮马瀚海旁"③"当时足雪平城耻，犹恨逋诛尚有人"④等，均浸染了相当的时代精神。

《野田黄雀行》(《置酒高殿上》)。郭茂倩"按汉鼓吹铙歌亦有《黄

① 《全宋诗》，第9册，第6284页。
② 陆游《胡无人》，见钱仲联校注《剑南诗稿校注》，上海古籍出版社，2005年，第367页。
③ 王炎《饮马长城窟》，见《全宋诗》，第48册，第29689页。
④ 曹勋《胡无人行二首》其二，见《全宋诗》，第33册，第21052页。

雀行》,不知与此同否?"①因汉铙歌《黄雀》古辞不存,再无可考。本题古辞三篇,或写行乐知命,或写黄雀得脱罗网,而后世拟作多仅写黄雀,难免《雉朝飞》但咏雉"之讥。宋人之作,文同"试看庭前好花谢,枝下落多枝上开。人生不厌苦行乐,勿用蹙促相惊猜"②有古意;许及之化此题为《晚田黄雀词》,"汝不如搏谷并布谷,又不能快活催麦熟。农夫辛苦耕,无功食其禄。无功尚可那无厌,腹饱果然犹不足"③,虽仍写黄雀,但自出机杼,有讽世之义,各自反映出宋人面对古题时的传承与开拓。

《棹歌行》,魏明帝之作写列舟平吴的功业,但齐梁以下已仅写乘舟饮宴之乐,本义已变,宋人之作亦多写乘舟。如曹勋《棹歌》,是由李白《玩月金陵城西孙楚酒楼达曙歌吹日晚乘醉着紫绮裘乌纱巾与酒客数人棹歌秦淮往石头访崔四侍御》诗意化出,序言"作《棹歌行》以纪之"④,虽用古题,内容已属再度生发,诗中如"长杯引竭北斗空,吴歈楚舞无颜色。行行倒着紫绮裘,径上兰舟岸纱帻。笑谈咳唾惊鱼龙,历块群山看灭没。石头水底度冰轮,迢迢碾破澄空碧。左回右盼生英风,联袂招邀尽狂客"⑤,着紫绮裘、观看歌舞、过石头城等诸事细节,均见于李白诗题,本诗是李白诗风影响宋代歌行体乐府的一个例证。

又如朱熹在武夷山时有《淳熙甲辰中春精舍闲居戏作武夷棹歌十首呈诸同游相与一笑》,这组诗名为棹歌,实则由十首绝句组成,其一为总叙,后九首则分写九曲,其源起更类似《竹枝》《欸乃》等歌谣,其中"棹歌闲听两三声"⑥之句,更可推测,这些绝句或可合于当时舟人渔父

---

① 《乐府诗集》,第570页。
② 文同《野田黄雀行》,见《全宋诗》,第8册,第5301页。
③ 《全宋诗》,第46册,第28308页。
④ 《全宋诗》,第33册,第21044页。
⑤ 《全宋诗》,第33册,第21044页。
⑥ 朱熹撰,朱杰人等编《朱子全书》,上海古籍出版社、安徽教育出版社,2002年,第20册,第525页。

的船歌,成为名副其实的乐府诗。其后辛弃疾、欧阳光祖、方岳等亦有类似作品,相互唱和,多为九章一组以合九曲,其实也形成了如前朝《竹枝》众作般的传写范式。

楚调曲 王僧虔《技录》载楚调五曲,为《白头吟行》《泰山吟行》《梁甫吟行》《东武琵琶吟行》《怨诗行》,宋人皆有拟作。《白头吟》古辞写卓文君故事,宋人之作多从此本事,仅邵雍之作但咏白发。《泰山吟行》,《乐府解题》言"人死精魄归于泰山,亦《薤露》《蒿里》之类也"①,而宋人拟作仅写泰山,古义漫漶。《梁甫吟行》,诸葛亮旧辞自述志趣,而郭茂倩考云"梁甫,山名,在泰山下。《梁甫吟》,盖言人死葬此山,亦葬歌也"②,这两种主旨都在宋人的创作中得到传承。

《东武琵琶吟行》(《东武吟行》),现存最早篇章为陆机之作,写游仙题材。东武为汉代郡名,在今山东,郭茂倩引左思《齐都赋》注:"《东武》《泰山》,皆齐之土风,弦歌讴吟之曲名也。"宋人之作如张舜民"小白奖周室,夷吾致其君""景公登牛山,俯阚临邑区"③,都用齐国故典,可见考辨古题主旨的态度。

《怨诗行》(《怨诗》《怨歌行》《明月照高楼》),郭茂倩引《乐府解题》曰:"古词云:'为君既不易,为臣良独难。'言周公推心辅政,二叔流言,致有雷雨拔木之变。"其主旨本为良臣见谤之感慨,但至曹植已演为思妇诗,"明月照高楼,流光正徘徊。上有愁思妇,悲叹有余哀",即《古今乐录》言"《怨诗行》歌东阿王'明月照高楼'一篇"④。历代拟题颇多,大多承继曹植的书写传统。故郭茂倩将后人《长门怨》《婕妤怨》(《班婕妤》)《长信怨》《玉阶怨》《宫怨》《杂怨》等题皆归于此题下,不涉音乐传统,而是因题材、本事多有相近处,如班婕妤曾作《怨歌行》,

---

① 《乐府诗集》,第 605 页。
② 《乐府诗集》,第 605 页。
③ 张舜民《东武二首》,见《全宋诗》,第 14 册,第 9665 页。
④ 《乐府诗集》引,第 610 页。

而陆机后题《班婕妤》正用其本事,故归为一类。宋人之作,一部分关注这些涉及女性身世的本事,更衍生出《长门曲》《长信宫中草》《西宫怨》《故宫怨》等题,另一部分则只泛写怨愧之情,如"天兮地兮,戴且履兮。孰是人斯,莫我视兮"①,已经漫漶为怨诗主题。

此外,张永《元嘉正声技录》又载楚调七曲,为《广陵散》《黄老弹飞引》《大胡笳鸣》《小胡笳鸣》《鹍鸡游弦》《流楚》《窈窕》,有曲无辞,后世无相关作品,大多难以进入宋人拟题的视野。惟《广陵散》一题涉及嵇康故事,远较余者知名,如张方平所作"广陵散,宣诛凌,景诛俭,文诛诞。广陵散,晋室昌,魏室亡"②,或可视为宋人撷取前代曲题,阐发古乐府旨趣的尝试。

大曲十五曲 《宋书·乐志》载大曲十五曲,大多传承自相和曲、平清瑟三调与楚调诸题,乐曲、歌辞并同。如《东门》即《东门行》,《罗敷》即《艳歌罗敷行》,《西门》即《西门行》,《默默》《西山》并即《折杨柳行》,《白鹄》《何尝》并即《艳歌何尝行》,《洛阳令》即《雁门太守行》,《碣石》《夏门》并即《步出夏门行》,《园桃》即《煌煌京洛行》,《置酒》即《野田黄雀行》,《王者布大化》即《棹歌行》,《白头吟》与《棹歌》同调,且用古辞。只有《为乐》,《宋书》言此即《满歌行》,但涉及相和诸调的古代乐府文献中均不见《满歌行》一题,郭茂倩梳理前代传写脉络,将《满歌行》置于大曲类下,实属无奈之举。这类曲题,因大多各从古题化出,故后世多无拟作,宋人亦未予关注。

第五节　清商曲辞旧题

清商曲辞诸题,《古今乐录》等前代文献多作为乐曲之名收录,《玉

---

① 刘敞《古怨诗》其三,见《全宋诗》,第 9 册,第 5620 页。
② 张方平《广陵散》,见《全宋诗》,第 6 册,第 3879 页。

台新咏》中收录部分文人诗篇,所涉都是较为经典的题名。后世文人
创作与收录时,大多在曲名后加以歌、曲等字,演为歌辞性诗题。但因
清商诸题主要以南朝乐歌为源,具备一定民歌特质,古辞的地域色彩较
浓,故宋人有拟作者,大多为其中故事性较为明显,或仅涉及地理风土,
宜于形成文人诗的题目。

吴声歌曲　吴声十曲中,《上柱》《凤将雏》曲、辞并不存,南朝以下
无作者,郭茂倩但录其题。其后,葛立方因《凤将雏》"郭茂倩《乐府诗
集》中无此词"①,又考辨此题,引吴兢《乐府古题要解》认为"汉世乐曲
名也",并以应璩《百一诗》之"为作《陌上桑》,反言《凤将雏》"与张正
见《置酒高殿上》之"琴挑《凤将雏》"等句为证,认为当是用司马相如
琴挑卓文君"凤兮归故乡,四海求其凰"之义,或可备一说。然而司马
相如《琴歌》自有其歌辞本事,远较《凤将雏》知名,故此题不入宋人传
写之列。

《上声》《欢闻》《欢闻变》《前溪》《阿子》或因音律得名,或演声为
曲,或本为舞乐,虽也不乏相关故事,但歌辞的口语性质较强,诗风具有
相当地域色彩,很难进入后世文人的拟作视野。至于《团扇郎》,其本
事为东晋王珉与嫂婢谢芳姿的爱情故事,辞甚缱绻,本属宋人喜爱的题
材,但团扇一典有班婕妤《怨诗》"裁为合欢扇,团团似明月"在前,声名
卓著,易分薄此题本事所受关注,宋人之作如"白露团玉阶,秋风动罗
幕。御幸各有宜,非为君恩薄"②"鸾背如花女,出自咸阳宫。不愁无主
爱,惟怕见秋风"③等,虽以团扇为题,都从班婕妤事生发,而与《团扇
郎》无关。而周紫芝作《拟桃叶团扇歌》,其序言"王徽之爱姬作《团扇
歌》三首"④,应受到《玉台新咏》卷十将这组诗歌归为桃叶所作,题为

---

① 《葛立方诗话》,见《宋诗话全编》,江苏古籍出版社,1998 年,第 8305 页。
② 曹勋《团扇歌》,见《全宋诗》,第 33 册,第 21046 页。
③ 王质《团扇歌》,见《全宋诗》,第 46 册,第 28854 页。
④ 《全宋诗》,第 26 册,第 17095 页。

《答王团扇歌》的影响，然而或是因为记忆之误，将此事归于王徽之名下，这种杂糅亦体现出前代本事在整理与传写中趋于漫漶的倾向。

十曲中宋人有拟作者，仅《子夜》与《丁督护》。《丁督护歌》本事甚详，宋人拟作不出其窠臼。《子夜歌》写相思之情，在清商古辞中，即有《子夜四时歌》《子夜警歌》《子夜变歌》《大子夜歌》等衍生题目，《子夜四时歌》更衍生出春夏秋冬四歌。但仅《子夜四时歌》以江南四时风物渲染情感，别具一格，故后世传写较多。宋人在摹仿此题外，又衍生出以"四时"为题的组诗，其中也不乏乐府诗作品，如黄庭坚《古乐府白纻四时歌》、周必大《渔父四时歌》、杨冠卿《回纹四时》、许棐《四时宫词》等。但这些题名亦非仅从《子夜四时歌》衍生，也涉及《白纻》《渔父》等乐府旧题传承，以及宫词类乐府的传统，具备一定的杂糅性质。

《古今乐录》又另载十曲。其中《长史变》《长乐佳》《欢好》《读曲》宋人无拟作，原因当与前述《上声》《欢闻》等题相似，受到口语化与地域色彩的局限。《碧玉歌》《桃叶歌》《懊侬歌》(《懊恼曲》，又有《华山畿》，为其变曲)等，都是较为知名的爱情故事，本事完备；又有《黄生曲》，不在《古今乐录》收录题名之列，郭茂倩录于此，当是因内容亦写思念之苦，这几题宋人皆有拟作。《七日夜女歌》，《古今乐录》分为《七日夜》《女歌》二题，《乐府诗集》所录则并为一题，歌辞咏织女故事，宋方一夔有《七夕织女歌》，或从此题衍生。《黄鹄曲》本事不彰，且因汉横吹曲亦有《黄鹄》，故宋人拟作容易漫漶为千里之思。又有《命啸》十解，仅存《乌噪林》《浮云驱》《雁归湖》《马让》四题，辞皆亡佚，后人无可摹拟。

此外，南朝至唐代也产生了一些较为零散，不成规模的曲辞，或为宫廷制作乐歌，或为文人因曲拟题，或为吴地民歌新声，郭茂倩将这些皆列入吴声歌曲一类。如陈后主造曲制歌辞，《春江花月夜》《玉树后庭花》《黄骊留》《金钗两鬓垂》《临春乐》《堂堂》等，其中宋人有拟作者仅《春江花月夜》，当是因有张若虚名篇流传之故。隋炀帝亦作《万岁

乐》《藏钩乐》《玉女行觞》《神仙留客》等新声,《隋书·乐志》所谓"大
制艳篇,辞极淫绮"①,而宋人重视雅正讽喻,皆所不取,惟《泛龙舟》一
题有所演绎,但亦仅写竞舟,绝非旧旨。刘禹锡以吴声曲作《三阁词》,
用陈后主本事,宋人传写皆用讽义。《黄竹子》《江陵女》,郭茂倩引唐
李康成"《黄竹子歌》《江陵女歌》,皆今时吴歌也"②,因本事不著,乐曲
或亦失传,故宋人无拟作。

又有《神弦歌》,为南朝民间祭祀杂鬼神的成套乐辞。其中《宿阿》
《同生》分别为迎送神之辞,《道君》《圣郎》《娇女》《白石郎》《湖就姑》
《姑恩》《采菱童》《明下童》,故事不彰,不知所祀何神,隋唐至宋人皆
无拟作。惟《青溪小姑》本事完全,前代多有故事流传,如《续齐谐记·
青溪庙神》《太平广记·赵文昭》《异苑·青溪小姑》等篇,虽写女神,但
实际多为爱情故事,合乎宋人以传奇故事入乐府诗的创作观念,故有所
拟作。

至唐代,《神弦》又被诗人作为专门的乐府诗题来创作,形成《神弦
歌》之外的徒诗传统,宋人的拟作体式、风格多效仿李贺,属于对唐人
乐府徒诗范式的摹拟与继承。又,王维《祠虞山神女歌》、王叡《祠神
歌》二题,各分《迎神》《送神》二篇,亦都被郭茂倩列于《神弦》题下,视
为其衍生,这或是因自北宋起,文人士大夫即有创作祠祀乐歌的传统,
形成了较为普遍的文人化写作,而这类诗篇中又颇有可入乐者,如李复
《乐章五曲》序云"乐五奏皆有歌……予因其迎神、送神与夫三奠为
曲"③,苏辙《舜泉诗》序云"因为诗,使祠者歌之"④,李洪《迎送神辞》
序云"使岁时歌以侑神"⑤,游九言《义灵庙迎享送神曲》序云"俾祝巫

---

①　魏征、令狐德棻撰《隋书》卷十五,中华书局,1973 年,第 379 页。

②　《乐府诗集》,第 682 页。

③　《全宋诗》,第 19 册,第 12496 页。

④　苏辙撰,曾枣庄等校点《栾城集》,上海古籍出版社,1987 年,第 429 页。

⑤　《全宋诗》,第 43 册,第 27140 页。

歌以侑觞"①等，均可见宋代祠祀乐歌承担了相应的乐府诗功能，故这种创作观在一定程度上也反过来影响了郭茂倩的《乐府诗集》编纂观念。

西曲歌 《古今乐录》载三十四曲，主要是荆楚一带的乐歌，与吴声歌曲一样，其遣词与地域特征都对拟作存在一定影响，如《江陵乐》，宋人虽不乏题咏江陵之作，但皆与旧题无涉，可知其漫漶。而西曲歌很多用于时人宴乐，其中也有不少音乐特质较强又缺乏本事，令后人难以拟作的题目。如《石城乐》《三洲》《襄阳蹋铜蹄》《青骢白马》《共戏乐》《安东平》《那呵滩》皆为舞曲，《青阳度》《女儿子》《来罗》《夜黄》《夜度娘》《长松标》《双行缠》《黄督》《黄缨》《平西乐》《攀杨枝》《寻阳乐》《白附鸠》《作蚕丝》皆为倚歌，《孟珠》《翳乐》则既是舞曲，又为倚歌，《常林欢》虽难以细考，但也是南朝之乐曲无疑。上述曲题，其旧辞即便存留，也大多缺乏特点，其主旨与功能都决定了它们难以进入后人拟作的视野，宋人对此也均无关注。至于《采桑度》，因相和歌辞有《陌上桑》《采桑》，用罗敷本事，但后世拟作中也有仅写农桑之事的篇章，此题与《采桑》题名相似，在古乐亡佚之际，纵有传写，内容也可能与之重合，故不再赘述。

宋人有拟作的诸题，《乌夜啼》本事为宋临川王刘义庆遇赦而作，郭茂倩据《唐书·乐志》指出"今所传歌辞，似非义庆本旨"②。宋人之作大多写离别之情，也有只咏乌者，而周紫芝《乌夜啼》"再拜前致词，灵乌未可鄙。吾闻乌夜啼，霈泽覃万里。杲杲方平旦，使者已在门。官家有诏书，为君敦厚恩"③，则体现出对本事的追溯意识。

郭茂倩引《乐府解题》云"亦有《乌栖曲》，不知与此同否"④，而观

---

① 《全宋诗》，第 48 册，第 30127 页。
② 《乐府诗集》，690 页。
③ 《全宋诗》，第 26 册，第 17085 页。
④ 《乐府诗集》，690 页。

南朝至唐人众作,《乌夜啼》尚不乏离别之意,《乌栖曲》已多是繁华游宴之辞。又有《西乌夜飞》,为南朝宋荆州刺史沈攸之思归京师之作,《续齐谐记·青溪庙神》记赵文韶遇青溪小姑故事,即以赵文韶"秋夜嘉月,怅然思归,倚门唱《西乌夜飞》"①为引,但至《太平广记·赵文昭》,这一细节已演为"尝秋夜对月临溪,唱《乌栖》之词"②,可见宋代,流行于南朝的《西乌夜飞》曲辞已不甚为人所知,故被传写者改为时人更加熟悉的《乌栖曲》,宋人创作相关乐府拟题时,自然也偏重于后者。

又,乌鸦这一意象在乐府旧题里所涉颇多,相和曲有《乌生》,又演为《乌生八九子》《城上乌》等题,而如《城上乌》与《乌夜啼》二题,在唐人之作中即已有旨趣相似的倾向,而这些题目多需要以乌鸦起兴作喻,在传写之中也容易流于"《乌将八九子》但咏乌"③一类,是题旨漫漶的又一例证。

《襄阳乐》(《襄阳曲》),郭茂倩溯古曲渊源,引《古今乐录》,以为南朝宋随王刘诞为雍州刺史时"夜闻诸女歌谣,因而作之,所以歌和中有'襄阳来夜乐'之语也"④,唐人之作多如古辞,写江上春水情思。《通典》所述"刘道彦为襄阳太守,有善政,百姓乐业,人户丰赡,蛮夷顺服,悉缘沔而居。由此有《襄阳乐歌》也"⑤,郭茂倩以为非此题本事,但苏轼《襄阳古乐府三首》其三《襄阳曲》"使君未来襄阳愁,提戈入市襄毡裘。自从毡裘南渡沔,襄阳无事多春游"⑥,以及苏辙唱和之作"谁言襄阳苦,歌者乐襄阳。太守刘公子,千年未可忘"⑦,则全出此典,又

---

① 吴均《续齐谐记》,顾氏文房小说本。
② 李昉等编《太平广记》卷二百九十五,中华书局,1961 年,第 2350 页。
③ 胡仔编《苕溪渔隐丛话》前集卷一引《蔡宽夫诗话》,人民文学出版社,1981 年,第 5 页。
④ 《乐府诗集》,第 703 页。
⑤ 杜佑撰,王文锦等点校《通典》,中华书局,1988 年,第 3703 页。
⑥ 苏轼撰,王文诰注,孔凡礼点校《苏轼诗集》,中华书局,1982 年,第 74 页。
⑦ 苏辙《襄阳古乐府二首·襄阳乐》,见曾枣庄等校点《栾城集》,上海古籍出版社,1987 年,第 14 页。

可见部分宋人开掘本事,以补古乐府之义的创作理念。如刘过《襄阳歌》"襄阳真是用武国,上下吴蜀天中央。铜鞮坊里弓作市,八邑田熟麦当粮"①之类地理风物书写,则是宋人乐府徒诗中风土民情这一主题的体现。

此题又因古辞"朝发襄阳城,暮至大堤宿"演为《大堤曲》,宋人拟作如"酒旗相望大堤头,堤下连樯堤上楼"②,亦颇具风土之趣。南朝又有《雍州曲》组诗,分《南湖》《北渚》《大堤》三题,多写冶游风景。《南湖》《北渚》宋代同题之作颇多,但除曾巩《南湖行》具歌行体乐府之风,余者多与普通徒诗无异,亦可见旧题漫漶的趋势。

其余如《莫愁乐》《估客乐》《寿阳乐》《杨叛儿》《拔蒲》等题,或有本事可供摹写,或见当地民情风物,均偶见于宋人拟作,但并无过多特色。

至于《月节折杨柳歌》,以十二月连同闰月分章,写相思之情,各篇中相同位置皆有"折杨柳"三字句,形成回环复沓,又与吴声歌曲中《读曲歌》"折杨柳,百鸟园林啼,道欢不离口"③句法相似,其民歌特征非常显著,故不易与横吹、相和诸曲中《折杨柳》题混同,但后世也无相关拟作。然而李贺《十二月乐辞十三首》,同为以月份分章,或许曾受到这组乐府诗的启发,宋人周密《拟长吉十二月乐辞》章法则源于李贺,虽与古辞旨趣不同,但或可视作体式流传。

江南上云乐 《古今乐录》载梁武帝制《江南弄》七曲:《江南弄》《龙笛曲》《采莲曲》《凤笛曲》(《凤笙曲》)《采菱曲》《游女曲》《朝云曲》,又沈约作四曲:《赵瑟曲》《秦筝曲》《阳春曲》《朝云曲》。现存梁武帝所制七曲,歌辞章法全同,惟《古今乐录》记载各曲送声之辞不同,很容易令人猜想,这里所谓的制曲实为倚声制辞,而诸题所依乐曲很大

---

① 《全宋诗》,第51册,第31807页。
② 李善美《大堤曲》,见《全宋诗》,第72册,第45127页。
③ 《乐府诗集》,第672页。

可能韵律相似甚至相同。沈约亦有《朝云曲》,章法仍与梁武帝诸作同,亦可为证。

《江南弄》《凤笙曲》《游女曲》《赵瑟曲》《秦筝曲》,宋人无拟作。《朝云曲》,本事为楚襄王梦巫山神女。而郭茂倩引《乐府解题》论《巫山高》:"古词言,江淮水深,无梁可度,临水远望,思归而已。若齐王融'想象巫山高',梁范云'巫山高不极'。杂以阳台神女之事,无复远望思归之意也。"①可知南朝时《巫山高》古义已经漫漶,诗人之作多涉巫山神女故事,旨趣与作为当时新声的《朝云曲》混同,宋人之拟作,皆不涉《朝云曲》而全从《巫山高》,或是由于《朝云曲》为冶游之作,而《巫山高》更为高古的原因。

《龙笛曲》,因声如龙鸣得名,李新之作咏笛声,曹勋之作全按梁武帝曲辞章法。《采莲曲》(《采莲归》《采莲女》《湖边采莲妇》)与《采菱曲》(《采菱歌》《采菱行》)二题,宋人所作颇多,皆写江南女子泛舟采莲情思,旨趣同前人。惟许志仁《采莲吟》,亦全从梁武帝章法。

梁武帝又制《上云乐》七曲:《凤台曲》《桐柏曲》《方丈曲》《方诸曲》《玉龟曲》《金丹曲》《金陵曲》,宋人中仅曹勋在广搜乐府旧题时有所涉猎,如以总题《上云乐》作为诗题,《凤台曲》为《凤凰曲》等,但未成规模,不再赘述。

梁雅歌 共五曲:《应王受图曲》《臣道曲》《积恶篇》《积善篇》《宴酒篇》。《古今乐录》言"三朝乐第十五奏之"②,其功能当为朝会用乐,歌辞皆古雅庄重,也非江南、上云诸辞可比。以功能而论,这组歌辞至少当入燕射歌辞之列。郭茂倩列于此,或是因其音乐渊源,隋唐置乐时,皆以吴声西曲为本设清乐一部,"至武后时,犹有六十三曲",此时《雅歌》歌辞尚存,玄宗时因歌工亡去,"清乐之歌遂阙"③。李白因《梁

---

① 《乐府诗集》,第228页。
② 《乐府诗集》引,第749页。
③ 《乐府诗集》,第639页。

雅歌》自拟《君道曲》一题，宋人卫宗武有《君道》篇，当从此出。

第六节 琴曲歌辞旧题

蔡邕《琴操》收录五曲、九引、十二操、河间杂歌二十一章，并部分杂题，郭茂倩在此基础上又整合前代文献中所录琴曲题目与歌辞，如《白雪》《神人畅》《南风歌》《走马引》《渡易水》等，其《乐府诗集·琴曲歌辞》的编纂顺序首先依托上古圣王及贤德者之递承，其次附于春秋战国乃至秦汉以下诸人物故事，最后方附以其余有题无义的近世琴曲题目，以彰显琴乐及其歌辞的德性意义。郭茂倩此举，一定程度上消解了《琴操》收录琴曲歌辞以曲、引、行、歌分类的音乐传统，而代之以历史序列，而宋人的琴曲歌辞旧题拟作亦更加偏重其德性意义，故下文的讨论也不完全按照琴曲旧题的分类来进行。

韩愈作《琴操》十首后，宋人对蔡邕《琴操》的传统格外关注，力图探原古史本事，阐发其义。他们的琴曲歌辞拟作，如《白驹操》《猗兰操》《越裳操》《拘幽操》《岐山操》《履霜操》《雉朝飞操》《别鹤操》《水仙操》《襄陵操》《列女操》《贞女引》《霹雳引》《箜篌引》《箕山操》《将归操》(《耶操》)《文王操》《仪凤歌》(《神凤操》)《梁山操》《昭君怨》《独处吟》《双燕离》《获麟操》等，其题、辞或本事，都在《琴操》著录之列，传承十分清晰。郭茂倩又言，"按《琴操》有《湘妃怨》，又有《湘夫人》曲"①，则此二题也在其列。宋代文人在拟作时，也大多以小序注明其本事渊源，以推重其义，只有对古辞不存的旧题，才仅就题目本身含义进行拟题。曹勋拟《琴操》，尚批评韩愈拟作的《琴操》"词存而义不

---

① 《乐府诗集》，第826页。

复概见……是故悲思怨刺,抑扬折中,皆不切其旨"①,更是这种创作倾向的明证。

此外,王令《倚楹操》实用琴曲《贞女引》本事,曹勋《孔子泣颜回》实用琴曲《忆颜回操》本事,薛季宣《麦秀歌》实用琴曲《箕子吟》本事,其《舜操》序云"舜立为天子,思事亲之乐,谓巍巍之位不足保作"②,则为琴曲《思亲操》与《耕历山》本事的杂糅。诸如此类,同样体现出宋人拟作重视本事寓意,不重音乐渊源的倾向。

至于《神人畅》《南风歌》《箕子操》《克商操》《采薇操》《采芝操》《归耕操》《飞龙引》等题,虽为古题,但多数在宋代尚有同名琴曲传世,宋人之拟作同样将其当做纯粹的徒诗来创作,即便有小序,也只点明其本事,并不提及倚声入乐的可能。又如《三峡流泉操》《清江引》等题,虽也有琴曲传世,宋人拟作却都是不合乐的近体诗。至于《蔡氏五弄》中《游春》《幽居》《秋思》《渌水》等题,因琴曲本身即是文人的即景抒怀之作,作为诗题便觉泛泛。即便在宋代有不少同题诗篇,其乐府特质也已漫漶,不足为考。

此外,如《虞美人歌》出自古《力拔山操》,写项羽虞姬故事;《宛转歌》出自《齐谐记》,写王敬伯遇刘妙容鬼魂故事,刘妙容作此歌以答,但未必真有此古曲;又如《昭君怨》《明妃曲》等题,全用王昭君故事。宋人对这些题目的热衷,同样是他们关注故事轶闻,并以之创作乐府诗,扩大乐府内涵的观念体现。

整体而言,两宋的琴曲歌辞创作虽然未能免于整体徒诗化的倾向,大多不能入乐,但由于其题目选择的着眼点不少还是在当时仍有乐谱流传的琴曲旧题,较之其余古乐久已不传的乐府门类,仍与音乐维持着一定的联系。这种结合了旧题故典与雅乐精神的创作意识,在道德寄

---

① 曹勋《琴操》序,见《全宋诗》,第 33 册,第 21035—21036 页。
② 《全宋诗》,第 46 册,第 28709 页。

托方面形成了对古代《琴操》传统的一次复归,是其最大特色。

第七节 杂曲歌辞旧题

杂曲歌辞一类中,作者的生活年代纵贯魏晋至唐代,几乎涵盖宋前乐府诗史的绝大部分时段,因此它也是《乐府诗集》中题名和内容都相当芜杂的一大类。郭茂倩总结道:"杂曲者,历代有之,或心志之所存,或情思之所感,或宴游欢乐之所发,或忧愁愤怨之所兴,或叙离别悲伤之怀,或言征战行役之苦,或缘于佛老,或出自夷虏。兼收备载,故总谓之杂曲。"①原本有声有辞,但随着声乐亡佚,便只能根据古辞和前人拟作来追索其本义。

这类乐府诗无明显可追溯的声乐传统,便只能以内容题材分类。郭茂倩应当参考了《文苑英华》《唐文粹》等分类方法,将大致相似的题目列在一起,并尽量按照这些题目产生的年代顺序排列。按《文苑英华》中的乐府诗单为诗部下之一类,未有细分,如参照此书中其余门类名目,可大略分为:帝京、仙道、燕乐、美人、天时、少年、酒、侠客、边塞、军旅、行迈、相思、别离、歌、怨、拟古、禽、古题、草木、兽、杂歌,共计二十一类。《唐文粹》乐府辞部分则按照题材明确分为:功成作乐、古乐、感慨、兴亡、幽怨、贞节、愁恨、艰危、边塞、神仙、侠少、行乐、追悼、愁苦、鸟兽花卉、古城道路,共计十六类。

如以这两者观照《乐府诗集·杂曲歌辞》的分类,可大略提炼为下表所示,分为古题、仙道、燕乐、天时、地理、美人、少年、侠客、军旅、歌舞、相思、离别、怨情、禽鸟、草木、拟古、佛乐十七类,宋人有无拟作之情况亦同见下表。

---

① 《乐府诗集》,第 885 页。

题材类别	宋人有拟作	宋人无拟作
古题	《驱车上东门行》《君子有所思行》《出自蓟北门行》《伤歌行》（《伤哉行》）《悲歌行》《当事君行》《名都篇》《美女篇》《白马篇》	《秦女休行》《当墙欲高行》《当欲游南山行》《驾言出北阙行》《驾出北郭门行》《出门行》《齐瑟行》《苦思行》《斗鸡篇》《驱车篇》《种葛篇》《飞尘篇》《登名山行》《齐讴行》《齐歌行》
仙道	《升天行》《远游篇》《仙人篇》《神仙篇》《升仙篇》《应龙篇》《飞龙篇》《前缓声歌》《缓歌行》	《桂之树行》《云中白子高行》《五游》《轻举篇》《仙人览六著篇》《神仙曲》《闾阖篇》
燕乐	《堂上歌行》《饮酒乐》《春日行》《王孙游》《乐未央》《沐浴子》《三台》《迎客曲》《上林》《春游吟》《春游曲》	《安定侯曲》《短箫》《清凉》《上皇三台》《突厥三台》《宫中三台》《江南三台》《携手曲》《送客曲》《还台乐》《河曲游》《城南嵎宴》《喜春游歌》《春游乐》
天时	《北风行》《苦热行》《朗月行》《明月篇》《明月子》	无
地理	《西长安行》《吴趋行》《荆州乐》《荆州歌》《长干曲》《长干行》《小长干曲》《邯郸行》《邯郸歌》《武溪深》《武陵深行》	《会吟行》《望城行》《西洲曲》《荆州泊》《纪南歌》《宜城歌》《南郡歌》《陵云台》《建兴苑》《曲池水》《睢阳曲》《敦煌乐》《阿那瑰》《高句丽》《摩多楼子》
美人	《妾薄命》《羽林郎》《羽林行》《胡姬年十五》《当垆曲》《采菊篇》《邯郸才人嫁为厮养卒妇》《杨白花》《秦王卷衣》《丽人曲》《丽人行》	《杞梁妻》《董娇饶》《焦仲卿妻》《卢女曲》《卢姬篇》《茉莉女》《秦女卷衣》《于阗采花》《爱妾换马》
少年	《前有一尊酒行》《结客少年场》《少年子》《少年乐》《少年行》（有汉宫、长乐、长安、渭城、邯郸等题）	无

题材类别	宋人有拟作	宋人无拟作
侠客	《游侠篇》《游侠行》《侠客篇》《侠客行》《游子吟》《游子移》《壮士篇》《壮士吟》《壮士行》	《轻薄篇》《轻薄行》《灞上轻薄行》《博陵王宫侠曲》《游猎篇》《行行游且猎篇》
军旅	《南征曲》《济黄河》《湖阴曲》《筑城曲》	《阳翟新声》《神白马》《发白马》
歌舞	《浩歌》《浩歌行》《归去来引》《结袜子》《大道曲》《大垂手》《小垂手》	《金乐歌》《采荷调》《永明乐》《永世乐》《舞媚娘》《无愁果有愁曲》《无愁曲》
相思	《自君之出矣》《长相思》《千里思》《起夜来》《起夜半》《独不见》《合欢诗》《春江行》《春江曲》《江上曲》《江皋曲》《越城曲》《登楼曲》《映水曲》《锦石捣流黄》	《半渡溪》《半路溪》《昔思君》《妾安所居》《淫思古意》《思公子》《同声歌》《何当行》《定情诗》《定情篇》《定情乐》
离别	《行路难》《古别离》《古离别》《远别离》	《车遥遥》《从军中行路难》《变行路难》《生别离》《长别离》《久别离》《新别离》《今别离》《暗别离》《潜别离》《别离曲》《送归曲》
怨情	《夜夜曲》《秋夜长》《秋夜曲》《夜坐吟》《寒夜怨》《寒夜吟》《独处愁》	《遥夜吟》《忧旦吟》《霜妇吟》
禽鸟	《蛱蝶行》《鸣雁行》《空城雀》	《东飞伯劳歌》《晨风行》《沧海雀》《雀乳空井中》《泽雉》《燕燕于飞》
草木	《秋兰篇》《杨花曲》《桃花曲》《芙蓉花》	《浮游花》《芳林篇》《夹树》《树中草》《城上麻》
拟古	《枯鱼过河泣》《薄暮动弦歌》《羽觞飞上苑》《乐府》《古曲》	《冉冉孤生竹》《枣下何篡篡》《西园游上才》《桂楫泛河中》《内殿赋新诗》《伍子胥》《杂曲》

题材类别	宋人有拟作	宋人无拟作
佛道	《步虚词》《步虚引》《法寿乐》	《善哉》《天乐》《天劝》《天道》《仙道》《神王》《龙王》《灭过恶》《除爰水》《断苦轮》《法乐童子伎》《童子倚歌梵呗》《金利佛》《歌本处》《歌灵瑞》《歌下生》《歌在宫》《歌田游》《歌出国》《歌得道》《歌宝树》《歌双树》《歌贤众》《歌学徒》《歌供具》《歌福应》《舍利弗》

杂曲歌辞诸题原本可歌,但较之前列鼓吹、横吹、相和、清商等诸大类,不仅音乐传统漫灭,而且题目杂多,难以梳理其传承。郭茂倩虽试图考证部分古题的源流,以明其出处,但多数题目也已无考。而宋代文人在对这些题目进行筛选与传写时,很多时候也是将其作为有乐府传统的徒诗来看待,虽然诗人个体的选择也具备一定的不确定性,但亦可大致提炼其部分规律如下:

其一,推重古调,以及前代著名诗人的乐府名篇。如古辞《悲歌行》《伤歌行》、曹植《名都篇》《美女篇》《白马篇》《升天行》《远游篇》、鲍照《行路难》《苦热行》《夜坐吟》《空城雀》、李白《古朗月行》《侠客行》《前有一尊酒行》《少年行》《长相思》、杜甫《丽人行》、张籍《筑城曲》、王建《秋夜曲》、李贺《浩歌》《神仙曲》等,大多是传诵较多的题目,宋人在追溯和摹拟前代乐府诗传统时,很容易关注此类旧题及其衍生题目。而此类题目不少也被魏晋至唐代的这些著名诗人先后传写,这种层累的积淀,令其更容易进入宋人的传写视野。

其二,侧重有事典流传的古题,尤其是故事性较强,或者容易联系到女性主题的题目。如《结客少年场行》,事见《后汉书》"(祭遵)尝为

部吏所侵,结客杀之"①,又郭茂倩引《乐府广题》曰"汉长安少年杀吏,
受财报仇,相与探丸为弹,探得赤丸斫武吏,探得黑丸杀文吏"②;《游侠
篇》,典出《汉书·游侠传》"长安炽盛,街闾各有豪侠……酒市有赵君
都、贾子光,皆长安名豪,报仇怨、养刺客者也"③;《武溪深》,为马援南
征事,都有历史故事为凭。女性主题的旧题如《当垆曲》,写司马相如
与卓文君故事;《羽林郎》"昔有霍家奴,姓冯名子都。依倚将军势,调
笑酒家胡。胡姬年十五,春日独当垆。长裾连理带,广袖合欢襦",后
人即以其所述故事为本事,又造《胡姬年十五》题;《杨白华》,写北魏胡
太后逼通杨华事;至于《妾薄命》,虽无本事,但是自曹植作此题,历代
诗人多以此写女性怨情,在宋代作者也很多。

其三,选择旨趣能够结合时代,进行自我情志抒写的题目。如《湖
阴曲》,其本事为东晋明帝微服察王敦营垒,而南宋文人所作,多以东
晋喻南宋,阐发其政治期望。又如《出自蓟北门行》与《蓟门行》,皆为
古题,而汪元量合为《出自蓟门行》:"书生尔何为,不草相如檄。徒有
经济心,壮年已斑白。"④南宋末年,临安陷落,汪元量随宋室北赴大都,
历十余年方南归,正是其心绪写照。此外,如《步虚词》《步虚引》等题,
因宋代道教盛行,宋人多以此写道教与道家主题,同样具有一定的时代
特征。

其四,优先题旨较为一目了然,无需考辨本事,也能依循乐府古调
进行传写的题目。尤其是行乐、相思、离别、怨情之类,如《春游曲》《长
相思》《远别离》《行路难》《夜夜曲》《夜坐吟》等。而这些门类的题目
很多十分相似,在一系列相似的题目中,宋人也会选择前代拟作较多的
题目进行传写。如同为离别之题,宋代的拟作就集中在年代更早,更具

---

① 　范晔《后汉书》卷二十《祭遵传》,中华书局,1965 年,第 738 页。
② 　《乐府诗集》,第 948 页。
③ 　班固《汉书》卷九十二,中华书局,1962 年,第 3705 页。
④ 　《全宋诗》,第 70 册,第 44019 页。

代表性的《古别离》《远别离》等题,不及其余。

由于杂曲歌辞旧题的徒诗特质本就较为明显,在宋人的这部分拟作中,颇可看到因题材风格相似而导致题目本义漫漶消解,或者被更作阐发的例子。如《盘石篇》曹植之作有远举之志,而宋人同题作品但咏盘石;《采菊篇》旧题虽为梁简文帝所作,其"东方千骑从骊驹,岂不下山逢故夫"①,有《日出东南隅》与《上山采蘼芜》等古诗思致,但宋人则因陶渊明采菊之故典,专门书写这一特定意象,同题作品虽多,但乐府的特质亦大多渐不分明。此外如《桂之树行》《松柏篇》等,宋人衍生出新题。

杂曲歌辞范围既广,于是同样面临与其余乐府旧题题名相似,在音乐传承消失后,分属不同乐曲门类的旧题容易被后人视而为一的情况。如《飞龙篇》,琴曲有《飞龙引》;《明月篇》《明月子》,琴曲有《明月引》等;《西长安行》,汉横吹曲有《长安道》,新乐府辞有《忆长安曲》《长安羁旅行》等,宋人的很多拟作,题名大体相似,却并不能依据内容判断他们是根据哪类古题进行拟作,容易变成泛泛的诗题。郭茂倩在梳理古题时力图区别其差异,如杂曲歌辞《君子有所思行》"旨言雕室丽色,不足为久欢,宴安酖毒,满盈所宜敬忌"②,而相和歌辞《君子行》"盖言远嫌疑也"③;杂曲歌辞中也有非常相似的题目,如《夜坐吟》和《遥夜吟》,郭茂倩考言:"《夜坐吟》,鲍照所作也。其辞曰'冬夜沉沉夜坐吟',言听歌逐音,因音托意也。宗夬又有《遥夜吟》,则言永夜独吟,忧思未歇,与此不同。"④这种思路,一方面和部分宋人推尊古题本义的创作观念相合,另一方面,古辞的文本内容不断受到重视,也正是乐府不断徒诗化的趋势之体现。

---

① 《乐府诗集》,第 931 页。
② 《乐府诗集》,第 893—894 页。
③ 《乐府诗集》,第 467 页。
④ 《乐府诗集》,第 1073 页。

第八节　近代曲辞旧题

在郭茂倩的分类中，"近代曲者，亦杂曲也，以其出于隋、唐之世，故曰近代曲也"，隋唐两朝最终发展为十部乐："一曰宴乐，二曰清商，三曰西凉，四曰天竺，五曰高丽，六曰龟兹，七曰安国，八曰疏勒，九曰高昌，十曰康国，而总谓之燕乐。"①但由于中晚唐乱后，曲多亡佚，在郭茂倩收录近代曲辞诸题中，也较难寻觅这一分类传统的痕迹。

杂曲歌辞类所录旧题，宋人大多无拟作。这部分题目大多可归为宴乐部，如《水调》《江都宫乐歌》《昔昔盐》（演为《垂柳覆金堤》等二十题），都是隋朝宴乐所用。《纪辽东》《辽东行》《渡辽水》，其内容与高丽相关，但分类已不可考。唐代宴乐曲题所存更多，如《乐世》（《绿腰》）《急乐世》《达磨支》（《泛兰丛》）等为舞曲，《何满子》《回波乐》歌舞俱用，《婆罗门》（后改为《霓裳羽衣》）也属歌舞并用之列，《还京乐》《雨霖铃》《堂堂》为法部乐，此外尚有诸大曲《大和》《伊州》《陆州》《簇拍陆州》《甘州》《石州》《舞石州》《清平调》等，都是功能较为突出的题目。其中部分题目也具备清商、舞曲两类的传统，如《昔昔盐》，郭茂倩引《乐苑》"羽调曲，唐亦为舞曲"②；《堂堂》，《旧唐书·乐志》载为陈后主作，郭茂倩列入清商乐中吴声歌曲一类，"唐为法曲"③。

宋人的乐府诗创作观念中，相当一部分在于拟古重义，而这类曲辞皆为前朝宴乐所用，并无较为深刻的主旨可开掘；在旧乐亡佚并被新乐取代后，其娱乐功能也一并被词接过，其中部分曲题如《水调》《何满子》《雨霖铃》等，在宋代更演为词调，不再列入乐府诗的传统中，因此

---

① 《乐府诗集》，第 1107 页。
② 《乐府诗集》，第 1109 页。
③ 《乐府诗集》，第 1117 页。

并非宋人摹拟乐府旧题的首选。

　　具备宴乐功能,后又演为词调的杂曲歌辞旧题尚有《双带子》《金殿乐》《长命女》《醉公子》《征步郎》《镇西》《一片子》《大酺乐》《太平乐》《升平乐》《凤归云》《调笑》《踏歌词》《踏歌》等题。又《浪淘沙》《纥那曲》《潇湘神》《抛球乐》诸题,并刘禹锡作。刘禹锡曾以吴声曲作《三阁词》,其《竹枝》《浪淘沙》等作品亦依民歌而成,这几题或也是依当地声歌所作,后亦皆演为词调,故都不在乐府诗传写之列。

　　此外如《十索》《盖罗缝》《昆仑子》《祓禊曲》《上巳乐》《穆护砂》《胡渭州》《戎浑》《战胜乐》《剑南臣》《叹疆场》《塞姑》《水鼓子》《濮阳女》《相府莲》(《想夫怜》)《簌拍相府莲》《离别难》(演为《大郎神》《悲切子》《怨回鹘》)《圣明乐》《千秋月》《火凤辞》《热戏乐》《春莺啭》《如意娘》《桂华曲》《金缕衣》《转应词》《宫中行乐词》《宫中乐》《天长地久词》等,都是隋唐之际的商调曲、羽调曲、小歌曲之类,同样受到历朝音乐代谢的影响,不入宋人拟作的视野。其中《上巳》《回纥》《大酺乐》《宫中行乐词》等,宋人虽有相关题目,但是不再在乐府诗的传统下进行创作,已可视作题旨漫漶。

　　近代曲辞中宋人有所拟作的题目,最重要者为《竹枝》。此题本为巴渝间民歌,因刘禹锡作辞而盛行于贞元、元和之间,延至晚唐五代时也被视作词调,如《花间集》收录孙光宪等所作之《竹枝》,至《花间集补》又收录刘禹锡、白居易之《竹枝》。然而在整个唐五代时,《竹枝》一题的作者并不多,此题的传写在宋代更为兴盛,并且被宋人纳入乐府诗传统中。宋代文人普遍将《竹枝》视为乐府民歌之类,其《竹枝》拟作并不归为词体,而是多收在诗部。如李复《予往来秦熙汧陇间不啻十数年时闻下里之歌远近相继和高下掩抑所谓其声呜呜也皆含思宛转而有余意其辞甚陋因其调写道路所闻见犹昔人竹枝纥罗之曲以补秦之乐府云》,明确将自己在陕甘一带因民歌曲调作乐府诗的行为与前代诗人倚声《竹枝》之举进行类比,以《竹枝》作为前代乐府民歌之范式;黄庭坚《梦李白诵竹枝词三叠》，"三叠"一词，则是对其曲调复唱的强调，突出《竹枝》一题的音乐传统。

宋人甚至有"竹枝体"之称，将这种以较浅白的言辞与清新风格写风土人情的绝句视为定式，列入创作之一体，可见《竹枝》的流行与时人对这一诗题诗风的熟悉。如王质《效竹枝体有感四首》、汪梦斗《思家五首竹枝体》，或以"石桥直下桨双横，落叶渐低湖水生""江南烟雨梅子肥，稻针刺水青离离"①等描叙南方风物，或在每篇之末反复咏叹"如何游子不思家"②以形成近似民歌的笔法，均对此体有所继承与开拓，可视为《竹枝》这一题目在宋人乐府诗创作中的延伸。又如员兴宗《李太白古风高奇或曰能促为竹枝歌体何如戏促李歌为数章》，明确提及"竹枝歌体"，其文本内容却是对李白《古风》五十九首中部分篇章的缩写，甚至不再涉及《竹枝》约定俗成的书写定式，可以视作对于这类独特乐府诗体裁的某种戏仿。

又如《杨柳枝》，唐人用为新声健舞之曲，唐五代时传写颇多，白居易、刘禹锡、李商隐、温庭筠、皇甫松、张祜、和凝、孙光宪等均有同题作品，且九章联章的体式也为数不少，其总量远超同时之《竹枝》。然而在宋代，这两题的传写情况恰好和唐五代时相反，宋人作《杨柳枝》题目的数量远不如《竹枝》，既是由于《杨柳枝》在唐代所承担的宴乐娱人功能在宋代已经由词取代，也体现了宋代文人乐府创作观中对乡土民歌与日常题材的看重。

乐府诗秉承《诗经》采诗观风的传统，然而魏晋六朝文人乐府兴盛之后，这一功能逐渐淡化，至唐代新乐府兴起，其中虽然颇多涉及民生的篇章，但其内容大多专注于民生疾苦，而少见对乡村社会生活的书写。而宋代士大夫根据自己的经历见闻，对所到之处的风土民情予以

---

① 王质《效竹枝体有感四首》其二、其四，见《全宋诗》，第46册，第28855页。
② 汪梦斗《思家五首竹枝体》，见《全宋诗》，第67册，第42376页。

提炼与传写,拓展了乐府诗的题材。《竹枝》旧题本属民歌,具备"饥者歌其食,劳者歌其事"的即事特质立题,秉承了一定的古乐府传统;两宋的许多文人也都有于宦游中闻歌《竹枝》的经历,因此作乐府歌篇,大多刻画巴渝荆楚之间的风土,以民歌写当地民生,可谓相得益彰,他们由民歌曲调生发,叙写风物民俗的诗篇,也有一概以《竹枝》称者。叶适更由此开《橘枝词》一题,写永嘉风物人情,实为《竹枝》之旁支,而《橘枝》题目从此流传,进入洞庭、吴中一带民歌的传统,至明清仍有传写,亦可见乐府诗发展之一脉。

　　杂曲歌辞中的其余题目,宋人偶有涉猎,但都不如《竹枝》的体量与影响。如《欸乃曲》,亦属舟人歌谣,但传写极少;《忆江南》(《望江南》《谢秋娘》),主要演为词牌,诗作不多;《采桑》本为羽调曲,写军旅之事,但仅看题名,易与清商曲辞《采桑行》等混同,故也流于漫漶;《思归乐》,与琴曲歌辞《思归引》题名近似,因主题比较普适,宋人所作尚多,但也不出思归之旨趣,难有翻新。《凉州》(《梁州》)《凉州词》《破阵乐》《山鹧鸪》《浣沙女》《墙头花》《渭城曲》《拜新月》《十二月乐辞》等大体同此,偶见于宋人撷取前朝旧题时的作品,不必赘述。

第九节　杂歌谣辞旧题

　　杂歌谣辞类下,大多是从历代文献中摘录出来,伤时寓意的徒歌之属,郭茂倩将童谣谶语也列于此。其形式多为某一故事中的古人作歌自抒胸臆,也有其他人对某故事中主角人物的赞颂或叹惋之辞。这部分歌辞,其本事虽多出自故典,但因所涉人物杂多,古辞又多以第一人称口吻叙写,在宋代之前已经绝少拟作,宋人虽推重古乐府本事,较前人对此关注更广,但有所传写者也远少于其全貌。

　　如隶属于先秦时代的诸题,仅《击壤歌》《涂山歌》《获麟歌》《河激歌》《采葛妇歌》《渔父歌》《秦始皇歌》等数题在宋代有相似的题目。与早期的琴曲歌辞相似,这几个题目大多依托于古代圣人与贤女的故事存在,符合宋人重视古题渊源与旨趣的观念,较之《夏人歌》《师乙歌》《越人歌》《徐人歌》《紫玉歌》《邺民歌》《郑白渠歌》之类本事不彰或近乎言情的题目更易受到关注。但《击壤歌》与《采葛妇歌》,宋人所述已与古辞本事不同;《获麟歌》虽用本事,拟作已失去古歌之特质风格;《渔父歌》后世但写渔人生涯,古意漫漶;《秦始皇歌》已成咏史之作;《涂山歌》与《河激歌》虽宋人所依本事与古辞相同,但其拟作已经是第三人称视角的全面书写,这种将事典化入诗歌当中,而非代入昔人视角叙写的态度,是宋人拟作杂歌谣辞的一个明显改变。

汉代诸题,也仅有《戚夫人歌》《秋风辞》《李夫人歌》《乌孙公主歌》《李陵》等数题被宋人传写。其共同点是,都具备故事性较强的本事,首尾俱全,足以令后人想象摹拟。如乌孙公主本事,曹勋演为《细君》题;戚夫人本事,文同据前代笔记小说故事更为开拓,演为《贾佩兰歌》题。其余如《平城歌》《吴楚歌》《燕美人歌》《画一歌》《赵幽王歌》《淮南王歌》《京兆歌》《左冯翊歌》《扶风歌》《卫皇后歌》《李延年歌》《李夫人及贵人歌》《未央才人歌》《中山孺子妾歌》《临江王节士歌》《行幸甘泉宫》《匈奴歌》《骊驹歌》《杂离歌》《瓠子歌》等,除与李夫人相关的几个题目被《李夫人歌》的存在所同化外,其余题目大多故事性不足,一些人物与古辞的内在关系亦不够明确,甚至有些主体人物形象相对模糊。这类本事更近似典故,作为事典出现在后世诗歌中尚可,但很难作为文人专门题写的对象。

此外如《商歌》,罗与之所作已非本义,其主旨亦不详;《楚歌》,谢翱拟作仅用楚人之歌一义;《五噫歌》,文天祥仿作《又六噫》,则为体式之摹仿。这种传写虽有源流可考,但已与古题本事无关,在宋人的杂歌谣辞拟作中并非主流。

其后历代的题目亦大多如上所述,而且由于年代不够高古,故事又多偏门,宋人关注传写更少。如《晋高祖歌》《苏小小歌》《颍川歌》等,宋人的同题作品大多已近咏史怀古之风;《河中之水歌》《劳歌》《云歌》《一旦歌》《巴东三峡歌》等,或拟作极少,或如《巴东三峡歌》已转为如《竹枝》一般的风土题材。又有《中兴歌》,宋人用此题皆写南渡中兴时事,与古义不同,但具备足够鲜明的时代特征,其实有新乐府之风。

　　杂歌谣辞中也存在一些与其余古题相似的题目。如《淮南王》,舞曲歌辞有《淮南王》,琴曲歌辞有《淮南操》,因本事人物相似,音乐特质又逐渐模糊,故在传写中容易混为一谈,《鸡鸣歌》《鸡鸣曲》与相和歌《鸡鸣》,《秋风辞》与鼓吹曲辞《秋风》,《黄鹄歌》与横吹曲辞《黄鹄》、清商曲辞《黄鹄曲》等题,亦属此类。又如《襄阳歌》《襄阳曲》,清商曲辞亦有《襄阳乐》《襄阳曲》,郭茂倩梳理前代作品时,将崔国辅《襄阳曲》列在清商曲辞,而将李白《襄阳曲》列在杂歌谣辞,已有分类难明之感,宋人拟作也基本以襄阳风物为事,不再考辨其源流。

　　谣曲部分多为童谣谶语,较之历代杂歌更难有拟作空间。仅《后汉桓帝初小麦童谣》后经杜甫演为《大麦行》题,宋人方有所关注,又因其首句"小麦青青大麦枯"造《小麦青青歌》一题。而如《独酌谣》但写饮酒,《箜篌谣》与相和歌辞、琴曲歌辞同题《箜篌引》难以区别,也属古题漫漶之列。

第十节　新乐府辞旧题

　　在郭茂倩界定中,"新乐府者,皆唐世之新歌也。以其辞实乐府,而未常被于声,故曰新乐府也"[1],包括唐人自创的乐府杂题,元白开创的新乐府辞,以及以温庭筠为代表的乐府倚曲。宋人推崇唐代乐府典

---

　　① 《乐府诗集》,第 1262 页。

范,对唐人所立之题颇有拟作。

乐府杂题 这部分题目大多为唐人自创,摹拟前朝乐府诗风,但实则从题名到内容皆有沿袭古题之病,创意不多。如果参照前文杂曲歌辞旧题部分,以《文苑英华》和《唐文粹》的分类法按照内容题材加以区别,则有如下差别。乐府杂题均为唐人新创,无古题一类;这部分乐府诗都是徒诗,因此也不涉及音乐相关的歌舞一类,唐人拟侠客类题目极多,无需自创新题,侠客一类也可去除。与此同时,唐人乐府杂题的题材又较前朝更为宽广,出现了赞颂本朝功业,书写当代史实,关注民生疾苦等主题,故需以《文苑英华》类目为参考,加入《唐文粹》功成作乐、兴亡、愁苦等分类,并另立劳作类目,方可综合涵盖其全貌。宋人的拟作情况大体如下表。

题材类别	宋人有拟作	宋人无拟作
仙道	《求仙曲》《求仙行》	
燕乐	《楚宫行》	《新曲》《湘川新曲》《小曲新辞》《汉苑行》
天时	《望春辞》	
地理	《堤上行》《竞渡曲》《北邙行》	《横江词》《忆长安曲》《九曲词》《湘中弦》《湘弦曲》《淮阴行》《沓潮歌》
美人	《春女行》《青楼曲》	《洛阳女儿行》《扶南曲》《情人玉清歌》《楼上女儿曲》《泰娘歌》《烧香曲》《春怀引》《静女春曙曲》《月漉漉篇》
少年	《公子行》	
军旅	《将军行》《老将行》《塞上曲》（《塞上》）《塞下曲》（《塞下》）《平戎辞》	《燕支行》《平蕃曲》《交河塞下曲》

题材类别	宋人有拟作	宋人无拟作
相思	《促促曲》《思远人》《忆远曲》《望远曲》《寄远曲》《节妇吟》《楼上曲》《湖中曲》	《静夜思》《黄葛篇》《中流曲》《视刀环歌》《结爱》《各东西》《房中曲》《江南别》
离别	《送衣曲》《寄衣曲》《湘江曲》	
怨情	《征妇怨》《思君恩》	《江夏行》《邯郸宫人怨》《吴宫怨》《苦乐相倚曲》
禽鸟		《雉将雏》《雀飞多》
草木	《采葛行》	
拟古	《桃源行》《笑歌行》《夫远征》《野田行》《青青水中蒲》《梦上天》《白虎行》《倚瑟行》	《祖龙行》《邺都引》《孟门行》《来从窦车骑》《湘弦怨》《更衣曲》《斜路行》《长安羁旅行》《羁旅行》《君莫非》《田头狐兔行》《人道短》《捉捕歌》《黄头郎》
功成作乐		《圣寿无疆词》《朝元引》
兴亡	《哀王孙》《汾阴行》《大梁行》《洛阳行》《永嘉行》	《悲陈陶》《悲青坂》《哀江头》《兵车行》
愁苦	《促促词》《山头鹿》	
劳作	《田家行》《织妇词》《织锦词》《捣衣曲》《采珠行》	《织锦曲》《当窗织》

对宋人而言,乐府杂题仅是前朝之作,而非有所渊源的古题,他们对此类题目也并未从本事寓意的层面予以关注,其有所拟作的题目中,很多都如《求仙曲》《楚宫行》《公子行》《老将行》《塞上曲》《征妇怨》之类,题旨一目了然,也与其余乐府旧题有所重合,只需要沿袭书写即可,故成为宋人泛泛拟作乐府旧题的一种选择。

同时,宋人梳理唐代乐府诗典范时,容易对著名诗人,尤其是李贺、张籍、王建等乐府名家的杂题作品别有关注，如杨冠卿《寄远曲用唐人张籍韵》、释善珍《征妇怨效张籍》、陆游《征妇怨效唐人作》，都明确点出对唐人传统的继承。其中，张籍、王建的写实之风尤为宋人所推崇，如《节妇吟》《山头鹿》《送衣曲》《促促词》等，大多关切民生，与宋代士大夫为生民立命的社会责任感相切合。这部分拟题虽数量不多，却开启了宋人新题乐府中广为书写民生苦乐的一脉题材。杜甫拓宽乐府诗的现实题材，下启元白新乐府，但郭茂倩收录的诸题，除《哀王孙》外，《悲陈陶》《悲青坂》《哀江头》《兵车行》等，宋人均无拟作。这并非他们不重视杜甫的乐府诗，而是宋人更倾向于以杜甫为典范，贯彻乐府诗即事立题、刺美见事的功能。上述情况，都当于下文宋代乐府新题部分更作详细阐发。

在宋代的乐府杂题拟作中，同样存在因音乐特质消解，导致不同类目的古题混同；以及仅仅围绕题名意趣进行创作，导致题旨漫漶的情况。如《采葛行》，杂歌谣辞有《采葛妇歌》；《堤上行》，即清商曲辞《大堤曲》一脉；《横江辞》但写江景，《烧香曲》但写焚香之类，不再赘列。

又郭茂倩将温庭筠的乐府倚曲与陆龟蒙的乐府杂咏列入新乐府辞中，但这些诗篇风格绮丽，与元白之作截然不同，反而与乐府杂题中李商隐《烧香曲》《房中曲》《楼上曲》等旨趣相似，可置于一处讨论。如温庭筠《夜宴谣》《水仙谣》《太液池歌》《鸡鸣埭歌》《塞寒行》《春晓曲》《惜春词》《春愁曲》《春洲曲》等，多为燕乐、美人、相思、怨情之类题材，宋人之拟作亦多不出此列。

乐府杂题中还存在较为特殊的一类，即元结《补乐歌十首》《系乐府》，皮日休《补九夏歌》等组诗题目。郭茂倩将皮日休《正乐府十首》列于乐府倚曲类下，但这组诗的内容风格更近似上述组诗，故亦在此一并讨论。

这些组诗虽被郭茂倩系于乐府杂题，主旨却都十分雅正。如元结《补乐歌》自序"自伏羲至于殷，凡十代，乐歌有其名亡其辞。考之传

记,义或存焉,故采其名义以补之"①,十首诗篇都选取古乐为题,如《网
罟》《丰年》出夏侯玄《辨乐论》,《云门》《九渊》《五茎》《六英》《咸池》
《大韶》《大夏》《大濩》诸题泛见于《礼记》《汉书·礼乐志》《白虎通》
等古代典籍,以书写伏羲至商汤共十代圣王的功业。皮日休《补九夏
歌》与《补乐歌》相类,以《周礼》"钟师掌金奏。凡乐事,以钟鼓奏《九
夏》:《王夏》《肆夏》《昭夏》《纳夏》《章夏》《齐夏》《族夏》《诫夏》《骜
夏》"②为据,补正其义理,虽为文人拟作,其内容与功能却近乎郊庙歌
辞。上述种种,都属探原古题雅颂之义的尝试。

　　于是宋代曹勋秉承这一传统,以《补乐歌》为范式,更作《补乐府十
篇》。元结之作,为采其乐名,考辨古史,以小序的方式说明古圣先王
的事迹,阐发题目之义。但在曹勋的拟作中,则弃古题不用,而是将元
结小序中所称的"帝某某氏之乐歌"升为题目,反将古题置于小序中,
更为阐发解说,突出其创作意图乃是试图对缺失的上古郊庙乐歌作一
补完。这一创作尝试,正反映出宋代儒学对《诗经》功能以及诗乐关系
阐释的浸淫,强调《诗经》作为最早的乐歌,"为乐官,理国家,知兴
亡"③的意义,与部分宋人将乐府诗源流上溯至《诗经》的乐府观相合。

　　至于元结《系乐府》十二篇,题目虽大多为自创,但内容书写"前世
尝可称叹者"④,如古代圣贤、隐士、民生之类;皮日休《正乐府十首》,
则因古人采诗观风之义,"取其可悲可惧者著于歌咏"⑤,近于怨刺一
类,也有传承古义之功效。宋人关注民生疾苦,多选取其中《农父谣》
《贫妇词》等题进行发挥,其创作观念与他们对张籍、王建乐府的推崇
一脉相承。

---

①　《乐府诗集》,第 1341—1342 页。
②　郑玄注,贾公彦疏《周礼注疏》,北京大学出版社,1999 年,第 623—624 页。
③　欧阳修《书梅圣俞稿后》,见洪本健校笺《欧阳修诗文集校笺》,上海古籍出版社,
　　2009 年,第 1907 页。
④　《乐府诗集》,第 1341—1342 页。
⑤　《乐府诗集》,第 1402 页。

新乐府辞 元白新乐府讽喻时事，具备极强的现实意义，其本事亦多为唐代史实，有明确的指向性与时代精神。宋人推崇其创作范式，但也并未一味沿袭其题目。如元稹作乐府新题十三篇，仅《八骏图》被宋人拟作。白居易作新乐府五十篇，其中《捕蝗》涉及农事，拟作较多；《涧底松》出自左思诗"郁郁涧底松"，程俱以此句成《郁郁涧底松》题，已属对更古题材的继承；《李夫人》则与杂曲歌辞旧题《李夫人歌》题旨相似。此外除《八骏图》与元稹题目重合外，仅《隋堤柳》《秦吉了》二题有拟作，则是因为这类题目都属比较宽泛的内容，不局限在唐代史事，便于后人发挥。至于对元白新乐府即事立题、书写时事的旨趣传承这一重点内容，则已进入宋人新题乐府的领域，当在后文更为详述。

综上所述，古乐府之传承，或在于乐歌流传，或在于对同一本事的重复书写。然而随着新旧乐代谢与乐府的徒诗化，文人拟乐府成为对前代乐府文本的摹仿与继承，更加不拘一格。以乐府旧题而言，部分旧题在传写过程中本事漫漶，被后世作者多所引申，以至于题目虽在，创作已随心所欲，不乏翻新之作；另一部分则成为单纯对前朝乐府文本的模拟，流于形式，一题之下，大多辞旨近似，意象雷同，风格趋于固化。这两种倾向在宋代都已经十分明显。

一方面，宋人以古题为基础，翻新本事，自出机杼，拓展了乐府诗的题材内涵。他们既重视探原旧题本事，又致力于在这一基础上更作开拓，翻新其义。在魏晋至隋唐的乐府诗创作传统中，原本形成了一些较为固定的题材，宋代的部分文人则在这一传统外更搜罗古题，另有创作，一定程度上反映了文人对乐府诗传统继承的重视与自觉。如《明妃曲》本写出塞之悲，宋人多借以抒发议论；《妾薄命》写闺情幽怨，而宋人或以此述师生之谊；《关山月》写边塞征人之思，而至南渡后，宋人多借此申北伐之志，等等，部分理学家的拟乐府更借乐府旧题阐发义理，这些都超越了旧题本义的固有框架，成为宋代乐府诗创作的新变。

　　宋人更在思想上传承古乐府的现实主义精神,借乐府旧题书写时人时事,表达宋代士大夫的现实关怀。在上承唐代新乐府旨趣,广泛关怀民生疾苦的大量篇章之外,如梅尧臣《猛虎行》刺吕夷简弄权;周紫芝作《金铜歌》,讽喻北宋为金所亡的现实,发原"骚人感刺怨怼之意","以系乐府之末"①,也均不乏对美刺讽喻传统的继承。

　　另一方面,在徒诗化大趋势下,宋代的旧题乐府创作整体上较为零散。宋代文人不乏见前人作品有所感发而拟题作诗之举。以"古""拟"等字命题,唐人即有此做法,至宋代则更广泛,如《拟白马篇》《拟鲍溶寒宵叹》《拟梁父吟》《古侠客行》《古筑城曲》《古相思》等,其目的是强调其得自前人的传承性。

　　在对宋前乐府旧题的接受与拟作方面,部分文人也存在选取无特定本事,或是本事漫漶已久的题目的倾向。如以《离歌辞》写别离,《秋风词》写秋节,《有所思》但言怀人,《战城南》但写兵戈,等等。即便古题本事彰著,宋人拟作也未必完全依循本事书写,如《思归引》本属琴曲歌辞旧题,写卫女思归之悲,而宋人所作多表达文士的怀归之情,仅就题旨生发感慨,与本事无关。这部分拟作,在一定程度上拓展了旧题的容纳度,却也进一步促成了徒诗化趋势下旧题本事的消解。

---

　　①　周紫芝《金铜歌》序,见《全宋诗》,第 26 册,第 17084 页。

第五章 宋人乐府新题的书写与新变

　　在音乐传统消解之后,宋代文人在乐府诗创作层面自骋其意,不拘一格,涌现出大量新题,其题材涉及即事、咏史、抒情、议论等诸多方面。这一现象受到唐人自立新题,尤其是新乐府的现实主义精神影响,清人陈仅曰:"至少陵,并不袭旧题,如《三吏》《三别》等诗,乃真乐府也。其他如元道州之系乐府,元微之之乐府新题,香山、张王之新乐府,温飞卿之乐府倚曲,皮日休之正乐府皆是。微之以下,虽以古诗之体为乐府,而乐府之真存。"①在乐府徒诗化趋势的影响下,"感于哀乐,缘事而发"的传统,也更多地落在宋代新题乐府的题材范围内。

　　宋人的新题乐府,制题模式大多摹仿乐府古题,或以事命名,或以物起兴。这反映出对乐府即事立题传统的继承,也强化了其叙事功能。《文苑英华》《唐文粹》《通志·乐略》等以题材编定乐府杂题的体例,突出强调相同主题的创作,也为全面徒诗化之下的宋人乐府创作拓展题材提供了可遵循的传统依据。此外,宋人新题乐府中大量歌辞性诗题的出现,则深受在唐代就作为徒诗出现的歌行体乐府的影响。

　　而由于前代的乐府题材已经大致定型,创作方面继续发挥的余地不大,故宋人提出"补乐府"的理念,作为开拓乐府题材的尝试。其创

---

① 陈仅《竹林答问》,清镜滨草堂抄本。

作并非一味因循古意,也并不依据兴之所至而随意命笔,而是注重考证、学养、思致,在纵览前代乐府源流的基础上,秉持儒学传统,关注社会现实,力图在复古中继续开拓。

<h2 style="text-align:center">第一节　"补乐府"理念下的
宋人乐府创作</h2>

"补乐府"这一观念,始自唐代的元结、皮日休等,原本是发原古题雅颂之义的尝试;元稹、白居易等则提出"其有虽用古题,全无古义者,若《出门行》不言离别,《将进酒》特书列女之类是也。其或颇同古义,全创新词者,则《田家》止述军输,《捉捕》词先蝼蚁之类是也"[1],重视发旧题之新意,不落前人窠臼。然而在唐代,受这一观念影响的主要是关怀民生疾苦的新乐府,尚未延及其余乐府诗的创作。直至宋代,"补乐府"的观念方开始全面被文人所接受,获得普遍的实践,其创作虽也涉及对旧题乐府的旨趣补遗,但更多地出现在新题乐府的题材拓展当中。

一、自出机杼,意在开拓的理念

在对唐代乐府诗的继承中,宋代文人格外称道杜甫的即事立题,自出机杼之句,如《蔡宽夫诗话》言"惟老杜《兵车行》《悲青坂》《无家别》等数篇,皆因事自出己意立题,略不更蹈前人陈迹,真豪杰也"[2]。洪迈则进一步强调"诗文当有所本,若用古人语意,别出机杼,曲而畅之,自足以传示来世"[3]。这种强烈的别出心裁,发前人所未道的意识,反映

---

[1]　元稹《乐府古题序》,见冀勤点校《元稹集》,中华书局,1982年,第255页。

[2]　《苕溪渔隐丛话》前集卷一引《蔡宽夫诗话》,人民文学出版社,1981年,第5页。

[3]　洪迈《容斋续笔》卷十五,见《全宋笔记》第五编,大象出版社,2012年,第五册,第402页。

在他们的乐府诗创作理念中，就是对"补乐府"范畴的继承与全面拓展：或在考辨旧题的基础上阐发新意；又或自出机杼，在前代乐府诗的题材之外"申而广之"①"补而发之"②，自命新题。

宋代文人创作乐府诗时，多从自身的经历、学养与感悟出发，故而在他们的创作中，"补乐府"的范围也更为宽广，主要包含三个方面。一是发亡佚之古题；二是在旧题基础上的再度阐发；三则是自出机杼，对乐府诗从题目到内容都"申而广之"。上述三方面之中，发亡佚之古题，主要是文人对古辞亡佚之乐府旧题甚至古曲题的拟作。如苏轼《襄阳古乐府》三首中，《野鹰来》《上堵吟》两篇，古题仅存于《水经注》等前代典籍中，其辞亡佚，前人亦无拟作。而苏轼首开拟作之笔，却不拟昔人口吻③，而着意于考察旧典故实，臧否古史，可见其学者风度。曹勋《箕山操》则为"《琴集》有名无辞"④之作，甚至《乐府诗集》中都未录此题。然而，这类作品为数既少，又多半只是文人偶一为之，并不特意以之为事，故而此处不多予以关注。而后两方面，即对旧题的阐发，以及在古乐府基础上的自命新题，都与宋代新题乐府的发展息息相关。

在对旧题的阐发方面，宋代乐府诗体现出重视义理的一面，主要是对《诗经》功能以及诗乐关系阐释的浸淫，即注重《诗经》作为最早的乐歌总集，"为乐官，理国家，治兴亡"⑤的意义。这一点上，宋代文人甚至对唐人乐府也有批评。如曹勋批评元结的乐府诗"文胜理异"⑥，韩愈拟作的《琴操》"词存而义不复概见……是故悲思怨刺，抑扬折中，皆不

---

① 曹勋《梁甫吟》序，见《全宋诗》，第 33 册，第 21041 页。
② 曹勋《补乐府十篇》序，见《全宋诗》，第 33 册，第 21033 页。
③ 赵文《野鹰来歌》序："东坡作《野鹰来》曲，宜拟表语，今云'嗟尔公子归无劳，使鹰可呼亦凡曹'，此非表语也。"见《青山集》卷六，文渊阁四库全书本。
④ 曹勋《箕山操》序，见《全宋诗》，第 33 册，第 21074 页。
⑤ 欧阳修《书梅圣俞稿后》，见洪本健校笺《欧阳修诗文集校笺》，上海古籍出版社，2009 年，第 1907 页。
⑥ 曹勋《补乐府十篇》序，见《全宋诗》，第 33 册，第 21033 页。

切其旨"①。试以曹勋《补乐府十篇》与元结《补乐歌十首》对举。《补乐歌十首》所拟诸题，尽属有题无词之类。按元结自序："自伏羲至于殷，凡十代，乐歌有其名亡其辞。考之传记，义或存焉，故采其名义以补之，凡十篇十九章，各引其义以序之，名曰《补乐歌》。"②考《网罟》《丰年》之题，出夏侯玄《辨乐论》，其余《云门》《九渊》《五茎》《六英》《咸池》《大韶》《大夏》《大濩》诸题，亦见于《礼记》《汉书·礼乐志》《白虎通》等古代典籍。元结采其乐名，并考辨古史，以小序的方式说明古圣先王的事迹，阐发题目之义。在曹勋的拟作中，则弃古题不用，而是将元结小序中所称的"帝某某氏之乐歌"升为题目，反将古题置于小序中，更为阐发解说。这种更形庄严的形式，反映出曹勋创作这十篇《补乐府》的实质，乃是试图对缺失的上古郊庙乐歌作一补完，在重现其崇德应天的祭祀功能的同时，一并突出这类诗篇的教化意义。

然而对于补古乐府之义，也存在一些质疑的声音。王灼《碧鸡漫志》载："或问：'元次山补伏羲至商十代乐歌，皮袭美补《九夏歌》，是否？'曰：'名与义存，二子补之无害。或有其名而无其义，有其义而名不可强训，吾未保二子之全得也。'"③这类质疑明确指出，补乐府未必能够达到正其名义的目的。这类阐发旧题之作，名为对古乐府的补正，实际在题材内容上已经趋于自出机杼的新题乐府。

此外，在乐府旧题的基础上作进一步阐发，虽不乏革新之作，然而若受到个人学养、诗力的限制，仍然容易流于平常，落入窠臼。因此，宋代文人又再三强调自出机杼，以故为新，力求道前人所未道，即所谓"大抵诗人感咏，随所命意，不必尽当其事，所谓不以辞害意也"④。如

---

① 曹勋《琴操》序，见《全宋诗》，第 33 册，第 21035—21036 页。
② 《乐府诗集》，第 1341—1342 页。
③ 王灼《碧鸡漫志》卷一，见《全宋笔记》第四编，大象出版社，2008 年，第二册，第 172 页。
④ 阮阅《诗话总龟》前集卷七引刘次庄《乐府集》，人民文学出版社，1987 年，第 79 页。

刘次庄《乐府集》所论:"《君马黄》古词云:'君马黄,臣马苍,二马同逐臣马良。'终言:'美人归以南,归以北,驾车驰马令我伤。'李白拟之,遂有'君马黄,我马白。马色虽不同,人心本无隔。'其末云:'相知在急难,独好亦何益。'自能驰骋,不与古人同圈模,非远非近,此可谓善学诗者欤。"①李白的拟作之所以受到赞誉,便是由于能既不落古人窠臼,又从旧题中生发新意,总而言之是对诗人自身眼界、笔力甚至格调的要求。

以王安石、欧阳修等人的《明妃曲》唱和诸题为例。《明妃曲》旧题内容多为描摹情境,渲染氛围,重在感慨抒情,而宋代诸唱和则一反前人仅就昭君故事题咏其哀感怨思的习惯,倾向于冷静的说理与评论,如"汉恩自浅胡自深,人生乐在相知心"②"耳目所及尚如此,万里安能制夷狄"③等,在显示文人学者对学养识见之重视的同时,也起到拓宽乐府旧题内涵的作用。这类变旧题之意之举,虽然题目依循于古,却更在旧题本意的基础上,有意识地申而广之,甚至于完全改变旧题的内容,自出机杼,可谓典型的求新之作,在思想主旨上已经十分近于新题乐府。

"补乐府"观念不独拓展了乐府诗的题材与内涵,更以"补"的名义,在叙事之外更加以抒发感慨,使咏史、说理等功能都被宋代乐府诗所容纳,在翻新的同时获得合理化。在这种"申而广之""迹而新之"④的创作理念引导下,产生了大量的新题乐府创作。如张耒《和归去来辞》,《归去来辞》本非乐府,然而张耒作为诗题,自述"耒辄自悯其仕之不偶,又以吊东坡先生之亡,终有以自广也"⑤,则是览今昔之人事迹,感其品行,怅其遭际,有感而发,并非单纯的旧题拟作;其《仓前村民输

①　阮阅《诗话总龟》前集卷七引,人民文学出版社,1987 年,第 78 页。

②　王安石《明妃曲》其二,见《王文公文集》,上海人民出版社,1974 年,第 472 页。

③　欧阳修《再和明妃曲》,见洪本健校笺《欧阳修诗文集校笺》,上海古籍出版社,2009年,第 234 页。

④　曹勋《细君》序,见《全宋诗》,第 33 册,第 21080 页。

⑤　张耒《和归去来辞》序,见李逸安等点校《张耒集》,中华书局,1990 年,第 62 页。

麦行》是为了"补乐府之遗"①,将对乡村生活的观察与书写也纳入乐府题材范畴。而周紫芝《五溪道中见群牛蔽野问之容州来感其道里之远乃作短歌以补乐府之阙》,则既述民生之艰困,又表达对风雨飘摇的时局之忧虑,深刻的现实关怀;李复《予往来秦熙沂陇间不啻十数年时闻下里之歌远近相继和高下掩抑所谓其声呜呜也皆含思宛转而有余意其辞甚陋因其调写道路所闻见犹昔人竹枝纥罗之曲以补秦之乐府云》,题材虽不算新颖,却有"下里之歌"的音乐依托,十章诗歌皆七言四句,体近《竹枝》一类民歌,可知是从入乐的角度行"补乐府"之实践。

再如曹勋《细君》,则更是一篇别出心裁之作。此题渊源自古乐府《乌孙公主歌》。曹勋在小序中自述其意云:"汉武帝元封中,以江都王女细君为公主,嫁与乌孙昆弥。至国而自治宫室,岁时一再会,言语不通,公主悲愁,自为哀怨之歌。其后元帝亦以王穰女昭君嫁匈奴单于,昭君至胡,作歌自伤。后人多为歌诗,流为乐府,遂有《明妃怨》《昭君怨》。独细君最远,而悲思尤甚,又世人无有哀感之作。余亦迹而新之,抑亦摅昔人之幽愤,为来者之深戒云。"②细君、昭君,命运相似,而于后世文人墨客所遇不同,仅北魏祖叔辨《千里思》"细君辞汉宇,王嫱即虏衢"③,有以二人对举之例。然通览宋前乐府,仅此一篇而已,抒忧愤之意也并不明显。曹勋变《乌孙公主歌》的自抒其怀而为代言叙事诗,突出细君事迹,其拓宽乐府诗题材的用意也更加明确。

综上,"补乐府"观念在宋代的传承与发扬,在旧题乐府的基础上,拓展了乐府诗的题材内涵,使得翻新本事,自创新题,名为补前代之遗、实为扩展创作自由的风气就此一脉相承。宋代文人自出机杼之作,或有感而发,自抒胸臆;或洞见世情,兴托高远,在继承古乐府的叙事性与

---

① 张耒《仓前村民输麦行》序,见李逸安等点校《张耒集》,中华书局,1990年,第965页。
② 《全宋诗》,第33册,第21080页。
③ 《乐府诗集》,第995页。

"感于哀乐,缘事而发"等传统之余,也形成了宋代乐府诗创作的新变。

二、文人群体的唱和与立题传写

宋代乐府诗继承了前代"盖一时文人有所感发,随世俗容态而有作也"①的特点,并将之发扬光大。"补乐府"的实践,名为补前代之遗,实则也是随着宋代文人乐府观之建构,开拓并试图确立乐府诗的范畴外延。如苏轼作《薄薄酒》"以补东州之乐府"②,张耒作《仓前村民输麦行》以"补乐府之遗"③等,而王炎作《冬雪行》"其辞如古乐府,其义则主文谲谏,言之可以无罪者也"④,都明确表达了继承与拓展乐府诗题材的创作自觉。

然而与有本事传承可依的旧题乐府相比,新题乐府的界限十分模糊,自立题至创作都并无一定之规。即事名篇的特质,令其无法如同旧题乐府一般,同一题目之下传写不辍。两宋文人所创制的乐府新题虽多,然而多是一人一题,一题一事,各自写意发挥,其传承性便不及旧题乐府,真正能达到立题标准的较少。其中以苏轼所创《薄薄酒》一题的传写篇幅较多,渊源亦较彰著,最能反映其从创题至立题之经过,故以之为例。

苏轼《薄薄酒》二首序云:"胶西先生赵明叔,家贫,好饮,不择酒而醉。常云:薄薄酒,胜茶汤,丑丑妇,胜空房。其言虽俚,而近乎达,故推而广之以补东州之乐府;既又以为未也,复自和一篇,聊以发览者之一噱云尔"⑤,乃是采时人言语及逸事入乐府诗,作人生理念的自我抒

---

① 鲖阳居士《复雅歌词序》,《事类备要》外集卷十一,文渊阁四库全书本。
② 苏轼《薄薄酒》序,见王文诰注,孔凡礼点校《苏轼诗集》,中华书局,1982年,第687页。
③ 张耒《仓前村民输麦行》序,见李逸安等点校《张耒集》,中华书局,1990年,第965页。
④ 王炎《冬雪行》序,见《全宋诗》,第48册,第29766页。
⑤ 苏轼《薄薄酒》序,见王文诰注,孔凡礼点校《苏轼诗集》,中华书局,1982年,第687页。

发,二首如下:

> 薄薄酒,胜茶汤;粗粗布,胜无裳。丑妻恶妾胜空房。五更待漏靴满霜,不如三伏日高睡足北窗凉。珠襦玉柙万人相送归北邙,不如悬鹑百结独坐负朝阳。生前富贵,死后文章,百年瞬息万世忙。夷齐盗跖俱亡羊,不如眼前一醉是非忧乐两都忘。

> 薄薄酒,饮两钟;粗粗布,着两重。美恶虽异醉暖同,丑妻恶妾寿乃公。隐居求志义之从,本不计较东华尘土北窗风。百年虽长要有终,富死未必输生穷。但恐珠玉留君容,千载不朽遭樊崇。文章自足欺盲聋,谁使一朝富贵面发红。达人自达酒何功,世间是非忧乐本来空。①

二章开篇皆从赵明叔之言脱胎,俚俗而旷达。以诙谐之笔,发人生之思,文句不事雕琢,明白晓畅,姿态飞扬,在当时新题乐府中为一时之佳作。故苏轼此题一出,时人如黄庭坚、杜纯、晁端仁、李之仪等,皆有唱和,然而仅黄庭坚、李之仪的作品存留至今。黄庭坚诗序云:"苏密州为赵明叔作《薄薄酒》二章,愤世疾邪,其言甚高。以予观赵君之言,近乎知足不辱,有马少游之余风。故代作二章,以终其意。"②李之仪和作题为《苏子瞻因胶西赵明叔赋薄薄酒杜孝锡晁尧民黄鲁直从而有作孝锡复以属予意则同也聊以广之》,则是当时已有杜纯、晁端仁与黄庭坚和作在先,杜纯又请李之仪同预其事,当时创作之盛,可窥一斑。二人之作,虽以苏诗为渊源,却均有别出机杼之笔,如黄庭坚逆写美物之恶"美物必甚恶,厚味生

---

① 王文诰注,孔凡礼点校《苏轼诗集》,中华书局,1982年,第688—689页。
② 黄庭坚《薄薄酒二章》序,见刘琳等校点《黄庭坚全集》,四川大学出版社,2001年,第1044页。

五兵。匹夫怀璧死，百鬼瞰高明"①，李之仪述藏拙之机"断尾山鸡避文章，直木先伐甘井竭，谁将列鼎移黄粱"②等，立意皆与原作不同。

　　至南宋，喻良能、陈造、王炎、敖陶孙、张侃、于石等人也都有继作。与黄、李之作不同，这些拟作中多见对苏诗的摹仿，如"辛勤著书塞屋椽，何如郭外二顷桑麻田。折腰敛板高鸢肩，何如方床八尺供横眠"③"得之何荣失何辱，万物飘忽风中烟。不如眼前一杯酒，凭高舒啸天地宽"④等，句法、句意全效苏轼。此外，黄庭坚诗开篇云"薄酒可与忘忧，丑妇可与白头。徐行不必驷马，称身不必狐裘"，李之仪诗开篇云"莫厌薄酒薄，莫恶丑妇丑"，皆自成一体，而南宋众作，绝大多数的开篇体例都与苏轼之作相同，使用以"薄薄酒"为首句的三言齐言。如喻良能"薄薄酒，胜独醒。丑丑妇，胜鳏茕"⑤，敖陶孙"薄薄酒，胜斋蔬。粗粗布，胜无襦"⑥，张侃"薄薄酒，解愁颜。丑丑妇，胜居鳏"⑦等，在体裁上表现出对苏轼首作的效仿。喻良能《四月二十九日坐直庐读山谷效东坡作薄薄酒二章慨然有感追赋一首》，所读是黄庭坚之作，所效却是苏轼之体，更可视作对苏轼创题的推崇与继承。而苏轼首创《薄薄酒》一题之后，时人唱和，后世传写，真正可称"立题"，也是与他作为文坛领袖的凝聚力与创作高度密切相关的。

　　此外如欧阳修《食糟民》题，有刘敞和作《和永叔食糟民》，周紫芝《次韵伯尹食糟民示赵鹏翔》，更可见此题在当时不止一人拟作，至于

---

①　黄庭坚《薄薄酒二章》其一，见刘琳等校点《黄庭坚全集》，四川大学出版社，2001年，第1045页。

②　李之仪《苏子瞻因胶西赵明叔赋薄薄酒杜孝锡晁尧民黄鲁直从而有作孝锡复以属予意则同也聊以广之》，见《全宋诗》，第17册，第11235页。

③　敖陶孙《再赋薄薄酒》，见《全宋诗》，第51册，第31904页。

④　于石《薄薄酒》，见《全宋诗》，第70册，第44130页。

⑤　喻良能《四月二十九日坐直庐读山谷效东坡作薄薄酒二章慨然有感追赋一首》，见《全宋诗》，第43册，第26939页。

⑥　敖陶孙《续薄薄酒》，见《全宋诗》，第51册，第31905页。

⑦　张侃《薄薄酒三首》其一，见《全宋诗》，第59册，第37116页。

洪咨夔《食糟行》,亦是由此题脱胎而出。梅尧臣《莫登楼》《莫饮酒》二题,在当时有欧阳修《和圣俞莫登楼》《答圣俞莫饮酒》以及王珪《莫登楼》等篇章酬和,体例相似,多以"莫登楼""莫饮酒"三字起句,至南宋陈古遇亦仿效此体作《莫饮酒》。苏轼《虚飘飘》,以乐府辞题雪,其后黄庭坚、秦观、周紫芝、曹勋、王阮等之作,亦并咏雪,体例亦仿效苏诗。又如刘敞《阴山女歌》述出使辽国的轶事见闻,其后有晁说之据其事予以发挥,也可略观宋代新题乐府立题传写的脉络。

再如与音乐相关之《醉翁吟》。此题之渊源,始自庆历六年(1046)欧阳修在滁州建醉翁亭。时人沈遵于皇祐二年(1050)前往游历山水,作琴曲《醉翁吟》,未以示人。至和二年(1055),欧阳修在出使契丹途中与沈遵相遇,聆听此曲,并于次年嘉祐元年(1056)作《赠沈遵》一诗并《醉翁吟》歌辞,因琴曲"有其声而无其辞,乃为之辞以赠之"①,此即为两宋《醉翁吟》歌辞传写之滥觞。南宋孙觌记其事曰:"当是时,功名震天下,流风余韵,蔼然被于淮壖楚甸间。一时巨儒宗公、高人胜士声气相求,大篇杰句,发于遐想。如富郑公、韩康公、王荆公,皆赋《醉翁吟》。"②

富弼、韩绛、王安石所作《醉翁吟》皆已不传,而梅尧臣《醉翁吟》尚存于世,作于嘉祐元年,当与欧阳修《醉翁吟》同时。刘敞虽未就此题创作琴曲歌辞,也有一首《同永叔赠沈博士》以纪其事。此外,与王安石结交甚密的王令作有《效醉翁吟》,应该是受王安石所赋《醉翁吟》的影响。这些唱和赠答之作,初步奠定了《醉翁吟》一题作为琴歌的创作模式,并以欧阳修醉翁亭事迹为主要书写对象,这便是《醉翁吟》本事的确立。

然而这三首《醉翁吟》的章句结构皆不相类,以其开篇对比,欧阳

---

① 欧阳修《醉翁吟》序,见洪本健校笺《欧阳修诗文集校笺》,上海古籍出版社,2009年,第486页。
② 孙觌《滁州重建醉翁亭记》,见《鸿庆居士集》卷二十二,清文渊阁四库全书本。

修之作言"始翁之来，兽见而深伏，鸟见而高飞。翁醒而往兮，醉而归。朝醒暮醉兮，无有四时"①，梅尧臣之作言"翁来，翁来，翁乘马。何以言醉，在泉林之下。日暮烟愁谷暝，蹄耸足音响原野"②，王令之作则言"山岩岩兮谷幽幽，水无人兮自流。始与谁兮乐此，昔之游者兮今非是。清吾樽兮洁吾斝，欲御以酒兮谁宜寿者"③，且篇幅远长于前二者。若据欧阳修所言，其诗乃是为琴曲作辞的话，则王令的作品多半难以与琴曲相谐，而是单纯就醉翁本事加以发挥的徒诗。而梅尧臣作于嘉祐二年（1057）的《送建州通判沈太博》云"昔闻醉翁吟，是沈夫子所作。今听醉翁吟，是沈夫子所弹"④，两次提到《醉翁吟》，前者为听闻其事，后者为聆听琴曲，可见嘉祐元年梅尧臣作《醉翁吟》时，多半并未听过琴曲。富弼、王安石等所作《醉翁吟》虽已失传，然而根据与欧阳修交好的刘敞诗句"我不识醉翁亭，又不闻醉翁吟。但见醉翁诗，爱彼绝境逢良琴"⑤而言，他们作诗时也未必听过《醉翁吟》，而更有可能是因欧阳修之诗而作一时之唱和。而就连欧阳修本人的作品，也被评价为"然有其声而无其辞，翁虽为作歌，而与琴声不合"⑥，较难入乐，故其后苏轼又因此曲作《醉翁操》，"庐山道人崔闲，遵客也，妙于琴理，常恨此曲无词，乃谱其声，请于东坡居士苏子瞻，以补其阙。然后声词皆备，遂为琴中绝妙"⑦，方是能够入乐的真正歌辞。

　　若以欧阳修《醉翁吟》歌辞为立题之作，则梅尧臣等人的作品，便

①　欧阳修《醉翁吟》，见洪本健校笺《欧阳修诗文集校笺》，上海古籍出版社，2009 年，第 486 页。

②　梅尧臣《醉翁吟》，见朱东润校注《梅尧臣集编年校注》，上海古籍出版社，1980 年，第 882 页。

③　王令《醉翁吟》，见沈文倬校点《王令集》，上海古籍出版社，1980 年，第 17 页。

④　朱东润校注《梅尧臣集编年校注》，上海古籍出版社，1980 年，第 948 页。

⑤　刘敞《同永叔赠沈博士》，见《全宋诗》，第 9 册，第 5766 页。

⑥　苏轼《醉翁操》序，见《苏文忠公全集·东坡后集》卷八，明成化本。

⑦　江少虞辑，霍济苍点校《宋朝事实类苑》卷三十四，上海古籍出版社，1981 年，第 434 页。

是以醉翁本事为渊源,对这一题材的再度书写,诗中时而可见《醉翁亭
记》的影响,也并不特别重视合乐,故此题虽有琴曲可依,其传写却更
近于徒诗化。在苏轼变此题为琴歌《醉翁操》后,其后的郭祥正、楼钥
诸作,从句法到字数,皆与苏轼此作相合,形成了通篇91字,章法固定,
连断句之处都相同的《醉翁操》歌辞体式。此题的书写变化,实可视作
乐府立题书写流变过程的一个缩影。

第二节　徒诗化写作与题材拓展

　　宋代新题乐府的题材更为发散,出现大量的文人拟题,其中尤以上
承元白新乐府主旨与社会关怀者为多。如《哀扇工歌》《哀老妇》《凉州
女》《莲根有长丝》《墨染丝》《君子有所恨》等,或在内容方面具备古乐
府即事名篇的特质,或在题名、风格方面都明显地模拟古乐府的笔法。
尤其是因事立题之作,多以乐府诗篇记述当时史实,如王庭珪《庐陵
行》写地方官平定境内,"别驾提兵不阅月,两巨寇缚致麾下,境内遂
安"①;郑刚中《罪回禄》,写"宣和辛丑,睦州妖贼啸聚,服绛衣,执兵
戈,破郡县,所至民居无小大焚之"②的境况。至靖康年间与南渡后,涌
现出更多具有政治意义的纪实之作,如李纲《建炎行》、周麟之《中原民
谣》、佚名《靖康小雅》等,均写当时宋室偏安,生民流离之态,成为宋人
新题乐府中浓墨重彩的一笔。
　　宋代士大夫在继承古乐府的即事性与怨刺传统之余,又格外称赏
"率以治世为本,随事刺美,直在其中"③"其意尊国家,正人伦,卓然有

---

① 　王庭珪《庐陵行》序,见《全宋诗》,第25册,第16733页。
② 　郑刚中《罪回禄》序,见《全宋诗》,第30册,第19048页。
③ 　张咏《许昌诗集序》,见《乖崖集》卷八,文渊阁四库全书本。

周诗之风,非徒吟咏情性,咄呕苟自适而已"①的篇章,重视诗篇内容的
寓意美刺,将主旨上承《诗经》的雅颂之音也纳入宋人乐府徒诗的范
畴。同时,他们关怀民生,切近观察并体验乡土生活,由此生发出以乐
府写风土这一较为广泛的主题,如王禹偁《畬田词》、梅尧臣与欧阳修
《归田四时乐》、杨万里《圩田词》、范成大《腊月村田乐府》等,或写农
家劳作,或写民间风俗,生活气息都极为浓郁。此外,也不乏书写时人
轶事,特别是当时女性生存际遇的篇章,如徐积《淮阴义妇》、张耒《周
氏行》、白珽《河南妇》、方回《木绵怨》等,其主题与关注点都贴近当时
的市民生活。这些题材的出现与发展,体现了宋代士大夫更为广泛的
社会关怀。

一、歌诗赞颂:雅颂体与士大夫之政

乐府诗古题大多以怨刺传统为重,至唐代,元白等人虽强调新乐府
"刺美见事"的主旨,但其作品也皆倾向于刺时讽喻。而到了宋代,文
人将乐府精神上溯于《诗》,强调"天下有道,无愤惋之作"②"周、召没
而王迹衰,幽、厉作而风雅变,然亦褒善刺过,与政相通,盖所以接神明、
察风俗、道和畅、泄愤怒,不独讽咏而已"③,认为乐府诗在"刺"之外尚
有"美"的一面,当以雅颂体为源流。故而他们提倡"恬愉优柔,无有怨
谤,吟咏情性,宣导王泽,其所谓越风骚而追二雅"④之作,注重发扬乐
府诗"歌诗赞颂"的功能。宋代以颂圣誉时为主旨的一类诗篇的出现,
其作虽不以合乐为事,却都贯彻"以待乐府之采焉"⑤"庶几采诗之官,

---

① 释契嵩《书李翰林集后》,见《镡津文集》卷十六,四部丛刊三编影明弘治本。
② 范仲淹《唐异诗序》,见李勇先、王蓉贵校点《范仲淹全集》,四川大学出版社,2007
年,第186页。
③ 余靖《孙工部诗集序》,见《武溪集》卷三,文渊阁四库全书本。
④ 杨亿《温州聂从事云堂集序》,见《武夷新集》卷七,福建人民出版社,2007年,第110页。
⑤ 石介《庆历圣德颂》序,见陈植锷点校《徂徕石先生文集》,中华书局,1984年,
第8页。

尚或有取"①的观风之功能,是广义上的乐府徒诗。这是由宋代士大夫的政治立场与责任意识所决定的,对当时政治的歌颂,也是参与政治的士大夫对自身立场的肯定。而宋代对古乐府怨刺传统的继承,则主要表现在对唐人新乐府的继承与发展,不独具备关怀民生疾苦的讽喻意味,更着重表达作为参政者的宋代士大夫对自身行为的反思。整体而言,这类乐府之中士大夫之诗的倾向十分明显。

宋人将乐府诗之源流上溯《诗经》,主要体现在对雅、颂二体政治意义的重视。如余靖所论,"姜嫄、后稷配天之基,公刘、亶父艰难之业,任、姒思齐之化,文、武太平之功,莫不发为声诗,荐于郊庙,被于弦歌,协于钟石者矣"②,主要关注《诗经》中雅颂部分描述的教化功业等内容,以及其"荐于郊庙,被于弦歌"的功能。而周紫芝《大宋中兴颂》序云:"窃惟《毛诗》一经三百六篇,其间咏盛德而赞成功者,殆居其半。圣经所载,宁有愧辞。将上以昭格于神灵,下以垂芳于奕世。俾诵其言者信其事,为万世之龟鉴,岂曰小补之哉!"更是明显体现出对《诗经》的追溯。在宋代,这类仿效雅颂之体,颂时政清平之作,其作者较多,作品数量也大大超越前代,形成一代之风气。

如北宋赵湘《宋颂》序中,开章明义,点出以雅颂体创制乐府的意义:"纪圣人之绩,述其行道敷德,演教畅化,使后世君臣父子夫妇之道,治而弗忒焉。"③此外,尚有赵湘《圣号雅》、尹洙《皇雅》、石介《宋颂》《庆历圣德颂》、夏竦《景德五颂》《大中祥符颂》、杨亿《承天节颂》、张方平《宋颂》、司马光《瞻彼南山》等篇④。至南渡之后,颂圣之作更

① 周紫芝《大宋中兴颂》序,见《太仓稊米集》卷四十三,清文渊阁四库全书补配清文津阁四库全书本。
② 余靖《孙工部诗集序》,见《武溪集》卷三,文渊阁四库全书本。
③ 赵湘《宋颂》序,见《南阳集》卷一,丛书集成初编本,第6页。
④ 此外,《玉海》载杨备"别为《宋颂》四章",又据刘克庄《龙隐洞》诗注"李师中侍制《宋颂》在焉",可知李师中亦有《宋颂》,皆在北宋之时。然杨、李二人之作今已不传。

成为稳固国本、褒扬中兴的政治需求。如周紫芝《大宋中兴颂》序，首先描绘"国步中艰，笃生圣神，克绍远烈，尊用元臣，以扶昌运。寝兵以来，海内清平，文章华焕"的中兴之政，而后又突出强调高宗个人"自其纤悉，驯致大功，方之舜禹，未或远过①"的功绩。南宋的主要颂圣作品尚有李正民《大宋中兴雅》、吴栗《皇太后回銮颂》、崔敦礼《圣皇武》《猛虎攫》《震雷薄矣》等。而姜夔《圣宋铙歌鼓吹曲》十四章、谢翱《宋铙歌鼓吹曲》等，虽然按总题渊源当属鼓吹曲辞，但由于其作俱是不入乐的文人诗，也均以颂圣为主旨，故一并置于其列。

雅颂体之兴，和政治的清明密切相关。赵湘作《宋颂》序，即历述古史，由三代乃至隋唐，梳理颂体诗文在前代的兴衰过程。三代之时，"大圣大贤，捃摭雅颂，唱圣君贤臣之大业，发五声八音，风腾四方，治则颂，乱则刺。圣人之道，不为岩穴之人而拾遗，是以尹吉甫、召穆公等，皆极宣王之颂"②；至两汉，文人"颇能颂皇王之风，若相如、扬雄、班固、司马迁，尤笃是事，凡炎汉之事迹，罔不研极"；其下晋宋齐梁，虽也继承此道，"然其时君之道，或沿袭之不至，故厥颂之风亦渐微弱。陈隋虽有文学之士，颂为淫哇，雅正之风，遂息蘋末"；至唐代由前期的"斯文既盛，颂声甚闻"，到季世的"草草后君，文势颇僻，巫词淫唱，不生清风，颂源芜污，流失其畅"，经历了一个先盛后衰的过程。

赵湘此论，点明三代、汉、唐乃是颂体较盛的时期，而石介《宋颂》序中，则进一步罗列前代以颂圣为主旨的诗篇："故周有《清庙》《生民》《臣工》《天作》《雍潜》《勺武》，汉有《中和》《乐职》《圣主得贤臣》，唐有《晋阳武》《兽之穷》《泾水黄》《奔鲸沛》《淮夷》《方城》《元和圣德》诸篇。"③分别列举周、汉、唐三个朝代的歌诗雅颂篇章，以明其创作《宋

---

① 周紫芝《大宋中兴颂》序，见《太仓稊米集》卷四十三，清文渊阁四库全书补配清文津阁四库全书本。

② 《南阳集》卷一，丛书集成初编本，第6页。

③ 石介《宋颂》序，见陈植锷点校《徂徕石先生文集》，中华书局，1984年，第2页。

颂》乃是对前代传统的继承。所列举的三朝,都是公认盛德煊赫,威仪具足的时代,于雅颂体之类诗歌的兴盛十分相宜。

　　从石介列举的诗篇中,也可看出宋代文人士大夫对前代颂诗变迁的总结。周之《清庙》《生民》,都是当时的祭祀乐歌,着重叙写周代先王的个人功绩①。汉之《中和》《乐职》《圣主得贤臣》,则是时臣歌颂帝德之作,且其题材倾向于文治方面,所述较为宽泛②。唐之《晋阳武》《兽之穷》《泾水黄》《奔鲸沛》篇,都为柳宗元《唐鼓吹铙歌》之题③,《淮夷》《方城》篇,亦是柳宗元歌颂当时战事大捷之作④。这些诗篇大多已并非古之颂体,而是渊源于"建威扬德、风敌劝士"的鼓吹铙歌,题材也倾向于歌颂武功。韩愈《元和圣德诗》则"指事实录,具载明天子文武神圣"⑤,是文武并重的篇章。而直至南宋,周紫芝《大宋中兴颂》序也提到"不能远追王褒《乐职》之诗,近配宗元《淮西》之雅"⑥,上述篇章也仍被作为歌诗雅颂的典范。

　　宋人既以古之歌诗雅颂为宗,在对待本朝的雅颂诸体时,也有意识地传承前代渊源。如石介《宋颂》卒章言"明道之政,可以歌舞。小臣

---

① 《清庙》为《诗经·周颂》篇章,通常认为是祭祀文王之作。《生民》为《诗经·大雅》篇章,述周之始祖后稷事迹。

② 《汉书·王褒传》:"益州刺史王襄欲宣风化于众庶,闻王褒有俊材,请与相见,使褒作《中和》《乐职》《宣布》诗,选好事者令依《鹿鸣》之诗习而歌之。"而王褒《四子讲德论》言:"所谓《中和》《乐职》《宣布》之诗,益州刺史之所作也。刺史见太上圣明,股肱竭力,德泽洪茂,黎庶和睦,天人并应,屡降瑞福,故作三篇之诗,以歌咏之也。"《圣主得贤臣》指王褒《圣主得贤臣颂》。

③ 《乐府诗集》云:"唐鼓吹铙歌十二曲,柳宗元作以纪高祖、太宗功德及征伐勤劳之事:一曰《晋阳武》,二曰《兽之穷》,三曰《战武牢》,四曰《泾水黄》,五曰《奔鲸沛》,六曰《苞枿》,七曰《河右平》,八曰《铁山碎》,九曰《靖本邦》,十曰《吐谷浑》,十一曰《高昌》,十二曰《东蛮》。"

④ 柳宗元诗《平淮夷雅》分为《皇武》《方城》二篇。

⑤ 韩愈撰,钱仲联集释《韩昌黎诗系年集释》,上海古籍出版社,1984年,第627页。

⑥ 周紫芝《大宋中兴颂》序,见《太仓稊米集》卷四十三,清文渊阁四库全书补配清文津阁四库全书本。

作颂,实惭吉甫"①,即是援引《诗·大雅·崧高》"吉甫作颂,其诗孔硕。其风肆好,以赠申伯"②之句以为先例,口吻虽然谦抑,其祝颂之意却非常纯正。此外如林骃所论:"石介之《宋颂》九篇,众谓《猗》《那》《清庙》之诗无以加。呜呼!刘禹锡《三阁》四章,鲁直且以《黍离》配之,《宋颂》之无愧《猗》《那》也,宜矣。尹洙之《皇雅》十篇,人谓尧典舜歌而下所未闻。呜呼!韩退之淮西之碑,孙觉且叹其叙如《书》,则《皇雅》之可轧舜歌也,亦宜矣。"③对这些雅颂体的誉美,也都是在与前代典范的比较观照中进行的,以明其一脉相承。

两宋的雅颂体乐府诗,其誉美政事的传统虽与前代一致,然而在文治武功之间,更加重视文治,此为宋代士大夫之政所独有的特色。如石介《宋颂》之下设九题,其中《皇祖》六章、《圣神》四章、《汤汤》三章、《莫丑》四章、《金陵》二章、《圣文》三章、《六合雷声》六章、《圣武》三章、《明道》十一章,共计四十二章。虽然前八题全写宋初三朝之武功,如《皇祖》写"太祖皇帝初用师,伐潞州,灭李筠;伐扬州,灭李重进也",其下直至《金陵》写"太祖皇帝命师取李煜也",都是述太祖之功业,而《六合雷声》写"太宗皇帝亲征太原,取刘继元也",《圣武》写澶渊之战"真宗皇帝亲临六师,射煞戎酋,军不得归,乞盟请和也"。然而在此同时,亦着力于颂扬仁宗一朝的政绩,《明道》虽仅一题,却占据全篇的四分之一篇幅,"今皇帝陛下独临轩墀,听决万机,睿谟圣政,赫然日新也"④,其内容都是对仁宗朝"洗刷敝风,宫阙清明"的文治之盛,尤其是仁宗本人"不怒而威,不疾而速""进退大臣,颜色和平"的施政御下之风的赞美。至篇末则云"宋承大纪,八十年矣。明道之政,独为粹

---

① 石介撰,陈植锷点校《徂徕石先生文集》,中华书局,1984年,第6页。
② 孔颖达《毛诗正义》卷十八,北京大学出版社,1999年,第1217页。
③ 林骃《源流至论》前集卷六,文渊阁四库全书本。
④ 以上并石介《宋颂》小序。

美"①,正是宋代崇文德之风的特质。

而张方平《宋颂》分为上下二什,"《天假》之什八篇,系之先帝(真宗)。《初升》之什七篇,系之今上(仁宗)",主要写真仁二朝奠定礼乐,重视民生的政治措施。如"《天假》,先帝既封岱宗,旋庙告祖宗也""《报成》,以成功告上帝,上岱宗封也""《有谌上帝》,真宗德淳洽,天锡祥应,以宝书来告也""《祈汾阴》,祀后土也",均写真宗朝礼乐制度的完善,如始行封禅礼、祀汾阴后土等;而"《日之初升》,上始即政也""《载耜》,修千亩也""《成》,重民政也"②,则写仁宗关注民生的施政之道。

宋代的雅颂体篇章虽具歌诗赞颂之旨,却与郊庙朝会歌辞不同。郊庙朝会歌辞是自上而下的,规模化的制作,体例题材均有一定之规,其用途是在重大典礼上合乐歌唱;而这些雅颂体篇章则是士大夫对时政的自发赞颂,是自下而上,"以待乐府之采"的篇章,创作时并没有入乐的意图。如尹洙《皇雅》,虽然承袭南朝梁郊庙歌辞的题目,其内容却并非为了用于郊庙仪式,如"皇有征兮吾民以嬉,皇有祈兮吾民是私。天敷佑兮俾皇之厘,永世亿宁兮无疆之基"③等,皆是借题发挥,赞颂帝德之笔。

颂圣的徒诗,宋前已有先例。如《乐府诗集》引《宋书·乐志》:"鼓吹铙歌十五篇,何承天晋义熙末私造",郭茂倩认为"按此诸曲皆承天私作,疑未尝被于歌也"④;又认为柳宗元《唐鼓吹铙歌》,"按此诸曲,史书不载,疑宗元私作而未尝奏,或虽奏而未尝用,故不被于歌,如何承天之造宋曲云"⑤。上述两者皆是文人自发的写作。又如韩愈作《元和

① 石介《宋颂·明道》,见陈植锷点校《徂徕石先生文集》,中华书局,1984年,第6页。
② 以上并见郑涵点校《张方平集》,中州古籍出版社,2000年,第78—83页。
③ 尹洙《皇雅·太平》,见《全宋诗》,第4册,第2699页。
④ 《乐府诗集》,第287页。
⑤ 《乐府诗集》,第303页。

圣德诗》，其序中自言"而其职业，又在以经籍教导国子，诚宜率先作歌诗以称道盛德，不可以辞语浅薄，不足以自效为解"①，这种居其位而谋其事的态度，正是儒家精神的体现，也是宋代士大夫的重要仿效对象。如石介《庆历圣德颂》序言"臣尝爱慕唐大儒韩愈为博士日作《元和圣德颂》千二百言，使宪宗功德赫奕炜烨，昭于千古，至今观之，如在当日"，即明确表达对韩愈此举的推崇。

　　而石介认为："臣文学虽不逮韩愈，而亦官于太学，领博士职，歌诗赞颂，乃其职业。窃拟于愈，辄作《庆历圣德颂》一首……文辞鄙俚，固不足以发扬臣子之心，亦欲使陛下功德赫奕炜烨，昭于千古。"②这番话语可视作宋代士大夫群体的心声。儒家讲求成德居位，在其位而必司其职，而撰写文章、歌咏诗篇以颂清明之时，正被士大夫视为职责之一部。此外如杨亿所言"若乃赋颂之作，臣之职也"③，赵湘更认为"生其时，为儒冠，而不能薄颂仁圣之业，亦负笑于樵夫尔"④，也都是士大夫当仁不让心态的体现。

　　宋代士大夫秉承儒学传统，治平事功之道，对国家的归属感十分强烈。"宗庙既清，郊社甚庄。品物争瑞，史载交相。未诰俗化，将时合苍。盈耳四海，但闻洋洋。其雍其熙，无施无为。乾坤法之，治于垂衣"⑤，他们生当盛世，得逢明君，一方面因此而心存感激，另一方面也以此为自豪，以赞颂、维护这个清平天下为己任。其作颂时"谨清净心意，盥沐舌发，稽首穹昊，拜手皎日"⑥的姿态，更显示出对此事的尊崇。

---

①　韩愈撰，钱仲联集释《韩昌黎诗系年集释》，上海古籍出版社，1984年，第627页。
②　石介《庆历圣德颂》序，见陈植锷点校《徂徕石先生文集》，中华书局，1984年，第8页。
③　杨亿《承天节颂》序，见《武夷新集》卷六，福建人民出版社，2007年，第94页。
④　赵湘《宋颂》序，见《南阳集》卷一，丛书集成初编本，第7页。
⑤　赵湘《宋颂》，见《南阳集》卷一，丛书集成初编本，第8页。
⑥　赵湘《宋颂》序，见《南阳集》卷一，丛书集成初编本，第7页。

二、乡土风物：民生关怀之延展书写

乐府自古有采诗观风的传统，然而魏晋南北朝文人乐府兴盛之后，这一功能渐不显著，其内容也较少关注乡村社会生活。至唐代新乐府兴起，虽颇多涉及民生的篇章，但大多是关怀人民之疾苦，发不平之鸣，至于描写太平之世的民生场景、乡土风俗之作，尚属罕见。

至宋代，士大夫群体重视乐府诗"物情上达，王泽下流"的观风传统，又取法唐人田园诗一脉，因循自己的经历见闻，以乐府诗体对所到之处的风土民情予以提炼与传写，着力刻画生活化的细节，描绘人民的和乐安宁，形成乐府诗对乡村生活图景的全面呈现。两宋田园诗大家如范成大、杨万里等，此类创作更多。这些诗篇大多都是即事立题的新题乐府，也存在部分依循民歌曲调、体式而制的篇章，以此写民生风土，越发亲切合宜。

1. 节俗趣味的书写：以《腊月村田乐府》为例

在占据了一年大部分时间的农事生活之外，乡村中从来不乏祠神赛会，岁时节俗等活动。这些民俗自古流传，随着年年节序的轮转周而复始，成为受到文人关注题咏的乡土之盛事。宋代乐府诗中，刘敞《土牛行》、周紫芝《竞渡曲》、沈辽《踏盘曲》、陆游《赛神曲》、范成大《乐神曲》等题，都是叙述风俗之作。如周紫芝《竞渡曲》"江风猎猎吹红旗，舟人结束夸水嬉……归来醉作踏浪歌，应笑吴儿拜浪婆……饭筒角黍缠五彩，楚俗至今犹未改。日暮空歌何在斯，不见三闾憔悴时"①，写楚地端午赛龙舟祭屈原之风俗；刘敞《土牛行》言"立春自昔为土牛，古人设象今人愁……村夫田妇初不知，缤纷围绕争相祈。皆云宜蚕又宜谷，拜跪满前同致词"②，即《岁时广记》所载"诸州县依形色造土牛、耕人，

---

① 《全宋诗》，第 26 册，第 17092 页。
② 《全宋诗》，第 9 册，第 5777 页。

以立春日示众"①之俗,塑土为牛形,以劝农耕而祷丰年。

对于节令民俗本身成因、细节等的关注,两宋之间最重要的作品当属范成大记述吴中岁末民俗的《腊月村田乐府》十首。范成大归隐后生活于石湖乡间,又曾作《吴郡志》等地理著作,对吴地的山川地理、风土人情可谓皆了如指掌,这当中自也包括当地的诸多节令风俗。按《吴郡志》载"吴中自昔号繁盛,四郊无旷土,随高下悉为田。人无贵贱,往往皆有常产。以故俗多奢少俭,竞节物,好游遨"②,当时吴中节令风俗即有岁首岁忏、上元灯市、爆孛娄、春日游虎丘、寒食扫墓、清明竞渡、佛诞浴佛、端午饷彩丝画扇、夏至健粽、七夕小儿节、重九食花糕、十月朔日谒墓开炉、腊月冬春米、祭厕姑、祭灶、口数粥、放爆竹、照田蚕、除夜分岁、祭瘟神、打灰堆,为"一岁风俗之大略也"③。其中如寒食、清明、佛诞、端午等大节,其俗流传已广,几乎海内城乡皆同,而范成大作诗时,便特意避开这些较为普遍的节令,而是选择其中更具有吴中土风特色,能反映乡村生活的民俗作为描述对象,"余归石湖,往来田家,得岁暮十事,采其语各赋一诗,以识土风,号《村田乐府》"④。

十首乐府,分别写冬日春米、灯市聚博、廿四日祭灶神、廿五日煮赤豆粥辟瘟、廿五夜放爆竹、燃火盆、照田蚕、除夜分岁、卖痴呆、打灰堆十件风俗,所涉诸多,驱鬼祭神,祈利行乐,不一而足。而序中按照这些岁末风俗的施行时间,不厌其烦地依次罗列其诸般细节,使人读来亦正似一桩桩亲历过来,在这有条不紊的热闹中逐步走向新年。因着范成大"以识土风"的创作自觉,于序中所记风俗之事中,更格外突出吴地的特色。如放爆竹之俗海内皆同,但"古以岁朝,而吴以二十五夜",燃放

①　陈元靓编《岁时广记》卷八,清十万卷楼丛书本。
②　范成大撰,陆振岳校点《吴郡志》卷二,江苏古籍出版社,1999 年,第 13 页。
③　范成大撰,陆振岳校点《吴郡志》卷二,江苏古籍出版社,1999 年,第 15 页。
④　范成大《腊月村田乐府》序,见富寿荪点校《范石湖集》,上海古籍出版社,1981 年,第 409 页。

时间与别处不同。记卖痴呆则言"世传吴人多呆，故儿辈讳之"。吴人之呆，范成大之前未见记载，仅同时洪迈《容斋三笔》有载"盖吴人痴呆习气也"①，而元代高德基《平江记事》所载风俗极详，"吴人自相呼为呆子，又谓之苏州呆。每岁除夕，群儿绕街呼叫云：'卖痴呆，千贯卖汝痴，万贯卖汝呆。见卖尽多送，要赊随我来。'盖以吴人多呆，儿辈戏谑之耳"②，与范成大所述正合，当是宋元之间风俗未有大变。在《分岁词》中，也强调"质明奉祠今古同，吴侬用昏盖土风"③，因别处都是平明祭祀，而吴地风俗，祭祀在除夜，然后守岁。此外，如口数粥"本正月望日祭门故事，流传为此"，打灰堆"本彭蠡清洪君庙中如愿故事，惟吴下至今不废"，典故渊源信手拈来，显示诗人的学识之余，亦足为乐府诗探本。

如《灯市行》写灯市之繁丽，以及乡民上城买灯之况："迭玉千丝似鬼工，剪罗万眼人力穷。两品争新最先出，不待三五迎东风。儿郎种麦荷锄倦，偷闲也向城中看。酒垆博簺杂歌呼，夜夜长如正月半。"《卖痴呆词》则写除夕夜里儿童之戏："除夕更阑人不睡，厌禳钝滞迎新岁。小儿呼叫走长街，云有痴呆召人买。二物于人谁独无，就中吴侬仍有余。巷南巷北卖不得，相逢大笑相揶揄。"生动而平易的以诗叙事之外，范成大在《吴郡志》中记述的诸多风俗细节，也如数反映在其乐府诗中，如《分岁词》云"地炉火软苍术香，钉盘果饵如蜂房。就中脆饧专节物，四座齿颊锵冰霜"，即《吴郡志》所载"除夜祭毕，则复爆竹，焚苍术及辟瘟丹。家人酌酒，名分岁。食物有胶牙饧、守岁盘"④之类。

《腊月村田乐府》的主旨虽是记述民俗，但字里行间，时时不忘描

---

① 洪迈《容斋三笔》卷十二，见《全宋笔记》第五编，大象出版社，2012 年，第六册，第 141 页。

② 高德基《平江记事》，清墨海金壶本。

③ 范成大《腊月村田乐府·分岁词》，见富寿荪点校《范石湖集》，上海古籍出版社，1981 年，第 412 页。

④ 范成大撰，陆振岳校点《吴郡志》卷二，江苏古籍出版社，1999 年，第 14 页。

绘民生安乐富足之况。如《冬舂米》中提及"去年薄收饭不足,今年顿顿炊白玉。春耕有种夏有粮,接到明年秋刈熟",是一派丰年之景;《爆竹行》"屏除药裹添酒杯,昼日嬉游夜浓睡",则写岁暮农闲时乡人的欢乐悠游之态;至于"儿孙围坐犬鸡忙,邻曲欢笑遥相望""荆钗劝酒仍祝愿,但愿尊前且强健"①等,更渲染出一派合家团聚,把酒祝寿,其乐融融的气氛。

由于范成大这套《腊月村田乐府》对民俗细节的挖掘较深,置诸风土题材的乐府诗之中,一定程度上也具有开拓之功,故其地位相当重要,后世也有一定拟作。如清代贝青乔《村田乐府拟范石湖体》二首中,《浸稻种》写谷雨时农家用水浸稻,令其不蠹不腐的习俗;《演春台》写春日乡里凑钱请梨园班子搭台唱戏的热闹。此外尚有钱陈群《岁暮宁青出青蚨请赛百红戏效石湖乐府打灰堆意》、沈广舆《和范石湖村田乐府十首》、沈钦韩《除夜清寂无事戏仿石湖新乐府仅得四首皆贫家所有云尔》等,都可见其影响。

2. 民歌体乐府的延展:以《橘枝词》为例

"饥者歌其食,劳者歌其事"的民歌,具备即事立题的特质,本就是古乐府中的一个重要部分。魏晋至隋唐时期,随着文人拟乐府的盛行,真正的民歌逐渐淡出乐府诗的舞台,被历代文人仿效民歌风格、体裁创作的诗篇所取代,形成了独特的民歌体乐府。至宋代仍有传写的民歌体诸题,如《竹枝》本是巴渝之地的民歌,《欸乃》是渔人舟子的船歌(如李堪《玉田八景》序云"渔舟往来,鼓枻而歌,欸乃之声相闻"②),此外又有樵歌、山歌、菱歌等。这类作品,大多是依曲度词,因歌成事,写眼前一时之见闻,颇有涉及当地风物者。

如李复《予往来秦熙沔陇间不啻十数年时闻下里之歌远近相继和

---

① 以上并范成大《腊月村田乐府》,见富寿荪点校《范石湖集》,上海古籍出版社,1981年,第410—413页。

② 《全宋诗》,第2册,第1134页。

高下掩抑所谓其声呜呜也皆含思宛转而有余意其辞甚陋因其调写道路所闻见犹昔人竹枝纥罗之曲以补秦之乐府云》，便是根据秦中民歌曲调创作可入乐的歌辞，描绘诗人行于道路的见闻。如其二云"缫丝宛转听车声，车声忽断心暗惊。旧机虚张未满幅，新丝更短织不成"，写民家女子踏缫车时的宛曲心思；其五云"牛车欲住更催行，官要刻日到新城。军有严期各努力，秋田无种何须耕"①，写驾着牛车去按期交纳赋税的农民，等等。题材虽不算新颖，却有"下里之歌"的音乐依托，十章诗歌皆七言四句，体近《竹枝》一类民歌。序中言"以补秦之乐府"，也是诗人自觉地创作民歌体乐府的体现。

又如叶适《橘枝词三首记永嘉风土》，则是仿效《竹枝》的命名之法而立题。永嘉盛产柑橘之属，天下知名，南宋韩彦直更作《永嘉橘录》②三卷，以记其众多品类。叶适本为永嘉人，描写最为熟悉的家乡风物时自然得心应手，此题变竹枝为橘枝，一字之差，即令永嘉特有的风土气息扑面而来，巧妙而颇具新鲜之感：

> 蜜满房中金作皮，人家短日挂疏篱。判霜剪露装船去，不唱杨枝唱橘枝。
>
> 琥珀银红未是醇，私酤官卖各生春。只消一盏能和气，切莫多杯自害身。
>
> 鹤袖貂鞋巾闪鸦，吹箫打鼓趁年华。行春以东崝水北，不妨欢乐早还家。③

---

① 《全宋诗》，第 19 册，第 12491—12492 页。
② 韩彦直曾任永嘉知州，《永嘉橘录》即是其任上所作。是书一名《橘录》，《宋史·艺文志》录为三卷，而马端临《文献通考》录为一卷，当为传写之误。今有宋百川学海本、清文渊阁四库全书本传世。
③ 《全宋诗》，第 50 册，第 31264 页。

既名《橘枝词》,第一首即是描绘永嘉种橘人家的劳作。令永嘉闻名天下的柑橘成熟之时,颜色灿然,香味甘美,在冬天里宛若小日头般挂在户户人家的篱墙之上。橘农们唱着歌谣,采摘颗颗犹带着霜露的金色的橘子,将它们沉甸甸地装上木船,而他们唱的歌既非《杨柳枝》也非《竹枝》这类外来的歌谣,而是永嘉当地的民歌,叶适仿效《竹枝》之名,称为《橘枝》。第二首则写永嘉市上沽酒之况。种种美酒或作琥珀光,或泛银红色,令人联想到李贺"琉璃钟,琥珀浓,小槽酒滴真珠红"[1]的融艳醉人,宛若春风拂面。而市中无论官私酒坊,因饮酒之人惯于浅酌,也都是一团和气,其乐融融。第三首写的是乡间赛会的热闹景象。叶适有《永嘉端午行》写当地龙舟赛神事云"行春桥东峙岩北,大舫移家住无隙""古来峥水斗胜负,湖边常赢岂其数"[2],则行春桥与峥水皆在永嘉一带。闪鸦,即闪鸦青,亦即通称之绀色。吹箫打鼓的乡民皆头戴绀色巾子,白袖乌鞋,衣饰十分鲜明,带着浓郁的水乡气息。在熟悉的风景中尽情欢乐之余,这些乡人犹不忘早早还家,其中透露出的醇厚民情,更是令人向往。

通观这组诗歌,无论是遣词用意,还是所描绘的乡居生活侧面,都着力于渲染安宁和煦的气氛。其景物描写,如蜜房金皮,澄澄如日的柑橘与琥珀、银红色泽的美酒,都是一目了然的温暖色调;诗中反复提及的春意、和气、欢乐等语,也是一派温煦融融。此外,"切莫多杯自害身""不妨欢乐早还家"等句,都用朴质温和的口吻,似是劝告,也是叙述当地民风之实情。字里行间,无不流露出诗人对自己生长在兹的乡土的赞美与怀思。

《橘枝》一题,两宋及前朝皆不见记录,以此命名永嘉的民歌,当为叶适所独创。而在叶适《橘枝词》之后,这一题目亦从此流传下去,并

---

① 李贺《将进酒》,见王琦等注《李贺诗歌集注》,上海人民出版社,1977年,第313页。
② 《全宋诗》,第50册,第31211页。

推而广之成为洞庭、吴中一带民歌的称谓。如清代陈文述《柳毅井》诗云"女儿歌橘枝,谁是传书者"①,即是以此指代洞庭民歌。《橘枝词》乐府,后世亦有同题传写。如清代汪琬作《洞庭橘枝词》"郎行时节橘花零,南风吹来香满庭。今年橘实大于斗,劝郎莫羡楚江萍",即自云"仿叶水心橘枝词体"②;钱枚亦作《橘枝词》云"逾淮莫改生平节,辛苦吴侬唱橘枝"③等等,虽然不如叶适之作乡土气息浓郁,也仍是以橘起兴,泛写当地风物,延续了《橘枝词》的写作传统。

三、女性主题:即事特质与市民文化的接轨

市民文学的特点是爱好故事。随着唐宋之际,尤其是宋代市民文学的兴盛,一些通俗性的题材,如传奇小说的演绎、下层民众的生活状态等,都更为广泛地进入文人乐府的创作视野,展现了文人士大夫自上而下的,对市井民众趣味与生态的关注。

在乐府诗与市民文学的接轨中,对女性生活际遇的刻画占据了相当的篇幅。这是由宋代诗歌对小说等俗文学的接纳所导致的。宋代的小说集如《丽情集》《云斋广录》等,均开始广为收录"丽情"题材,关注女性的情感、身世,这种风习的流行,对乐府诗的本事选择构成了相当的影响,形成了大量女性主题的书写,其题材横跨小说故实与时人轶事。为了令诗歌叙事与其女性题材相符合,篇中多用流丽之笔,也与《玉台》一脉乐府诗以文辞、意象取胜的美学传统相合。

1. 前代故事之传写

宋代之前的乐府诗中本就具备以诗篇叙述人事的传统。如刘克庄谓"《焦仲卿妻》诗,六朝人所作也。《木兰诗》,唐人所作也。乐府惟此

---

① 陈文述《颐道堂集》诗选卷二十一,清嘉庆十二年刻道光增修本。
② 汪琬《尧峰文钞》诗钞卷八,四部丛刊本。
③ 阮元编《两浙輶轩錄补遗》卷七,清嘉庆刻本。

二篇作叙事体,有始有卒,虽辞多质俚,然有古意"①,强调《焦仲卿妻》与《木兰诗》的叙事特质。而宋前乐府叙事不独此二篇。如《羽林郎》《陌上桑》《秦女休行》《东海有勇妇》等诸篇,也是题咏一时之人事,或具备本事依托,或在轶闻基础上虚构了一个完整的故事。如《陌上桑》言"罗敷出采桑于陌上,赵王登台见而悦之,因置酒欲夺焉。罗敷巧弹筝,乃作《陌上桑》之歌以自明,赵王乃止"②;《秦女休行》"大略言女休为燕王妇,为宗报仇,杀人都市,虽被囚系,终以赦宥,得宽刑戮也"③,等等,都是宋前乐府中故事性十分鲜明的诗篇,而且大多是女性的故事。

这类叙事体的古乐府,叙事十分直白。或是以当事人自身的视角叙写,或是以第三者视角叙写,但整个事件都围绕着当事人的经历展开。在这种写作方式下,诗歌即是故事本身,临场感十分强。然而在前代乐府中,这类作品还不多。古题本事虽被继承传写,但是题材毕竟较少,创作面也相对狭窄。此外,在叙事类古题的传写之中,随着本事流变与诗歌艺术风格的变化,一些拟作的内容流为抒情乃至议论,对故事本身的叙述并不突出,甚至还有所淡化。而在宋代,叙事类乐府的题材得到拓展,广为涉及故实传闻、时人轶事等方面,文人在创作时亦重视叙事,对前代的传统予以发展。

此外,古乐府中有许多篇章虽非叙事体,但都源自燕婉深情的故事。如《桃叶歌》《团扇郎》《阿子歌》《督护歌》等,多被视为自歌其事。后世文人考辨本事时,亦不乏对乐府古辞"给予故事的解释与作者的附会"④之举。对故事性本事的重视,也极大地影响了宋代文人的乐府

---

① 刘克庄《后村集》卷一百七十三,四部丛刊本。
② 崔豹《古今注》,见《汉魏六朝笔记小说大观》,上海古籍出版社,1999 年,第 238 页。
③ 《乐府诗集》,第 886 页。
④ 罗根泽《南朝乐府中的故事和作者》,见《罗根泽古典文学论文集》,上海古籍出版社,2009 年,第 352 页。

诗创作。至于《陌上桑》《明妃曲》等具备故事性本事的旧题,历代传写不辍,题材的接受更是较为普遍,此处暂不列举。

宋代文人以乐府诗体写故事轶闻,一个重要方面即是对前代本事的发掘。本事是叙事类乐府的重要构成要素之一。宋代乐府诗在秉承古乐府的叙事传统之余,又受到文人以才学为诗的特质影响,不乏搜求故典,对前代史实加以传奇化之作。在这类乐府诗中,多见对相关事典的运用,其功能或直述其事,或渲染氛围,令诗篇的故事性愈发鲜明。这些乐府诗的题材虽接近咏史,但是在表述方面倾向于写一个首尾俱全的故事,而少发感慨议论。

如文同《贾佩兰歌》,虽也涉及《搜神记》内容,但其主旨仍是写《汉书》所载的戚夫人之事,属于对前代史实的故事性叙述。贾佩兰事见《搜神记》:"戚夫人侍儿贾佩兰,后出为扶风人段儒妻,说在宫内时,尝以弦管歌舞相欢娱,竞为妖服,以趋良时。十月十五日,共入灵女庙,以豚黍乐神,吹笛击筑,歌《上灵》之曲,既而相与连臂,踏地为节,歌《赤凤皇来》。乃巫俗也。"①贾佩兰只是个汉宫侍女,这段故事也只是讲述戚夫人受宠时宫中的风俗,但对于熟习古史之人,也十分容易就此联想到她的旧主戚夫人的遭遇。《贾佩兰歌》便在一条贯穿的叙事线中,同时讲述了贾佩兰和戚夫人两人的命运:

> 绿发忆新梳,君前侍玉壶。相随五色凤,飞止帝宫梧。凤时入紫烟,一举万羽趋。乘风恣敖荡,众首倾云衢。帝既天上行,留凤不与俱。铩翮下永巷,髡鬣编钳徒。赭衣春且歌,北望鸳鸯呼。凛凛赤喙鸨,一杯死其雏。凤亦饮暗药,鞠域支体殊。娥姁岂不仁,幸此全贱躯。归来南山下,秋风裂罗襦。寒床覆龙具,霜雪侵肌

---

①　干宝撰,李剑国辑注《新辑搜神记》卷七,中华书局,2007 年,第 116 页。

肤。忽自感时节,临风只长吁。徒怀披庭事,饮泣对民夫。①

全诗以贾佩兰对汉宫中事的回忆开篇。诗中将常伴刘邦左右的戚夫人比作凤凰,既符合她的身份,也与《搜神记》所载"歌《赤凤皇来》"之事相扣。然后铺陈笔墨,写戚夫人受宠之时一呼百应的威仪,贾佩兰身为戚夫人侍女,对宫中女子在戚夫人引领下"竞为妖服,以趋良时",歌舞相娱的风习亦必毫不陌生。而在扣《搜神记》所载故事,尽力铺叙当初盛事之后,诗人的笔锋立即急转,写刘邦逝后戚夫人无所依托,遭受迫害之况。"铩翮下永巷,髡鬣编钳徒。赭衣春且歌,北望鹙鸶呼",即是《汉书》所载吕后幽禁戚夫人之事:"令永巷囚戚夫人,髡钳,衣赭衣,令春。戚夫人春且歌曰:'子为王,母为虏。终日春薄暮,常与死为伍。相离三千里,谁当使告女。'"②诗句全依史书之描写,而复据"雄曰凤,雌曰皇,其雏为鹙鸶"③之典故,以鹙鸶喻戚夫人之子赵王如意,因赵王封地在北,故云"北望鹙鸶呼"。而后又以"凛凛赤喙鸩"喻吕后鸩死赵王如意,"凤亦饮暗药,鞠域支体殊",写"太后遂断戚夫人手足,去眼熏耳,饮暗药,使居鞠域中"④的惨痛遭遇。

文同之作,通篇将《汉书》所述史实的阴沉惨刻与《搜神记》传说的韵致风流合二为一,在叙事之外又加以合理的想象,对种种事典的运用亦十分精当。然而这首乐府诗虽托于史实与传说,纪事分明,但其内容与其说是表达对戚夫人、贾佩兰命运的叹惋,毋宁说是后世文人在搜求故典之际,对一件前代宫闱之事的想象与书写,因而全诗都着力于故事情节的刻画,亦多描绘之笔。

又如徐积《项羽别虞姬》《虞姬别项羽》两篇,分别托为项羽、虞姬

① 《全宋诗》,第 8 册,第 5328 页。
② 班固《汉书》卷九十七《外戚传上》,中华书局,1995 年,第 3937 页。
③ 徐坚《初学记》卷三十,中华书局,1962 年,第 723 页。
④ 班固《汉书》卷九十七《外戚传上》,中华书局,1995 年,第 3938 页。

口吻,写项王乌江别虞姬之事。这一本事,古乐府原有旧题,如《力拔山操》《项王歌》等,然而都是对项羽形象的塑造,对虞姬并无正面描写。直至宋代,"近世又有《虞美人曲》,亦出于此"①,同时也出现了一些刻画虞姬形象的乐府诗,如王安石《虞美人》、许彦国《虞美人草行》等。而徐积二作中,《项羽别虞姬》但云:"垓下将军夜枕戈,半夜忽然闻楚歌。词酸调苦不可听,拔山力尽无如何。将军夜起帐中舞,八百儿郎泪如雨。此时上马复何言,虞兮虞兮奈何汝。"②仍是写项羽垓下被围之事,其意平平,而以《虞姬别项羽》篇幅更长,故事性更强,也更见用心:

> 妾向道,向道将军施恩义,将军一心靳财利。妾向道,向道将军莫要为人患,坑却降兵二十万。怀王子婴皆被诛,天地神人咸愤怨。妾向道,向道将军莫如任贤能,却信奸言疑范增。当时若用范增者,将军早已安天下。天下成败在一人,将军左右多奸臣。受却汉王金四万,卖却君身与妾身。妾向道,向道将军不肯听,将军虽把汉王轻。汉王聪明有大度,天下英雄能驾御。将军唯恃力拔山,到此悲歌犹不悟。将军不悟兮空悲歌,将军虽悟兮其奈何。贱妾须臾为君死,将军努力渡江波。③

两宋写虞姬的乐府诗篇章,大多着眼于项羽兵败,虞姬楚帐自刎的一幕,如"香魂夜逐剑光飞,清血化为原上草"④"当时楚士尽汉归,只有虞兮心不离"⑤等,皆是美其容颜,悲其命运,赞其忠贞之作。而徐积

---

① 《乐府诗集》,第 850 页。
② 《全宋诗》,第 11 册,第 7570 页。
③ 《全宋诗》,第 11 册,第 7570 页。
④ 许彦国《虞美人草行》,见《全宋诗》,第 18 册,第 12399 页。
⑤ 舒岳祥《虞美人草》,见《全宋词》,第 65 册,第 40914 页。

此作别具用心,并无一字提及虞姬的姿容,对其"贱妾须臾为君死"的忠贞也只是在卒章方着一笔,此外通篇都着力于将之塑造为一位深明事理的女性形象,诗句反复以"妾向道"起句,愈发渲染出虞姬反复劝嘱的殷切,也侧写了项羽的不肯听人一言的刚愎自恃,和即便到了穷途末路,仍然至死不知其非,"到此悲歌犹不悟"的悲剧形象。在以倒叙口吻写项羽横行天下直至兵败自刎的故事之余,也通过虞姬之口展现了诗人自身的见地。

此外也有一些诗篇并非首尾俱全的叙事之体,而是更倾向于人物形象的描绘,其故事性虽然稍弱,然而所述本事也件件分明。如吕陶《河津女》,写女娟为赵简子划舟之事。女娟事迹出《古列女传·赵津女娟》篇,文长不能具录,郭茂倩编《乐府诗集》概其事曰:"女娟者,赵河津吏之女也。简子南击楚,津吏醉卧,不能渡简子。简子怒,召欲杀之。娟惧,持楫走前曰:'愿以微躯易父之死。'简子遂释不诛。将渡,用楫者少一人。娟攘拳操楫而请,简子遂与渡,中流,为简子发《河激之歌》。简子归,纳为夫人。"①在这个故事中,女娟先是代父求情,令父亲得免死罪,而后又为赵简子划舟歌唱,被纳为夫人。吕陶之诗,则将故事拦腰截断,仅以后者作为叙述对象。"河津女娟者,可与壮士侪。简子欲南渡,谁人为撑舟。娟奋红袂起,姿容盛优柔"②,描绘女娟自请划舟时的美好姿容,而她之前冒死为父求情的壮举则在故事之外,为读者所共知,因而无需赘笔,即塑造出柔婉中更见刚强的形象。

乐府诗的创作,本就有注重故实的一面。到了宋代,文人重阅读,重才学,更是前所未有地关注乐府诗本事的考辨,而诗歌的艺术阐发与想象,都是在本事切实的基础上再作合理发挥。随着雅俗文学的逐渐合流,一些前代事典也被雅文学作者"用作故实以炫示博学",凭借典

---

① 　《乐府诗集》,第 1169 页。
② 　吕陶《河津女》,见《全宋诗》,第 12 册,第 7742 页。

故化而进入诗歌系统之中。因此,宋代文人除了广泛考辨乐府旧题的本事之外,在自立新题时,也表现出对古史传说、典籍轶事的前所未有的关注,于记述人事的古乐府旧题之外又发掘出不少新的题材,以乐府诗叙写其事。在创作时,他们亦注重物象的渲染与事典的运用,使篇章风格繁丽,文采斐然。

2. 时人轶事之立题

两宋风习,士大夫家中多蓄歌姬,社会上的官私妓也颇多。这些女性的歌妓身份,令她们时常成为一些市井间流行轶闻的主角,小说话本中也不乏以她们为蓝本的故事。而在宴饮欢会之时,文人得以与这些女子相识,切近地了解她们的身世故事、情感归宿等,由此所作的乐府诗中,多不乏对她们的命运的关切与写照。

如陈舜俞《双溪行》,其序云:"熙宁七年九月,予游吴兴,遇致政张郎中子野,日有文酒之乐,时学士李公择为使君,幕客陈殿丞正臣,皆予故人。一日,正臣语予云:'昨日张子野过我,吾家有侍婢何氏,故范恪太尉之家妓也。窥子野于牖,识子野尝陪范宴会,因感旧泣数行下。'予闻之恻然,交语公择。公择益为之凄怆,即乃载酒选客,陪子野访之。酒行,正臣不肯出何氏侑诸客饮,独使在屏障中歌,及作笛与胡琴数弄而罢,其声调无不清妙。惟子野以旧恩,得附屏障间问范之废兴及所由来。子野曰:'此范当年最所爱者。'于是诸客人人怜之,又嘉其艺之精,而恨其不得见也。予因作《双溪行》。双溪,吴兴之水苕、霅云也。"①所记即是张先与范恪旧家妓何氏在多年后相逢的一段轶事。

范恪生卒年不详,清钱保塘《历代名人生卒录》载其年五十卒,不知其据。现仅知是仁宗时人,康定元年(1040)因拒西夏之功迁内殿承制,而后"数有战功,自龙、神卫四厢都指挥使累迁至侍卫亲军马步军副都指挥使,历坊州刺史、解州防御、宣州观察使、保信军节度观察留后,以疾出为永兴军路副都总管,数月卒,赠昭化军节度使"①。另蔡襄《端明集》有拟诏《范恪赐忠果雄勇功臣加柱国进开国公》,陈舜俞序中称其为太尉,则是当时对高阶武官的敬称,而非范恪当真官居太尉之职。

　　观范恪后半生居官,坊州、解州都在西北,宣州、保信军则在今安徽一带,后又调任永兴军(在今西安),不久卒于任上。而张先天圣八年(1030)中进士后,先知吴江县,复任嘉禾判官,都在江南,仅皇祐二年(1050)晏殊知永兴军时,辟张先为通判,张先有机会与范恪相交,"陪为宴会"或当在其时。以此类推,张先治平元年(1064)以都官郎中致仕时,范恪墓木早拱。而张先与范恪的旧家妓何氏再度相遇,算来也已隔了十五年以上。

　　此虽是张先之旧事,但李公择、陈舜俞各自听闻后,皆为之恻然凄怆,竟至"载酒选客",陪张先过访,只为见何氏一面,促成一段旧客相逢之佳话,由此亦可窥见当时文人对这些轶事的格外关怀。

　　《双溪行》全诗曰:

　　　　星郎休官两鬓白,惯作五侯堂上客。□□□□□□,半入人家锁深宅。偶来花幕双溪头,闻有侍儿旧相识。五马情多载酒过,主人犹须屏障隔。黄昏移烛背重帘,初度清歌响疏拍。宛转别是京洛声,中有离愁千万尺。曲中复作孤吹笛,玉龙一吟群籁寂。金罍不酌四座听,淡月朦胧挂空碧。更将余意写琵琶,手抹凤槽鸣历历。梁州欲彻幺弦断,应恐外人知怨抑。主人不许传青翼,独听星郎语近壁。小声呜咽话当年,公子樽前最怜惜。朱门出后身转轻,往事消沉无处觅。星郎日有流落恨,回向玳筵双泪滴。劝君收泪听我歌,聚散有命可奈何。君不见陇头水,入海不

---

① 脱脱等《宋史》卷三百二十三《范恪传》,中华书局,1985年,第10466页。

知几千里。又不见风中花,吹向千家复万家。人生莫作等闲别,
事去老大空咨嗟。①

　　诗篇以张先作为叙事的主线人物,故一开篇即写张先休官江南之
况。范恪身故后,当年的歌儿酒使各自飘零,曾是座上佳客的张先亦已
两鬓斑白,予人以华屋山丘之感。由此翻出下文"闻有侍儿旧相识",
其惊喜可知。张先来访何氏,全因主人陈正臣向他人夸说此事引发,陈
正臣却又以帷幕阻隔,不令何氏出见,这种做法难免有些小气和不近人
情,令人叹惋,"主人犹需屏障隔"一句,便是委婉地表达叹息之情。而
陈正臣此举,也难免引人遐想帷幕之后何氏的美好姿容,至何氏一展技
艺,清歌婉转,琵琶幽怨之际,亦愈发坐实了她身为范恪"当年所最爱
者"的地位。何氏与张先隔着帷幕的一番对答,则是全篇的高潮部分。
旧识重逢,说起当年的"公子樽前最怜惜"与今日的"往事消沉无处
觅",今昔对比之下,两人都感慨丛生,凄然落泪。至于其"聚散有命可
奈何",以及陇水风花的比喻,则都是陈舜俞对张先的劝慰,是相当普
遍的别离之思。然而通观全篇的叙事部分,也不乏对何氏姿容技艺的
赞美,并叹惋其如风中落花一般的流离命运。

　　又如梅尧臣《花娘歌》中"官私乘衅作威棱,督促仓惶去闾里。萧
萧风雨满长溪,一舸翩然逐流水"②,写花娘为官府所逐,凄惶落索之态
如在目前;孙次翁《娇娘行》篇末则云"娇娘娇娘真可惜,自小情多好风
格。只恐情多误尔身,休把身心乱抛掷"③,是对流落江湖的娇娘的谆
谆劝慰,殷切可感,都寄寓了当时文人对歌妓命运的深切同情。此类例
子犹多,因篇幅所限,不再赘引。

　　此外,宋代文人对市民阶层的生活有较为深入的了解,其乐府诗中

---

① 《全宋诗》,第 8 册,第 4957 页。

② 梅尧臣撰,朱东润校注《梅尧臣集编年校注》,上海古籍出版社,1980 年,第 236 页。

③ 《全宋诗》,第 18 册,第 11784 页。

对平民女性的单纯而热烈的情感诉求,描写亦十分鲜活。以张耒《周氏行》为例:

> 亭亭美人舟上立,周氏女儿年二十。少时嫁得刺船郎,郎身如墨妾如霜。嫁后妍媸谁复比,泪痕不及人前洗。天寒守舵雨中立,风顺张帆夜深起。百般辛苦心不惜,妾意私悲鉴中色。不如江上两鹭鸶,飞去飞来一双白。长淮杳杳接天浮,八月捣衣南国秋。谩说鲤鱼能托信,只应明月见人愁。淮边少年知妾名,船头致酒邀妾倾。贼儿恶少谩调笑,妾意视尔鸿毛轻。白衫乌帽谁家子,妾一见之心欲死。人间会合亦偶然,滩下求船忽相值。郎情何似似春风,霭霭吹人心自融。河中逢潭还成阻,潮到蓬山信不通。百里同船不同枕,妾梦郎时郎正寝。山头月落郎起归,沙边潮满妾船移。郎似飞鸿不可留,妾如斜日水东流。鸿飞水去两不顾,千古万古情悠悠。情悠悠兮何处问,倒泻长淮洗难尽。只应化成淮上云,往来供作淮边恨。①

通篇代入周氏的口吻、视角,对她的心态加以体贴。周氏是一位年轻美貌的船家少妇,她虽不满于丈夫的粗陋,对这段婚姻关系却是忠贞的,"淮边少年知妾名,船头致酒邀妾倾。贼儿恶少谩调笑,妾意视尔鸿毛轻",对于轻薄少年的调笑,她不屑一顾,分毫不为所动。然而这样的日子被打破了,周氏热烈地爱上了一位来租船的翩翩少年,"白衫乌帽谁家子,妾一见之心欲死",语出直白,对他的倾慕分毫不加掩饰。在与少年同船的日子里,她无时无刻不在思念对方,然而"百里同船不同枕,妾梦郎时郎正寝",虽然两人近在咫尺,这份感情却得不到回应,只是无望的单相思。况且少年只是租船的过客,他登岸离去时,周氏所

---

①　张耒撰,李逸安等点校《张耒集》,中华书局,1990 年,第 43 页。

在的船只也再度启航,从此相见无望。但即便如此,她也还将抱着这份无望的深情,在淮上日复一日的撑船生涯中终老,这个故事亦由此得到悲剧性的升华。

诗篇通篇采用第一人称的笔法,语言浅显明白,表情达意都十分直接,符合周氏船家女子的身份,可见诗人的用心。诗中对于周氏被社会道德观念所约束,却仍默默追求自由爱情的矛盾心理,以及她对意中人的单相思,都刻画得十分生动。在这体贴入微的描写中,诗人对周氏寄予的同情,读来亦感同身受。而周氏对自由爱情的渴望,也与宋元小说话本中市民阶层女性的情感追求有异曲同工之妙。

至于徐积的《淮阴义妇》《北神烈妇》,以及范端臣的《新嫁别》之类,则是写发生在乡里女子身上的不幸遭遇,因是身边的普通人家之事,其生活气息更强,叙事也极其真切。如《淮阴义妇》中,李氏得知后夫乃是杀害前夫的仇人之后,先是到官府告发,然后"缚其子赴淮,投之于水,已而自投焉"。诗篇代入李氏的口吻,"当时但痛君非命,今日方知妾累夫",痛切述说因自己上当受骗,令丈夫的大仇沉冤数载的悔恨悲伤,而在夫仇得报之后,又自觉"几年污辱无由雪,长使清淮涤此躯",毅然赴死。在封建社会以节义要求女子的道德标准下,"盖以谓不义而生,不若义而死也,故谓之义妇",诗中赞她"貌好如花心似铁"①,正是对她的决烈抱以极高的敬意。而诗人选取这样的故事作为乐府诗的叙写对象,或许也不乏《谢小娥传》之类写女子为夫复仇经历的小说的影响。

再如《新嫁别》,是以无辜被逐的邻家新嫁娘口吻,历历述说自己的不幸遭遇。这位新嫁娘出生在一户贫困的农家,"妾从五岁遭乱离,频年况逢年凶饥。母躬蚕桑父锄犁,耕无余粮织无衣。十年辛苦寸粒积,倒箧倾囊资女适",家人历尽艰辛,倾尽微薄的家底,方为她筹备好

---

① 　以上见徐积《淮阴义妇》,见《全宋诗》,第 11 册,第 7573 页。

嫁妆。但是过门当天,夫家便遭了窃,令她蒙受不白之冤:"岂知薄命嫁良人,招得偷儿夜穿壁。晓看奁橐无余遗,罗绮不见空泪垂。公姑忌妾遣妾去,欢意翻成长别离。"不独父母辛苦为她备下的妆奁都被偷走,还引得公婆猜疑,将她休弃。"不恨良媒恨妾身,生离不为夫征戍"①之句,则是新嫁娘离去时的悲叹。农家夫妇分别,多是因为丈夫去服兵役,一般人对此亦有心理准备,但她与丈夫无辜分离,却如晴天霹雳一般,亦无处诉此冤情。这一句肺腑之叹,十分真实地刻画了新嫁娘蒙冤不白,入地无门的心情,尤为哀切动人。诗人若不是对她的遭遇怀着深刻的悲悯,其笔致恐难如此体贴入微。

　　宋代文人以乐府诗叙写下层女性的身世命运之时,普遍都以赞美与同情的笔致去描绘她们的形象,体贴她们的心情。如徐积笔下的爱爱"居娼家而不为娼事者,盖天下无一人,而爱爱以小女子,能杰然自异,不为其党所污"②,品性十分高洁;孙次翁笔下的娇娘虽是歌妓之身,然而"善歌舞,学诗词,谈论端雅,俨然有君子之风"③;徐积笔下的北神烈妇则"知其义利之分,死生之轻重,故至于杀身而不悔也"④。然而在这些叙事中,都较少关注女子过于刚毅勇决,不够女性化的一面,这或许也反映了宋代文人之中较为普遍的女性审美倾向。

第三节　入乐传统与仪式功能的继承

　　在全面向徒诗转变的同时,宋人的乐府新题中也保留了一定的音乐传统,这主要体现在郊庙歌辞、祠祀乐歌等功能性诗篇中。宋人梳理

---

①　以上见范端臣《新嫁别》,见《全宋诗》,第 38 册,第 24039 页。
②　徐积《爱爱歌》序,见《全宋诗》,第 11 册,第 7640 页。
③　孙次翁《娇娘行》序,见《全宋诗》,第 18 册,第 11784 页。
④　徐积《北神烈妇》序,见《全宋诗》,第 11 册,第 7574 页。

三代以下的雅乐发展,对雅俗混淆、制度有失、音律不谐等弊病进行反思,并进而推崇以《诗经》为雅音代表的周文传统,进行雅乐实践,全面修订礼乐制度,细化仪式用乐,在多次校定律准的基础上制作本朝新乐,进而完善雅乐体系,使得其郊庙朝会乐歌制作实现了礼、乐、文的真正合一。

在建构礼乐体系的同时,王朝也对地方祠祀予以规范。随着宋代的地方祠祀被纳入封建王朝的全面控制之下,相关仪式乐歌的写作开始较多地受到文人士大夫的关注,形成一定规模,成为宋代新兴乐府诗之一类。本书在宋代乐府的范畴下提出祠祀乐歌的命名,既与从属于中央政权政治活动的郊庙乐章相区别,也顾及这类乐府诗的地域性,以及一定的政治色彩。

一、郊庙朝会歌辞: 王朝中枢的雅乐实践

郊庙朝会乐歌的功能为"取礼之威仪、乐之节奏,以文饰其治"①,一次完整的典礼仪式所用的雅乐,包括礼制层面上的仪式环节安排和配套的乐曲与歌辞。《宋史·乐志》中记述乐章的部分,大体都按照整套仪式的顺序,一环一节地记载,通读下来,即可概见当时礼乐的全貌。宋代雅乐实践同时关注制度、乐曲、歌辞三个要素,在乐歌制作中环环相扣,相互影响,形成了礼、乐、文分列并重,高度合一的特色。

首先,宋人对礼乐制度的关注,导致郊庙朝会仪式用乐的高度细化,大大拓展了乐歌制作的规模。考诸前朝,历代郊庙朝会的典礼仪式用乐本就存在一个逐步细化的过程。如晋代"《天地郊明堂歌》,有《夕牲歌》《降神歌》《天郊飨神歌》《地郊飨神歌》《明堂飨神歌》。其《夕牲》《降神》,天地郊、明堂同用"②,郊祀天地与明堂大礼仅在飨神部分

---

① 　晁公武撰,孙猛校证《郡斋读书志校证》,上海古籍出版社,2011 年,第 91 页。
② 　《乐府诗集》,第 11 页。

使用与典礼相关的特定乐歌,其余环节则乐歌通用,可以推想,晋代天地郊与明堂礼的仪式环节大体相似,较为简洁,且少用乐歌。南朝宋文帝元嘉二十二年(445),"诏颜延之造《天地郊夕牲》《迎送神》《飨神》雅乐登歌篇"①,仪式用乐方面,与晋代夕牲—降神—飨神的环节相比,在最后增加了送神环节的乐歌,但用乐仍未具规模。至南朝齐,雅乐制度的细化与相应乐歌的记载已经十分详细,如齐南郊乐歌,便增加了群臣出入、牲出入、荐豆呈毛血、皇帝入坛东门、升坛、初献、配飨、饮福酒、就燎位、还便殿等诸多环节的乐歌。至于齐北郊乐歌、明堂乐歌等,仪式环节与用乐规模也大致相类。可以说,在南朝时,用乐的意识已经逐渐细化到各仪式环节之中,这一传统在宋代的雅乐实践中被全面继承下来。

仁宗朝全面修订典礼制度,论定礼乐规模,更导致仪式用乐的全面细化。如皇祐二年(1050)始定明堂礼,参用圜丘、祈谷、雩祀、蜡祭等仪式细致制定其环节,是对当时礼乐制度的重要补完;景祐二年重定南郊四祭等重要郊祀仪式的配享制度,则是对太祖至真宗朝郊祀大礼仪式的增益,添加了对太祖、太宗、真宗的配位奠币与配位酌献环节,这些修订都伴随着仪式用乐的增加。而南渡之后,绍兴年间也有一次全面的仪式用乐细化。以祀圜丘为例,增加太宗位奠币、酌献、升坛、降坛、皇帝入中壝、入小次、出小次、诣饮福位、饮福、望瘗、还大次、还内等环节的仪式用乐,使得其仪式用乐总数多达31环,远超前朝,其余典礼亦然。这种乐仪并重的礼乐观念,在宋代仪节不断趋于繁复的雅乐实践中,全面拓展了乐歌制作的规模。

其次,宋人重视仪式用乐的规模化与沿用性,形成以十二"安"为核心的乐歌系统,以宣示礼乐传承。建隆元年(960),窦俨奉命在后周

---

① 《乐府诗集》,第13页。

雅乐的基础上重修宋代雅乐。他提出，"一代之乐，宜乎立名"①，雅乐的题名，既可描绘功业，也是王朝政治理想的展露。后周主要的雅乐十二章都以"顺"为题，窦俨易以"安"字，"盖取'治世之音安以乐'之义"②。《礼记·乐记》言"治世之音，安以乐，其政和"③，宋代雅乐修订之初即以"安"立题，强调政和民乐之义，奠定了宋代以文治立国的政治理念，这与宋代礼乐观始终强调中和雅音的传统是一致的。两宋屡次修订增补雅乐，均不废"安"之名。乾德元年（963），陶谷等奉命制作祭祀感生帝的歌辞，"降神用《大安》，太尉行用《保安》，奠玉币用《庆安》，司徒奉俎用《咸安》，酌献用《崇安》，饮福用《广安》，亚献、终献用《文安》，送神用《普安》"④，均沿袭十二"安"的立题。仁宗皇祐、至和年间，制作明堂乐曲、文武二舞、袷享乐舞等，也都以"安"为题，如皇祐明堂乐迎神乐歌名《诚安》，酌献乐歌名《庆安》；至和袷享乐奠瓒乐歌名《顾安》，饮福乐歌名《禧安》，等等。而皇祐三年（1051）议定国朝大乐之名时，天地、宗庙、四时祭祀的八十九首乐章中，更是已有七十五首以"安"为名。且王尧臣等以为，"岂特本道德、政教嘉靖之美，亦缘神灵、祖考安乐之故"⑤，故建议将国朝大乐名为《大安》。由此，"安"在宋代雅乐中的立题意义得到进一步完善，且形成全面的命题体系。即便到南宋重修大乐时，也因"先朝凡雅乐皆以'安'名，中兴一遵用之"⑥，全面沿袭十二"安"传统。

在宋代众多的郊庙朝会仪式环节中，常见对十二"安"之类核心乐曲的重复使用。如国初《高安》《静安》《嘉安》《禧安》诸曲，其后诸朝

---

① 脱脱等《宋史》卷一百二十六《乐一》，中华书局，1985 年，第 2939 页。
② 脱脱等《宋史》卷一百二十六《乐一》，中华书局，1985 年，第 2939 页。
③ 孔颖达《礼记正义》卷三十七《乐记》，北京大学出版社，1999 年，第 1077 页。
④ 脱脱等《宋史》卷一百二十六《乐一》，中华书局，1985 年，第 2940 页。
⑤ 脱脱等《宋史》卷一百二十七《乐二》，中华书局，1985 年，第 2966 页。
⑥ 脱脱等《宋史》卷一百三十《乐五》，中华书局，1985 年，第 3036 页。

均多有沿用，而仁宗朝更易十二"安"系统，新制《太安》《兴安》等曲，也一直沿用至南宋。至于历代更易大乐时所制新乐，也都广为使用，甚至于同一组仪式乐歌中，在相似的环节使用同一乐曲。仪式用乐的相互沿用与承袭，不独贯彻了调协中和、安以和乐的治国理念，一定程度上也具备铺陈典礼、完善制度之功。

再次，宋人重视郊庙朝会歌辞的独立制作，强调作者的政治身份与歌辞的典重性。自汉代以来，历代郊庙朝会歌辞的制作都相当程式化，具有相似的章句风格与遣词用典，可谓异曲同工。这是由于，郊庙朝会歌辞作为礼乐系统的一部分存在，通常诗乐同题，乐曲题目即是歌辞题目，即所谓"雅乐之设，允洽于同和；名制有常，非可以辄易"①。宋人继承这一传统，历次制作的大批郊庙朝会歌辞，在制作中少有更改与发挥的余地，遣词用典均不乏相互承袭与借鉴，且最终必须通过合乐来实现其功能与价值，于文学性方面难免有所缺失。

然而宋代郊庙朝会歌辞也并非乐曲的附庸，其制作具备相当的独立性。宋人推崇辞在乐先的乐歌制作观念，如绍兴四年（1134）国子丞王普言："自历代至于本朝，雅乐皆先制乐章而后成谱。崇宁以后，乃先制谱，后命词，于是词律不相谐协，且与俗乐无异。乞复用古制。"②虽然宋代历次制乐，多有将前代乐歌易以新辞之举，然而按王普之言，辞在乐先直至北宋中后期，仍是雅乐制作的主流观念，徽宗朝大乐制作反其道而行，乐在辞先，便有辞律不谐之病。高宗朝虽然推崇大晟乐，却也接受这一批评，采用先辞后乐的制作方式。可知，在宋代的雅乐制作中，歌辞制作是相对独立的，虽然最终合乐，其内容却是以描绘仪式环节，渲染气氛为主，通常并不与乐曲构成直接关联，反而是乐曲制作要注重与歌辞的声律谐和，以达到协调中和的效果。此外，宋人推重

---

① 《宋会要辑稿·乐三》，中华书局，1957 年，第 309 页。
② 脱脱等《宋史》卷一百三十《乐五》，中华书局，1985 年，第 3030 页。

《诗经》雅乐传统,故其郊庙朝会歌辞一改前朝三、四、五、六、七、九言包括杂言并用的体式,而是以四言齐言为主,以模拟《雅》《颂》章法,这也体现宋人对歌辞文本制作的重视。

此外,歌辞制作者的政治身份也为宋人所强调。除馆阁诸臣奉诏制作大量郊庙朝会歌辞之外,宋代诸帝时有御制歌辞之举,以示典仪庄重。如大中祥符五年(1012),为祭祀圣祖先天节,真宗便亲自制作一组雅乐歌辞。据《宋史·乐志》记载,这次御制歌辞以祀先祖,为循唐代旧例之举:"五年,圣祖降,有司言:'按唐太清宫乐章,皆明皇亲制,其崇奉玉皇、圣祖及祖宗配位乐章,并望圣制。'诏可之。"①北宋后期郭茂倩编《乐府诗集》,收录《唐太清宫乐章》一组十一章,未记作者,然而真宗朝臣援引前例时,将太清宫乐章归入唐玄宗名下。歌辞作者是否真为唐玄宗,暂无可考,然而宋人在推崇旧典的名义下提倡御制歌辞,以示典礼尊隆,则无疑义。又,宋代诸帝御制歌辞,以真宗、仁宗、高宗最为突出,盖因此三朝为宋代雅乐实践的重要节点,以帝王之尊带头制作郊庙朝会歌辞,显示对雅乐歌辞的看重,也能够起到稽古饰治的作用。

二、祠祀乐歌:地方视野下的文人化写作

自汉代至南朝,用于祭祀仪式的郊庙歌辞,大多是配合祭祀典礼的乐歌。民间祠祀乐歌如《神弦歌》的祭祀对象,只是不入流的"杂鬼神",属于丛祠甚至淫祠的范畴。直至唐代,郊庙乐章中方出现《祀风师乐章》《祀雨师乐章》《享孔子庙乐章》之类篇目,将涉及民生的神灵和古代圣贤纳入视野。然而这一类作品仍旧极少,仅能附属于郊庙乐歌,无法自成一类。

直至宋代,政府对地方祠祀加以认可与重视,将之广泛纳入祀典体

① 脱脱等《宋史》卷一百二十六《乐一》,中华书局,1985年,第2947页。

系,成为不乏政治性的活动。除了山川土地之神,乃至著名的古代圣贤英杰之外,更多的忠臣义士、修仙隐者,甚至当代事迹卓著者,都获得了官方的立庙祭祀,"自开宝、皇祐以来,凡天下名在地志,功及生民,宫观陵庙,名山大川能兴云雨者,并加崇饰,增入祀典……凡祠庙赐额、封号,多在熙宁、元祐、崇宁、宣和之时"①。这一以礼制教化为目的的政治行为,推动了宋代祠祀乐歌的独立发展与兴盛。

在官方的认可与控制下,地方祠祀繁兴。无论是山川之神还是古今人物,只要有功于社稷,或是其贤行义举得到朝廷的认可,便皆得享庙祀。如《宋史·礼志》所载:"其新立庙:若何承矩、李允则守雄州,曹玮帅秦州,李继和节度镇戎军,则以有功一方者也;韩琦在中山,范仲淹在庆州,孙冕在海州,则以政有威惠者也;王承伟筑祁州河堤,工部员外郎张夏筑钱塘江岸,则以为人除患者也;封州曹觐、德庆府赵师旦、邕州苏缄、恩州通判董元亨、指挥使马遂,则死于乱贼者也;若王韶于熙河,李宪于兰州,刘沪于水洛城,郭成于怀庆军,折御卿于岚州,作坊使王吉于麟州神堂砦,各以功业建庙。寇准死雷州,人怜其忠,而赵普祠中山、韩琦祠相州,则以乡里,皆载祀典焉。其他州县岳渎、城隍、仙佛、山神、龙神、水泉江河之神及诸小祠,皆由祷祈感应,而封赐之多,不能尽录云。"②这些自上而下的赐封,代表着宋代封建王朝对地方祠祀的规范与约束。而反过来,一些源于民众自发的祠祀活动,也会因所祀者的品行功绩而获得朝廷认可。如游九言作《义灵庙迎享送神曲》序言,由于滕膺抵御方腊,以全民生之义举,"应天之人祠之,名堂清忠。漕淮西,复破敌于蔡州,人祠之,名堂忠惠。……赐庙号义灵"③。这都是以官方列入祀典的方式,对特定的地方神灵加以崇祀。其中,尊崇天地山川之神是出于对社稷民生的关怀,而祭祀古代圣贤、时之忠良,则有

---

① 脱脱等《宋史》卷一百五《礼志八》,中华书局,1985年,第2561—2562页。
② 脱脱等《宋史》卷一百五《礼志八》,中华书局,1977年,第2562页。
③ 《全宋诗》,第48册,第30127页。

推崇教化之功。这样的趋势反映在乐府诗的发展中,就是祠祀乐歌的独立成形。

以地域划分,祠祀乐歌更多地出现在南方,尤其是楚、越之地。两宋祠祀乐歌中涉及祀自然神者,仅苏轼《太白词》作于凤翔任上,《河复》作于徐州任上,苏辙《太白山祈雨诗》作于京师,且实为写凤翔之事,《舜泉诗》则作于齐州任上,孔平仲《常山四诗》作于密州任上,皆可明确为北方之事;李复居官辗转南北,《乐章五曲》无序无记,不能定论;鲜于侁《九诵》、张载《虞帝庙乐歌辞》为一般拟作,不涉及真正祠庙之外,其余都可据小序或内容考证,为在南方之作。一方面,南渡之后,文人士大夫的活动区域基本局限在江淮以南;另一方面,南方地区神祠遍地,祠祀之风较北方更隆。如诸葛兴《会稽颂》九章,除《二相》一章之外,都是用于敬拜和当地有关的神灵,可见地域特征对祠祀乐歌创作的影响。

两宋祠祀乐歌中涉及的祭祀对象,都是受到宋代官方认可的各地自然神与人格神,较之祭祀"杂鬼神"的民间丛祠歌曲,祠祀乐歌的歌辞大多由士大夫自发创作,具备相当的规范化与正统性。由于其享祭神明的仪式性功能,祠祀乐歌与郊庙朝会歌辞一样,延续了乐府诗的音乐文学特质。然而,较之"朝廷宗庙典章文物,但按故常以为程式"①的郊庙歌辞制作,祠祀乐歌的创作又较为灵活,本身即具备相当的文学性。

在章法结构方面,宋代祠祀乐歌吸纳了历代郊庙乐章,包括《神弦歌》的仪式性。据《乐府诗集》引《晋书·乐志》,"武帝泰始二年(266),诏傅玄造郊祀明堂歌辞。其祠天地五郊,有《夕牲歌》、《迎送神歌》及《飨神歌》"②,已经明确了郊庙乐歌中迎、享、送神歌辞的仪式感。而

---

① 《乐府诗集》,第 2 页。
② 《乐府诗集》,第 10 页。

民间丛祠方面,"《神弦歌》在清商曲中的性质和风格,正仿佛《楚辞》中的《九歌》,二者都是巫觋祀神的乐曲"①,因而也同样具备端整的仪式性:《宿阿》居最前,为迎神之曲,《同生》居最末,为送神之曲,其间九曲则皆为享神之用。由于这些渊源长久的传统,宋代文人的祠祀乐章,许多都以此为规模。

在辞句风格方面,宋代的祠祀乐歌通常追求高古雅致之风,这一特点主要源自郊庙歌辞的影响。郊庙歌辞对乐歌本身及其仪式性的重视胜过文辞,力求字句古雅端严,以示庄敬之意,而祠祀乐歌敬神崇古的主旨,正与此庄肃典重的风格相近。此外,《神弦》一系的民间祠祀乐歌,至唐多流为骚体②,这一变化也深深影响到宋代祠祀乐歌的风格。骚体在以楚汉为中心的南方地区,有悠久的历史渊源,而同楚声相联系的一种风俗歌唱,便是迎神送神歌。③ "宋代民间祀神多沿用楚声歌唱,以踏歌形式,载歌载舞,富于娱乐性"④,文人创作祠祀乐歌,许多时候也是为了实际用在祭祀仪式上,配合旧有的乐歌演唱。如崔敦礼因"江东之民好祠而信鬼,歌乐鼓舞,独无楚人凄惋之词以侑祀事"⑤,故为其作《九序》,可见宋代文人作祠祀乐歌惯用骚体风格,实是基于楚声歌曲的传统。

民间祠祀之风古有传统,非独盛于两宋,但惟有宋代士大夫对此关注颇多。这是因为,宋前的朝野祭祀,分别由郊庙乐章和民间巫歌承担,上下泾渭分明,因此介于其间的地方神祠并没有受到关注,大多只成为文人发游历怀古之思的寄托。唐代虽出现了由文人创作的,用于

---

① 王运熙《神弦歌》考,见《乐府诗述论》,上海古籍出版社,2006 年,第 169 页。
② 曾智安《中晚唐人对吴越神弦歌的接受与楚骚精神的复苏》,载《乐府学》第二辑,学苑出版社,2007 年,第 181 页。
③ 王昆吾《隋唐五代燕乐杂言歌辞研究》,中华书局,1996 年,第 348 页。
④ 杨晓霭《宋代声诗研究》,中华书局,2008 年,第 213 页。
⑤ 崔敦礼《九序》序,见《全宋诗》,第 38 册,第 23778 页。

祠祀场合的乐府诗,然而一则十分罕见,二则是为应酬而作①,仍游离在主流创作视野的边缘。而士大夫乐于写作祠祀乐歌,便是宋代与前代的一个重要不同。

　　宋代士大夫时常作为地方官参与当地的祭祀活动,具有相当的参与度。如崔敦礼作《楚州龙庙迎享送神辞》,则自称"某既以漕檄为文,又私自作《迎享送神辞》三章遗县令,使岁时歌以祀之"②,时崔敦礼方举进士,当在江宁尉任上,"江宁巫风为盛"③,作祠祀乐歌之举,必然受到地域风气的影响。此外,对于崔敦礼而言,写作祭祀檄文才是其本职,而额外作祠祀乐歌三章,则是出于私人的自发行为。士大夫作祠祀乐歌,在宋代多有前例,楚州龙庙的祭祀活动中,崔敦礼作为身预其事者,也有职责所在,义不容辞之感。

　　此外,朱熹在桂林郡作《虞帝庙乐歌辞》序云:"熹既为太守张侯栻纪其新宫之绩,又作此歌以遗桂人,使声于庙庭,侑牲璧焉。"④李复为乡民秋祀作《乐章五曲》,认为旧的乐歌"其辞鄙陋,不可以格神"⑤。马之纯则认为马将军祠原本的祭祀活动"有牲酒而无歌舞之乐章,阙陋已甚"⑥。诸人都为当地祠祀活动创作了合乐的歌辞。一方面,士大夫注重祠祀乐歌的入乐功能,反映了他们对雅乐传统,包括作为其延伸的祠祀仪式的自觉模仿与重视;另一方面,他们身为地方官或是当地知名的文人学者,凭借祠祀乐歌的创作对民间祠祀活动施以一种良性干预,也能够使之更加规范化。

---

① 参见曾智安《中晚唐人对吴越神弦歌的接受与楚骚精神的复苏》,载《乐府学》第二辑,学苑出版社,2007 年,第 179 页。

② 《全宋诗》,第 38 册,第 23780 页。

③ 脱脱等《宋史》卷四百一《刘宰传》,中华书局,1985 年,第 12167 页。

④ 朱熹撰,朱杰人等编《朱子全书》,上海古籍出版社、安徽教育出版社,2002 年,第 20 册,第 219 页。

⑤ 《全宋诗》,第 19 册,第 12496 页。

⑥ 马之纯《祀马将军竹枝歌》序,见《全宋诗》,第 49 册,第 30982 页。

　　宋代文人对自身士大夫身份的体认，以及随之而兴的责任意识，令他们对于民间祠祀的态度较前朝有了极大的转变，创作祠祀乐歌的主动性较唐人亦有显著提升。身为地方官员，他们对任职之地的许多祠祀仪式负有主持、引导之责；面对人格神的事迹，也会油然而生敬德之心，怀古之思。同时，受到宋代乐府全面徒诗化趋势的影响，也出现了一些以祠祀活动为主题，摹仿祠祀乐歌风格的乐府徒诗，形成文人化的创作角度，在此基础上不乏对民生日常的关注与书写，如王士元《龙子祠农人享神》、沈辽《乐神》《踏盘曲》、陆游《赛神曲》《秋赛》、范成大《乐神曲》、周弼《冬赛行》等，皆是以切近的笔触，描绘民间丛祠巫祀、祭神赛会。因此，宋代士大夫对祠祀乐歌的创作自觉，既符合王朝对地方祠祀的规范化要求，也融入了他们普遍的社会关怀意识，形成宋代乐府诗中新兴之一类。

结　语

　　在宋代之前,乐府始于汉魏一直是文学史的主要观念。宋人在继承汉魏乐府传统的基础上,更将乐府精神上溯至《诗》《骚》,强调其播于歌诗、旨在美刺的功能,拓展了乐府文体的容纳范围,并在编纂观念与创作理念两个层面均有所发展,形成了较前代更加丰富多元的乐府观。

　　宋人前后数次较大规模地梳理前代乐府文献,其中既有《乐府诗集》《通志·乐略》之类重视音乐传统,强调古题源流的编纂态度,也有《文苑英华》《唐文粹》之类从创作实际出发,视近世尤其是唐人乐府为徒诗的观念。后者大多仅以题名特质或诗歌旨趣区分乐府诗,但这种分类方式同样被其应用于其余无乐府传统的徒诗,一定程度上令乐府与徒诗,尤其是新兴歌行体的界限更加模糊,同时也未能涵盖固有音乐传统的部分乐府题名;而前者固然得以从编纂脉络上呈现出古乐的传统,保存大量前代篇题,却也重视本事、诗义的梳理,并在这一过程中清晰地展示了诸乐府旧题从合乐歌辞到不入乐的徒诗的流变。

　　在文人拟乐府的自由发展中,徒诗化倾向是一种必然。随着历代古乐更迭,乐府古辞的文本不断地与音乐疏离,最终仅能作为纯文学文本被后世文人所认知。而在失去了音乐这一重要纽带之后,历代文人拟前朝乐府诗,也大多只能着眼于文本的摹仿和旨趣的发挥,或规模前人，或自出机杼，在不断的重叠书写中，形成乐府诗功能、题材、思想性的全面拓展。至宋代，在多数文人的观念中，乐府已经不再是与徒诗相区别的音乐文学，而是更广泛地作为徒诗而存在，宋人诸总集、别集的编纂，或完全不设乐府一类，仅将拟乐府与其余诗体间杂收录；或虽强调乐府文体，但也仅将之作为徒诗编纂。这都与宋代乐府诗的创作现实相吻合。

　　宋代文人主要将乐府视为徒诗之一体来创作，其拟乐府虽然在题材、风格等方面继承了古乐府的传统，却大多独立于音乐而存在，除了郊庙朝会等雅乐歌辞以及祠祀乐歌的创作已成定式，仍保留着入乐传统之外，在文人拟乐府中，专门为了入乐而创作的诗篇并不多。宋代文人在创作乐府诗之时，虽也存在一些泛泛拟古的篇章，但在"补乐府"观念的影响下，他们更多地重视文本自身所蕴含的文学特质与现实意义，拓展乐府诗的题材容纳度，在崇古之余努力形成新变。这既是对乐府徒诗化趋势的接纳，也是推动。在宋人的乐府诗创作中，乐府诗的音乐特质进一步消解，然而宋人对于乐府诗题材的关注，令其创作视野更为宽广，而推重诗义、本事的创作理念，从此成为宋人乐府观的主流。

附录 《文苑英华》收录乐府歌行与《乐府诗集》之比对

说　　明

1. 本表开列《文苑英华》相关诗篇的卷次、题名、作者、首句信息,以与《乐府诗集》比对。如有重出、删削、附录之类的篇目,为对照清晰,亦一并录入,并作标注。其中诗部乐府门诗篇全部录入,歌行部诗篇则主要择取《乐府诗集》中有相同或相近题名,可堪比对者予以录入。

2. 题名一栏下,《文苑英华》诗部乐府门各卷目录所列题名与卷中所录不同者,先列目录题名,再标注实录题名。如另有单独异题,注于作者之后。歌行部目录所列有一部分并非诗歌题名,故皆统一录入卷中题名。

3.《乐府诗集》收录情况一栏下,在各题首行标注《乐府诗集》有无此题名,有则不再重复,无则予以说明;二书收录题名如有相异,在各题首行标出《乐府诗集》实际收录题名;二书收录题名相同或相近者,再列出题名分类与可溯源流。所涉诗篇对比,标"同"表示二书收录内容相同,标"无"表示《乐府诗集》无此篇,其余作者、题名差异均标"有"并说明情况。如《乐府诗集》有格外收录的篇目,在题下最后一行罗列。本表仅对比诗篇收录情况,不涉诗句文字校勘。

4. 因《文苑英华》继《文选》而编纂,以收录萧梁至唐代文学为主,偶涉宋齐诗人,不录汉晋之作,故附录亦以《乐府诗集》对同一时期乐府诗的收录对参,不再罗列其中汉晋宋齐作家作品。

一、《文苑英华》诗部乐府门与《乐府诗集》收录比对

序号	卷　次	题　名	作　者	首　句	《乐府诗集》收录情况
1	卷一九二	京洛篇	梁简文帝	南游偃师县	无此题。录作《煌煌京洛行》。列为相和歌辞瑟调曲。
					同
2	卷一九二		李巨仁	京洛类神仙	无
3	卷一九二	帝王所居篇	张正见	崤函雄帝宅	仅存题。列为相和歌辞瑟调曲。
					无
4	卷一九二	帝京篇	唐太宗	秦川雄帝宅	无此题。
					无
5	卷一九二		唐太宗	岩廊罢机务	无
6	卷一九二		唐太宗	移步出词林	无
7	卷一九二		唐太宗	鸣笳临乐馆	无
8	卷一九二		唐太宗	芳辰开逸趣	无
9	卷一九二		唐太宗	飞盖去芳园	无
10	卷一九二		唐太宗	落日双阙昏	无
11	卷一九二		唐太宗	欢乐难再逢	无
12	卷一九二		唐太宗	建章欢赏夕	无
13	卷一九二		唐太宗	以兹游观极	无
14	卷一九二		骆宾王	山河千里国	无

序号	卷 次	题 名	作 者	首 句	《乐府诗集》收录情况
15	卷一九二	煌煌京洛篇（实录题为煌煌京洛行）	张正见	千门俨西汉	题作《煌煌京洛行》。列为相和歌辞瑟调曲。
					同
16	卷一九二		戴暠	欲知佳丽地	同
17	卷一九二	新城安乐宫	梁简文帝	遥看云雾里	列为相和歌辞瑟调曲。
					同
18	卷一九二		阴铿	新宫实壮哉	同
19	卷一九二		陈子良	春色照兰宫	同
					格外收录李贺《安乐宫》"深井桐乌起"。
20	卷一九二	凌云台	谢举	绮甍悬桂栋	题作《陵云台》。列为杂曲歌辞。
					同
21	卷一九二		王褒	高台悬百尺	同
22	卷一九二	长安道	梁简文帝	神皋开陇右	列为横吹曲辞汉横吹曲。
					同
23	卷一九二		梁元帝	西接长楸道	同
24	卷一九二		庾肩吾	桂宫延复道	同
25	卷一九二		萧贲	前登灞陵岸	同
26	卷一九二		徐陵	辇道乘双阙	同

序号	卷次	题名	作者	首句	《乐府诗集》收录情况
27	卷一九二	长安道	陈晔	长安开绣陌	有,作者作陈暄。
28	卷一九二		顾野王	凤楼临广路	同
29	卷一九二		阮卓	长安驰道上	同
30	卷一九二		江总	翠盖乘轻雾	同
31	卷一九二		沈佺期	秦地平如掌	同
32	卷一九二		崔颢	长安甲第高入云	同
33	卷一九二		皇甫冉	长安九城路	无
34	卷一九二		韦应物	汉家宫殿含云烟	同
35	卷一九二		白居易	花枝缺处青楼开	同
36	卷一九二		薛能	汲汲复营营	同
37	卷一九二		王贞白	晓鼓人已行	无
					格外收录陈后主"建章通未央"、王褒"槐衢回北地"、何妥"长安狭斜路"、孟郊"胡风激秦树"、顾况"长安道,人无衣"、聂夷中"此地无驻马"、释贯休"憧憧合合"。
38		洛阳(实录题为洛阳道)	梁简文帝	洛阳佳丽所	题作《洛阳道》。列为横吹曲辞汉横吹曲。
					同

序号	卷　次	题　名	作　者	首　句	《乐府诗集》收录情况
39	卷一九二		庾肩吾	徼道临河曲	同
40	卷一九二		岑敬之	喧喧洛川滨	有,作者作岑之敬。
41	卷一九二		张正见	层城启旦扉	同
42	卷一九二		陈瑄	洛阳九逵上	有,作者作陈暄。
43	卷一九二		车敳	洛阳道八达	同
44	卷一九二		徐陵	绿柳三春暗	同
45	卷一九二		徐陵	洛阳驰道上	同
46	卷一九二		王瑳	洛阳夜漏尽	同
47	卷一九二	洛阳(实录题为洛阳道)	江总	德阳穿洛水	同
48	卷一九二		江总	小平临四达	同
49	卷一九二		沈佺期	九门开路邑	同
50	卷一九二		沈佺期	白玉谁家郎	有,然录为李白诗。
51	卷一九二		冯著	洛阳宫中花	无
52	卷一九二		任翻	幢幢洛阳道	无
53	卷一九二		王真白	喧喧洛阳路	无
54	卷一九二		于武陵	浮世若浮云	同
					格外收录梁元帝"洛阳开大道"、沈约"洛阳大道中"、郑渥"客亭门外路东西"。

序号	卷 次	题 名	作 者	首 句	《乐府诗集》收录情况
55	卷一九三	神仙篇	张正见	亿舜日，万尧年	列为杂曲歌辞。
					有，然录为沈约《乐未央》。
56	卷一九三		卢思道	浮生厌危役	同
57	卷一九三		鲁杞	王远寻仙至	有，作者作鲁范。
					格外收录戴嵩"徒闻石为火"、张正见"瀛洲分渤澥"、李贺《神仙曲》"碧峰海面藏灵数"。
58	卷一九三	升仙篇	梁简文帝	少室堪求道	列为杂曲歌辞。
					同
59	卷一九三	升天行	刘孝威	乘桥追术士	列为杂曲歌辞。
					有，然录为曹植诗。
60	卷一九三		刘孝威	扶桑之所生	有，然录为曹植诗。
61	卷一九三		卢思道	寻师得道诀	同
					格外收录刘孝胜"尧攀已徒说"、僧齐己"身不沉，骨不重"。
62	卷一九三	步虚词（实录题为道上步虚词）	庚信	浑成空教立	列为杂曲歌辞。
					同
63	卷一九三		庚信	东明九芝盖	同
64	卷一九三		庚信	归心游太极	同

续　表

序号	卷　次	题　名	作　者	首　句	《乐府诗集》收录情况
65	卷一九三		庾信	凝真天地表	同
66	卷一九三		庾信	洞灵尊上德	同
					共收录十首，多"无名万物始""道生乃太一""北阁临玄水""地镜阶基远""麟洲一海阔"五首。
67	卷一九三		释皎然	予因览真诀	同
68	卷一九三		顾况（太清宫作）	迥步游三洞	同
69	卷一九三	步虚词（实录题为道士步虚词）	陈羽	汉武清斋读鼎书	同
70	卷一九三		陈羽	楼殿层层阿母家	无
71	卷一九三		苏郁	十二楼藏玉牒中	无
					格外收录隋炀帝"洞府凝玄液""总辔行无极"、吴筠"众仙仰灵范"等十首、刘禹锡"阿母种桃云海际""华表千年鹤一归"、韦渠牟"玉简真人降"等十九首、高骈"青溪道士人不识"，又录陈陶《步虚引》"小隐山人十洲客"。
72	卷一九三	飞龙引	李白	黄帝铸鼎于荆山	列为琴曲歌辞。
					同

序号	卷　次	题　名	作　者	首　句	《乐府诗集》收录情况
73	卷一九三	飞龙引	李白	鼎湖流水清且闲	同
74	卷一九三		陈陶	有熊之君好神仙	无
					格外收录萧悫"河曲衔图出"。
75	卷一九三	凤箫曲	沈佺期	八月凉风下高阁	无此题。
					无
76	卷一九三	凤笙曲	沈佺期	忆昔王子晋	列为清商曲辞。
					同
					格外收录梁武帝"绿耀克碧彫琯笙",在清商曲辞《江南弄七首》下。
77	卷一九三	阳春歌	柳顾言	春鸟一啭有千声	列为清商曲辞。
					同
78	卷一九三		顾野王	春草正芳菲	同
79	卷一九三		吴迈远	百里望咸阳	同
80	卷一九三		吴象之	帘低晓露湿	同
81	卷一九三		檀约	青春献初岁	同
82	卷一九三		李白	长安白日照春空	同
					格外收录吴均"紫苔初泛水",又录《阳春曲》,无名氏"茱苪生前迳"、温庭筠"云母空窗晓烟薄"、庄南杰"紫锦红囊香满风"、僧贯休"为口莫学阮嗣宗"。

序号	卷　次	题　名	作　者	首　句	《乐府诗集》收录情况
83	卷一九三	金（一作会）乐歌	梁元帝	鸣鸟怨别偶	列为杂曲歌辞。
					同
84	卷一九三		房篆	前汉流璧水	同
85	卷一九三		梁简文帝	槐花欲覆井	同
86	卷一九三	白纻歌	梁武帝	朱丝玉箸罗象筵	列为舞曲歌辞，在《白纻舞辞》题下。
					有，题作《梁白纻辞》。
87	卷一九三		梁武帝	朱光灼烁照佳人	有，然录为沈约诗。题作《四时白纻歌》之《夏白纻》。
88	卷一九三		梁武帝	纤腰袅袅不任衣	有，题作《梁白纻辞》。
89	卷一九三		张栾	秋风鸣条露垂叶	有，作者作张率。
90	卷一九三		张栾	遥夜风远时既寒	有，作者作张率。
91	卷一九三		张栾	歌儿流唱声欲清	有，作者作张率。
92	卷一九三		张栾	遥夜忘寐起长叹	有，作者作张率。
93	卷一九三		张栾	日暮搴门望所思	有，作者作张率。
					共收录九首，多"妙声屡唱轻体飞""夜寒湛湛夜未央""列坐华筵纷羽爵""愁来夜迟犹叹息"四首。

序号	卷　次	题　名	作　者	首　句	《乐府诗集》收录情况
94	卷一九三		隋炀帝（四时东宫春）	洛阳城边朝日晖	有,题作《四时白纻歌》之《东宫春》。
95	卷一九三		隋炀帝（江都夏）	梅黄雨细麦秋轻	有,题作《四时白纻歌》之《江都夏》。
96	卷一九三		卢茂（和同前）	长洲茂苑朝夕池	有,作者作虞茂。题作《四时白纻歌》之《江都夏》。
97	卷一九三	白纻歌	卢茂（长安秋）	露寒台前晓露清	有,作者作虞茂。题作《四时白纻歌》之《长安秋》。
98	卷一九三		李白	扬清歌,发皓齿	有,题作《白纻辞》。
99	卷一九三		李白	月寒江深夜沉沉	有,题作《白纻辞》。
100	卷一九三		李白	吴刀剪绮缝舞衣	有,题作《白纻辞》。
101	卷一九三		杨衡	玉缨翠佩杂轻罗	有,题作《白纻辞》。
102	卷一九三		杨衡	蹑珠履,步琼筵	有,题作《白纻辞》。

序号	卷次	题名	作者	首句	《乐府诗集》收录情况
103	卷一九三	白纻歌	陈标	吴女秋机织曙霜	无
					格外收录汤惠休"琴瑟未调心已悲""少年窈窕舞君前"、王建"天河漫漫北斗粲""馆娃宫中春日暮"、张籍"皎皎白纻白且鲜"、柳宗元"翠帷双卷出倾城"，又录崔国辅《白纻辞》"洛阳梨花落如霰""董贤女弟在椒风"，又录沈约《四时白纻歌》"兰叶参差桃半红"（《春白纻》）等五首，元稹《冬白纻歌》"吴宫夜长宫漏款"。
104	卷一九三	美女篇	萧子显	章丹暂辍舞	列为相和歌辞瑟调曲。
					同
105	卷一九三		梁简文帝	佳丽尽关情	有，然录为傅玄诗。
106	卷一九三		卢思道	京洛多妖艳	同
107	卷一九三		王琚	东邻美女实名倡	无
					格外收录魏收"楚襄游梦去""□□□□□，我帝更朝衣"。
108	卷一九三	日出东南隅（实录题为日出东南隅行）	沈约	朝日出邯郸	题作《日出东南隅行》。列为相和歌辞相和曲，在《艳歌行》《罗敷行》题后。
					同

序号	卷　次	题　名	作　者	首　句	《乐府诗集》收录情况
109	卷一九三	日出东南隅（实录题为日出东南隅行）	萧子荣	大明上迢迢	同
110	卷一九三		卢思道	初月正如钩	同
111	卷一九三		李白	秦楼出佳丽	有，然录为殷谋诗。
					格外收录张率"朝日照屋梁"、陈后主"重轮上瑞晖"、徐伯阳"朱城璧日起朱扉"、王褒"晓星西北没"。
112	卷一九三	日出行	萧扬	昏昏隐远雾	列为相和歌辞相和曲。
					同
113	卷一九三		李白	日出东方隈	同
114	卷一九三		李贺	白日下昆仑	同
115	卷一九三	月重轮	戴暠	皇基属明两	列为相和歌辞瑟调曲。
					同
116	卷一九三	泛舟行大江（实录题为泛舟横大江）	梁简文帝	沧波白日晖	题作《泛舟横大江》。列为相和歌辞瑟调曲，在《饮马长城窟》题后。
					同
117	卷一九三		张正见	大江修且阔	同
118	卷一九三	雨雪曲	王筠	边城风雪至	列为横吹曲辞汉横吹曲，在《雨雪》题后。
					有，作者作江晖。
119	卷一九三		张正见	胡关辛苦地	同

续 表

序号	卷次	题名	作者	首句	《乐府诗集》收录情况
120	卷一九三		江总	雨雪阻榆溪	同
121	卷一九三		陈暄	都尉出祁连	同
122	卷一九三	雨雪曲	谢燮	朔边昔离别	同
123	卷一九三		卢照邻	虏骑三秋入	无
					格外收录李端"天山一丈雪"、翁绶"边声四合殷河流",又录陈后主《雨雪》"长城飞雪下"。
124	卷一九四		刘希夷	天津桥下阳春水	列为新乐府辞乐府杂题。
					同
125	卷一九四		常建	日日乘钓舟	无
126	卷一九四		司空曙	缠臂绣纶巾	无
127	卷一九四	公子行	于鹄	少年初拜大长秋	同
128	卷一九四		李商隐	一盏新罗酒	无
129	卷一九四		雍陶	公子风流嫌锦绣	同
130	卷一九四		韩琮	紫袖长衫色	同
131	卷一九四		聂夷中	汉代多豪族	同
132	卷一九四		聂夷中	花树出墙头	同
					格外收录陈羽"金羁白面郎"、顾况"轻薄儿,白如玉"、张祜"玉堂前后画帘垂""春色满城池"、孟宾于"锦衣红夺彩霞明"。

序号	卷 次	题 名	作 者	首 句	《乐府诗集》收录情况
133	卷一九四		吴筠	董生能巧笑	列为杂曲歌辞,在《结客少年场行》题后。
					有,作者作吴均。
134	卷一九四		沈炯	长安妙少年	有,题作《长安少年行》。
135	卷一九四		李百药	少年飞翠盖	有,题作《少年子》。
136	卷一九四		张昌荣	少年不识事	无
137	卷一九四		郑愔	颍川豪横客	无
138	卷一九四		王维	新丰美酒斗十千	同
139	卷一九四		王维	出身仕汉羽林郎	同
140	卷一九四	少年行	王维	一身能擘两雕弧	同
141	卷一九四		王维	汉家君臣欢宴终	同
142	卷一九四		杜甫	马上谁家白面郎	同
143	卷一九四		杜甫	莫笑田家老瓦盆	同
144	卷一九四		杜甫	巢燕养儿浑去尽	同
145	卷一九四		李白	君不见淮南少年游侠客	同

序号	卷 次	题 名	作 者	首 句	《乐府诗集》收录情况
146	卷一九四		李白	青云少年子	题作《少年子》。
147	卷一九四		李白	五陵年少金市东	同
					共收录三首,多"击筑饮美酒"一首。
148	卷一九四		崔颢（一作渭城少年行）	洛阳二月梨花飞	有,题作《渭城少年行》。
149	卷一九四		崔国辅（卷二〇五古意重出）	遗却珊瑚鞭	有,题作《长乐少年行》。
150	卷一九四		王昌龄	西陵侠少年	同
151	卷一九四	少年行	王昌龄	走马还相寻	同
152	卷一九四		高适（一作邯郸少年行）	邯郸城南游侠子	有,题作《邯郸少年行》。
153	卷一九四		吴象之	承恩借猎小平津	无
154	卷一九四		李嶷	十八羽林郎	同
155	卷一九四		李嶷	侍猎长杨下	同
156	卷一九四		李嶷	玉剑膝边横	同
157	卷一九四		韩翃	千点斓煸喷玉骢	同
158	卷一九四		释皎然（一作长安少年行）	翠楼春酒虾蟆陵	有,题作《长安少年行》。

序号	卷　次	题　名	作　者	首　句	《乐府诗集》收录情况
159	卷一九四		李益	君不见上宫警夜营八屯	有,题作《汉宫少年行》。
160	卷一九四		李益	生长边城傍	无
161	卷一九四		张籍	少年从猎去长杨	同
162	卷一九四		李廓	金紫少年郎	同
163	卷一九四		李廓	追逐轻薄伴	同
164	卷一九四		李廓	新年高殿上	同
165	卷一九四	少年行	李廓	戟门连日闭	同
166	卷一九四		李廓	遨游携艳妓	同 共收录十首,多"日高春睡足""好胜耽长行""赏春唯逐胜""游市慵骑马""小妇教鹦鹉"五首。
167	卷一九四		杜牧	官为骏马监	同 共收录二首,多"连环羁玉声光碎"一首。
168	卷一九四		雍陶	不倚军功有侠名	无
169	卷一九四		僧贯休	锦衣鲜华手擎鹘	同

序号	卷次	题名	作者	首句	《乐府诗集》收录情况
170	卷一九四		僧贯休	自拳五色球	同
					共收录三首，多"面白如削玉"一首。
171	卷一九四		王贞白	游宴不知厌	无
172	卷一九四	少年行	王贞白	弱冠投边急	无
					格外收录刘长卿"射飞夸侍猎"、令狐楚"少小边州惯放狂"等四首、张祜"少年足风情"、施肩吾"醉骑白马走空衢"、韦庄"五陵豪客多"，又录《少年乐》，李贺"芳草落花如锦地"、张祜"二十便封侯"，何逊《长安少年行》"长安美少年"，郑锡《邯郸少年行》"霞鞍金口骢"。
173	卷一九四		何逊	城东美少年	列为杂曲歌辞。
					同
174	卷一九四		张正见	洛阳美少年	同
175	卷一九四		李益	豪不必驰千骑	同
176	卷一九四	轻薄篇	释贯休	绣林锦野	同
177	卷一九四		释贯休	木落萧萧	同
					格外收录僧齐己"玉鞭金镫骅骝蹄"，又录孟郊《灞上轻薄行》"长安无缓步"。

序号	卷　次	题　名	作　者	首　句	《乐府诗集》收录情况
178	卷一九五	结客少年场（实录题为结客少年场行）	刘孝威	少年本六郡	题作《结客少年场行》。列为杂曲歌辞。
					同
179	卷一九五		吴均	结客少年归	无
180	卷一九五		庾信	结客少年场	同
181	卷一九五		孔绍安	结客佩吴钩	同
182	卷一九五		虞世南	韩魏多奇节	同
183	卷一九五		卢照邻	长安重游侠	同
184	卷一九五		卢（一作虞）羽客	幽并侠少年	有,作者作虞羽客。
185	卷一九五		李白	紫骝黄金瞳	同
					格外收录沈彬"重义轻生一剑知"。
186	卷一九五	行行且游猎（实录题为行行且游猎篇,一作游行且猎篇）	刘孝威	之罘讲射所	题作《行行游且猎篇》。列为杂曲歌辞。
					同
187	卷一九五		孟云卿	少年多武力	无
					格外收录李白《行行游且猎篇》"边城儿,生年不读一字书"。
188	卷一九五	门有车马客	何逊	门有车马客	题作《门有车马客行》。列为相和歌辞瑟调曲。
					有,然录为何妥诗。

序号	卷 次	题 名	作 者	首 句	《乐府诗集》收录情况
189	卷一九五	门有车马客	张正见	飞观霞光起	同
190	卷一九五		虞世南	财雄重交结	同
191	卷一九五		李白	门有车马宾	同
192	卷一九五		范云	对酒心自足	列为相和歌辞相和曲。 同
193	卷一九五		张正见	当歌对玉酒	同
194	卷一九五		岑敬之	色映临池竹	有，作者作岑之敬。
195	卷一九五		张率	对酒诚可乐	同
196	卷一九五		范荣（实录题为对酒歌）	春水望桃花	有，然录为庾信诗。
197	卷一九五	对酒	庾信（春园作）	数杯还已醉	无
198	卷一九五		王勃（春园作）	投簪下山阁	无
199	卷一九五		张说（巴陵作）	留侯封万户	无
200	卷一九五		崔国辅	行行日将夕	同
201	卷一九五		李白（一作月下独酌）	花前一壶酒	无
202	卷一九五		李白（一作月夜独酌）	天若不爱酒	无 共收录二首，"松子栖金华""劝君莫拒杯"。

序号	卷　次	题　名	作　者	首　句	《乐府诗集》收录情况
203	卷一九五	对酒	戴叔伦（实录题为对酒示申屠学士）	三重江水万重山	无
204	卷一九五		张谓（实录题为湘中对酒行）	夜坐不厌湖上月	无
205	卷一九五		贾至（实录题为对酒曲）	春来酒味浓	无
206	卷一九五		王建	为病比来浑断绝	无
207	卷一九五		武元衡	行年过始衰	无
208	卷一九五		白居易	莫上青云去	无
209	卷一九五		曹邺	爱酒知是癖	无
210	卷一九五		陈陶（实录题为钱塘对酒曲）	风天雁悲西陵愁	无
211	卷一九五	前有一樽酒	张正见	前有一樽酒	题作《前有一樽酒行》。列为杂曲歌辞。 同
212	卷一九五		李白（实录题为前有樽酒行）	东风东来忽相过	同
213	卷一九五		李白	琴奏龙门之绿桐	同 格外收录陈后主"殿高丝吹满"。

续　表

序号	卷　次	题　名	作　者	首　句	《乐府诗集》收录情况
214	卷一九五		梁昭明太子	洛阳轻薄子	列为鼓吹曲辞汉铙歌。
					有，作者作昭明太子。
215	卷一九五		李白（一作惜空酒）	君不见黄河之水天上来	同
216	卷一九五	将进酒	陈陶	金樽莫倚青春健	无
					格外收录元稹"将进酒，将进酒"、李贺"琉璃钟，琥珀浓"，又录何承天《宋鼓吹铙歌》之《将进酒篇》"将进酒，庆三朝"。
217	卷一九五		李白（实录题为山人劝酒）	苍苍云松	题作《山人劝酒》列为琴曲歌辞。
					同
218	卷一九五	劝酒	李贺（实录题为相劝酒）	羲和聘六辔	无
219	卷一九五		李敬方	不向花前醉	无
220	卷一九五		聂夷中	白日无定影	无
221	卷一九五		聂夷中	灞上送行客	无
222	卷一九五	饮酒乐	聂夷中	日月似有事	列为杂曲歌辞。
					同
223	卷一九六	侠客行	王筠	侠客趋名利	列为杂曲歌辞，在《游侠篇》题后。
					有，题作《侠客篇》。

序号	卷　次	题　名	作　者	首　句	《乐府诗集》收录情况
224	卷一九六		王褒	京洛出名讴	有,题作《游侠篇》。
225	卷一九六		庾信	侠客重连镳	无
226	卷一九六		陈良	洛阳丽春色	有,题作《游侠篇》。
227	卷一九六	侠客行	李白	赵客缦胡缨	同
228	卷一九六		崔国辅	玉剑膝前横	无 格外收录元稹"侠客不怕死"、温庭筠"欲出鸿都门",又录崔颢《游侠篇》"少年负胆气"、孟郊《游侠行》"壮士性刚决"。
229	卷一九六	西游咸阳中	阴铿	上林春色满	无此题。 无
230	卷一九六	侠客控绝影	杨缙	青门小苑物华新	无此题。 无
231	卷一九六		梁元帝	任侠有刘生	列为横吹曲辞汉横吹曲。 同
232	卷一九六		张正见	刘生绝名价	同
233	卷一九六	刘生	柳庄	四座惊称字	同
234	卷一九六		江晖	五陵多美选	同
235	卷一九六		徐陵	刘生殊倜傥	同
236	卷一九六		江总	刘生负意气	同

续 表

序号	卷 次	题 名	作 者	首 句	《乐府诗集》收录情况
237	卷一九六		弘执恭	英名振关右	有，作者作弘执泰。
238	卷一九六		杨炯	卿家本六郡	无
239	卷一九六	刘生	卢照邻	刘生气不平	同 格外收录陈后主"游侠长安中"。又有梁鼓角横吹曲《东平刘生歌》"东平刘生安东子"。
240	卷一九六		梁元帝	燕赵佳人本自多	题作《燕歌行》。列为相和歌辞平调曲。 同
241	卷一九六		萧子显	风光迟暮出青蘋	同
242	卷一九六		王褒	初春丽景莺欲娇	同
243	卷一九六	燕客行（实录题为燕歌行）	庾信	代北云气昼昏昏	同
244	卷一九六		屈同	渔阳八月塞草腓	无
245	卷一九六		陶翰	请君留楚调	同
246	卷一九六		高适	汉家烟尘在东北	同
247	卷一九六		贾至	国之重镇惟幽都	同

序号	卷　次	题　名	作　者	首　句	《乐府诗集》收录情况
248	卷一九六	雁门太守歌	梁简文帝	轻霜终夜下	题作《雁门太守行》。列为相和歌辞瑟调曲。
					同
249	卷一九六		梁简文帝	陇暮风恒急	同
250	卷一九六		褚朔	二月杨花合	有，作者作褚翔。
251	卷一九六		李贺	黑云压城城欲摧	同
					格外收录张祐"城头月没霜如水"、庄南杰"旌旗闪闪摇天末"。
252	卷一九六	将军行	刘希夷	将军辟辕门	列为新乐府辞乐府杂题。
					同
					格外收录张籍"弹筝峡东有胡尘"。
253	卷一九六	战城南	吴均	蹀躞青骊马	列为鼓吹曲辞汉铙歌。
					同
254	卷一九六		吴均	前有浊酒樽	无
255	卷一九六		吴均	陌上何喧喧	无
256	卷一九六		吴均（卷二〇五古意重出）	杂虏寇铜鞮	无
257	卷一九六		张正见	蓟北驰胡骑	同
258	卷一九六		杨炯	塞北途辽远	无

续 表

序号	卷 次	题 名	作 者	首 句	《乐府诗集》收录情况
259	卷一九六	战城南	卢照邻	将军出紫塞	同
260	卷一九六		李白	去年战,桑干原	同
261	卷一九六		李白	战地何昏昏	无
262	卷一九六		刘驾	城南征战多	同
					格外收录僧贯休"万里桑干傍""碛中有阴兵"。
263	卷一九六	胡无人（实录题为胡无人行）	吴筠	剑头利如芒	题作《胡无人行》。列为相和歌辞瑟调曲。
					有,作者作吴均。
264	卷一九六		吴筠	十月繁霜下	有,然录为徐彦伯诗。
265	卷一九六		李白	严风吹霜海草凋	同
266	卷一九六		李白	十万羽林儿	无
					格外收录聂夷中"男儿徇大义"、僧贯休"霍嫖姚,赵充国"。
267	卷一九七	塞上（实录题为塞上曲）	失名	红颜岁岁老金微	列为新乐府辞乐府杂题,有《塞上》《塞上曲》二题。
					无
268	卷一九七		失名	孤城夕对戍楼闲	无

序号	卷　次	题　名	作　者	首　句	《乐府诗集》收录情况
269	卷一九七		李白(一作塞下曲)	五月天山雪	有,然题作《塞下曲》。
270	卷一九七		李白	烽火动沙漠	有,然题作《塞下曲》。
271	卷一九七		王昌龄	秦时明月汉时关	有,然题作《出塞》。又录为近代曲辞《盖罗缝》其一。
272	卷一九七		王昌龄	骝马新跨白玉鞍	无
273	卷一九七		薛奇童	骄虏初南下	无
274	卷一九七		高适	东出卢龙塞	同
275	卷一九七		耿纬	惯习干戈事鞍马	有,题作《塞上曲》。作者作耿湋。
276	卷一九七	塞上(实录题为塞上曲)	司空曙	寒柳接胡桑	有,题作《塞上曲》。
277	卷一九七		戎昱	惨惨寒日没	有,然题作《塞下曲》。
278	卷一九七		戎昱	楼上画角哀	有,然题作《塞下曲》。 共收录六首,多"上山望胡兵""塞北无草木""晚渡西海西""北风凋白草"四首。
279	卷一九七		戎昱(附录)	汉将归来虏塞空	同
280	卷一九七		戎昱(附录)	胡风略地绕连山	同
281	卷一九七		杜荀鹤	旌旗猎猎汉将军	同 共收录二首,多"草白河冰合"一首。

续 表

序号	卷 次	题 名	作 者	首 句	《乐府诗集》收录情况
282	卷一九七		张蠙	边事多更变	无
283	卷一九七		王贞白	岁岁但防虏	无
284	卷一九七		裴说	极目望空阔	无
285	卷一九七	塞上（实录题为塞上曲）	常建	翩翩云中使	无
					格外收录《塞上》王建"漫漫复凄凄"、鲍溶"朔风号蓟门"、李端"二十在边城"、曹松"边塞来处阔"、郑渥"出门何处问西东"、谭用之"秋风漠北雁飞天""钵略城边日欲西"、姚合"碛路三千里"、张乔"勒兵辽水边"、周朴"柳色正沉沉""受降城必破"、秦韬玉"到处人皆著战袍"、戴师颜"空碛昼苍茫"、江为"万里黄云冻不飞"、杜荀鹤"旌旗猎猎汉将军""草白河冰合"，《塞上曲》李白"大汉无中策"、王昌龄"蝉鸣桑树间""边头何惨惨"、僧贯休"幽并儿百万"等九首、王涯"天骄远塞行""塞虏常为敌"、周朴"一坠风来一坠砂"、张祜"边风卷地时"，又录《塞上行》，欧阳詹"闻说胡兵欲利秋"、鲍溶"西风应时筋角坚"、李昌符"莽仓卢关北"、周朴"莽仓卢关北"。

序号	卷次	题名	作者	首　句	《乐府诗集》收录情况
286	卷一九七	塞下（实录题为塞下曲）	李白	塞虏乘秋下	列为新乐府辞乐府杂题,有《塞下》《塞下曲》二题。
					共收录六首,多"五月天山雪""天兵下北荒""骏马如风飙""白马黄金塞""烽火动沙漠"五首。
287	卷一九七		王昌龄	边城何惨惨	有,然题作《塞上曲》。
288	卷一九七		王昌龄	蝉鸣空桑麻	有,然题作《塞上曲》。
					共收录二首,题作《塞下曲》,"饮马渡秋水""秋风夜渡河"。
289	卷一九七		王昌龄	奉诏甘泉宫	无
290	卷一九七		陶翰	进军飞狐北	同
291	卷一九七		高适	结束浮云骏	无
292	卷一九七		高适	君不见芳树枝	有,然录为贺兰进明《行路难》。
293	卷一九七		郭士元	宝刀塞上儿	有,作者作郎士元。
294	卷一九七		李益	蕃门部落能结束	同
					共收录二首,多"汉家今上郡"一首。
295	卷一九七		张籍	秋塞雪初下	有,然题作《出塞》。
					收录一首,题作《塞下曲》,"边州八月修城堡"。

序号	卷　次	题　名	作　者	首　句	《乐府诗集》收录情况
296	卷一九七		李贺	胡角引北风	同
297	卷一九七		姚合	碛露黄云下	有，然题作《塞上》。
298	卷一九七		马戴	旌旗倒北风	同
299	卷一九七		马戴	广漠云凝惨	同
300	卷一九七		张乔	勒兵辽水边	有，作者作刘贺。
301	卷一九七		张祐	万里配长征	同
					共收录二首，多"二十逐嫖姚"一首。
302	卷一九七	塞下（实录题为塞下曲）	陈陶	边头能走马	无
303	卷一九七		陈陶	望胡关下战	无
					格外收录《塞下》李宣远"秋日并州路"、沈彬"塞叶声悲秋欲霜""贵主和亲杀气沉""月冷榆关过雁行"，《塞下曲》郭元振"塞外虏尘飞"、于濆"赤子别父母"、僧贯休"下营依遁甲"等十一首、卢纶"鹫翎金仆姑"等六首、僧皎然"寒塞无因见落梅""都护今年破武威"、王涯"辛勤几出黄花戍""年少辞家从冠军"、令狐楚"雪满衣裳冰满鬓""边草萧条塞雁飞"、张仲素"三戍渔阳再渡辽"等五首、戎昱"惨惨寒日没"等六首、丁稜"北风鸣晚角"、许浑"夜战桑干雪"、周朴"石国胡儿向碛东"，又录胡曾《交河塞下曲》"交河冰薄日迟迟"。

序号	卷　次	题　名	作　者	首　句	《乐府诗集》收录情况
304	卷一九七		刘孝标	蓟门秋气清	列为横吹曲辞汉横吹曲。
					同
305	卷一九七		王褒	飞蓬似征客	同
306	卷一九七		窦威	匈奴屡不平	同
307	卷一九七		杨素	漠南胡未空	同
308	卷一九七		杨素	汉虏未和亲	无
309	卷一九七		薛道衡	高秋白露团	同
310	卷一九七		薛道衡	边庭烽火警	同
311	卷一九七	出塞	虞世基（和杨素）	穷秋塞草腓	同
312	卷一九七		虞世基	上将三略远	同
313	卷一九七		杨炯	塞外欲纷纷	无
314	卷一九七		张柬之	侠客重恩光	有，然录为张易之诗。
315	卷一九七		乔备	沙场三万里	无
316	卷一九七		王之奂	黄沙直上白云间	同
317	卷一九七		王维	居延门外猎天骄	同
318	卷一九七		杜甫	戚戚去故里	有，题作《前出塞》。
319	卷一九七		杜甫	出门日已远	有，题作《前出塞》。
320	卷一九七		杜甫	迢迢万余里	有，题作《前出塞》。
321	卷一九七		杜甫	挽弓当挽强	有，题作《前出塞》。

续 表

序号	卷 次	题 名	作 者	首 句	《乐府诗集》收录情况
322	卷一九七	出塞	杜甫	从军十年余	有,题作《前出塞》。 共收录九首,多"磨刀鸣咽水""送徒既有长""驱马天雨雪""单于寇我垒"四首。
323	卷一九七		杜甫(一作后出塞)	男儿生世间	有,录为《后出塞》。
324	卷一九七		杜甫	古人重守边	有,录为《后出塞》。
325	卷一九七		杜甫	献凯日继踵	有,录为《后出塞》。 杜甫《后出塞》共收录五首,多"朝进东门营""我本良家子"二首。
326	卷一九七		于鹄	行人朝走马	无
327	卷一九七		于鹄	微云将军出	有,题为《出塞曲》。
328	卷一九七		于鹄	葱岭秋尘起	无
329	卷一九七		于鹄	单于骄爱猎	有,题为《出塞曲》。
330	卷一九七		刘湾	将军在重围	有,题为《出塞曲》。
331	卷一九七		刘驾	胡风不开花	同 格外收录陈子昂"忽闻天上将"、沈佺期"十年通大漠"、王昌龄"秦时明月汉时关""白花垣上望京师"、马戴"金带连环束战袍"、皇甫冉"吹角出塞门"、耿湋"汉家边事重"、张籍"秋塞雪初下",又录僧贯休《出塞曲》"扫尽狂胡迹""玉帐将军意""回首陇山头"。

序号	卷　次	题　名	作　者	首　句	《乐府诗集》收录情况
332	卷一九七	塞外（实录题为塞上）	郑惜	荒垒三军夕	无此题。 无
333	卷一九七		王褒	戍久风尘色	列为横吹曲辞汉横吹曲。 同
334	卷一九七	入塞	王贞白	玉殿论兵事	无 格外收录何妥"桃林千里险"、刘希夷"将军陷虏围"，又录《入塞曲》，耿湋"将军带十围"、僧贯休"单于烽火动""方见将军贵""百里精兵动"、沈彬"欲为皇王服远戎""苦战沙间卧箭痕"。
335	卷一九八		梁简文帝	关山远可度	列为相和歌辞相和曲。 同
336	卷一九八		刘尊	陇头寒色落	有，作者作刘遵。
337	卷一九八		王训	边庭多警急	同
338	卷一九八	度关山	不详	关山度晓月	有，录为张正见诗。
339	卷一九八		戴暠	昔听陇头吟	同
340	卷一九八		李端	雁塞日初晴	同
341	卷一九八		王贞白	只领千余骑	无 格外收录柳恽"长安倡家女"。

续 表

序号	卷 次	题 名	作 者	首 句	《乐府诗集》收录情况
342	卷一九八	关山曲	马戴	金锁耀兜鍪	列为相和歌辞相和曲，在《度关山》题后。 同
343	卷一九八		马戴	火发龙山北	同
344	卷一九八		梁元帝	朝望青波道	列为横吹曲辞汉横吹曲。 同
345	卷一九八		陆琼	边城与明月	有，作者作陆琼。
346	卷一九八		张正见	岩开度月华	同
347	卷一九八		徐陵	关山三五月	同
348	卷一九八		徐陵	月出柳成东	同
349	卷一九八		贺力牧	重关敛暮烟	同
350	卷一九八		阮卓	关山陵汉开	同
351	卷一九八	关山月	王褒	关山夜月明	同
352	卷一九八		卢照陵	塞垣通碣石	有，作者作卢照邻。
353	卷一九八		崔融	月出西海上	同
354	卷一九八		李白	明月出天山	同
355	卷一九八		释皎然	家家望秋月	无
356	卷一九八		司空曙	苍茫明月上	无
357	卷一九八		李端	露湿月苍苍	同
358	卷一九八		女郎鲍君徽	高高秋月明	同

序号	卷　次	题　名	作　者	首　句	《乐府诗集》收录情况
359	卷一九八	关山月	陈陶	昔年嫖姚护羌月	无
					格外收录陈后主"秋月上中天""戍边岁月久"、江总"兔月半轮明"、沈佺期"汉月生辽海"、长孙左辅"凄凄还切切"、耿湋"月明边徼静"、戴叔伦"月出照关山""一雁过连营"、王建"关山月,营开道白前军发"、张籍"秋月朗朗关山上"、翁绶"徘徊汉月满边州"。
360	卷一九八		梁元帝	衔悲别陇头	列为横吹曲辞汉横吹曲。
					同
361	卷一九八		刘孝威	从军戍陇头	同
362	卷一九八		顾野王	陇头望秦川	同
363	卷一九八		谢燮	陇阪望咸阳	同
364	卷一九八	陇头水	张正见	陇头鸣四注	同
365	卷一九八		张正见	陇头流水急	同
366	卷一九八		徐陵	别途耸千仞	同
367	卷一九八		江总	陇头万里外	同
368	卷一九八		江总	雾暗川中日	同
369	卷一九八		车敩	陇头征人别	同
370	卷一九八		卢照邻	陇头征人别	同

续 表

序号	卷 次	题 名	作 者	首 句	《乐府诗集》收录情况
371	卷一九八		杨师道	陇头秋月明	同
372	卷一九八		沈佺期	陇山风落叶	无
373	卷一九八	陇头水	员半千	路出金河道	无
					格外收录陈后主"塞外飞蓬征""高陇多悲风"、王建"陇水何年陇头别"、于渍"借问陇头水"、僧皎然"陇头心欲绝""秦陇逼氐羌"、鲍溶"陇头水，千古不堪闻"、罗隐"借问陇头水"。
374	卷一九八		王维	长城少年游侠客	列为横吹曲辞汉横吹曲，在《陇头》题后。
					同
375	卷一九八	陇头吟	释皎然	陇西心欲绝	有，然题作《陇头水》。
376	卷一九八		释皎然	秦陇逼氐羌	有，然题作《陇头水》。
					格外收录翁绶"陇水潺湲陇树黄"。
377	卷一九八		梁简文帝	陇西四战地	列为相和歌辞瑟调曲。
					同
378	卷一九八	陇西行	梁简文帝	悠悠悬旆旌	同
379	卷一九八		梁简文帝	仲秋胡马肥	同
380	卷一九八		庾肩吾	借问陇西行	同

序号	卷　次	题　名	作　者	首　句	《乐府诗集》收录情况
381	卷一九八	陇西行	陈陶	汉主东封报太平	无
382	卷一九八		陈陶	誓扫匈奴不顾身	无
383	卷一九八		陈陶	陇戍三看塞草青	无
384	卷一九八		陈陶	黠房生擒未有涯	无
					格外收录王维"十里一走马"、耿湋"雪下阳关路"、长孙左辅"阴云凝朔气"。
385	卷一九八	出自蓟北门行	徐陵	蓟北聊长望	列为杂曲歌辞。
					同
386	卷一九八		庾信	房阵横北荒	有,然录为李白诗。
					收录一首,"蓟门还北望"。
387	卷一九八		李希仲	旄头有精芒	有,然题为《蓟门行》。分录为"旄头有精芒""一身救边速"二首。
388	卷一九八		曹邺	长河冻如石	无
389	卷一九八		王贞白	蓟北连极塞	无
					又录高适《蓟门行》"边城十一月"等五首。

序号	卷　次	题　名	作　者	首　句	《乐府诗集》收录情况
390	卷一九八	拟塞外征行	不详	寇骑满鸡田	无此题。 无
391	卷一九八	苦战行	杜甫	苦战身死马将军	无此题。 无
392	卷一九九		梁简文帝	云中亭嶂羽檄惊	列为相和歌辞平调曲。 同
393	卷一九九		梁简文帝	贰师惜善马	同
394	卷一九九		梁元帝	宝剑饰龙烟	同
395	卷一九九		萧子云	左角名王侵汉边	有,然录为萧子显诗。
396	卷一九九		刘孝仪	冠军亲侠射	同
397	卷一九九	从军行	沈约	惜哉征夫子	同
398	卷一九九		戴暠	长安夜刺闺	有,作者作戴嵩。
399	卷一九九		张正见	胡兵屯蓟北	同
400	卷一九九		张正见	将军定朔边	同
401	卷一九九		王褒	兵书久闲习	同
402	卷一九九		王褒	黄河流水急	同
403	卷一九九		庾信	河图论阵气	同
404	卷一九九		周赵王	辽东烽火照甘泉	同

序号	卷　次	题　名	作　者	首　句	《乐府诗集》收录情况
405	卷一九九		卢思道	朔方烽火照甘泉	同
406	卷一九九		明余庆	三边烽乱警	同
407	卷一九九		虞世南	涂山烽候警	同
408	卷一九九		虞世南	爟火发金徽	同
409	卷一九九		杨炯	烽火照西京	无
410	卷一九九		骆宾王	平生一顾重	同
411	卷一九九		崔融（西征军行遇风）	北风卷尘沙	无
412	卷一九九		崔融	穹庐杂种乱金方	无
413	卷一九九	从军行	乔知之	南庭结白露	同
414	卷一九九		刘希夷	秋天风飒飒	同
415	卷一九九		王宠	儿生三日掌上珠	无
416	卷一九九		贺潮清	朔风乘月寇边城	无
417	卷一九九		王维	吹角动行人	同
418	卷一九九		李昂	汉家未得燕支山	无
419	卷一九九		崔国辅	塞北胡霜下	无
420	卷一九九		王昌龄	关城榆叶早疏黄	无

序号	卷 次	题 名	作 者	首 句	《乐府诗集》收录情况
421	卷一九九		刘长卿	回看虏骑合	同
422	卷一九九		刘长卿	草枯秋塞上	同
423	卷一九九		刘长卿	目极雁门道	同
424	卷一九九		刘长卿	黄沙一万里	同
					共收录六首，多"落日更萧条""倚剑白日暮"二首。
425	卷一九九		李约	看图闲教阵	同
426	卷一九九		李约	栅壕三面斗	同
427	卷一九九	从军行	李约	候火起雕城	同
428	卷一九九		杜颜	秋草马蹄轻	有，作者作杜颀。
429	卷一九九		卢纶	二十在边城	同
430	卷一九九		释皎然	侯骑出纷纷	同
					共收录五首，多"汉旆拂丹霄""百万逐呼韩""飞将下天来""黄纸君王诏"四首。
431	卷一九九		姚合	朝朝十指痛	无
432	卷一九九		姚合	每日寻兵籍	无
433	卷一九九		姚合	滥得进士名	无

序号	卷 次	题 名	作 者	首 句	《乐府诗集》收录情况
434	卷一九九	从军行	王贞白 （从军，集 作从事）	从军朔方久	无
					格外收录吴均"男儿亦可怜"、江淹"樽酒送征人""从军出陇北"、李颀"白日登山望烽火"、戎昱"昔从李都尉"、厉玄"边草早不春"、李白"从军玉门道""百战沙场碎铁衣"、王昌龄"向夕临大荒"、王建"汉军逐单于"、张祜"少年金紫就光辉"、令狐楚"荒鸡隔水啼"等五首、王涯"旌甲从军久""燕颔多奇相""旄头夜落捷书飞"。
435	卷一九九	古悔从军行	王贞白	忆昔伏孤剑	无此题。
					无
436	卷一九九	从军有苦乐行	李益	劳者且莫歌	列为相和歌辞平调曲，在《从军行》题后。
					同
437	卷一九九	军中行	不详	仅存题，未录诗	无此题。
					无
438	卷二〇〇	行路难	吴筠	洞庭水上一株桐	列为杂曲歌辞。
					有，作者作吴均。
439	卷二〇〇		吴筠	青琐门外安石榴	有，作者作吴均。

续　表

序号	卷　次	题　名	作　者	首　句	《乐府诗集》收录情况
440	卷二〇〇		吴筠	君不见西陵田	有,作者作吴均。
441	卷二〇〇		吴筠	君不见上林苑中客	有,作者作吴均。
442	卷二〇〇		王筠	千门皆闭夜何央	同
444	卷二〇〇		费昶	君不见长安客舍门	同
445	卷二〇〇		费昶	君不见人生百年如流电	同
446	卷二〇〇		卢照邻	君不见长安城北渭桥边	同
447	卷二〇〇	行路难	骆宾王(一作从军中行路难)	君不见封狐雄虺自成群	有,题作《从军中行路难》。
448	卷二〇〇		骆宾王	君不见玉关塞色暗边亭	有,题作《从军中行路难》。
449	卷二〇〇		王烈	晏客满长路	无
450	卷二〇〇		李白	金樽美酒斗十千	同
451	卷二〇〇		李白	大道如青天	同
452	卷二〇〇		李白	有耳莫洗颍川水	同
453	卷二〇〇		崔颢	君不见建章宫中金明枝	同

序号	卷　次	题　名	作　者	首　句	《乐府诗集》收录情况
454	卷二〇〇		王昌龄	双丝作鞭系银瓶	无
455	卷二〇〇		李颀	汉家名臣杨德祖	同
456	卷二〇〇		贺兰进明	君不见门前柳	同 共收录五首，多"君不见岩下井""君不见荒树枝""君不见云间月""君不见东流水"四首。
457	卷二〇〇		贺兰进明	君不见富家翁	有，然录为高适诗。
458	卷二〇〇	行路难	贺兰进明	长安少年不少钱	有，然录为高适诗。
459	卷二〇〇		韦应物	荆山之白玉兮	同
460	卷二〇〇		孟云卿	君不见高山万仞连苍旻	无
461	卷二〇〇		冯著	男儿轗轲徒搔首	无
462	卷二〇〇		顾况	君不见古人烧水银	有，分录为"君不见古来烧水银""君不见担雪塞井徒用力""君不见少年头上如云发"三首。
463	卷二〇〇		释宝月	君不见孤雁关外发	同

续 表

序号	卷 次	题 名	作 者	首 句	《乐府诗集》收录情况
464	卷二〇〇		薛能	何处力堪殚	同
465	卷二〇〇		贯休	君不见山高海深人不测	同
466	卷二〇〇		贯休	不会当时作天地	同
467	卷二〇〇		贯休	君不见道傍废井生古木	同
468	卷二〇〇		贯休	九有茫茫共尧日	同
469	卷二〇〇	行路难	贯休	君不见道傍树有寄生枝	同
					格外收录张纮"君不见温家玉镜台"、张籍"湘东行人长叹息"、聂夷中"莫言行路难"、柳宗元"君不见夸父逐日窥虞渊""虞衡斤斧罗千山""飞雪断道冰成梁"、鲍溶"玉堂向夕如无人"、僧齐己"行路难,君好看""下浸与高盘"、翁绶"行路艰难不复歌",又录王昌龄《变行路难》"向晚横吹悲"。
470	卷二〇〇	蜀道难	梁简文帝	巫山七百里	列为相和歌辞瑟调曲。
					同
					共录二首,多"建平督邮道"一首。

序号	卷　次	题　名	作　者	首　句	《乐府诗集》收录情况
471	卷二〇〇		刘孝威	玉垒高无极	有,分录为"玉垒高无极""岷山金碧有光辉"二首。
472	卷二〇〇	蜀道难	阴铿	王尊奉汉朝	有,作者作阴铿。
473	卷二〇〇		张文琮	梁山镇地险	同
474	卷二〇〇		李白	噫吁嚱,危乎高哉	同
475	卷二〇一		梁元帝	巫山高不穷	列为鼓吹曲辞汉铙歌。 同
476	卷二〇一		王泰	迢递巫山好	同
477	卷二〇一		范云	巫山高不极	同
478	卷二〇一		萧铨	巫山映巫峡	有,作者作萧诠。
479	卷二〇一		虞羲	南国多奇山	同
480	卷二〇一	巫山高	刘绘	高山与巫山	同
481	卷二〇一		郑世翼	巫山凌太清	同
482	卷二〇一		陵敬	巫岫郁岩峣	无
483	卷二〇一		李元操	荆门对巫峡	无
484	卷二〇一		卢照邻	巫山望不极	同
485	卷二〇一		阎复本	君不见巫山高	无
486	卷二〇一		乔知之	巫山十二峰	无

序号	卷　次	题　名	作　者	首　句	《乐府诗集》收录情况
487	卷二〇一		沈佺期	巫山峰十二	同
					共收录二首，多"神女向高唐"一首。
488	卷二〇一		张九龄	巫山与天近	无
489	卷二〇一		皇甫冉	巫峡见巴东	同
490	卷二〇一		李端	巫山十二峰	同
491	卷二〇一	巫山高	张循之	巫山高不极	同
492	卷二〇一		李沇	抉天心，开地脉	无
493	卷二〇一		李贺	碧丛丛，高插天	同
494	卷二〇一		陈陶	玉峰青云十二枝	无
495	卷二〇一		罗隐	下压重泉上千仞	无
					格外收录费昶"巫山光欲晚"、陈后主"巫山巫峡深"、刘方平"楚国巫山秀"、于濆"何山无朝云"、孟郊"巴江上峡重复重"、僧齐己"巫山高，巫女妖"，又录何承天《宋鼓吹铙歌》之《巫山高篇》"巫山高，三峡峻"。

序号	卷　次	题　名	作　者	首　句	《乐府诗集》收录情况
496	卷二〇一	江南行	梁简文帝	桂楫晚应旋	无此题,但相和歌辞相和曲有《江南》,衍出《江南思》《江南曲》等题;清商曲辞江南弄有《江南弄》《江南曲》题。
					有,题作《江南思》。
497	卷二〇一		梁简文帝	江南有妙妓	有,题作《江南思》。
498	卷二〇一		梁简文帝	阳春路,时使佳人度	有,题作《江南弄三首》之《江南曲》。
					共收录三首,多《龙笛曲》"《江南弄》,真能下翔凤"、《采莲曲》"《采莲归》,渌水好沾衣"二首。
499	卷二〇一		梁武帝	众花杂色满上林	有,题作《江南弄七首》之《江南弄》。
					共收录七首,多《龙笛曲》"美人绵眇在云堂"、采莲曲"游戏五湖采莲归"、《凤笙曲》"绿耀克碧彫琯笙"、《采菱曲》"江南稚女珠腕绳"、《游女曲》"氛氲兰麝体芳滑"、《朝云曲》"张乐阳台歌上谒"六首。

续 表

序号	卷 次	题 名	作 者	首 句	《乐府诗集》收录情况
500	卷二〇一	江南行	沈约	棹歌发江潭	有,题作《江南曲》,列为相和歌辞。 又录沈约《江南弄四首》、《赵瑟曲》"邯郸奇弄出文梓"、《秦筝曲》"罗袖飘纚拂雕桐"、《阳春曲》"杨柳垂地燕差池"、《朝云曲》"阳台氤氲多异色"。
501	卷二〇一		柳恽	汀洲采白蘋	有,题作《江南曲》,列为相和歌辞。
502	卷二〇一		李康成	梅花落,好使香车度	无
503	卷二〇一		王勃	江南弄,巫山连楚梦	有,题作《江南弄》。
504	卷二〇一		宋之问	妾住越城南	有,题作《江南曲》,列为相和歌辞。
505	卷二〇一		崔颢	君家何处住	有,然题作《长干曲》。
506	卷二〇一		崔颢	北渚多风浪	有,然题作《长干曲》。 《长干曲》共收录四首,多"家临九江水""三江潮水急"二首。
507	卷二〇一		储光羲	逐流牵藕叶	无
508	卷二〇一		储光羲	渌江深见底	无
509	卷二〇一		张朝	芘菰叶烂别西湾	无

序号	卷 次	题 名	作 者	首 句	《乐府诗集》收录情况
510	卷二〇一		李叔卿	湖上女,江南花	无
511	卷二〇一		芮挺章	春江可怜事	无
512	卷二〇一		刘慎虚	美人何荡漾	有,题作《江南曲》,列为相和歌辞。
513	卷二〇一		韩翃	长乐花枝雨点销	有,题作《江南曲》,列为相和歌辞。
514	卷二〇一		李贺	江中绿雾起凉波	有,题作《江南弄》。 又录相和歌辞《江南曲》,"汀洲白蘋草"。
515	卷二〇一	江南行	陈标	水光春色满江天	无
516	卷二〇一		罗隐	江烟湿雨鲛绡软	有,题作《江南曲》,列为相和歌辞。 格外收录相和歌辞《江南曲》,丁仙芝"长干斜路北"、刘希夷"暮宿南洲草"等八首、于鹄"偶向江边采白蘋"、李益"嫁得瞿塘贾"、李商隐"郎船安两浆"、温庭筠"妾家白蘋浦"、张籍"江南人家多橘树"、陆龟蒙"为爱江南春"及"鱼戏莲叶间""鱼戏莲叶东"等五首。

续　表

序号	卷　次	题　名	作　者	首　句	《乐府诗集》收录情况
517	卷二〇一	蜀国吟	梁简文帝	铜梁指斜谷	题作《蜀国弦》。列为相和歌辞四弦曲。
					同
518	卷二〇一		卢思道	西蜀称天府	同
					格外收录李贺"枫香晚华静"。
519	卷二〇一		梁武帝	陌头征人去	题作《襄阳蹋铜蹄》。列为清商曲辞西曲歌。
					同
520	卷二〇一	白铜鞮歌（一作襄阳蹋铜鞮）	梁武帝	草树非一香	同
521	卷二〇一		梁武帝	龙门紫金鞍	同
522	卷二〇一		沈约	生长宛水上	同
523	卷二〇一		沈约	蹄控飞尘起	同
524	卷二〇一		沈约	分首桃林岸	同
525	卷二〇一	襄阳行	张朝	玉盘转明珠	无
					按清商曲辞西曲歌有《襄阳乐》题,收录"朝发襄阳城"等九首、张祜"大堤花月夜",又录《襄阳曲》,崔国辅"蕙草娇红萼""少年襄阳地"、施肩吾"大堤女儿郎莫寻"、李端"襄阳堤路长",又录梁简文帝《雍州曲》三题,《南湖》"南湖荇叶浮"、《北渚》"岸阴垂柳叶"、《大堤》"宜城断中道"。

序号	卷　次	题　名	作　者	首　句	《乐府诗集》收录情况
526	卷二〇一	大堤曲	李贺	姜家住横塘	列为清商曲辞西曲歌，在《襄阳乐》题后。
					同
					格外收录张柬之"南国多佳人"、杨巨源"二八婵娟大堤女"、李白"汉水临襄阳"，又录孟浩然《大堤行》"大堤行乐处"。
527	卷二〇一	襄阳歌	李白	落日欲没岘山西	列为杂歌谣辞歌辞，在《襄阳童儿歌》题后。
					同
					又录李白《襄阳曲》四首，"襄阳行乐处""山公醉酒时""岘山临汉江""且醉习家池"。
528	卷二〇一	豫章行	沈约	燕陆平而远	列为相和歌辞清调曲。
					同
529	卷二〇一		薛道衡	江南远地接闽瓯	同
					格外收录李白"胡风吹代马"。
530	卷二〇一	东武吟	李白	好古笑流俗	列为相和歌辞楚调曲。
					同
531	卷二〇一		曹邺	心如山上虎	无
					又录沈约《东武吟行》"天德深且旷"。

续 表

序号	卷 次	题 名	作 者	首 句	《乐府诗集》收录情况
532	卷二〇一	武陵深行	刘孝胜	武陵深不测	题作《武溪深行》。列为杂曲歌辞。
					同
533	卷二〇一		爰寄生	滔滔武陵一何深	有,然录为马援诗。
534	卷二〇一	纪辽东	隋炀帝	辽东海北剪长鲸	列为近代曲辞。
					同
535	卷二〇一		隋炀帝	秉旄仗节定辽东	同
536	卷二〇一		王胄	辽东浿水事龚行	有,分录为"辽东浿水事龚行""天威电迈举朝鲜"二首。
					又录王建《辽东行》"辽东万里辽水曲"、《渡辽水》"渡辽水,此去咸阳五千里"。
537	卷二〇一	广陵行	权德舆	广陵实佳丽	无此题。《乐府诗集》有琴曲歌辞《广陵散》、杂歌谣辞《广陵王歌》二题,均非一事。
					无
538	卷二〇二	长相思	梁昭明太子	相思终无极	列为杂曲歌辞。
					同
539	卷二〇二		张率	长相思,久离别,美人之远如雨绝	同

序号	卷 次	题 名	作 者	首 句	《乐府诗集》收录情况
540	卷二〇二	长相思	张率	长相思,久别离,所思何在若天垂	同
541	卷二〇二		陆琼	长相思,远离别,一罢鸳鸯锋矢绝	同
542	卷二〇二		徐陵	长相思,望归难,传闻更使成楼兰	同
					共收录二首,多"长相思,好春节"一首。
543	卷二〇二		王瑳	长相思,久离别,两同心忆不相彻	同
544	卷二〇二		江总	长相思,久离别,征夫去远幽芳灭	同
545	卷二〇二		江总	长相思,久别离,春风送燕入檐窥	同
546	卷二〇二		苏颋	君不见天津桥下东流水	同
547	卷二〇二		李白	长相思,在长安	同
					共收录三首,多"日色已尽花含烟""美人在时花满堂"二首。
548	卷二〇二		权德舆	少小别潘郎	无
549	卷二〇二		刘复	长相思,在桂林	无

续 表

序号	卷 次	题 名	作 者	首 句	《乐府诗集》收录情况
550	卷二〇二		陈羽	相思长相思	无
551	卷二〇二		武元衡	长相思，陇云愁	无
552	卷二〇二	长相思	曹邺	妾颜与日改	无
					格外收录陈后主"长相思，久相忆""长相思，怨成悲"、萧淳"长相思，久离别，新燕参差条可结"、陆琼"长相思，久离别，一罢鸳文绮荐绝"、无名氏"罢秋有余惨"、郎大家宋氏"长相思，久离别。关山阻，风烟绝"、张继"辽阳望河县"、令狐楚"君行登陇上""绮席春眠觉"、白居易"九月西风兴"。
553	卷二〇二		梁简文帝	昔未离长信	列为鼓吹曲辞汉铙歌。
					同
554	卷二〇二	有所思	梁昭明太子	公子路远隔	同
555	卷二〇二		王筠	丹墀生细草	同
556	卷二〇二		庾肩吾	佳期杳不归	同
557	卷二〇二		王僧儒	夜风吹熠耀	同
558	卷二〇二		刘绘	别离安可再	同
559	卷二〇二		费昶	上林鸟欲飞	同

续　表

序号	卷　次	题　名	作　者	首　句	《乐府诗集》收录情况
560	卷二〇二		裴让之	梦中虽暂见	同
561	卷二〇二		顾野王	贱妾有所思	同
562	卷二〇二		张正见	深闺久离别	同
563	卷二〇二		陆系	别念限城闉	同
564	卷二〇二		陈后主	佳人在北燕	同
					共收录三首，多"荡子好兰期""杳杳与人期"二首。
565	卷二〇二		卢思道	长门与长信	同
566	卷二〇二	有所思	杨炯	贱妾留南楚	无
567	卷二〇二		沈佺期	君子事行役	同
568	卷二〇二		李白（一作君子有所思）	紫阁连终南	有，然题作《君子有所思行》。
					收录一首，"我思仙人"。
569	卷二〇二		韦应物	借问江上柳	同
570	卷二〇二		陈陶	欲唱玄云曲	无
571	卷二〇二		王贞白	芙蓉出水时	无
572	卷二〇二		女郎刘云	朝亦有所思	同
					格外收录梁武帝"谁言生离久"、吴均"薄暮有所思"、沈约"西征登陇首"、孟郊"桔槔烽火昼不灭"、卢全"当时我醉美人家"，又录何承天《宋鼓吹铙歌》之《有所思篇》"有所思，思昔人"。

序号	卷 次	题 名	作 者	首 句	《乐府诗集》收录情况
573	卷二〇二	君子有所思	沈约	晨策终南首	题作《君子有所思行》。列为杂曲歌辞。
					同
					格外收录李白"紫阁连终南"、僧贯休"我爱正考甫""安得龙猛笔"。
574	卷二〇二	自君之出矣	鲍令晖	自君之出矣，临轩不解颜	列为杂曲歌辞。
					同
575	卷二〇二		范云	自君之出矣，罗帐咽秋风	同
576	卷二〇二		陈叔达	自君之出矣，红颜转憔悴	有，然录为贾冯吉诗。
577	卷二〇二		贾冯吉	自君之出矣，明镜罢红妆	有，然录为陈叔达诗。
578	卷二〇二		徐干	自君之出矣，明镜不曾持	无
					格外收录王融"自君之出矣，芳萸绝瑶厄""自君之出矣，金炉香不然"、虞羲"自君之出矣，杨柳正依依"、陈后主"自君之出矣，霜晖当夜明"等六首、李康成"自君之出矣，梁尘静不飞"、辛弘智"自君之出矣，弦吹绝无声"、卢仝"自君之出矣，壁上蜘蛛织"、雍裕之"自君之出矣，宝镜为谁明"、张祜"自君之出矣，万物看成古"。

序号	卷 次	题 名	作 者	首 句	《乐府诗集》收录情况
579	卷二〇二		沈佺期	白水东悠悠	列为杂曲歌辞,有《古别离》《古离别》二题。
					同
580	卷二〇二		王适	昔岁惊杨柳	有,题为《古离别》。
581	卷二〇二		孟云卿	朝日上高台	同
582	卷二〇二		赵微明	离别无远近	有,题为《古离别》。
583	卷二〇二		赵微明	为别未几日	有,题为《古离别》。
584	卷二〇二		姚系	凉风已袅袅	有,题为《古离别》。
585	卷二〇二		释皎然	太湖三山口	同
586	卷二〇二	古别离	权德舆	人生天地间	无
587	卷二〇二		孟郊	松山云缭绕	有,题为《古离别》。
					共收录二首,多"行衣未束带"一首。
					格外收录江淹"远与君别者"、李益"双剑欲别风凄然"、于濆"入室少情意""郎本东家儿"、李端"水国叶黄时""与君桂阳别"、王缙"下阶欲离别"、聂夷中"欲别牵郎衣"、施肩吾"古人谩歌西飞燕""老母别爱子"、吴融"紫燕黄鹄虽别离",又录《古离别》,常理"君御狐白裘"、顾况"西江上风动"、僧贯休"离恨如旨酒"、韦庄"晴烟漠漠柳毵毵"。

续　表

序号	卷　次	题　名	作　者	首　句	《乐府诗集》收录情况
588	卷二〇二	潜别离	白居易	不得哭，潜别离	列为杂曲歌辞。
					同
589	卷二〇二	远别离	李白	远别离，古有皇英之二女	列为杂曲歌辞。
					同
					格外收录张籍"莲叶团团杏花拆"、令狐楚"杨柳黄金穗""玳织鸳鸯履"。
590	卷二〇二	久别离	李白	别来几春未还家	列为杂曲歌辞。
					同
591	卷二〇二	长别离	吴迈远	生离不可闻	列为杂曲歌辞。
					同
592	卷二〇二	生别离	梁简文帝	别离四弦声	列为杂曲歌辞。
					同
593	卷二〇二		白居易	食蘗不易食梅难	同
					格外收录孟云卿"结发生别离"。又有戴叔伦《新别离》"手把杏花枝"、崔国辅《今别离》"送别未能旋"、刘氏瑶《暗别离》"槐花结子桐叶焦"。
594	卷二〇二	别离曲	孟云卿	结发生别离	列为杂曲歌辞。
					有，题作《生别离》。
					格外收录张籍"行人结束出门去"、陆龟蒙"丈夫非无泪"。

序号	卷次	题名	作　者	首　句	《乐府诗集》收录情况
595	卷二〇三	幸甘泉宫歌	梁简文帝	雉归海水寂	题作《行幸甘泉宫》。列为杂歌谣辞歌辞。
					同
596	卷二〇三		刘孝威	汉家迎夏毕	同
597	卷二〇三	棹歌	梁简文帝	妾住在湘川	题作《棹歌行》。列为相和歌辞瑟调曲。
					同
598	卷二〇三		卢思道	秋江见底清	同
599	卷二〇三		萧岑	桂酒既湭湲	同
600	卷二〇三		魏收	雪溜添春浦	同
601	卷二〇三		骆宾王	写月涂黄罢	同
					格外收录刘孝绰"日暮楚江上"、阮研"芙蓉始出水"、王籍"扬舲横大江"、徐坚"棹女饰银钩"。
602	卷二〇三	绍古歌	梁简文帝	翻阶蛱蝶恋花情	无此题。录作《东飞伯劳歌》。列为杂曲歌辞。
					同
603	卷二〇三		梁简文帝	西飞迷雀东羁雉	同
604	卷二〇三		梁简文帝（一作拟古）	双栖翡翠两鸳鸯	有，作者作刘孝威。

续 表

序号	卷 次	题 名	作 者	首 句	《乐府诗集》收录情况
605	卷二○三	绍古歌	陈后主	池侧鸳鸯春日莺	同
606	卷二○三		江总	南飞乌鹊北飞鸿	同
					《东飞伯劳歌》收录情况见下表卷二百六乐府十五《东飞百劳歌》题下。
607	卷二○三	劳歌	伍缉之	幼童轻岁月	列为杂歌谣辞歌辞。
					同
					共收录二首,多"女萝依附松"一首。
608	卷二○三		萧㧑	百年能几许	同
609	卷二○三	鞠歌(实录题为鞠歌行)	李白	玉不自言胜桃李	题作《鞠歌行》。列为相和歌辞平调曲。
					同
610	卷二○三		罗隐	丽莫似汉宫妃	无
611	卷二○三	浩歌	权德舆	杖策出蓬荜	列为杂曲歌辞。
					无
612	卷二○三		白居易	天长地久无终毕	有,然题作《浩歌行》。
613	卷二○三		李贺	南风吹山作平地	同

序号	卷次	题名	作者	首句	《乐府诗集》收录情况
614	卷二〇三	长歌（实录题为长歌行）	鲍明远	春隰荑绿柳	题作《长歌行》。列为相和歌辞平调曲。
					有，作者作沈约。
					共收录沈约二首，多"连连舟壑改"一首。
615	卷二〇三		王昌龄	旷野饶悲风	同
616	卷二〇三		刘复	淮南木落秋云飞	无
					格外收录梁元帝"当垆擅旨酒"、李白"桃李得日开"。郭茂倩引《乐府解题》"曹植拟《长歌行》为《虾蛆篇》"，但此题无其余拟作。
617	卷二〇三	短歌	徐谦	穷通皆是运	题作《短歌行》。列为相和歌辞平调曲。
					同
618	卷二〇三		徐谦	意气青云里	同
619	卷二〇三		杜甫（送祁录事归合州因寄苏使君）	前者途中一相见	无
620	卷二〇三		杜甫（赠王郎司直）	王郎酒酣拔剑斫地歌莫哀	无
621	卷二〇三		李白	白日何短短	同

续 表

序号	卷 次	题 名	作 者	首 句	《乐府诗集》收录情况
622	卷二○三		顾况	边城路，今人犁田昔人墓	同
623	卷二○三		顾况	新系青丝百尺绳	同
624	卷二○三		顾况	轩辕皇帝初得仙	同
					共收录六首，多"我欲升天天隔霄""何处春风吹晓幕""临春风，听春鸟"三首。
625	卷二○三		白居易	世人求富贵	同
626	卷二○三		白居易	瞳瞳太阳如火色	同
627	卷二○三	短歌	冯著	寂寂草中兰	无
628	卷二○三		释皎然	古人若不死	同
629	卷二○三		聂夷中	八月木阴薄	同
630	卷二○三		释子兰	日月何忙忙	无
631	卷二○三		司空图	乌飞飞，兔蹶蹶	无
632	卷二○三		王贞白	物候来相续	无
					格外收录张率"君子有酒"、辛德源"驰射罢金沟"、王建"人初生，日初出"、张籍"青天荡荡高且虚"、陆龟蒙"爪牙在身上"。

序号	卷　次	题　名	作　者	首　句	《乐府诗集》收录情况
633	卷二〇三	放歌（实录题为放歌行）	王昌龄	南渡洛阳津	题作《放歌行》。列为相和歌辞瑟调曲，在《孤儿行》题后。郭茂倩引《歌录》以为"《孤子生行》,亦曰《放歌行》"。
					同
634	卷二〇三		李颀	少年学文耻学武	无
635	卷二〇三		孟云卿	吾观天地图	无
636	卷二〇三		权德舆	夕阳不驻东流急	无
637	卷二〇四		乔备	秋入长门殿	列在相和歌辞楚调曲。
					无
638	卷二〇四		沈佺期	月皎风泠泠	同
639	卷二〇四		崔颢	君王宠初歇	无
640	卷二〇四		刘长卿	何事长门闭	同
641	卷二〇四	长门怨	岑参	君王嫌妾妒	同
642	卷二〇四		贾至	独坐思千里	无
643	卷二〇四		卢纶	空宫古廊殿	同
644	卷二〇四		释皎然	春风日日闭长门	同
645	卷二〇四		戴叔伦	自忆专房宠	同
646	卷二〇四		裴文泰	自闭长门经几秋	有,作者作裴交泰。

序号	卷 次	题 名	作 者	首 句	《乐府诗集》收录情况
647	卷二〇四		刘卓	官殿沉沉月欲分	同
648	卷二〇四		齐瀚	茕茕孤思通	同
649	卷二〇四		刘言史	独坐炉边结夜愁	同
650	卷二〇四		耿纬	闻道昭阳宴	无
651	卷二〇四		杨衡	丝声繁兮管声急	无
652	卷二〇四	长门怨	刘媛	雨滴梧桐秋夜长	同 共收录二首,多"学画蛾眉独出群"一首。
653	卷二〇四		刘得仁	争得一人闻此怨	无
654	卷二〇四		张乔	御泉长绕凤凰楼	有,作者作刘驾。
655	卷二〇四		王贞白	寂寞故宫春	无
656	卷二〇四		王贞白	叶落长门静	无 格外收录柳恽"玉壶夜悁悁"、费昶"向夕千愁起"、徐贤妃"旧爱柏梁台"、吴少微"月出映曾城"、张修之"长门落景

序号	卷　次	题　名	作　者	首　句	《乐府诗集》收录情况
656	卷二〇四	长门怨	王贞白	叶落长门静	尽"、袁晖"早知君爱歇"、李白"天回北斗挂西楼""桂殿长愁不记春"、李华"弱体鸳鸯荐"、高蟾"天上何劳万古春""天上凤凰休寄梦"、张祜"日映宫墙柳色寒"、郑谷"闲把罗衣泣凤凰""流水君恩共不回",又录刘禹锡《阿娇怨》"望见葳蕤举翠华"。
657	卷二〇四	长信宫（一作婕妤怨）	崔国辅	长信宫中草	题作《婕妤怨》。列为相和歌辞楚调曲。
					同
658	卷二〇四		王昌龄（一作长信怨）	金井梧桐秋叶黄	有,题作《长信怨》。
659	卷二〇四		王昌龄	奉帚平明秋殿开	有,题作《长信怨》。
660	卷二〇四		田氏	团团手中扇	无
661	卷二〇四		刘方平	梦里君王近	无
					《婕妤怨》格外收录诸篇,见下表卷二百四乐府十三《班婕妤怨》题下。又录《长信怨》,王諲"飞燕倚身轻"、李白"月皎昭阳殿"。

续 表

序号	卷 次	题 名	作 者	首 句	《乐府诗集》收录情况
662	卷二〇四	西宫秋（一作愁）怨	王昌龄	芙蓉不及美人妆	无
663	卷二〇四		王昌龄	西宫夜静百花香	无
664	卷二〇四		梁简文帝	玉艳光瑶质	《昭君怨》本为琴曲歌辞题名，衍出《明妃怨》题。相和歌辞吟叹曲又有《王明君》题，衍出《王昭君》《明君词》《昭君叹》等题。 有，题作《明君词》。
665	卷二〇四		沈约	朝发披香殿	有，题作《明君词》。
666	卷二〇四		武陵王	塞外无春色	有，题作《明君词》。作者作武陵王纪。
667	卷二〇四		何逊	昔闻别鹤弄	有，题作《明君词》。作者作何妥。
668	卷二〇四	昭君怨	王叔英妻刘氏	一生竟何定	同
669	卷二〇四		范静妻沈氏	早信丹青巧	有，题作《昭君叹》。
670	卷二〇四		范静妻沈氏	今朝犹汉地	有，题作《昭君叹》。
671	卷二〇四		施荣泰	垂罗下椒阁	有，题作《王昭君》。
672	卷二〇四		张正见	塞树暗胡尘	有，题作《明君词》。
673	卷二〇四		阴铿	跨鞍今永诀	有，题作《明君词》。作者作陈昭。

续　表

序号	卷　次	题　名	作　者	首　句	《乐府诗集》收录情况
674	卷二〇四		庾信	拭啼辞戚里	有,题作《王昭君》。
675	卷二〇四		庾信	敛眉光禄塞	有,题作《明君词》。
676	卷二〇四		陈后主	图形汉宫里	同
677	卷二〇四		薛道衡	我本良家子	有,题作《明君词》。
678	卷二〇四		卢照邻	合殿恩中绝	有,题作《王昭君》。
679	卷二〇四		骆宾王	敛容辞豹尾	有,题作《王昭君》。
680	卷二〇四		张文琮	我途飞万里	有,题作《明君词》。
681	卷二〇四		董思恭	琵琶马上弹	有,题作《王昭君》。
682	卷二〇四		董思恭	新年犹尚小	无
683	卷二〇四	昭君怨	东方虬	汉道今全盛	有,题作《王昭君》。
684	卷二〇四		东方虬	掩涕辞丹凤	有,题作《王昭君》。
685	卷二〇四		东方虬	塞外无青草	有,题作《王昭君》。
686	卷二〇四		郭元振	闻有河南信	有,题作《王昭君》。 共收录三首,多"自嫁单于国""厌践冰霜域"二首。
687	卷二〇四		失名	衔悲出汉关	无
688	卷二〇四		顾朝阳	莫将铅粉匣	有,题作《王昭君》。
689	卷二〇四		上官仪	玉关春色晓	有,题作《王昭君》。
690	卷二〇四		李白	汉家秦地月	有,题作《王昭君》。

续　表

序号	卷　次	题　名	作　者	首　句	《乐府诗集》收录情况
691	卷二〇四		李白	昭君拂玉鞍	有,题作《王昭君》。
692	卷二〇四		储光羲	日暮惊沙乱雪飞	有,题作《王昭君》。
693	卷二〇四		储光羲	胡王知妾不胜悲	无
694	卷二〇四		释皎然	自倚婵娟望主恩	有,题作《王昭君》。
695	卷二〇四		梁氏琼	自古有和亲	同
696	卷二〇四		白居易	明妃风貌最娉婷	同
697	卷二〇四		白居易	满面胡沙满鬓风	有,题作《王昭君》。
698	卷二〇四	昭君怨	白居易	汉使却回凭寄语	有,题作《王昭君》。录为白居易诗。 格外收录张祜《昭君怨》"万里边城远""汉庭无大议",杨凌《明妃怨》"汉国明妃去不还",又录《王昭君》,无名氏"猗兰恩宠歇"、崔国辅"汉使南还尽""一回望月一回悲"、沈佺期"非君惜鸾殿"、梁献"图画失天真"、刘长卿"自矜妖艳色"、令狐楚"锦车天外去""仙娥今下嫁"、李商隐"毛延寿画欲通神",又录《明君词》,王褒"兰殿辞新宠"、王偃"北望单于日半斜"、戴叔伦"汉宫若远近"、李端"李陵初送子卿回"。

序号	卷次	题名	作者	首句	《乐府诗集》收录情况
699	卷二〇四		孔翁归	长门与长信	无此题,录作《班婕妤》《婕妤怨》二题。列为相和歌辞楚调曲,在《怨诗行》题后。
					有,题作《班婕妤》。
700	卷二〇四		刘孝绰	应门寂已闭	有,题作《班婕妤》。
701	卷二〇四		何思澄	寂寂长信晚	有,题作《班婕妤》。
702	卷二〇四		徐悱妻刘氏	日落应门闭	有,题作《班婕妤》。录为王叔英妻沈氏诗。
703	卷二〇四	班婕妤怨	阴铿	柏梁新宠盛	有,题作《班婕妤》。
704	卷二〇四		崔湜	不忿君恩断	有,题作《婕妤怨》。
705	卷二〇四		王维	宫殿生秋草	有,题作《班婕妤》。
					共收录三首,多"玉窗萤影度""怪来妆阁闭"二首。
706	卷二〇四		女郎刘云	君恩不可再	有,题作《婕妤怨》。
707	卷二〇四		陈标	掌上恩移玉帐空	无
					格外收录《班婕妤》,梁元帝"婕妤初选入"、何楫"齐纨既逐筐"、徐彦伯"君恩忽断绝"、严识玄"贱妾如桃李",又录《婕妤怨》,崔国辅"长信宫中草"、张烜"贱妾

序号	卷 次	题 名	作 者	首 句	《乐府诗集》收录情况
707	卷二〇四	班婕妤怨	陈标	掌上恩移玉帐空	裁纨扇"、刘方平"夕殿别君王"、王沈"长信梨花暗欲栖"、皇甫冉"由来咏团扇"、陆龟蒙"妾貌非倾国"、翁绶"谗谤潜来起百忧"。
708	卷二〇四	铜雀台	苟仲举	高台秋色晚	列为相和歌辞平调曲。
					同
709	卷二〇四		张正见	荒凉铜雀晚	同
710	卷二〇四		刘庭琦	铜雀宫观委灰尘	无
711	卷二〇四		贾至	日暮铜台静	同
712	卷二〇四		马戴	魏宫歌舞地	有,题作《雀台怨》。
713	卷二〇四		女郎张琰（一作瑛）	君王冥漠不可见	同。
714	卷二〇四		女郎程长文	君王去后行人绝	有,题作《雀台怨》。
					格外收录王无竞"北登铜雀上"、郑愔"日斜漳浦望"、刘长卿"娇爱更何日"、罗隐"强歌强舞竞难胜"、薛能"魏帝当时铜雀台"、梁氏琼"歌扇向陵开"。
715	卷二〇四	铜雀妓	何逊	秋风木叶落	列为相和歌辞平调曲。郭茂倩以为《铜雀台》"一曰《铜雀妓》"。
					同

序号	卷　次	题　名	作　者	首　句	《乐府诗集》收录情况
716	卷二〇四		刘孝绰	雀台三五日	同
717	卷二〇四		乔知之	金阁早分香	同
718	卷二〇四		高适	日暮铜雀迥	同
719	卷二〇四		李邕	西陵望何及	无
720	卷二〇四		释皎然	强开樽酒向陵看	同
721	卷二〇四		朱放	恨唱歌声咽	同
722	卷二〇四	铜雀台	刘方年	遗令奉君王	无
723	卷二〇四		欧阳詹	萧条登古台	同
					格外收录王勃"妾本深宫妓""金凤邻铜雀"、沈佺期"昔年分鼎地"、袁晖"君爱本相饶"、刘商"魏主矜蛾眉"、李贺"佳人一壶酒"、吴烛"秋色西陵满绿芜"、朱光弼"魏王铜雀妓"。
724	卷二〇四		陈羽	二妃愁处云沉沉	列为琴曲歌辞。
					同
725	卷二〇四	湘妃怨	王贞白	舜欲省蛮陬	无
					格外收录孟郊"南巡竟不返"，又录《湘妃》，刘长卿"帝子不可见"、李贺"筠竹千年老不死"，又录鲍溶《湘妃列女

续　表

序号	卷　次	题　名	作　者	首　句	《乐府诗集》收录情况
725	卷二〇四	湘妃怨	王贞白	舜欲省蛮陬	操》"有虞夫人哭虞后"，又录《湘夫人》，沈约"潇湘风已息"、王僧孺"桂栋承薜帷"、邹绍先"枫叶下秋渚"、李顾"九嶷日已暮"、郎士元"蛾眉对湘水"。
726	卷二〇五		吴均（卷一九六录为战城南）	杂虏寇铜鞮	无此题。杂曲歌辞有《淫思古意》题，然与此不同。
					无
727	卷二〇五		吴均	匈奴数欲尽	无
728	卷二〇五		吴均	西都盛冠盖	无
729	卷二〇五		王僧孺	青丝被燕马	无
730	卷二〇五		刘孝绰	燕赵多佳丽	无
731	卷二〇五	古意	颜曹	逶迤临云雨	无
732	卷二〇五		卢照邻（长安古意）	长安大道连狭斜	无
733	卷二〇五		沈佺期	卢家少妇郁金堂	有，然题作《独不见》，列为杂曲歌辞。
734	卷二〇五		沈佺期	八月凉风动高阁	无
735	卷二〇五		邢象玉	家中酒新熟	无
736	卷二〇五		乔知之（和李侍郎）	妾家吴山隔汉川	无

序号	卷　次	题　名	作　者	首　句	《乐府诗集》收录情况
737	卷二〇五		吴少微	洛阳芳草向春开	无
738	卷二〇五		蒋冽	昨夜巫山中	无
739	卷二〇五		常建	井底玉冰动地明	无
740	卷二〇五		崔颢（卷二〇三《王家小妇》题重出）	十五嫁王昌	无
741	卷二〇五	古意	崔国辅	遗却珊瑚鞭（卷一〇四《少年行》题重出）	有,然题作《长乐少年行》,列为杂曲歌辞。
742	卷二〇五		崔国辅	玉笼薰罗裳	无
743	卷二〇五		崔国辅	湖南与君别	无
744	卷二〇五		崔国辅	种棘遮蘼芜	无
745	卷二〇五		崔国辅	归来日尚早	无
746	卷二〇五		崔国辅	净扫黄金阶	《国秀集》录题为《吴声子夜歌》,而《乐府诗集》清商曲辞未录。
747	卷二〇五		李颀	男儿事长征	无
748	卷二〇五		崔曙	绿笋总成行	无
749	卷二〇五		崔萱	灼灼叶中花	无
750	卷二〇五		戴休珽	穷秋朔风起	

续　表

序号	卷　次	题　名	作　者	首　句	《乐府诗集》收录情况
751	卷二〇五		权德舆	家人强进酒	
752	卷二〇五		孟郊（戏赠陆大夫十二丈）	莲子不可得	有,然题作《乐府》,列为杂曲歌辞。
753	卷二〇五		孟郊	绿萍与荷叶	有,然题作《乐府》,列为杂曲歌辞。
754	卷二〇五	古意	孟郊	莲花不开时	有,然题作《乐府》,列为杂曲歌辞。
755	卷二〇五		张夫人	辘轳晓传素丝绠	无
756	卷二〇五		梁锽	妾家巫峡阳	无
757	卷二〇五		刘商	达曙锦衣冷	无
758	卷二〇五		贾岛	碌碌复碌碌	无
759	卷二〇五		刘孝威（已见二〇三卷,《绍古歌》题重出）	双栖翡翠两鸳鸯	无此题。
					有,然题作《东飞伯劳歌》,列为杂曲歌辞。
760	卷二〇五	拟古	辛德源（见二〇六卷,《东飞百劳歌》题重出）	合欢芳树连理枝	有,然题作《东飞伯劳歌》,列为杂曲歌辞。
761	卷二〇五		崔融	饮马临浊河	无
762	卷二〇五		胡师耽（同终南山拟古）	结庐终南山	无

序号	卷　次	题　名	作　者	首　句	《乐府诗集》收录情况
763	卷二○五		何思澄	故交不可忘	无
764	卷二○五		乔知之（同前赠陈子昂，见二四九卷）	茕茕孤形影	无
765	卷二○五		徐彦伯	读书三十载	无
766	卷二○五		徐彦伯	遥裔烟屿鸿	无
767	卷二○五	拟古	徐彦伯	颓光无淹晷	无
768	卷二○五		李白	生者如过客	无
769	卷二○五		释皎然	日出天地正煌煌	无
770	卷二○五		李暇	秦王龙剑燕后琴	有，然题作《东飞伯劳歌》，列为杂曲歌辞。
771	卷二○五		孟简	剑客不夸貌	无
772	卷二○五		顾况	龙剑昔藏影	无
773	卷二○六	飞来双白鹤（一作鹄）	梁孝元帝	紫盖学仙成	列为相和歌辞瑟调曲。郭茂倩引《乐府解题》以为古辞作"飞来双白鹄"，"鹄"一作"鹤"，故以《飞来双白鹄》题在先，《飞来双白鹤》题居后。 有，作者作梁元帝。

序号	卷　次	题　名	作　者	首　句	《乐府诗集》收录情况
774	卷二〇六		吴迈远	可怜双白鹤	题作《飞来双白鹄》。
775	卷二〇六	飞来双白鹤（一作鹄）	虞世南	飞来双白鹤	同
					格外收录陈后主"朔吹已萧瑟"。
776	卷二〇六	黄鹤	沈佺期	黄鹤佐丹凤	无此题。
					无
777	卷二〇六	乌生八九子	刘孝威	城上乌，一年八九雏	列为相和歌辞相和曲，一作《乌生》。
					同
					又录《城上乌》，吴均"焉焉城上乌"、朱超"朝飞集帝城"。
778	卷二〇六		梁简文帝	绿草庭中望明月	列为清商曲辞西曲歌。
					同
779	卷二〇六		刘孝绰	鹍弦且辍弄	同
780	卷二〇六	乌夜啼	庾信	促柱繁弦非子夜	同
781	卷二〇六		庾信	桂树悬知远	同
782	卷二〇六		李白	姑苏台上乌栖时	有，然题作《乌栖曲》。
					收录一首，"黄云城边乌欲栖"。

序号	卷　次	题　名	作　者	首　句	《乐府诗集》收录情况
783	卷二〇六	乌夜啼	刘商	绕林哑哑惊复栖	无
					格外收录杨巨源"可怜杨叶复杨花"、顾况"玉房掣锁声翻叶""月出江林西"、李群玉"曾波隔梦时"、聂夷中"众鸟各归枝"、白居易"城上归时晚"、王建"庭树乌,尔何不向别处栖"、张祜"忽忽南飞返"。
784	卷二〇六	乌啼曲	顾况	玉房掣锁声	无此题。
					无
785	卷二〇六		杨巨源(赠张评事)	可怜杨叶复杨花	有,然题作《乌栖曲》,列在清商曲辞。
786	卷二〇六	乌栖篇曲(实录题为乌栖曲、乌栖篇)	梁简文帝(乌栖曲)	接翩同发燕	题作《乌栖曲》。列为清商曲辞西曲歌,在《乌夜啼》题后。郭茂倩引《乐府解题》,"亦有《乌栖曲》,不知与此(《乌夜啼》)同否"。
					有,然题作《别鹤》,列在琴曲歌辞。
787	卷二〇六		梁简文帝	青牛丹毂七香车	同
788	卷二〇六		梁简文帝	浮云似帐月成钩	同

序号	卷　次	题　名	作　者	首　句	《乐府诗集》收录情况
789	卷二〇六		梁简文帝	织成屏风金屈膝	同 共收录四首，多"芙蓉作船丝作綍"一首。
790	卷二〇六		萧子显 （乌栖篇）	幄中清酒玛瑙钟	有，题作《乌栖曲》 录为梁元帝诗。
791	卷二〇六	乌栖篇曲 （实录题为乌栖曲、乌栖篇）	萧子显	浓黛轻红点花色	有，题作《乌栖曲》。 录为梁元帝诗。 梁元帝共收录六首，多"沙棠作船桂为楫""月华似璧星如佩""交龙成锦斗凤纹""七彩随珠九华玉"四首。 萧子显收录一首，"芳树归飞聚俦匹"。 格外收录徐陵"卓女红粉期此夜""绣帐罗帷隐灯烛"、陈后主"陌头新花历乱生""金鞍向暝欲相连""合欢襦薰百和香"、江总"桃花春水木兰桡"、岑之敬"骢马直去没浮云"、李白"姑苏台上乌栖时"、李端"白马逐牛车"、王建"章华宫人夜上楼"、张籍"西山作宫潮满池"、刘方平"娥眉曼脸倾城国""画舸双艚锦为缆"。

序号	卷　次	题　名	作　者	首　句	《乐府诗集》收录情况
792	卷二〇六	晚栖乌	梁元帝	日暮连翩翼	无此题。 无
793	卷二〇六	雉子班	吴均	可怜雉子斑	题作《雉子斑》。 列为鼓吹曲辞汉铙歌。 同
794	卷二〇六		张正见	陈仓雉未飞	同
795	卷二〇六		毛处约	春物始芳菲	同
796	卷二〇六		江总	麦垄新秋来	同 格外收录陈后主"四野秋原暗"、李白"辟邪伎作鼓吹惊",又录何承天《宋鼓吹铙歌》之《雉子游原泽篇》"雉子游原泽"。
797	卷二〇六	射雉词	储光羲	曝暄理新翳	无此题。 无
798	卷二〇六	朱鹭	王僧儒	因风弄玉水	列为鼓吹曲辞汉铙歌。 同
799	卷二〇六		裴宪伯	秋来惧寒劲	同
800	卷二〇六		张正见	金堤有朱鹭	同
801	卷二〇六		苏子卿	玉山一朱鹭	同 格外收录陈后主"参差蒲未齐"、张籍"翩翩兮朱鹭",又录何承天《宋鼓吹铙歌》之《朱路篇》"朱路扬和鸾"。

序号	卷　次	题　名	作　者	首　句	《乐府诗集》收录情况
802	卷二〇六	斗鸡篇	梁简文帝（斗鸡）	欢乐良无已	列为杂曲歌辞。
					无
803	卷二〇六		刘孝威	丹鸡翠翼张	同
804	卷二〇六		褚玠（斗鸡东郊道）	春郊斗鸡侣	无
805	卷二〇六		王褒（看斗鸡）	躞蹀始横行	无
806	卷二〇六		杜淹（寒食斗鸡）	寒食东郊上	无
807	卷二〇六	鸣鸡篇（实录题为（鸡鸣高树巅、晨鸡高树鸣、鸡鸣篇、鸡鸣曲）	梁简文帝（鸡鸣高树巅）	碧玉承名倡	题作《鸡鸣篇》，衍出《鸡鸣高树巅》《晨鸡高树鸣》。列为相和歌辞相和曲。杂歌谣辞歌辞有《鸡鸣歌》题，衍出《鸡鸣曲》。
					同
808	卷二〇六		张正见（晨鸡高树鸣）	晨鸡振翮鸣	同
809	卷二〇六		岑德润（赋鸡鸣篇）	钟响应繁霜	无
810	卷二〇六		李廓（鸡鸣曲）	星稀月没入五更	有，题作《鸡鸣曲》。
811	卷二〇六		陈陶	鸡声春晓乘林中	无
					格外收录刘孝威"坞鸡识将曙"，王建《鸡鸣曲》"鸡初鸣"。

序号	卷 次	题 名	作 者	首 句	《乐府诗集》收录情况
812	卷二〇六	东飞百劳歌	梁武帝	东飞百劳西飞燕	题作《东飞伯劳歌》。列为杂曲歌辞。
					有，然录为古辞。
813	卷二〇六		辛德源（一作拟古，卷二〇五拟古题重出）	合欢芳树连理枝	同
814	卷二〇六		张柬之	青田白鹤丹山凤	同
815	卷二〇六		李峤（拟古东飞百劳西飞燕）	传书青鸟迎箫凤	同
					格外收录梁简文帝"翻阶蛱蝶恋花情""西飞迷雀东羁雉"、刘孝威"双栖翡翠两鸳鸯"、陈后主"池侧鸳鸯春日莺"、陆瑜"西王青鸟秦女鸾"、江总"南飞乌鹊北飞鸿"、李暇"秦王龙剑燕后琴"。
816	卷二〇六	燕（实录题为燕燕于飞、双燕离）	江总（燕燕于飞）	二月春晖晖	《燕燕于飞》列为杂曲歌辞。《双燕离》列为琴曲歌辞。
817	卷二〇六		沈君攸（双燕离）	双燕双飞	同
					同
818	卷二〇六		李白	双燕复双燕	同
					格外收录梁简文帝《双燕离》"双燕有雄雌"。

序号	卷 次	题 名	作 者	首 句	《乐府诗集》收录情况
819	卷二〇六	野田黄雀行	萧毅	弱躯惭彩饰	列为相和歌辞瑟调曲。
					同
820	卷二〇六		李白	游莫逐炎洲翠	同
821	卷二〇六		储光羲	啧啧野田雀	同
822	卷二〇六		僧贯休（野田雀，一作野田黄雀行）	高树风多	有，题作《野田黄雀行》。
					格外收录僧齐己"双双野田雀"。
823	卷二〇六	沧海雀	张率	大雀与黄口	列为杂曲歌辞。
					同
824	卷二〇六	雀乳空城（一作井）中	刘孝威	远去条支国	题作《雀乳空井中》。列为杂曲歌辞，在《空城雀》题后。
					同
825	卷二〇六	空城雀	李白	嗷嗷空城雀	列为杂曲歌辞。
					同
826	卷二〇六		刘驾	饥啄空城土	同
827	卷二〇六		陈陶	古城濛濛花覆水	无
828	卷二〇六		罗隐	雀入官仓中	有，然录为聂夷中诗。
					格外收录高孝纬"百雉何寥廓"、王建"空城雀，何不飞来人家住"。

序号	卷　次	题　名	作者	首　句	《乐府诗集》收录情况
829	卷二〇七	梁甫吟	陆琼	临淄佳丽地	列为相和歌辞楚调曲。
					同
830	卷二〇七		沈约	龙驾有驰策	同
831	卷二〇七		李白	长啸梁甫吟	同
832	卷二〇七	白头吟	张正见	平生怀直道	列为相和歌辞楚调曲。
					同
833	卷二〇七		刘希夷	洛阳城东桃李花	同
834	卷二〇七		李白	锦水东碧流	同
					共收录二首，多"锦水东流碧"一首。
					格外收录张籍"请君膝上琴"，又录白居易《反白头吟》"炎炎者烈火"。
835	卷二〇七	游子吟	顾况	故枥思疲马	列为杂曲歌辞。
					同
836	卷二〇七		李益	女羞夫婿薄	同
837	卷二〇七		孟郊	慈母手中线	同
838	卷二〇七		陈陶	栖乌喜林曙	无
839	卷二〇七		聂夷中	萱草生堂阶	无
840	卷二〇七	妾薄命	梁简文帝	名都多雅质	列为杂曲歌辞。
					同

续 表

序号	卷 次	题 名	作 者	首 句	《乐府诗集》收录情况
841	卷二〇七		刘孝威	去年从越嶂	同
842	卷二〇七		刘元淑	自从离别守空闺	同
843	卷二〇七		李白	汉帝重阿娇	同
844	卷二〇七		权德舆	昔住邯郸年尚少	无
845	卷二〇七		孟郊	不惜十指弦	同
846	卷二〇七		曹邺	薄命常恻恻	无
847	卷二〇七	妾薄命	卢纶	妾年初二八	同
848	卷二〇七		王贞白	薄命头欲白	同
					格外收录刘孝胜"冯妾朝汲远"、崔国辅"虽入秦帝宫"、武平一"有女妖且丽"、李百药"团扇秋风起"、杜审言"草绿长门闭"、张籍"薄命妇,良家子"、李端"忆妾初嫁君""玉垒城边争走马""自从君弃妾"、卢弼"君恩已断尽成空"、胡曾"阿娇初失汉皇恩"。
849	卷二〇七	妾安所居	吴均	贱妾先无宠	列为杂曲歌辞。
					同
850	卷二〇七	宛转歌	徐陵	七夕天河白露明	列为琴曲歌辞。
					有,然录为江总诗。

序号	卷 次	题 名	作 者	首 句	《乐府诗集》收录情况
851	卷二〇七	宛转歌	崔液（拟古神女宛转歌）	风已清，月朗琴复鸣	有，然录为郎大家宋氏诗。
852	卷二〇七		崔液	日已暮，长檐鸟应度	有，然录为郎大家宋氏诗。
					格外收录刘方平"星参差，月二八""晓将近，黄姑织女银河尽"，又录张籍《宛转行》"华屋重翠幄"、李端《王敬伯歌》"妾本舟中客"。
853	卷二〇七	古兴	沈徽	蔓草自细微	无此题。
					无
854	卷二〇七		沈徽	长门富豪右	无
855	卷二〇七		寇坦母赵氏	郁蒸夏将半	无
856	卷二〇七		寇坦母赵氏	金菊延清霜	无
857	卷二〇七		寇坦母赵氏	霁雪舒长野	无
858	卷二〇七		常建	辘轳井上双梧桐	无
859	卷二〇七		薛据	日中望双关	无
860	卷二〇七		李嘉祐	十五小家女	无
861	卷二〇七		聂夷中	片玉一尘轻	无

续 表

序号	卷次	题名	作者	首句	《乐府诗集》收录情况
862	卷二〇七	古曲	王褒	青楼临大道	列为杂曲歌辞。
					同
					格外收录陈后主"桂钩影,桂枝开"、施肩吾"可怜江北女"等五首。
863	卷二〇七	古歌	沈佺期	落叶流风向玉台	列为杂歌谣辞歌辞。
					同
					格外收录薛维翰"美人怨何深""美人闭红烛"。
864	卷二〇七		卫象	鹊血调弓湿未干	无此题。
					无
865	卷二〇七	古词	于鹄	素丝带金地	无
866	卷二〇七		于鹄	新长青丝发	无
867	卷二〇七		于鹄	东家新长儿	无
868	卷二〇七		曹邺	高关碍飞鸟	无
869	卷二〇八		吴均	袅袅陌上桑	列为相和歌辞相和曲。
					同
870	卷二〇八	陌上桑	王筠	人传陌上桑	同
					同
871	卷二〇八		李白	游女绁绮衣	格外收录王台卿"令月开和景"、无名氏"日出秦楼明"、常建"翳翳陌上桑"、陆龟蒙"皓齿还如贝色含"。

续 表

序号	卷次	题名	作者	首句	《乐府诗集》收录情况
872	卷二〇八		梁简文帝	春色映空来	列为相和歌辞相和曲，在《陌上桑》题后。郭茂倩引《古今乐录》"又有《采桑》，亦出于此（《陌上桑》）"。又有《艳歌行》《罗敷行》，为同一本事。又清商曲辞西曲歌有《采桑度》，郭茂倩以为"一曰《采桑》"，然与此题不同。
					同
873	卷二〇八		傅縡	罗敷试采桑	同
874	卷二〇八		张正见	春楼曙鸟惊	同
875	卷二〇八		刘邈	倡妾不胜愁	同
876	卷二〇八	采桑	沈君攸	南陌落光移	同
877	卷二〇八		刘希夷	杨柳送行人	同
878	卷二〇八		李彦远	采桑畏日高	同
879	卷二〇八		汪遵	为报跕蹀陌上郎	无
					格外收录姚翻"雁还高柳北"、吴均"贱妾思不堪"、陈后主"春楼髻梳罢"、贺彻"蚕妾出房栊"、郎大家宋氏"春来南雁归"、王建"鸟鸣桑叶间"。又录张正见《艳歌行》"城隅上朝日"，又录《罗敷行》，萧子范"城南日半上"、顾野王"东隅丽春日"、高允"邑中有好女"。

序号	卷 次	题 名	作 者	首 句	《乐府诗集》收录情况
880	卷二〇八		梁简文帝	杨柳乱如丝	列为横吹曲辞汉横吹曲。 横吹曲辞梁鼓角横吹曲有《折杨柳歌辞》《折杨柳枝歌》，相和歌辞瑟调曲有《折杨柳行》，清商曲辞西曲歌有《月节折杨柳歌》，又近代曲辞《杨柳枝》，"古题所谓《折杨柳》"，然均与此题不同。
		折杨柳			同
881	卷二〇八		梁孝元帝	巫山巫峡长	同
882	卷二〇八		徐陵	袅袅河堤树	
883	卷二〇八		岑敬之	将军始见知	有，作者作岑之敬。
884	卷二〇八		王瑳	塞外无春色	同
885	卷二〇八		江总	万里音书绝	同
886	卷二〇八		杨炯	边地迷无极	无
887	卷二〇八		卢照邻	倡楼启曙扉	同
888	卷二〇八		沈佺期	玉窗朝日映	同
889	卷二〇八		郑愔	青柳映红颜	无
890	卷二〇八		乔知之	可怜濯濯春杨柳	同
891	卷二〇八		张九龄	纤纤折杨柳	同
892	卷二〇八		鱼玄机	朝朝送别泣	无

序号	卷 次	题 名	作 者	首 句	《乐府诗集》收录情况
893	卷二〇八		王贞白	枝枝交影锁长门	无
894	卷二〇八		王贞白	水殿年年占旱芳	无
895	卷二〇八	折杨柳	王贞白	嫩叶初齐不耐寒	无 格外收录刘邈"高楼十载别"、陈后主"杨柳动春情""长条黄复绿"、张正见"杨柳半垂空"、刘宪"沙塞三河道"、崔湜"二月风光半"、韦承庆"万里边城地"、欧阳瑾"垂柳拂妆台"、张祜"红粉青楼曙"、余延寿"大道连国门"、李白"垂杨拂绿水"、孟郊"杨柳多短枝""楼上春风过"、李端"东城攀柳叶"、翁绶"紫陌金堤映绮罗"。
896	卷二〇八		吴均	终冬十二月	列为横吹曲辞汉横吹曲。 同
897	卷二〇八	梅花落	徐陵	腊月正月早惊春	有,但录为江总诗。
898	卷二〇八		徐陵	对户一株梅	同
899	卷二〇八		陈后主	春砌落芳梅	同
900	卷二〇八		张正见	芳梅映云野	同

续 表

序号	卷 次	题 名	作 者	首 句	《乐府诗集》收录情况
901	卷二〇八		江总	标色动风香	同
902	卷二〇八		江总	胡地少春来	同
903	卷二〇八		杨炯	窗外一株梅	无
904	卷二〇八	梅花落	卢照邻	梅院花初发	同
905	卷二〇八		刘方平	新岁梅方尽	同
					格外收录苏子卿"中庭一树梅"、沈佺期"铁骑几时回"。
906	卷二〇八	殿前生桂树	陈陶	仙娥玉宫秋夜明	仅存题。列为舞曲歌辞汉鼙舞歌。
					无
907	卷二〇八		梁元帝	芬芳君子树	列为鼓吹曲辞汉铙歌。
					同
908	卷二〇八		沈约	发萼九华隈	同
909	卷二〇八		费昶	幸被夕风吹	同
910	卷二〇八		顾野王	上林通建章	同
911	卷二〇八	芳树	张正见	奇树舒春苑	同
912	卷二〇八		丘迟	芳叶复莫莫	同
913	卷二〇八		卢照邻	芳树本多奇	同
914	卷二〇八		徐彦伯	玉花珍簟上	同
915	卷二〇八		符子珪	芳树宜三月	无

序号	卷　次	题　名	作　者	首　句	《乐府诗集》收录情况
916	卷二〇八	芳树	李叔卿	春着玫瑰树	无
917	卷二〇八	芳树	罗隐	细蕚慢逐风	同 格外收录梁武帝"绿树始摇芳"、李爽"芳树千株发"、沈佺期"何地早芳菲"、韦应物"迢迢芳园树"、元稹"芳树已寥落"，又录何承天《宋鼓吹铙歌》之《芳树篇》"芳树生北庭"。
918	卷二〇八	采莲	梁简文帝	采莲归，绿水好沾衣	题作《采莲曲》。 列为清商曲辞江南弄，初属《江南弄》组诗，后别为一题。 同 多收录"晚日照空矶""常闻蕖可爱"二首，不属《江南弄》组诗。
919	卷二〇八	采莲	吴均	采莲渚，窈窕舞佳人	有，然录为梁武帝诗。在《江南弄》组诗下。
920	卷二〇八	采莲	吴均（一作采菱曲）	菱歌女，解佩戏江阳	有，然录为梁武帝诗。题作《采菱曲》，在《江南弄》组诗下。
921	卷二〇八	采莲	李康成	采莲去，月没春江曙	无
922	卷二〇八	采莲	王勃（一作采莲归）	采莲归，绿水芙蓉衣	有，题作《采莲归》。

续 表

序号	卷 次	题 名	作 者	首 句	《乐府诗集》收录情况
923	卷二〇八		阎朝隐（一作采莲女）	采莲女，采莲舟	有，题作《采莲女》。
924	卷二〇八		郑愔	绵緌沙棠舸	无
925	卷二〇八		徐玄之	越艳荆姝惯采莲	无
926	卷二〇八		张镜徽	游女泛江晴	无
927	卷二〇八		贺知章	稽山罢雾郁嵯峨	同
928	卷二〇八	采莲	李白	若耶溪边采莲女	同
929	卷二〇八		储光羲	浅渚荷花繁	同
930	卷二〇八		李顺	越溪女，越溪莲	有，作者作僧齐己。
931	卷二〇八		张朝	朝出沙头日正红	无
932	卷二〇八		杨衡	凝鲜雾渚夕	无
933	卷二〇八		方干	采莲女儿避残热	无 格外收录梁元帝"碧玉小家女"、刘孝威"金桨木兰船"、朱超"艳色前后发"、沈君攸"平川映晓霞"、吴均"江南当夏清""锦带杂花钿"、陈后主"相催暗中起"、卢

序号	卷次	题名	作者	首句	《乐府诗集》收录情况
933	卷二○八	采莲	方干	采莲女儿避残热	思道"曲浦戏妖姬"、殷英童"荡舟无数伴"、崔国辅"荡舟无数伴"、徐彦伯"妾家越水边"、王昌龄"吴姬越艳楚王妃""荷叶罗裙一色裁""越女作桂舟"、戎昱"虽听采莲曲""浔阳女儿花满头"、鲍溶"弄舟揭来南塘水""采莲揭来水无风"、张籍"秋江岸边莲子多"、白居易"菱叶萦波荷飐风",又录李白《湖边采莲妇》"小姑织白纻"、温庭筠《张静婉采莲曲》"兰膏坠发红玉春"。
934	卷二○八	采菊	梁简文帝	日精丽草散秋株	题作《采菊篇》。列为杂曲歌辞。
					同
935	卷二○八	采菱（实录题为采菱女）	费昶	妾家五湖口	题作《采菱曲》。列为清商曲辞江南弄,初属《江南弄》组诗,后别为一题。
					同
936	卷二○八		刘禹锡	白马湖秋日紫光	有,题作《采菱行》。

序号	卷 次	题 名	作 者	首 句	《乐府诗集》收录情况
937	卷二〇八	采菱（实录题为采菱女）	失名	白日期何去	无
					格外收录梁武帝"菱歌女，解佩戏江阳"、梁简文帝"菱花落复含"、陆罩"参差杂荇枝"、江淹"秋日心容与"、江洪"风生绿叶聚""白日和清风"、徐勉"相携及嘉月"、储光羲"浊水菱叶肥"，又录王融《齐明王歌辞七首》之《采菱曲》"炎光销玉殿"。
938	卷二〇八	青青河畔草	何逊	春兰已应好	列为相和歌辞瑟调曲，在《饮马长城窟》题后。
					同
939	卷二〇八		沈约	漠漠床上尘	同
					格外收录梁武帝"幕幕绣户丝"、荀昶"荧荧山上火"。
940	卷二〇九	君马黄	张正见	幽并重骑射	列为鼓吹曲辞汉铙歌。
					同
941	卷二〇九		张正见	五色乘马黄	同
942	卷二〇九		蔡君知	君马径西极	同
					格外收录李白"君马黄，我马白"，又录何承天《宋鼓吹铙歌》之《君马篇》"君马丽且闲"。

续　表

序号	卷次	题名	作者	首句	《乐府诗集》收录情况
943	卷二〇九	紫骝马	梁简文帝	贱妾朝下机	列为横吹曲辞汉横吹曲。
					同
944	卷二〇九		梁元帝	长安美少年	同
945	卷二〇九		陈暄	天马汗如红	同
946	卷二〇九		李爕	紫燕忽跚蹰	同
947	卷二〇九		陈后主	嫖姚紫塞归	同
948	卷二〇九		徐陵	玉镫绣缠髻	共收录二首,多"蹀躞紫骝马"一首。
949	卷二〇九		张正见	将军入大宛	同
950	卷二〇九		独孤嗣宗	倡楼望早春	同
951	卷二〇九		苏子卿	候骑指楼兰	同
952	卷二〇九		江总	春草正萋萋	有,作者作祖孙登。
953	卷二〇九		杨炯	侠客重周游	同
954	卷二〇九		卢照邻	骝马照金鞍	无
955	卷二〇九		沈佺期	青玉紫骝鞍	同
					无
					格外收录李白"紫骝行且嘶"、李益"争场看斗鸡"、秦韬玉"渥洼奇骨本难求",又有梁鼓角横吹曲《紫骝马歌辞》"烧火烧野田"等六首、《紫骝马歌》"独柯不成树"。

续　表

序号	卷　次	题　名	作　者	首　句	《乐府诗集》收录情况
956	卷二〇九	骢马驱	梁元帝	朔方寒气重	列为横吹曲辞汉横吹曲,在《骢马》题后。
					同
957	卷二〇九		刘孝威	十五官期门	有,题作《骢马》。
958	卷二〇九		刘孝威	翩翩骢马驱	同
959	卷二〇九		徐陵	白马号龙驹	同
960	卷二〇九		江总	长城兵气寒	同
961	卷二〇九	骢马	车敳	骢马镂金鞍	列为横吹曲辞汉横吹曲。郭茂倩以为"一曰《骢马驱》"。
					同
962	卷二〇九		庾抱	枥上浮云骢	无
963	卷二〇九		杨炯	骢马铁连钱	无
964	卷二〇九		沈佺期	西北五花骢	无
965	卷二〇九		杜甫	邓公马癖人共知	无
966	卷二〇九		杜甫	安西都护胡青骢	无
967	卷二〇九		楚万	金络青骢白玉鞍	无
968	卷二〇九		纪唐夫	连钱出塞蹋沙蓬	有,题作《骢马曲》。
					格外收录刘孝威"十五宦期门"、王由礼"善马金羁饰"、李群玉"浮云何权奇"。

序号	卷 次	题 名	作 者	首 句	《乐府诗集》收录情况
969	卷二〇九	白马（发白马一篇附）	沈约	白马紫金鞍	题作《白马篇》。列为杂曲歌辞。
					同
970	卷二〇九		王僧儒	千里生冀北	同
971	卷二〇九		徐悱	研蹄饰镂鞍	同
972	卷二〇九		隋炀帝	白马金具装	无
973	卷二〇九		王胄	白马黄金鞭	同
974	卷二〇九		辛德源	任侠重芳辰	同
975	卷二〇九		杜甫	白马东北来	无
976	卷二〇九		李白	龙马花雪毛	同
977	卷二〇九		贾至	白马紫连乾	无
978	卷二〇九		翁绶	渥洼龙种雪霜同	无
979	卷二〇九	发白马	费昶	家本楼烦俗	题作《发白马》。列为杂曲歌辞。
					同
980	卷二〇九	拟饮马长城窟	陈后主	征马入他乡	题作《饮马长城窟行》。录为相和歌辞瑟调曲。
					同
981	卷二〇九		王褒	北走长安道	同
982	卷二〇九		张正见	秋草朔风惊	同

续　表

序号	卷　次	题　名	作　者	首　句	《乐府诗集》收录情况
983	卷二〇九	拟饮马长城窟	隋炀帝（示从征群臣）	肃肃秋风起	同
984	卷二〇九		唐太宗	塞外悲风切	同
985	卷二〇九		虞世南	驰马渡河干	同
986	卷二〇九		袁朗	朔风动秋草	同
987	卷二〇九		陈标	日日风吹虏骑尘	无
988	卷二〇九		释子兰	游客长城下	同
					格外收录沈约"介马渡龙堆"、尚法师"长城征马度"、王翰"长安少年无远图"、王建"长城窟，长城窟边多马骨"。其衍题《青青河畔草》收录情况见上表卷二百八乐府十七，《泛舟横大江》收录情况见上表卷一百九十三乐府二。
989	卷二〇九	走马引	张率	良马龙为友	列为琴曲歌辞。郭茂倩以为"一曰《天马引》"。
					同
990	卷二〇九		傅縡	骢色表连钱	有，题作《天马引》。
					格外收录李贺"我有辞乡剑"。

序号	卷　次	题　名	作　者	首　句	《乐府诗集》收录情况
991	卷二〇九	爱妾换马	张祜	一面夭桃千里蹄	列为杂曲歌辞。
					同
					共收录二首，多"绮阁香销华厩空"一首。
					格外收录梁简文帝"功名幸多种"、刘孝威"骢马出楼兰"、庾肩吾"渥水出腾驹"、僧法宣"朱鬣饰金镳"。
992	卷二一〇		梁简文帝	高台半行云	列为鼓吹曲辞汉铙歌。
					同
993	卷二一〇		张正见	层台迩清汉	同
994	卷二一〇		沈约	高台不可望	同
995	卷二一〇		萧悫	崇台高百尺	同
996	卷二一〇		褚亮	高台暂俯临	同
997	卷二一〇	临高台	王勃	临高台，高台迢递绝浮埃	同
998	卷二一〇		沈佺期	高台临广陌	无
999	卷二一〇		王易从	汉主事祁连	无
					格外收录陈后主"晚景登高台"、僧贯休"凉风吹远念"，又录何承天《宋鼓吹铙歌》之《临高台篇》"临高台，望天衢"。

续　表

序号	卷　次	题　名	作　者	首　句	《乐府诗集》收录情况
1000	卷二一〇	登高台	王僧孺	试出金华殿	无此题。
					无
1001	卷二一〇	上之回	萧悫	发轫城西畤	列为鼓吹曲辞汉铙歌。
					同
1002	卷二一〇		陈子良	承平重游乐	同
1003	卷二一〇		卢照邻	回中道路险	同
1004	卷二一〇		沈佺期	制书下关右	无
1005	卷二一〇		李白	三十六离宫	同
					格外收录梁简文帝"前旆拂回中"、张正见"林光称避暑"、李贺"上之回,大旗喜"。
1006	卷二一〇	钓竿篇	刘孝绰	钓舟画彩鹢	列为鼓吹曲辞汉铙歌,在《钓竿》题后。
					同
1007	卷二一〇		张正见	结宇长江侧	同
1008	卷二一〇		李巨仁	潺湲面江海	同
1009	卷二一〇		刘孝威	试持玄渚钩	有,然录为戴暠《钓竿》。
					格外收录沈佺期"朝日敛红烟",又录沈约《钓竿》"桂舟既容与"。

序号	卷　次	题　名	作　者	首　句	《乐府诗集》收录情况
1010	卷二一〇	箜篌谣	不详	结交在相得	列为杂歌谣辞谣辞。
					同
1011	卷二一〇		李白	攀天莫登龙	同
1012	卷二一〇	箜篌引（又曰公无渡河）	李贺	公乎,公乎,提壶将焉如	列为相和歌辞相和六引,郭茂倩以为"一曰《公无渡河》"。又琴曲歌辞古琴曲九引有《箜篌引》,仅存题。
					同
1013	卷二一〇		李贺(李凭箜篌引)	吴丝蜀桐张高秋	无
1014	卷二一〇	公无渡河	刘孝威	请公无渡河	列为相和歌辞相和六引。
					同
1015	卷二一〇		张正见	金堤分锦缆	同
1016	卷二一〇		李白	黄河西来决昆仑	同
1017	卷二一〇		陈标	阴风飒飒浪花愁	无
					格外收录王建"渡头恶天两岸远"、温庭筠"黄河怒浪连天来"、王叡"浊波洋洋兮凝晓雾"。

续　表

序号	卷　次	题　名	作　者	首　句	《乐府诗集》收录情况
1018	卷二一〇	苦热	梁简文帝	六龙骛不息	题作《苦热行》。列为杂曲歌辞。
					同
1019	卷二一〇		任昉	旭旦烟云卷	同
1020	卷二一〇		何逊	昔闻草木焦	同
1021	卷二一〇		刘孝威	日暮苦炎溽	无
1022	卷二一〇		王均	日域散朱氛	无
1023	卷二一〇		庾信	火井沈荧散	同
1024	卷二一〇		杜甫	七月六日苦炎蒸	无
1025	卷二一〇		刘长卿（实录题为奉和李大夫同吕评事太行苦热行兼寄院中诸公仍呈王员外）	迢迢太行路	有,题作《太行苦热行》。
1026	卷二一〇		僧皎然（实录题为五言酬薛员外谊苦热行见寄）	六月金数伏	同
1027	卷二一〇		王毂（实录题为苦热行）	祝融南来鞭火龙	同

序号	卷次	题名	作者	首　句	《乐府诗集》收录情况
1028	卷二一〇	苦热	僧鸾	烛龙衔火飞天地	无
					格外收录王维"赤日满天地"、僧齐己"离宫划开赤帝怒",又录独孤及《太行苦热行》"驷马上太行"。
1029	卷二一〇	苦寒	乔知之	胡天夜清迥	题作《苦寒行》。列为相和歌辞清调曲。郭茂倩据《乐府解题》以为"其后或谓之《北上行》,盖因武帝辞而拟之也",以《北上行》为其衍题;又"曹植拟《苦寒行》为《吁嗟》",但此题无其余拟作。
					无
1030	卷二一〇		杜甫(前二首)	汉时长安雪一丈	有,题作《前苦寒行》。
1031	卷二一〇		杜甫	去年白帝雪在山	有,题作《前苦寒行》。
1032	卷二一〇		杜甫(后二首)	南纪巫庐瘴不绝	有,题作《后苦寒行》。
1033	卷二一〇		杜甫	晓来江边失大木	有,题作《后苦寒行》。
1034	卷二一〇		刘驾	百泉冻皆咽	无
					收录一首,"严寒动八荒"。

续　表

序号	卷　次	题　名	作　者	首　句	《乐府诗集》收录情况
1034	卷二一○	苦寒	刘驾	百泉冻皆咽	格外收录僧贯休"北风北风"、僧齐己"冰峰撑空寒蠢蠢",又录李白《北上行》"北上何所苦"。
1035	卷二一○	猛虎行（一作吟）	储光羲	寒亦不忧雪	列为相和歌辞平调曲。郭茂倩引《乐府解题》"又有《双桐生空井》,亦出于此"。
					同
1036	卷二一○		李白	行作猛虎吟	同
1037	卷二一○		张籍	南山北山树冥冥	同
1038	卷二一○		李贺	长戈莫舂	同
					格外收录韩愈"猛虎虽云恶"、僧齐己"磨尔牙,错尔爪",又录梁简文帝《双桐生空井》"季月对桐井"。
1039	卷二一一	登名山篇	李巨仁	名山称地镇	题作《登名山行》。列为杂曲歌辞。
					有,作者不详。
1040	卷二一一	秦王卷衣	吴均	咸阳春草芳	列为杂曲歌辞。
					同
1041	卷二一一		陈标	秦家汉阙霭春烟	无
					又录李白《秦女卷衣》"天子居未央"。

序号	卷　次	题　名	作　者	首　句	《乐府诗集》收录情况
1042	卷二一一	上留田	梁简文帝	正月土膏初欲发	题作《上留田行》。列为相和歌辞瑟调曲。
					同
1043	卷二一一		李白	行至上留田	同
					格外收录僧贯休"父不父,兄不兄"。
1044	卷二一一	古挽歌	祖孝徵	昔日驱驷马	题作《挽歌》。列为相和歌辞相和曲。
					同
1045	卷二一一		王烈	寒日高不明	有,作者作赵微明。
1046	卷二一一		孟云卿	草草闾巷喧	同
1047	卷二一一		白居易	丹旐何飞扬	同
1048	卷二一一		于鹄	双辙出郭门	同
1049	卷二一一		于鹄	送哭谁家车	无
1050	卷二一一		于鹄	阴风吹黄蒿	同
1051	卷二一一	怨歌行	梁简文帝	十五颇有余	列为相和歌辞楚调曲,在《怨诗行》题后。
					同
1052	卷二一一		张正见	新丰妖冶地	有,题作《怨诗》。
1053	卷二一一		虞世南	紫殿秋风冷	同
1054	卷二一一		吴少微	城南有怨妇	同

续　表

序号	卷　次	题　名	作　者	首　句	《乐府诗集》收录情况
1055	卷二一一	怨歌行	曹邺	丈夫好弓剑	无
					格外收录沈约"时屯宁易犯"、庾信"家住金陵县前"、李白"十五入汉宫",又录《怨诗》梁简文帝"秋风与白团"、刘孝威"退宠辞金屋"、江总"采桑归路河流深""新梅嫩柳未障羞"、薛奇童"日晚梧桐落""禁苑春风起"、张泫"去年离别雁初归"、刘元济"玉关芳信断"、李暇"罗敷初总髻""何处期郎游""别前花照路"、崔国辅"栖前桃李疏""妾有罗衣裳"、孟郊"试妾与君泪"、刘叉"君莫嫌丑妇"、鲍溶"女萝寄松柏"、白居易"夺宠心那惯"、姚氏月华"春水悠悠春草绿""与君形影分胡越"。
1056	卷二一一	悲哉行	孟云卿	孤儿去慈亲	列为杂曲歌辞。
					同
1057	卷二一一		王昌龄	每听白头吟	无
1058	卷二一一		陈陶	中岳仇先生	无
					格外收录沈约"旅游媚年春"、白居易"悲哉为儒者"、鲍溶"促促晨复昏"。

序号	卷次	题名	作者	首句	《乐府诗集》收录情况
1059	卷二一一	怀哉行	薛据	明时无废人	无此题。
					无
1060	卷二一一	独不见	刘孝威	夫婿结缨簪	列为杂曲歌辞。
					无
1061	卷二一一		柳恽	别岛望风台	同
1062	卷二一一		王训	日晚宜春暮	同
1063	卷二一一		戴叔伦	前宫路非远	同
1064	卷二一一		武元衡	荆门一柱观	无
					格外收录沈佺期"卢家小妇郁金堂"、杨巨源"东风艳阳色"、李白"白马谁家子"、胡曾"玉关一自有氛埃"。
1065	卷二一一	定情篇	乔知之	共君结新婚	列为杂曲歌辞。
					同
					格外收录施肩吾《定情乐》"敢嗟君不怜"。
1066	卷二一一	杂曲	王筠	乌还夜已逼	列为杂曲歌辞。
					同
1067	卷二一一		王筠	可怜洛城东	同
1068	卷二一一		傅縡	新人新宠住兰堂	同

续　表

序号	卷　次	题　名	作　者	首　句	《乐府诗集》收录情况
1069	卷二一一		徐陵	倾城得意已无俦	同
1070	卷二一一	杂曲	江总	行行春径蘼芜绿	同
					共收录三首，多"殿内一处起金房""泰山言应可转移"二首。
					格外收录王勃"智琼神女"。
1071	卷二一一	忆昔行（此题又见卷三五〇歌行二十）	杜甫	忆昔北寻小有洞	无此题。
					无
1072	卷二一一	逼仄行（此题又见卷三五〇歌行二十）	杜甫（赠毕四燿）	逼仄何逼仄	无此题
					无
1073	卷二一一		江洪	藏器欲邀（一作逢)时	列为琴曲歌辞，在《胡笳十八拍》题后。
					同
1074	卷二一一	胡笳曲	江洪	落日惨无光	同
1075	卷二一一		陶弘景	负宸飞天历	同
1076	卷二一一		郑愔	汉将留边朔	无
1077	卷二一一		王昌龄	城南房已合	无
1078	卷二一一		王贞白	陇底悲笳引	无

序号	卷　次	题　名	作　者	首　句	《乐府诗集》收录情况
1079	卷二一一	云中行	薛童	云中小儿吹金管	无此题
					无
1080	卷二一一	长干行	李白	妾发初覆额	列为杂曲歌辞, 在《长干曲》题下。
					同
					共收录二首, 多"忆妾深闺里"一首。
					又录崔颢《长干曲》"君家定何处"等四首。
1081	卷二一一	小长干行	李白（类诗作张潮）	忆昔深闺里	题作《小长干曲》
					有, 录题为《长干行》。
					格外收录崔国辅"月暗送湖风"。
1082	卷二一一	江风行	张潮	婿贫如珠玉	无此题
					有, 录为《长干行》。

二、《文苑英华》歌行部与《乐府诗集》收录比对

序号	卷　次	题　名	作　者	首　句	《乐府诗集》收录情况
1	卷三三一	白雪歌	朱孝廉	凝云凌霄汉	列为琴曲歌辞。又有《白雪曲》题。
					同

续　表

序号	卷次	题名	作者	首句	《乐府诗集》收录情况
1	卷三三一	白雪歌	朱孝廉	凝云凌霄汉	格外收录僧贯休《白雪曲》"列鼎佩金章"。
2	卷三三一	霹雳引	辛德源	出地声初奋	列为琴曲歌辞。
					同
					格外收录梁简文帝"来从东海上"、沈佺期"岁七月火伏而金生"。
3	卷三三二	桃源行	王维	渔舟逐水爱山春	列为杂曲歌辞。
					同
4	卷三三二		不详	武陵川径入幽邈	无
					格外收录刘禹锡"渔舟何招招"。
5	卷三三二	王子乔行	高允生	仙化非常道	题作《王子乔》。列为相和歌辞吟叹曲。
					同
					格外收录江淹"子乔好轻举"、高允"王少卿，王少卿"、宋之问"王子乔，爱神仙"。
6	卷三三二	仙人词	陈陶	小仙皆云十洲客	无此题。杂曲歌辞有《仙人篇》。
					无
7	卷三三二		陈陶	赤城门开六丁直	无

序号	卷 次	题 名	作 者	首 句	《乐府诗集》收录情况
8	卷三三三	七德舞	白居易	七德舞，七德歌	列为新乐府辞新乐府。
					同
9	卷三三三	老将行	王维	少年十五二十时	列为新乐府辞乐府杂题。
					同
10	卷三三三	兵车行	杜甫	车辚辚，马萧萧	列为新乐府辞乐府杂题。
					同
11	卷三三三	木兰歌	韦元甫	唧唧何力力	题作《木兰诗》。列为横吹曲辞。
					有，作者不详。
					共收录二首，多韦元甫"木兰抱杼嗟"一首。
12	卷三三三	新丰折臂翁	白居易	新丰老翁八十八	列为新乐府辞新乐府。
					同
13	卷三三四	华原磬	白居易	华原磬，华原磬	列为新乐府辞新乐府。
					同
					格外收录元稹《华原磬》"泗滨浮石裁为磬"。
14	卷三三四	琴歌	张说（送尹补阙元凯琴歌）	凤哉凤哉啄琅玕	列为琴曲歌辞。
					无

序号	卷　次	题　名	作　者	首　句	《乐府诗集》收录情况
15	卷三三四		赵抟	绿琴制自桐孙枝	无
16	卷三三四	琴歌	李颀（琴歌送别）	主人有酒欢今夕	无
					格外收录顾况"琴调秋些"，又录张祜《司马相如琴歌》"凤兮凤兮非无凰"。
17	卷三三四	听从叔弹三峡流泉歌	李季兰	妾家本住巫山云	题作《三峡流泉歌》。列为琴曲歌辞。
					同
18	卷三三五	箜篌引	李贺（卷二一〇乐府十九重出）	公乎，公乎，提壶将焉如	列为相和歌辞相和六引，郭茂倩以为"一曰《公无渡河》"。又琴曲歌辞古琴曲九引有《箜篌引》，仅存题。
					同
19	卷三三五	赵瑟	沈约	耶郸奇弄出文梓	题作《赵瑟曲》。列为清商曲辞江南弄，属《江南弄》组诗。
					同，录在沈约《江南弄四首》。
20	卷三三五		梁元帝	罗袖飘缠拂雕桐	有，录为沈约《江南弄四首》之《秦筝曲》。
21	卷三三五	五弦弹	白居易	五弦弹，五弦弹	列为新乐府辞新乐府。
					同

序号	卷 次	题 名	作 者	首 句	《乐府诗集》收录情况
21	卷三三五	五弦弹	白居易	五弦弹,五弦弹	格外收录元稹《五弦弹》"赵璧五弦弹徵调"。
22	卷三三五	拂舞歌词	李贺	吴娥声绝天	题作《拂舞辞》。列为舞曲歌辞拂舞歌。
					同
23	卷三三五	霓裳羽衣舞歌答徽之	白居易	我昔元和侍宪皇	题作《霓裳辞》,一作《霓裳羽衣曲》。列为舞曲歌辞杂舞。
					无
					格外收录王建《霓裳辞》,"弟子部中留一色"等十首。
24	卷三三五	胡旋女	白居易	胡旋女,胡旋女	列为新乐府辞新乐府。
					同
					格外收录元稹《胡旋女》"天宝欲末胡欲乱"。
25	卷三三五	独摇手	陈陶	汉宫新燕矜蛾眉	仅存题,列为杂曲歌辞,在《大垂手》题下。
					无
26	卷三三五	泰娘歌	刘禹锡	泰娘家本闾门西	列为新乐府辞乐府杂题。
					同

序号	卷次	题名	作者	首句	《乐府诗集》收录情况
27	卷三三六	独酌谣	沈烟	独酌谣,独酌谣	列为杂歌谣辞谣辞。
					有,作者作沈炯。
					格外收录陈后主"独酌谣,独酌且独谣"等四首、陆瑜"独酌谣,芳气饶"。
28	卷三三六	劝酒（此题又见卷一九五乐府四）	白居易	昨与美人对尊酒	无此题。有《山人劝酒》题,列为琴曲歌辞。
					无
29	卷三三六		白居易	劝君一盏君莫辞	无
30	卷三三六	惜空尊酒（一作将进酒,见一九二卷）	李白（实见卷一九五乐府四）	君不见黄河之水天上来	无此题。《将进酒》题列为鼓吹曲辞汉铙歌。
					有,题作《将进酒》。
					格外收录昭明太子"洛阳轻薄子"、元稹"将进酒,将进酒"、李贺"琉璃钟,琥珀浓",又录何承天《宋鼓吹铙歌》之《将进酒篇》"将进酒,庆三朝"。
31	卷三三七	牡丹芳	白居易	牡丹芳,牡丹芳	列为新乐府辞新乐府。
					同

序号	卷次	题名	作者	首　句	《乐府诗集》收录情况
32	卷三三七	风入松	释皎然	西岭松声落日秋	题作《风入松歌》。列为琴曲歌辞。 同
33	卷三三七	涧底松	白居易	青松百尺大十围	列为新乐府辞新乐府。 同
34	卷三三七	隋堤柳	白居易	隋堤柳，岁久年深尽衰朽	列为新乐府辞新乐府。 同
35	卷三三九	八骏图	白居易	穆王八骏天马驹	列为新乐府辞新乐府。 同 格外收录元稹《八骏图》"穆满志空阔"。
36	卷三四二	太行路	白居易	太行之路能摧车	列为新乐府辞新乐府。 同
37	卷三四二	阴山道	白居易	阴山道，阴山道	列为新乐府辞新乐府。 同 格外收录元稹《阴山道》"阴山道，马死阴山帛空耗"。
38	卷三四三	骊宫高	白居易	高高骊山上有宫	列为新乐府辞新乐府。 同
39	卷三四三	两朱阁	白居易	两朱阁，南北相对起	列为新乐府辞新乐府。 同

续 表

序号	卷 次	题 名	作 者	首 句	《乐府诗集》收录情况
40	卷三四三	襄阳歌（见二〇一卷）	李白	落日欲没岘山西	列为杂歌谣辞歌辞，在《襄阳童儿歌》题后。
					同
					又录李白《襄阳曲》四首，"襄阳行乐处""山公醉酒时""岘山临汉江""且醉习家池"。
41	卷三四三	长安道（见一九二卷）	韦应物	汉家宫殿含云烟	列为横吹曲辞汉横吹曲。
					同
42	卷三四四	骏马歌	杜甫	邓公马癖人共知	无此题。横吹曲辞汉横吹曲有《骢马》，郭茂倩以为"一曰《骢马驱》"。
					无
					收录《骢马》，车敫"骢马镂金鞍"、刘孝威"十五宦期门"、王由礼"善马金羁饰"、李群玉"浮云何权奇"，又录纪唐夫《骢马曲》"连钱出塞蹋沙蓬"，又录《骢马驱》，梁元帝"朔方寒气重"、刘孝威"翩翩骢马驱"、徐陵"白马号龙驹"、江总"长城兵气寒"。
43	卷三四四	高都护骢马行	杜甫	安西都护胡青骢	无此题。
					无

序号	卷 次	题 名	作 者	首 句	《乐府诗集》收录情况
44	卷三四四	官牛	白居易	官牛官牛驾官车	列为新乐府辞新乐府。
					同
45	卷三四四	驯犀	白居易	驯犀驯犀通天犀	列为新乐府辞新乐府。
					同
46	卷三四五	飞鸢操	刘禹锡	鸢飞杳杳青云里	列为琴曲歌辞。
					同
47	卷三四五	秦吉了	白居易	秦吉了,出南中	列为新乐府辞新乐府。
					同
48	卷三四六	春女歌	王翰	紫台穹跨连绿波	题作《春女行》。列为新乐府辞乐府杂题。
					同
					格外收录刘希夷"春女颜如玉"。
49	卷三四六	情人玉清歌	张南容	洛阳城中有一人名玉清	列为新乐府辞乐府杂题。
					有,然录为毕耀诗。
50	卷三四六	卢姬篇	崔颢	卢姬少年魏王家	另有《卢女曲》题。均列为杂曲歌辞。
					同
					又录崔颢《卢女曲》"二月春来半"。

续 表

序号	卷 次	题 名	作 者	首 句	《乐府诗集》收录情况
51	卷三四六	郑樱桃歌	李颀	石季龙,僭天禄	列为杂歌谣辞歌辞。
					同
52	卷三四六	李夫人	李贺	紫皇宫殿重重开	题作《李夫人歌》。列在杂歌谣辞歌辞。新乐府辞新乐府又有白居易《李夫人》题。
					同
					格外收录李商隐"一带不结心""剩结茱萸枝""蛮丝系条脱"、鲍溶"璚闺羽帐华烛陈"、张祜"延年不语望三星",又录白居易《李夫人》"汉武帝,初哭李夫人"。
53	卷三四七	百炼镜	白居易	百炼镜,镕范非常规	列为新乐府辞新乐府。
					同
54	卷三四七	鸦九剑	白居易	欧冶子死千年后	列为新乐府辞新乐府。
					同
55	卷三四八	竞渡歌	刘禹锡	五月五日天晴明	无此题,有《竞渡曲》题见下。
					无
56	卷三四八	竞渡曲	刘禹锡	沅江五月平堤流	列为新乐府辞乐府杂题。
					同

续　表

序号	卷　次	题　名	作　者	首　句	《乐府诗集》收录情况
57	卷三四八	西凉伎	白居易	西凉伎,西凉伎	列为新乐府辞新乐府。
					同
58	卷三四八	汾阴行	李峤	君不见昔日西京全盛时	列为新乐府辞乐府杂题。
					同
59	卷三四九	筑城篇	顾云	三十六里西川地	题作《筑城曲》。列为杂曲歌辞。
					无
					格外收录张籍"筑城去,千人万人齐抱杵"、元稹"年年塞下丁"等五首、陆龟蒙"城上一掊土""莫叹筑城劳"。
60	卷三五〇	丽人行	杜甫	三月三日天气新	列为杂曲歌辞。
					同
					又录崔国辅《丽人曲》"红颜称绝代"。
61	卷三五〇	忆昔行	杜甫	忆昔先皇巡朔方	无此题。
					无
62	卷三五〇		杜甫	忆昔开元全盛日	无
63	卷三五〇	逼仄行	杜甫（赠毕耀）	逼仄何逼仄	无此题。
					无

参考文献

一、古籍

1. 经部

（汉）毛亨传，（汉）郑玄笺，（唐）孔颖达等正义《毛诗正义》，北京大学出版社，1999年。

（汉）郑玄注，（唐）孔颖达等正义《礼记正义》，北京大学出版社，1999年。

（汉）郑玄注，（唐）贾公彦疏《周礼注疏》，北京大学出版社，1999年。

（清）阮元校刻《十三经注疏》，中华书局，1980年。

2. 史部

（汉）司马迁《史记》，中华书局，1995年。

（汉）刘向撰，张涛译注《列女传译注》，山东大学出版社，1990年。

（汉）班固《汉书》，中华书局，1995年。

（南朝宋）范晔《后汉书》，中华书局，1995年。

（梁）沈约《宋书》，中华书局，1974年。

（梁）萧子显《南齐书》，中华书局，1972年。

（唐）姚思廉《陈书》，中华书局，1972年。

（唐）房玄龄等《晋书》，中华书局，1974 年。

（唐）魏征等《隋书》，中华书局，1973 年。

（唐）杜佑《通典》，中华书局，1988 年。

（唐）李吉甫撰，贺次君点校《元和郡县图志》，中华书局，1983 年。

（后晋）刘昫等《旧唐书》，中华书局，1985 年。

（宋）欧阳修等《新唐书》，中华书局，1975 年。

（宋）郑樵撰，王树民点校《通志二十略》，中华书局，1995 年。

（宋）司马光《资治通鉴》，中华书局，1956 年。

（宋）李焘《续资治通鉴长编》，中华书局，1985 年。

（宋）范成大撰，陆振岳校点《吴郡志》，江苏古籍出版社，1999 年。

（宋）晁公武撰，孙猛校证《郡斋读书志校证》，上海古籍出版社，2011 年。

（宋）陈振孙《直斋书录解题》，上海古籍出版社，1987 年。

（宋）佚名编，司义祖整理《宋大诏令集》，中华书局，1962 年。

（元）马端临《文献通考》，中华书局，1986 年。

（元）脱脱等《宋史》，中华书局，1985 年。

（明）陈邦瞻《宋史纪事本末》，中华书局，1977 年。

（清）毕沅《续资治通鉴》，中华书局，1957 年。

（清）徐松辑《宋会要辑稿》，中华书局，1957 年。

（清）永瑢等《四库全书总目》，中华书局，1965 年。

3. 子部

（汉）蔡邕《琴操》，清平津馆丛书本。

（晋）干宝撰，李剑国辑注《新辑搜神记》，中华书局，2007 年。

（唐）徐坚编《初学记》，中华书局，1962 年。

（宋）李昉编《太平御览》，中华书局，1994 年。

（宋）朱长文《琴史》，中华书局，2010 年。

（宋）文莹撰，郑世刚点校《湘山野录　续录》，中华书局，1984 年。

（宋）文莹撰，杨立扬点校《玉壶清话》，中华书局，1984年。

（宋）范成大《吴船录》，影印文渊阁四库全书本。

（宋）祝穆编《新编古今事文类聚》，影印文渊阁四库全书本。

（宋）释居月《琴曲谱录》，说郛本。

（宋）释居月《琴苑要录》，说郛本。

（元）陶宗仪等《说郛三种》，上海古籍出版社，1990年。

（清）陈仅《竹林答问》，清镜滨草堂抄本。

程毅中编《古题小说钞·宋元卷》，中华书局，1995年。

程毅中辑注《宋元小说家话本集》，齐鲁书社，2000年。

上海古籍出版社编《汉魏六朝笔记小说大观》，上海古籍出版社，1999年。

上海古籍出版社编《宋元笔记小说大观》，上海古籍出版社，2001年。

上海师范大学古籍整理研究所编《全宋笔记》，大象出版社，2008—2018年。

4. 集部

（1）别集类

（三国）曹操《曹操集》，中华书局，1974年。

（魏）曹植撰，黄节注《曹子建诗注》，人民文学出版社，1957年。

（晋）陶潜撰，孟二冬注译《陶渊明集译注》，吉林文史出版社，1996年。

（唐）王维撰，陈铁民校注《王维集校注》，中华书局，1997年。

（唐）李白撰，（清）王琦注《李太白全集》，中华书局，1977年。

（唐）杜甫撰，（清）仇兆鳌注《杜诗详注》，中华书局，1979年。

（唐）元稹撰，冀勤点校《元稹集》，中华书局，1982年。

（唐）白居易撰，朱金城笺校《白居易集笺校》，上海古籍出版社，1988年。

（唐）刘禹锡撰，卞孝萱校订《刘禹锡集》，中华书局，1990 年。

（唐）韩愈撰，钱仲联集释《韩昌黎诗系年集释》，上海古籍出版社，1984 年。

（唐）柳宗元《柳宗元集》，中华书局，1979 年。

（唐）张籍撰，徐礼节、余恕诚校注《张籍集系年校注》，中华书局，2011 年。

（唐）王建撰，王宗堂校注《王建诗集校注》，中州古籍出版社，2006 年。

（唐）李贺撰，（清）王琦等注《李贺诗歌集注》，上海人民出版社，1977 年。

（唐）李商隐撰，刘学锴、余恕诚集解《李商隐诗歌集解》，中华书局，1998 年。

（唐）贯休撰，胡大浚笺注《贯休歌诗系年笺注》，中华书局，2011 年。

（宋）徐铉《徐公文集》，四部丛刊本。

（宋）石介撰，陈植锷点校《徂徕石先生文集》，中华书局，1984 年。

（宋）赵湘《南阳集》，丛书集成初编本。

（宋）张咏《乖崖集》，影印文渊阁四库全书本。

（宋）杨亿撰，徐德明等点校，福建省文史研究馆编《武夷新集》，福建人民出版社，2007 年。

（宋）释契嵩《镡津文集》，四部丛刊本。

（宋）余靖《武溪集》，影印文渊阁四库全书本。

（宋）范仲淹撰，李勇先、王蓉贵校点《范仲淹全集》，四川大学出版社，2007 年。

（宋）苏舜钦撰，沈文倬校点《苏舜钦集》，上海古籍出版社，2011 年。

（宋）尹洙《河南先生集》，四部丛刊本。

（宋）王珪《华阳集》，丛书集成初编本。

（宋）陈襄《古灵集》，影印文渊阁四库全书本。

（宋）周敦颐撰，陈克明点校《周敦颐集》，中华书局，2011 年。

（宋）张载撰，章锡琛点校《张载集》，中华书局，2010 年。

（宋）司马光撰，李文泽等校点《司马光集》，四川大学出版社，2010 年。

（宋）李觏《直讲李先生文集》，四部丛刊本。

（宋）刘敞《公是集》，丛书集成初编本。

（宋）刘攽《彭城集》，丛书集成初编本。

（宋）文同《丹渊集》，四部丛刊本。

（宋）梅尧臣撰，朱东润校注《梅尧臣集编年校注》，上海古籍出版社，2006 年。

（宋）文彦博《潞公文集》，影印文渊阁四库全书本。

（宋）徐积《节孝集》，影印文渊阁四库全书本。

（宋）欧阳修撰，洪本健校笺《欧阳修诗文集校笺》，上海古籍出版社，2009 年。

（宋）张方平撰，郑涵点校《张方平集》，中州古籍出版社，2000 年。

（宋）王安石《王文公文集》，上海人民出版社，1974 年。

（宋）王安石撰，（宋）李壁笺注，高克勤点校《王荆文公诗笺注》，上海古籍出版社，2010 年。

（宋）王令撰，沈文倬点校《王令集》，上海古籍出版社，1980 年。

（宋）苏轼撰，（清）王文诰辑注，孔凡礼点校《苏轼诗集》，中华书局，1982 年。

（宋）苏轼撰，孔凡礼点校《苏轼文集》，中华书局，1986 年。

（宋）苏辙撰，曾枣庄等校点《栾城集》，上海古籍出版社，1987 年。

（宋）孔庆仲、孔武仲、孔平仲《清江三孔集》，影印文渊阁四库全书本。

（宋）黄庭坚撰，刘琳等校点《黄庭坚全集》，四川大学出版社，2001 年。

（宋）张耒撰，李逸安等点校《张耒集》，中华书局，1990 年。

（宋）陈师道撰，（宋）任渊注，冒广生补笺《后山诗注补笺》，中华书局，1995 年。

（宋）郭祥正《青山集》，影印文渊阁四库全书本。

（宋）郭祥正《青山续集》，影印文渊阁四库全书本。

（宋）晁说之《景迂生集》，影印文渊阁四库全书本。

（宋）晁说之《嵩山文集》，四部丛刊本。

（宋）晁补之《鸡肋集》，四部丛刊本。

（宋）黄裳《演山集》，影印文渊阁四库全书本。

（宋）李之仪《姑溪居士全集》，丛书集成初编本。

（宋）孙觌《鸿庆居士集》，影印文渊阁四库全书本。

（宋）吕南公《灌园集》，影印文渊阁四库全书本。

（宋）李复《潏水集》，影印文渊阁四库全书本。

（宋）贺铸《庆湖遗老诗集》，影印文渊阁四库全书本。

（宋）王铚《雪溪集》，影印文渊阁四库全书本。

（宋）李纲《梁溪集》，影印文渊阁四库全书本。

（宋）曹勋《松隐集》，影印文渊阁四库全书本。

（宋）胡寅撰，容肇祖点校《斐然集》，中华书局，1993 年。

（宋）陈与义撰，白敦仁校笺《陈与义集校笺》，上海古籍出版社，1990 年。

（宋）李新《跨鳌集》，影印文渊阁四库全书本。

（宋）薛季宣《浪语集》，影印文渊阁四库全书本。

（宋）王庭珪《卢溪文集》，影印文渊阁四库全书本。

（宋）周紫芝《太仓稊米集》，清文渊阁四库全书补配清文津阁四库全书本。

（宋）辛弃疾撰，邓广铭笺注《稼轩词编年笺注》，上海古籍出版社，2006年。

（宋）朱熹撰，朱杰人等编《朱子全书》，上海古籍出版社、安徽教育出版社，2010年。

（宋）朱熹《晦庵先生朱文公文集》，四部丛刊本。

（宋）张孝祥《于湖居士文集》，四部丛刊本。

（宋）崔敦礼《宫教集》，影印文渊阁四库全书本。

（宋）楼钥撰，顾大朋注《楼钥集》，浙江古籍出版社，2010年。

（宋）范成大撰，富寿荪点校《范石湖集》，上海古籍出版社，2006年。

（宋）陆游撰，钱仲联校注《剑南诗稿校注》，上海古籍出版社，2005年。

（宋）陆游《陆游集》，中华书局，1976年。

（宋）周必大《文忠集》，影印文渊阁四库全书本。

（宋）杨万里撰，辛更儒笺校《杨万里集笺校》，中华书局，2007年。

（宋）张元干《芦川归来集》，影印文渊阁四库全书本。

（宋）洪咨夔《平斋文集》，四部丛刊本。

（宋）姜夔撰，夏承焘笺校《姜白石词编年笺校》，上海古籍出版社，1981年。

（宋）赵文《青山集》，影印文渊阁四库全书本。

（宋）刘克庄《刘克庄集笺校》，辛更儒笺校，中华书局，2011年。

（宋）刘克庄《后村集》，四部丛刊本。

（宋）刘辰翁《须溪集》，影印文渊阁四库全书本。

（2）总集类

（梁）萧统编，（唐）李善注《文选》，上海古籍出版社，1996年。

（梁）徐陵编，（清）吴兆宜注《玉台新咏笺注》，中华书局，1985年。

（宋）李昉编《文苑英华》，中华书局，1982年。

（宋）姚铉编《唐文粹》，吉林人民出版社，1998年。

（宋）郭茂倩编《乐府诗集》，人民文学出版社，2010年。

（宋）郭茂倩编《乐府诗集》，中华书局，1979年。

（宋）吕祖谦编《宋文鉴》，上海古籍出版社，1994年。

（清）彭定求等编《全唐诗》，中华书局，1960年。

（清）沈德潜选注《唐诗别裁集》，上海古籍出版社，1979年。

（清）厉鹗辑《宋诗纪事》，上海古籍出版社，1983年。

北京大学古文献所编《全宋诗》，北京大学出版社，1998年。

傅璇琮、陈尚君、徐俊编《唐人选唐诗新编》，中华书局，2014年。

彭黎明、彭勃编《全乐府》，上海交通大学出版社，2011年。

钱钟书选注《宋诗选注》，人民文学出版社，1958年。

徐元选注《中国异体诗新编》，浙江大学出版社，2010年。

张鸣选注《宋诗选》，人民文学出版社，2004年。

（3）诗文评类

（梁）刘勰撰，范文澜注《文心雕龙注》，人民文学出版社，1958年。

（唐）吴兢《乐府古题要解》，见《历代诗话续编》，中华书局，1983年。

（唐）段安节《乐府杂录》，丛书集成初编本。

（宋）欧阳修《六一诗话》，人民文学出版社，1962年。

（宋）王灼《碧鸡漫志》，丛书集成初编本。

（宋）阮阅编《诗话总龟》，人民文学出版社，1987年。

（宋）计有功编《唐诗纪事》，上海古籍出版社，1987年。

（宋）张戒《岁寒堂诗话》，丛书集成初编本。

（宋）胡仔辑，廖德明校点《苕溪渔隐丛话》，人民文学出版社，1981年。

（宋）彭叔夏《文苑英华辨证》，影印文渊阁四库全书本。

（宋）曾季狸《艇斋诗话》，清光绪琳琅密室丛书本。

（宋）严羽撰，郭绍虞校释《沧浪诗话校释》，人民文学出版社，1983 年。

（宋）刘克庄撰，王秀梅点校《后村诗话》，中华书局，1983 年。

（清）厉鹗辑，胡道静、吴玉如点校《宋诗纪事》，上海古籍出版社，1983 年。

（清）何文焕辑《历代诗话》，中华书局，1981 年。

程毅中主编《宋人诗话外编》，国际文化出版公司，1996 年。

丁福保辑《历代诗话续编》，中华书局，1983 年。

孔凡礼辑《宋诗纪事续补》，北京大学出版社，1987 年。

陶秋英编选《宋金元文论选》，人民文学出版社，1984 年。

吴文治主编《宋诗话全编》，江苏古籍出版社，1988 年。

张伯伟编校《稀见本宋人诗话四种》，江苏古籍出版社，2002 年。

二、专著

湛之编《杨万里范成大资料汇编》，中华书局，1964 年。

程毅中《宋元小说研究》，江苏古籍出版社，1998 年。

葛晓音《汉唐文学的嬗变》，北京大学出版社，1990 年。

郭丽《乐府文献考论》，凤凰出版社，2020 年。

洪本健编《欧阳修资料汇编》，中华书局，1995 年。

黄节《汉魏乐府风笺》，中华书局，2008 年。

李震编《曾巩资料汇编》，中华书局，2009 年。

林庚《中国文学简史》，北京大学出版社，1995 年。

凌郁之《走向世俗——宋代文言小说的变迁》，中华书局，2007 年。

刘扬忠主编《中国古代文学通论·宋代卷》，辽宁人民出版社，2004 年。

龙榆生《唐宋词格律》，上海古籍出版社，1978 年。

陆侃如《乐府古辞考》,商务印书馆,1926 年。

罗根泽《乐府文学史》,东方出版社,1996 年。

皮庆生《宋代民众祠神信仰研究》,上海古籍出版社,2008 年。

秦序《六朝音乐文化研究》,文化艺术出版社,2009 年。

任半塘《唐声诗》,上海古籍出版社,1982 年。

四川大学古籍所编《现存宋人别集版本目录》,巴蜀书社,1989 年。

四川大学中文系唐宋文学研究室编《苏轼资料汇编》,中华书局,1994 年。

孙尚勇《乐府文学文献研究》,人民文学出版社,2007 年。

孙望、常国武主编《宋代文学史》,人民文学出版社,1996 年。

王辉斌《唐后乐府诗史》,黄山书社,2010 年。

王昆吾《隋唐五代燕乐杂言歌辞研究》,中华书局,1996 年。

王易《乐府通论》,中国文化服务社,1948 年。

王运熙《乐府诗述论》,上海古籍出版社,2006 年。

吴相洲《乐府学概论》,人民文学出版社,2015 年。

萧涤非《汉魏六朝乐府文学史》,人民文学出版社,1984 年。

薛天纬《唐代歌行论》,人民文学出版社,2006 年。

杨晓霭《宋代声诗研究》,中华书局,2008 年。

曾枣庄、吴洪泽《宋代文学编年史》,凤凰出版社,2010 年。

赵敏俐编《中国诗歌与音乐关系研究》,学苑出版社,2005 年。

周雷、周义敢编《梅尧臣资料汇编》,中华书局,2007 年。

周义敢、周雷编《张耒资料汇编》,中华书局,2007 年。

三、论文

卞东波《〈永乐大典〉残卷所载诗选〈诗海绘章〉考释》,《中国韵文学刊》2007 年第 2 期,第 103—108 页。

葛晓音《初盛唐七言歌行的发展——兼论歌行的形成及其与七古

的分野》,《文学遗产》1997 年第 5 期,第 47—61 页。

葛晓音《关于诗型与节奏的研究——松浦友久教授访谈录》,《文学遗产》2002 年第 4 期,第 131—135 页。

葛晓音《盛唐清乐的衰落与古乐府诗的兴盛》,《社会科学战线》1994 年第 4 期,第 209—218 页。

蒋寅《冯班与清代乐府观念的转向》,《文艺研究》2007 年第 8 期,第 46—53 页。

蒋竹山《宋至清代的国家与祠神信仰研究的回顾与讨论》,《新史学》第 8 卷第 2 期。

吕肖奂《〈醉翁吟〉与〈醉翁操〉》,《纪念辛弃疾逝世 800 周年学术研讨会论文汇编》,第 1—6 页。

沈文凡《韩愈乐府歌诗创作刍论——以〈琴操〉十首为诠解对象》,《中山大学学报(社会科学版)》2011 年第 2 期,第 16—23 页。

孙尚勇《郭茂倩〈乐府诗集〉的编辑背景与刊刻及校理》,见《傅增湘藏宋本乐府诗集》前言,人民文学出版社,2010 年。

王曾瑜《开拓宋代史料的视野与〈三言〉〈二拍〉》,《四川大学学报(哲学社会科学版)》,2005 年第 1 期,第 90—103 页。

王水照《〈屈骚与宋代爱国文学〉序》,《中国文学研究》2003 年第 3 期,第 59—60 页。

杨晓霭《郭茂倩的声诗观与〈乐府诗集〉的编纂》,《西北师大学报(社会科学版)》2006 年第 1 期,第 26—31 页。

喻意志《宋人对乐府诗所作的总结》,《天津音乐学院学报》2009 年第 4 期,第 32—35 页。

曾智安《中晚唐人对吴越神弦歌的接受与楚骚精神的复苏》,《乐府学》第二辑,学苑出版社,2007 年,第 169—186 页。

朱我芯《郭茂倩〈乐府诗集〉关于唐乐府分类之商榷》,《北京大学学报》2002 年专刊,第 111—119 页。

后　记

也许我和乐府诗是有点缘分的。

高中时候的午休时间，经常和二三友人去盛世情书店闲逛，就在那里收入了上海古籍出版社那本金色封皮的《乐府诗集》。这本书是当时经常翻看的诗集之一，题名丰富，文辞繁丽，本事众多，每每令我这个尚且年轻的诗歌爱好者应接不暇。这本书至今仍然是我书柜里的"元老"之一，但是在当时，却完全不曾想过它或许将伴我一生。

今天，坐在帝都冬日的午后阳光里，窗外天空澄澈，寒气如冰。敲下后记两个字时，回首历数，距离我买下自己的第一本《乐府诗集》已经二十余年，距离那个和夫子张鸣老师坐在师生缘咖啡厅里喝咖啡吃布丁，忽然之间就击案欣喜、一拍即合定下这个研究方向的寒冷下午也过去了十来个年头。

我大约可称师门里最爱玩且不务正业的一名。新晋"青椒"时忙于且乐于教学，碎片时间徜徉于海量闲书，于学问之道难免疏懒，少有寸功而更少反省。有时脑海中泛起某些片段思路，匆匆记下，然后便又在诸多冗事的冲刷下潮水般退去。

然而在这些年里，仍然得以不时和夫子闲聊。夫子对于学生的成长与前行予以极大的自由，从来都容许我的跳脱和不务正业，却又永远是那个瞻之在前、忽焉在后、循循然善诱人的师道之范。也曾在人文学苑从一首《周氏行》说到宋代乐府文学的种种疑难,逸兴遄飞,不觉已是薄暮;也曾在会议之余色调温暖的咖啡馆里就着手机备忘录匆匆敲下某个提纲,换来夫子灯下的点头赞许。许多次和夫子坐而论学时真切的思辨感触,使我清晰地知道,曾经在湖光塔影中陪伴我四年之久的那些心血浇灌的铅字,在漫长的沉眠之后终将渐渐苏醒。

纵然已经积累了相当的文献材料,作为研究基础的长编整理亦初具规模,然而落笔之时,可以增删界定的细节仍然千头万绪。在这片十年后仍可以称得上新垦地的沃土里,每一颗微小的种子都可能长成一株奇妙的植株。翁贝托·艾柯说书籍本身就是植物的记忆,那么不断地吸纳与解析这些个性化的记忆方式,文学与历史、思想与意图,并进而编织出自身记忆的芬芳,正是我辈读书问学者毕生乐趣所在。

这本小书只是一个雏形,虽在博士论文研究基础上再度开拓,但之前所规划的格局未能全功,只好忍痛缩减,书名亦从最初的"论要"不得不狼狈改为"述论"。然而我将立足于此,继续种植与开拓这片趣味十足的园圃。万物沉眠的凛冬已过,接下来会是漫长的郁郁青青的春天了。

在此,感谢我的亲长、朋友与诸位同道,在这本小书缓慢沉淀至成形的一路上,都有你们予我的支持与勉励、慰藉与笑语。

感谢我的恩师张鸣老师。毕业后的这些年里,每当忆起或是领略夫子的美酒与弦歌,复杂生命中从来不可轻忽的某一隅就有了归依。身为帝都土著,不必忧虑于毕业后的天涯辗转,仍能时常陪伴在夫子与师母身边,是我之大幸。

感谢首都师范大学的郭丽老师,同在帝都,自在会议上相识以来,一直邀我参与各种活动,赠我以佳作,令我得以获得诸多启发,也令生性疏懒的我仍然维系着与乐府学界的一线真切系联。

感谢上海古籍出版社的毛承慈老师和张世霖老师,在为这本小书担任编辑时,始终尽心尽力,使我得以弥补行文与注释中的粗疏草率之处。

感谢我的"损友"孟琢先生，二十年如一日地诚挚"嘲讽"我的不务正业，令我终于良心刺痛而或有所成。

感谢小鱼师妹、琳琳师妹在这一年来发起的各种小聚，使我在埋头书斋之余仍能在各种活泼生动的吐槽中汲取欢乐。感谢路柯、阿魂、Ailurus Fulgens、程滪等各位友人，在随心所欲的闲聊中为我如坐枯禅般的心灵送来丰富的诗与远方的气息，令我得以在另外一种南辕北辙的创作中仍有进展，如果没有你们的全力支持，本书的完稿时间大约会提前至少一个月（笑）。

最后，感谢我的父母。这本书的写作大多在儿时旧居完成，虽然老房已经装修一新，格局大改，但是每每抬眼四顾，仍能清晰地想见自己生命的前十八年在此留下的种种印迹。感谢你们付出无限心血，将一个跌跌撞撞天真懵懂的小孩养育成人，始终示我以生命之正途，容我发起诸多大小争论，并且从未在阅读兴趣、进学方向与人生抉择方面限制我的自由。尤其感谢我的母亲，愿意成为我的首位读者，即便这是一个相当陌生的领域，常人一定懒得翻阅，甚至连作者本人一时间都不忍再多看两眼。

宋人乐府有言："乐复乐兮岁晏，冰雪集兮堂下。"一年之终，终有所获，是为乐，是为记。

罗昊

2021 年 12 月 24 日于帝都旧居